OS OSSOS sagrados

Michael Byrnes

OS OSSOS sagrados

Uma relíquia milenar, um segredo revelado

Tradução
Alexandre Martins

PRUMO
leia

Título original: The *sacred bones*
Copyright © 2009 by Michael Byrnes

Todos os direitos reservados. Nenhuma parte desta obra pode ser reproduzida ou transmitida por qualquer forma ou meio eletrônico ou mecânico, inclusive fotocópia, gravação ou sistema de armazenagem e recuperação de informação, sem a permissão escrita do editor.

Direção editorial
Soraia Luana Reis

Editora
Luciana Paixão

Editor assistente
Thiago Mlaker

Assistência editorial
Elisa Martins

Preparação de texto
Luciana Pink

Revisão
Ana Cristina Garcia
Rebecca Villas-Bôas Cavalcanti

Capa, criação e produção gráfica
Thiago Sousa

Assistentes de criação
Marcos Gubiotti
Juliana Ida

Imagem de capa: Jan Davidsz. de Heem/Getty Images

CIP-Brasil. Catalogação-na-fonte
Sindicato Nacional dos Editores de Livros, RJ

B999v   Byrnes, Michael (Michael J.)
         Os ossos sagrados / Michael Byrnes; tradução Alexandre Martins. - São Paulo: Prumo, 2009.

         Tradução de: The sacred bones

         ISBN 978-85-7927-025-3

         1. Jesus Cristo - Relíquias - Ficção. 2. Ácido desoxirribonucleico - Pesquisa - Ficção. 3. Templo de Jerusalém - Ficção. 4. Cidade do Vaticano - Ficção. 5. Ficção americana. I. Martins, Alexandre. I. Título.

09-3780.
CDD: 813
CDU: 821.111(73)-3

Direitos de edição para o Brasil: Editora Prumo Ltda.
Rua Júlio Diniz, 56 – 5º andar – São Paulo/SP – CEP: 04547-090
Tel: (11) 3729-0244 – Fax: (11) 3045-4100
E-mail: contato@editoraprumo.com.br
Site: www.editoraprumo.com.br

Agradecimentos

Gostaria de agradecer àqueles que me inspiraram e me deram apoio emocional e conhecimento técnico.

A minha bela esposa, Caroline, por sua paciência e encorajamento, e a minhas adoráveis filhas, Vivian e Camille, por me lembrarem todos os dias que a família é o bem mais precioso.

A meus amigos e parentes, que suportaram minha tagarelice incessante e provocaram estimulantes debates, equilibrando minhas ideias e me mantendo com os pés no chão.

A meus agentes literários e amigos do outro lado do lago, Charlie Viney e Ivan Mulcahy, que acreditaram em mim e me ajudaram a atingir meu pleno potencial — e também a Jonathan Conway!

A um impressionante editor chamado Doug Grad, cujo inacreditável domínio de sua arte só é superado pela inteligência... Alison Stoltzfuz, que acrescenta ainda mais talento a um time vencedor.

Finalmente, ao impressionante volume de pesquisa estocado em prateleiras, exibido em fitas de vídeo e DVDs e flutuando no ciberespaço para todos experimentarem. Explorem!

Para Caroline, Vivian e Camille

Prólogo

Limassol, Chipre
Abril de 1292

Do parapeito leste da torre quadrada da cidadela de Kolossi, Jacques DeMolay examinou a vastidão do Mediterrâneo com seu manto branco e sua densa barba castanha balançando à brisa quente. Para um cavaleiro que chegava aos 50 anos, seus traços grandiosos — nariz comprido, penetrantes olhos cinzentos, cenho liso e maçãs do rosto pronunciadas — eram surpreendentemente jovens. Seus cabelos crespos eram espessos e levemente grisalhos.

Embora não pudesse realmente ver o litoral da Terra Santa, ele jurava sentir o perfume de seus doces eucaliptos.

Já se passara quase um ano desde que Acre, a última grande fortaleza dos cruzados no leste do reino de Jerusalém, caíra diante do mameluco do Egito. O cerco durara seis semanas sangrentas, até o então grão-mestre, Guillaume DeBeaujeu, jogar sua espada e retirar-se da muralha da cidadela sob a censura de seus homens. DeBeaujeu reagira: *"Je ne m'enfuit pas... Je suis mort"* — "Não estou fugindo. Estou morto". Erguendo o braço ensanguentado, mostrara a eles a flecha cravada fundo na lateral do corpo. Então caíra, para nunca mais se levantar.

Naquele momento DeMolay se perguntava se a morte de DeBeaujeu antecipara o destino da própria Ordem.

— *Monsieur* — chamou uma voz.

Ele se virou na direção do jovem escriba de pé nos degraus de pedra.

— *Oui?*

— Ele está pronto para falar com o senhor — anunciou.

Jacques DeMolay anuiu e seguiu o garoto para as entranhas do castelo, a cota metálica sob seu manto tilintando enquanto descia a escada. Foi levado a uma câmara de pedra com teto abobadado, na qual o novo grão-mestre, um abatido Tibald DeGaudin, estava deitado em uma cama. O ar fétido cheirava a desleixo físico.

DeMolay tentou não se concentrar nas mãos descarnadas de DeGaudin, repletas de feridas abertas. Seu rosto era também assustador: horrivelmente branco, com olhos amarelos saltando de órbitas fundas.

— Como se sente? — perguntou, a tentativa de cordialidade soando forçada.

— Tão bem quanto pareço — respondeu, contemplando a cruz pátea vermelho-sangue que decorava o manto de DeMolay, logo acima do coração.

— Por que estou aqui?

Independentemente das tristes condições do grão-mestre, ele era em primeiro lugar, e acima de tudo, rival de DeMolay.

— Para discutir o que irá acontecer quando eu tiver partido — afirmou DeGaudin, com voz áspera. — Há coisas que você precisa saber.

— Sei apenas que você se recusa a reunir um novo exército para retomar o que perdemos — retrucou DeMolay, desafiador.

— Vamos lá, Jacques. Isso novamente? O papa está morto e, com ele, qualquer esperança de outra cruzada. Até mesmo você admite que sem o apoio de Roma não temos chance de sobrevivência.

— Não aceitarei isso.

Nicolau IV, primeiro papa franciscano e defensor dos cavaleiros templários, tentara em vão conseguir apoio para outra cruzada. Ele promovera sínodos tentando unir os templários aos cavaleiros de São João. Levantara recursos a fim de equipar vinte navios, chegando a enviar emissários até a China para forjar alianças militares. Porém, dias antes, o papa de 64 anos morrera de causas naturais, repentinamente, em Roma.

— Muitos em Roma dizem que a morte de Nicolau não foi acidental — afirmou DeGaudin, em tom conspiratório.

O rosto de DeMolay ficou rígido.

— O quê?

— A devoção do papa à Igreja era inegável — continuou o grão-mestre, erguendo uma mão vacilante. — Mas ele fez muitos inimigos, especialmente na França. Como você sabe, o rei Felipe tem tomado medidas drásticas para financiar suas campanhas militares. Prendeu judeus, tomando seus bens. Criou um imposto de 50% para o clero francês. O papa Nicolau protestou contra isso.

— Você certamente não está dizendo que Felipe mandou matá-lo, está?

O grão-mestre tossiu, cobrindo a boca com a manga da camisa. Quando a afastou havia manchas de sangue no tecido.

— Sei apenas que a ambição de Felipe é controlar Roma. A Igreja tem um problema muito maior a enfrentar. Jerusalém terá de esperar.

DeMolay ficou em silêncio por um longo momento. Seu olhar retornou a DeGaudin.

— Você sabe o que está sob o Templo de Salomão. Como pode ignorar essas coisas?

— Somos apenas homens, Jacques. O que está lá é protegido apenas por Deus. Você é um tolo em pensar que fizemos alguma coisa para mudar isso.

— O que o deixa tão certo?

DeGaudin deu um pequeno sorriso.

— Preciso lembrá-lo de que séculos antes de chegarmos a Jerusalém muitos outros também lutaram para proteger aqueles segredos? Desempenhamos apenas um pequeno papel nesse legado, mas estou certo de que não seremos os últimos — disse, fazendo uma pausa e prosseguindo. — Sei de suas intenções. Sua disposição é forte. Os homens o escutam. E quando eu tiver partido você sem dúvida tentará fazer as coisas a seu modo.

— Não é nosso dever? Não foi por isso que fizemos um juramento a Deus?

— Pode ser. Mas talvez o que temos escondido por esses anos todos precise ser revelado.

DeMolay aproximou-se do rosto descarnado do grão-mestre.

— Tais revelações destruiriam tudo o que conhecemos!

— E em seu lugar algo melhor poderá surgir — disse DeGaudin, a voz se transformando em um sussurro. — Tenha fé, meu amigo. Baixe sua espada.

— Nunca.

1

Jerusalém
dias atuais

Salvatore Conte nunca questionava os motivos de seus clientes. Suas muitas missões o haviam ensinado a permanecer calmo e concentrado. Mas aquela noite era diferente. Naquela noite ele estava desconfortável.

Os oito homens se deslocavam pelas ruas antigas. Inteiramente vestidos de preto, todos estavam armados com fuzis leves Heckler & Koch XM8, equipados com pentes de 100 balas, e lançadores de granadas. Caminhando sobre as pedras do calçamento com botas macias, cada um examinava a vizinhança com óculos infravermelhos de visão noturna. A história se erguia ao redor deles.

Com um repentino sinal de mão para que eles mantivessem posição, Conte avançou.

Ele sabia que sua equipe estava igualmente apreensiva. Embora o nome Jerusalém significasse "Cidade de Paz", aquele lugar era sinônimo de perturbação. Cada rua silenciosa os levava mais perto de seu coração dividido.

Os homens haviam partido separadamente de vários países europeus e se reunido dois dias antes em um apartamento alugado numa área calma do Bairro Judeu, debruçado sobre a praça Battei Makhase, acomodações registradas sob um dos muitos pseudônimos de Conte, "Daniel Marrone".

Ao chegar, Conte se passara por turista, a fim de se familiarizar com os becos e as ruas sinuosas que cercam o monumento retangular de 14 hectares no centro da fortificada Cidade Velha

— um enorme complexo de baluartes e muros de arrimo com 32 metros de altura, parecendo um monólito colossal pousado sobre a encosta íngreme do Monte Moriá. Facilmente o imóvel mais disputado do mundo, o *Haram esh-Sharif* muçulmano, ou "Nobre Santuário", era mais conhecido por outro nome: Monte do Templo.

Com a proteção dos prédios dando lugar à alta muralha oeste, ele gesticulou para que dois homens avançassem. As luminárias instaladas no muro lançavam sombras compridas. Os homens de Conte escondiam-se facilmente nelas, mas da mesma forma o faziam os soldados da Força de Defesa Israelense.

A interminável disputa entre judeus e palestinos havia transformado a cidade na mais policiada do mundo. Entretanto, Conte sabia que a FDI estava cheia de recrutas — adolescentes cujo único objetivo era concluir os três anos de serviço militar obrigatório — que não eram páreo para sua equipe experiente.

Ele olhou para a frente, os óculos de visão noturna transformando as sombras em um verde sobrenatural. A área estava limpa, a não ser por dois soldados matando o tempo a 50 metros dali. Estavam armados com M-16, vestindo as fardas verde-oliva padrão, coletes à prova de balas e boinas pretas. Os dois homens fumavam cigarros Time Lite, a marca mais popular de Israel — e, para Conte, a mais ofensiva.

Olhando para o ponto de entrada escolhido no Portão dos Mouros, passagem elevada na muralha oeste da plataforma, Conte rapidamente suspeitou que não seria possível chegar ao Monte do Templo sem ser detectado.

Deslizando os dedos pelo cano, colocou o XM8 em posição de tiro único e o apoiou no ombro esquerdo. Mirou o primeiro fantasma verde com o *laser* vermelho; orientando-se pela brasa brilhante do cigarro pendurado, apontou para a cabeça. Embora a munição de titânio do XM8 fosse capaz de penetrar os coletes de Kevlar dos soldados, Conte não via graça — muito menos certeza — em tiros no corpo.

Um tiro. Um morto.

Seu indicador apertou suavemente.

Houve um ruído abafado, um pequeno recuo, e ele viu o alvo cair de joelhos.

A mira se voltou para o remanescente.

Antes que o segundo soldado da FDI começasse a compreender o que estava acontecendo, Conte havia disparado novamente, a bala penetrando o rosto do homem e girando através do cérebro.

Ele o viu cair e esperou. Silêncio.

Conte nunca deixava de se impressionar com o quanto a palavra "defesa" era ilusória — pouco mais que uma promessa para as pessoas se sentirem seguras. E, embora seu país natal tivesse uma competência militar ridícula, de certa forma ele sentia que havia se tornado sua compensação.

Outro gesto abrupto mandou seus homens ao caminho inclinado que leva ao Portão dos Mouros. Ele vislumbrou, à esquerda, a praça do Muro Ocidental aninhada ao longo da base da muralha. No dia anterior ele havia se maravilhado com os judeus ortodoxos — homens separados das mulheres por uma cortina: eles choravam ali pelo antigo templo, que acreditavam havia abençoado aquele lugar sagrado. À sua direita ficava um pequeno vale coberto, repleto de fundações escavadas, as mais antigas ruínas de Jerusalém.

Um enorme portão de ferro trancado com cavilha impedia o acesso à plataforma. Em menos de quinze segundos a fechadura foi aberta, e a equipe seguiu por um túnel, espalhando-se pela grande esplanada que se seguia.

Deslizando diante da sólida mesquita de Al-Aqsa, junto à muralha sul do Monte do Templo, Conte voltou os olhos para o centro da esplanada, onde, acima de altos ciprestes, erguia-se uma segunda e mais grandiosa mesquita em base elevada, sua cúpula dourada iluminada como um halo contra o céu noturno. Era o Domo da Rocha, encarnação da reivindicação muçulmana da Terra Santa.

Conte encaminhou os homens para o canto sudeste da esplanada, onde uma larga abertura abrigava uma escadaria moderna que levava para baixo. Esticou os dedos da mão direita enluvada, e quatro homens desapareceram para o subterrâneo. Depois gesticulou a fim de que os dois remanescentes se agachassem à sombra de árvores próximas, protegendo o perímetro.

O ar na passagem ficava mais úmido à medida que os homens desciam, e, de repente, frio, com um cheiro de musgo. Assim que haviam se reunido aos pés da escada, as luzes halógenas instaladas nos fuzis foram ligadas. Feixes luminosos concentrados cortaram a escuridão, revelando um espaço abobadado cavernoso com pilares em arco nas avenidas apertadas.

Conte lembrou-se de ter lido que os cruzados do século XII haviam usado aquela sala subterrânea como estábulo de cavalos. Os muçulmanos, últimos ocupantes, mais recentemente a transformaram em mesquita, mas a decoração islâmica não ajudou a disfarçar sua estranha semelhança com uma estação de metrô.

Correndo sua luz pela parede leste da sala, ele ficou contente ao identificar as duas bolsas de lona marrom que seu contato local havia prometido.

— Gretner — disse, dirigindo-se ao especialista em explosivos de 35 anos de idade, de Viena. —São para você.

O austríaco pegou-as.

Pendurando o fuzil no ombro, Conte tirou do bolso um papel dobrado e acendeu uma pequena lanterna. O mapa mostrava a localização precisa do que eles deveriam obter — ele não gostava de referências a "roubar", pois o termo aviltava seu profissionalismo. Apontou a lanterna para a parede.

— Deve estar logo à frente.

O inglês de Conte era surpreendentemente bom. Com o intuito de manter as comunicações consistentes e menos suspeitas aos israelenses, ele insistira para que a equipe falasse apenas inglês.

Segurando a caneta com os dentes, com a mão livre ele tirou do cinto a trena eletrônica Stanley Tru-Laser e apertou um botão no teclado. Uma pequena tela de cristal acendeu, ativando um fino raio *laser* que cortou a escuridão. Conte começou a avançar, a equipe indo logo atrás.

Atravessou a câmera na diagonal, contornando as grossas colunas. Parou de repente no meio do espaço, verificou a medição do equipamento e girou o *laser* até encontrar a parede sul da mesquita. Então virou e ficou de frente para a parede norte, as entranhas do Monte do Templo.

— O que estamos procurando deve estar logo ali atrás.

2

Salvatore Conte passou a mão enluvada sobre os blocos de pedra calcária da parede.

— O que você acha?

Pousando as bolsas de lona, Klaus Gretner tirou do cinto um equipamento portátil de ultrassom e o colocou na parede para avaliar a densidade. Segundos depois o resultado surgiu na tela do aparelho.

— Cerca de meio metro.

Da primeira bolsa Conte tirou uma grande furadeira — o modelo Flex BHI 822 VR que solicitara —, o mandril já dotado de uma broca de diamante de 82 milímetros. Brilhando sob a luz de sua lanterna, ela parecia ter acabado de sair da caixa. Conte passou-a para Gretner.

— Não deve haver dificuldade para furar a seco com isso. Há muitas tomadas ao longo daquela parede — disse Conte, apontando. — A extensão e o adaptador estão na bolsa. Quantos núcleos você vai usar?

— A pedra é macia. Seis devem bastar.

Da segunda sacola Conte tirou o primeiro C-4 e começou a moldar o explosivo cinza na forma de cilindros, enquanto o austríaco furava entre os encaixes dos blocos da parede.

Dez minutos depois, seis pequenos núcleos haviam sido criados e dotados de detonadores acionados por controle remoto.

Gretner limpou a furadeira e deixou-a junto à parede. Depois ele e Conte se abrigaram com os outros atrás das colunas, cobrindo os rostos com máscaras respiratórias. Usando um transmissor portátil, Gretner deflagrou uma detonação coordenada.

A explosão ensurdecedora foi imediatamente acompanhada de queda de entulho e nuvem de poeira.

Após retirar mais alguns blocos soltos, aumentando o buraco feito pela explosão, Conte passou pela abertura, seguido pelos outros.

Eles se viram dentro de outra câmara, cujos detalhes eram obscurecidos pelas nuvens de poeira. Era possível ver sólidos pilares de pedra sustentando o teto baixo. Mesmo com máscaras, o ar era pesado e difícil de respirar, tomado pela fumaça persistente de ciclotrimetileno, que cheirava a óleo lubrificante.

Aquele lugar obviamente havia permanecido lacrado por muito tempo, pensou Conte, e por um breve instante ficou imaginando como seu cliente soubera de sua existência. Ele se virou secamente para o homem ao lado.

— Preciso de luz.

Apontadas para a frente, na escuridão, as luzes passaram por uma fila de dez formas retangulares colocadas no chão junto à parede lateral da câmara. Cada uma tinha aproximadamente 70 centímetros de comprimento, na cor creme, estreitadas levemente de cima para baixo.

Após examinar com cuidado o estoque, Conte parou perto de uma no final da fila, ajoelhando-se para ver melhor. Escolher a forma certa era muito mais fácil do que imaginara. Diferente das outras, aquela era coberta por elaborados desenhos gravados. Inclinando a cabeça para ver a lateral da caixa, ele comparou o símbolo gravado com a imagem da cópia que trazia no bolso. Idêntico.

— É esta — anunciou ele aos outros, guardando os papéis no bolso. — Vamos lá.

Embora estivessem bem fundo no Monte do Templo, Conte sabia que o som das explosões teria sido ouvido além das muralhas externas.

Gretner adiantou-se.

— Parece pesado.

— Deve ter cerca de 30 quilos.

De alguma forma, seu cliente também sabia disso. Conte levantou-se e ficou de lado.

Pendurando seu XM8 no ombro, Gretner pousou uma rede de *nylon* no chão. Ele e outro homem colocaram a caixa na rede e depois a ergueram.

— Vamos sair daqui — disse Conte, gesticulando para a equipe.

Todos passaram pelo buraco da explosão e voltaram à mesquita. Antes de subirem a escada, Conte recolheu as máscaras, colocando-as na bolsa.

Ao chegar à esplanada, Conte examinou a área com cuidado e viu suas duas sentinelas posicionadas em segurança nas sombras. Fez um gesto e os dois homens saíram correndo.

O resto do grupo se reuniu ali mesmo.

Instantes depois, quando as silhuetas das sentinelas passavam pela abertura do Portão dos Mouros, foram instantaneamente obrigados a recuar graças a tiros de armas automáticas vindos da praça abaixo.

Um momento de silêncio.

Gritos distantes e mais tiros.

Indicando que os outros deveriam guardar posição, Conte correu para o portão, jogando-se de cotovelos ao se aproximar da abertura. Olhando para fora, viu soldados e policiais israelenses ocupando as redondezas e bloqueando as passagens da praça do Muro Ocidental. Alguém teria encontrado os dois soldados da FDI mortos ou ouvido a detonação.

Os israelenses estavam agachados, esperando um movimento. Outras entradas davam acesso ao Monte do Templo, e Conte rapidamente avaliou uma estratégia de saída alternativa, apesar de estar certo de que a FDI também enviaria reforços para aqueles portões. Não demoraria para que eles subissem ao platô.

Ele sabia que não havia mais a opção de usar a van que alugara, estacionada no vale Kidron. Dando as costas à passagem, sinalizou para que as sentinelas o acompanhassem de volta ao grupo.

Enquanto corria junto à mesquita de Al-Aqsa, Conte arrancou da cintura o rádio codificado.

— Venha, Alfa Um. Câmbio.

Nada além de estática.

Ele se afastou da parede da mesquita que causava interferência.

— Alfa Um?

Em meio à confusão, uma voz entrecortada mal podia ser ouvida.

Conte cortou o som com o botão do transmissor.

— Se você estiver ouvindo, temos mudança de planos. Estamos sob fogo — disse, erguendo a voz para pronunciar cuidadosamente sua próxima ordem. — Encontrem-nos no canto sudeste da esplanada do Monte do Templo, ao lado da mesquita de Al-Aqsa. Câmbio.

Uma pausa.

Mais estática.

— Roger. Estou a caminho — disse uma voz fraca. — Câmbio.

Conte disfarçou seu alívio. Logo acima das montanhas recortadas ao sul ele identificou uma sombra escura contra o céu noturno.

O helicóptero aproximava-se rapidamente.

Ele colocou o XM8 no automático, ativando o lançador de granadas, e os outros fizeram o mesmo. Conte sabia que, não querendo causar danos àquele lugar sagrado, os israelenses relutariam em atirar pesado contra eles. Mas sua equipe nem de longe seria tão cuidadosa.

— Vamos ter de derrubar aqueles caras lá embaixo para limpar a área — ordenou Conte. Ao seu sinal os mercenários correram em direção ao portão em formação densa, fuzis apontados.

O barulho de lâminas de rotor havia chamado a atenção dos israelenses, muitos dos quais olhavam para cima buscando a sombra preta que deslizava baixo e rápido na direção do Monte do Templo.

Da posição escondida no alto do muro de arrimo, Conte e seus homens lançaram uma cortina de fogo sobre os soldados. Em segundos, oito foram derrubados. Outros estavam correndo na praça aberta em busca de proteção, enquanto reforços chegavam à área, saídos da rede de ruas estreitas dos Bairros Judeu e Muçulmano.

O Black Hawk da força aérea israelense surgiu de repente sobre a muralha do canto sudeste, sua camuflagem de deserto temporariamente confundindo os soldados da FDI em função das marcas conhecidas. Mas Conte também podia ver um grupo de homens manobrando na tentativa de ocupar posições melhores ao longo do canto sudeste do talude. Bem à sua direita, Doug Wilkinson, o assassino de Manchester, Inglaterra, encolheu-se de repente, agarrando o braço e soltando seu XM8.

Levando o dedo ao segundo gatilho do fuzil, Conte mirou no grupo de soldados e atirou. A granada foi disparada do fuzil, descrevendo um arco de fumaça e centelhas alaranjadas até explodir, lançando para o alto fragmentos de pedra. Outras granadas se seguiram, com uma violenta barragem de estilhaços e pedras explodindo, o que forçou os israelenses a uma retirada caótica.

As lâminas do rotor estavam bem atrás da equipe, levantando uma nuvem de poeira. O Black Hawk desceu no platô, pousando ao lado da mesquita de Al-Aqsa.

— Vão agora! — gritou, mandando a equipe para o helicóptero. — Coloquem a carga a bordo!

Ao se afastar do portão, Conte viu ainda mais soldados da FDI se aproximando rapidamente da base do Domo da Rocha, entre os ciprestes do lado oposto do Monte do Templo.

Seria por pouco, pensou.

A caixa foi rapidamente colocada no helicóptero, e depois seus homens embarcaram. Ele se agachou sob as lâminas do rotor, saltando para dentro.

O Black Hawk decolou sob fogo pesado, afastando-se do Monte do Templo. Quase raspando no chão do vale de Ha-Ela, ele disparou pelo vazio do deserto de Negev, rumo sudoeste. O helicóptero voava bem abaixo do radar, mas mesmo em maiores altitudes sua altíssima tecnologia de camuflagem o deixaria virtualmente invisível.

Em pouco tempo surgiram as luzes dos campos palestinos ao longo da Faixa de Gaza. Depois as praias de Gaza logo deram lugar à vastidão negra do Mediterrâneo.

A 80 quilômetros do litoral de Israel, um iate Hinckley de 20 metros feito sob medida havia ancorado em coordenadas precisas, programadas no console de direção. O piloto manobrou o Black Hawk acima do convés de popa do iate, pairando na posição.

A caixa foi cuidadosamente baixada para a tripulação do Hinckley, e depois os membros da equipe desceram um a um pela corda. Wilkinson apertou o braço com força na lateral enquanto Conte o prendia à corda. Considerando tudo, o ferimento era relativamente superficial. Quando Wilkinson chegou ao convés, Conte desceu.

Com o piloto automático acionado, o piloto de Conte saiu da cabine, passando por cima dos dois pilotos israelenses mortos que no início daquela noite haviam decolado da base aérea de Sde Dov, em missão de patrulhamento de rotina, ao longo da fronteira com o Egito, ignorando com satisfação seu substituto fortemente armado escondido nos fundos.

Quando a carga e os passageiros já estavam em segurança, os motores do Hinckley foram ligados e o barco partiu, ganhando velocidade lentamente. Conte carregou outra granada e localizou o helicóptero a 50 metros de distância. Uma fração de segundo depois, a mais sofisticada tecnologia militar americana explodiu, iluminando o céu noturno em uma bola de fogo.

O iate chegou à sua velocidade de cruzeiro de 22 nós e seguiu rumo noroeste pelas águas encrespadas do Mediterrâneo.

Não haveria mais combate naquela noite. Como Conte antecipara, os israelenses estavam inteiramente despreparados para um ataque orquestrado de modo furtivo. Mas o confronto difícil e o alto número de mortos significavam que sua remuneração havia aumentado.

SEGUNDA-FEIRA
TRÊS DIAS DEPOIS

3

Tel Aviv

Quando o comandante da El Al anunciou o pouso da aeronave no aeroporto internacional Ben Gurion, Razak bin Ahmed bin al-Tahini olhou pela janela para ver o Mediterrâneo dando lugar a uma paisagem desértica que se destacava do céu azul.

No dia anterior ele havia recebido um telefonema que o perturbara. Não foram dados detalhes, apenas um pedido urgente do Waqf — o conselho islâmico que supervisionava o Monte do Templo — convocando-o a Jerusalém para ajudar em uma questão delicada.

— Senhor — disse uma voz macia.

Ele desviou os olhos da janela e encontrou uma jovem comissária de bordo vestindo uniforme azul-marinho e blusa branca. Os olhos de Razak foram atraídos para o broche da El Al na lapela — uma estrela de Davi alada. "El Al" era a expressão hebraica para "rumo ao céu". Mais uma lembrança de que ali Israel controlava mais que apenas a terra.

— Por favor, coloque o encosto da poltrona na posição vertical — pediu ela educadamente. — Vamos pousar em poucos minutos.

Criado na capital da Síria, Damasco, Razak era o mais velho de oito irmãos. Nascido em uma família muito unida, ele com frequência ajudava a mãe nas obrigações domésticas, já que seu pai era embaixador do País e estava o tempo todo viajando. Com a ajuda do pai, ele começara sua carreira política fazendo a ligação entre facções xiitas e sunitas na Síria e depois em todo o mundo árabe. Após estudar política em Londres, retornara ao Oriente Médio, onde sua atuação foi ampliada, o que incluiu missões nas Nações Unidas e fazer pontes entre parceiros comerciais árabes e europeus.

Havia quase uma década Razak estava intimamente envolvido com as questões islâmicas mais problemáticas, tornando-se uma personalidade política relutante — porém cada vez mais influente. Diante de sua maligna associação com o radicalismo fanático e atos terroristas e sob o massacre da globalização, era cada vez mais difícil preservar a santidade do islamismo no mundo moderno. E, embora o que Razak quisesse ao aceitar seu papel fosse se concentrar nos aspectos religiosos do islamismo, ele havia aprendido rapidamente que seus componentes políticos eram inseparáveis.

Aos 45 anos de idade, o efeito de suas responsabilidades estava aparecendo. Fios grisalhos haviam crescido em suas têmporas, misturando-se ao cabelo preto grosso, e sempre havia preocupação em seus negros olhos solenes. Com peso e constituição medianos, Razak não chamava a atenção, embora em muitos círculos seus dotes diplomáticos certamente causassem uma impressão duradoura.

Um grande sacrifício pessoal rapidamente transformara seu idealismo juvenil em cinismo moderado. Ele constantemente recordava as sábias palavras que seu pai lhe dissera certa vez, quando era apenas um garotinho: "O mundo é uma coisa muito complicada, Razak, algo difícil de compreender. Mas sobreviver lá fora", dissera ele, apontando para a distância, "significa nunca comprometer seu espírito, porque nenhum homem ou lugar pode tirar isso de você. É o presente mais precioso que Alá lhe deu... e o que você faz com isso é seu presente para Ele".

Quando o Boeing 767 tocou a pista, Razak começou a pensar no misterioso conflito na Cidade Velha de Jerusalém três dias antes. A imprensa mundial anunciava um violento confronto ocorrido no Monte do Templo na sexta-feira. Embora só houvesse especulações sobre sua natureza, todos os relatos confirmavam que treze soldados da Força de Defesa Israelense haviam sido mortos por um inimigo ainda desconhecido.

Razak sabia não ser coincidência que seus préstimos houvessem sido requisitados ali naquele momento.

Quando pegava a mala da esteira de bagagem no terminal, o alarme do seu relógio de pulso tocou. Ele o programara para tocar cinco vezes por dia, em cinco tons diferentes.

Duas e meia.

Após parar no toalete masculino para ritualmente lavar o rosto, as mãos e o pescoço, ele encontrou um lugar vazio no saguão e pousou a mala. De novo examinando o relógio, estudou uma bússola digital em miniatura alimentada por um microchip de GPS. A pequena seta mudou de posição no mostrador, indicando a direção de Meca.

Erguendo as mãos, ele disse *Alah Akbar* duas vezes, cruzou as mãos sobre o peito e começou a primeira das cinco orações diárias obrigatórias da religião islâmica.

— "E testemunho que não há outro Deus que não Alá", murmurou, colocando-se de joelhos e curvando-se em submissão. Razak encontrou na oração uma solidão que silenciava o barulho ao redor, purificando o que ele era obrigado a fazer em nome do islamismo.

Ao meditar profundamente, ele apagou o grupo de turistas ocidentais que o estudava. Para muitos no mundo moderno a devoção fiel à oração era um conceito estranho. Ele não ficava surpreso que a visão de um homem árabe de terno ajoelhado em submissão a uma presença invisível despertasse tão facilmente a curiosidade de muitos não muçulmanos. Mas Razak há muito aceitara o fato de que a devoção nem sempre era conveniente ou confortável.

Quando terminou, ergueu-se e fechou o último botão do paletó de seu terno marrom.

Dois soldados israelenses o acompanharam com olhar de desprezo quando ele passou pela saída, olhando para sua mala com rodas como se ela contivesse plutônio. Para Razak, isso indicava uma tensão muito maior, que definia o lugar. Ignorou.

Ele foi saudado do lado de fora do terminal por um representante do Waqf — um jovem alto de pele escura que o levou a um Mercedes 500.

— *Salam alaikum.*

— *Alaikum salam* — respondeu Razak. — Sua família está bem, Akil?

— Sim, obrigado. Uma honra tê-lo de volta, senhor.

Akil pegou sua mala e abriu a porta de trás do carro. Razak mergulhou no interior refrigerado, e o jovem árabe assumiu seu lugar ao volante.

— Devemos chegar a Jerusalém em menos de uma hora.

Aproximando-se da alta e antiga muralha de blocos de calcário que cercava a Velha Jerusalém, o motorista entrou em um estacionamento e ocupou sua vaga reservada. Eles teriam de percorrer o restante do caminho a pé, já que a Cidade Velha, com suas ruas proibitivamente estreitas, não era acessível à maioria dos veículos.

Fora do portão de Jafa, Razak e o motorista foram colocados em uma longa fila por guardas da FDI fortemente armados. Mais perto da passagem foram submetidos a uma revista física, enquanto a mala de Razak era inspecionada e passava por um aparelho portátil de raios X. Depois houve uma exaustiva verificação de seus documentos. Finalmente, passaram por um detector de metais, o tempo todo sendo monitorados por um conjunto de câmeras de segurança instaladas no alto de um poste próximo.

— Pior do que nunca — observou Akil para Razak, pegando sua mala. — Logo estaremos todos trancados juntos.

Seguiram por um estreito túnel em forma de L — um projeto de séculos antes com o objetivo de retardar invasores e saqueadores — e saíram no movimentado Bairro Cristão. Subindo as inclinadas ladeiras de paralelepípedos que levavam ao Bairro Muçulmano, Razak sentiu a complexidade de aromas de um *souk* próximo — pão fresco, carne temperada, tamarindo, carvão e hortelã. Levaram quinze minutos para chegar à grande escadaria da Via Dolorosa que levava ao portão norte elevado do Monte do Templo. Lá a FDI exigiu uma nova verificação de segurança, embora nem de longe tão invasiva quanto a primeira.

Quando Akil o guiou através da grande esplanada do Monte do Templo, Razak pôde ouvir os gritos estridentes dos manifestantes perto da praça do Muro Ocidental, abaixo. Ele não precisava ver para saber que a polícia municipal de Jerusalém e reforços da FDI estariam lá em grande número, contendo a massa. Concentrando-se na espetacular vista das montanhas ali do alto do Monte do Templo, ele tentou ignorar os sons perturbadores.

— Onde será a reunião? — perguntou.

— Segundo andar do prédio do Domo do Conhecimento.

Pegando sua mala, Razak agradeceu a Akil, deixando-o em uma arcada livre, e seguiu para um prédio atarracado de dois andares situado entre as sagradas mesquitas do Domo da Rocha e de Al-Aqsa.

Cruzando a porta norte, subiu um lance de escadas e seguiu por um corredor estreito até uma sala isolada, onde já podia ouvir as vozes dos membros do Waqf que esperavam por ele.

Dentro, nove árabes — de meia-idade ou mais velhos — estavam reunidos ao redor de uma pesada mesa de teca. Alguns usavam os tradicionais lenços *kaffiyeh* com ternos ocidentais; outros haviam escolhido turbantes e túnicas coloridas. Quando Razak entrou, a sala mergulhou em silêncio.

À cabeceira da mesa, um alto árabe barbado usando lenço branco levantou-se e ergueu a mão em cumprimento.

Indo na direção dele, Razak ergueu a sua.

— *Salam alaikum*.

— *Alaikum salam* — respondeu o homem com um sorriso.

Farouq bin Alim Abd al-Rahman al-Jamir era imponente. Embora não se soubesse sua idade real, muitos diriam corretamente que tinha sessenta e tantos. Olhos cinzentos lúcidos traíam o fardo de segredos demais, mas mostravam pouco do homem por dentro. Uma grossa cicatriz cortava sua bochecha esquerda, e ele a ostentava com orgulho, como uma lembrança de seus dias no campo de batalha. Seus dentes eram artificialmente simétricos e brancos, obviamente próteses.

Desde que os muçulmanos recuperaram o controle do Monte do Templo no século XIII, o Waqf administrava aquele santuário sagrado, e um "guardião" havia sido escolhido como seu supervisor supremo. Essa responsabilidade, incluindo todas as questões referentes à santidade do local, era então de Farouq.

Enquanto se sentavam, Farouq reapresentou a Razak os homens à mesa e foi direto ao assunto.

— Não me desculpo por convocá-los aqui com tão pouca antecedência — disse Farouq, olhando ao redor da mesa e batendo com uma esferográfica contra a superfície envernizada da teca. — Todos têm conhecimento do incidente da última sexta-feira.

Um empregado se curvou para servir a Razak uma xícara de perfumado café árabe — *qahwa*.

— Muito problemático — continuou Farouq. — Em algum momento, tarde da noite, um grupo de homens penetrou na mesquita Marwani. Usaram explosivos para ter acesso a uma sala escondida atrás da parede dos fundos.

Era especialmente perturbador para Razak o fato de o crime ter ocorrido em uma sexta-feira, quando muçulmanos de toda Jerusalém se reuniriam no Monte do Templo para rezar. Talvez os criminosos quisessem deixar a comunidade muçulmana com medo. Ele se ajeitou na cadeira, tentando avaliar a audácia necessária para violar um local tão sagrado.

— Com que objetivo? — perguntou, tomando seu café lentamente, deixando o cheiro de cardamomo penetrar em suas narinas.

— Eles aparentemente roubaram um artefato.

— Que tipo de artefato? — quis saber Razak, que preferia respostas diretas.

— Chegaremos a isso depois — disse Farouq, descartando a pergunta.

Não pela primeira vez, Razak gostaria que o guardião não escondesse tanto o jogo.

— Trabalho profissional, então?

— Aparentemente.

— As explosões danificaram a mesquita?

— Felizmente, não. Nós de imediato entramos em contato com um engenheiro civil. Por enquanto parece que os danos se limitam à parede.

Razak franziu o cenho.

— Alguma ideia de quem poderia ter feito isso?

Farouq balançou a cabeça negativamente.

— Foram os israelenses, estou dizendo! — soltou um dos anciões, tremendo de ódio, o lábio inferior dramaticamente torcido.

Todas as cabeças se viraram para o ancião. Ele desviou os olhos e recostou na cadeira.

— Não há certeza disso — cortou Farouq com firmeza. — Embora seja verdade que testemunhas tenham contado que um Black Hawk israelense foi usado para transportar os ladrões.

— O quê? — exclamou Razak, estupefato.

Farouq anuiu.

— Ele pousou na esplanada em frente à mesquita de Al-Aqsa e os levou.

— Mas não é espaço aéreo restrito?

— Exatamente.

Embora não fosse admitir, Razak estava impressionado que alguém pudesse realizar tal operação, especialmente em Jerusalém.

— Como?

— Não temos detalhes — disse Farouq, voltando a bater com a caneta. — Sabemos apenas que o helicóptero foi visto sobre Gaza minutos depois do roubo; estamos esperando um relatório completo da FDI. Mas não vamos esquecer que treze israelenses foram mortos durante o ataque e muitos outros ficaram feridos. Policiais e soldados da FDI. Supor que israelenses foram responsáveis... Por ora isso não faz muito sentido — lembrou Farouq ao grupo.

Outro ancião se pronunciou.

— A situação é muito complicada. Esse roubo claramente aconteceu em nossa jurisdição. Contudo, o fato de que tantos soldados da FDI tenham sido mortos é muito importante —

disse, estendendo as mãos e fazendo uma pausa antes de continuar. — Os israelenses concordaram em manter segredo, mas pediram que colaborássemos fornecendo todas as informações conseguidas em nossas investigações internas.

Razak pegou sua xícara e ergueu os olhos.

— Imagino que a polícia já tenha começado a investigação preliminar.

— Claro — cortou Farouq. — Eles chegaram minutos após o incidente. O problema é que ainda não apresentaram nenhuma prova definitiva. Suspeitamos que fatos importantes estejam sendo mantidos em sigilo. Por isso o convocamos. O confronto parece inevitável.

— Se pelo menos... — começou Razak.

— O tempo é curto — cortou outro membro do Waqf, com uma densa cabeleira prateada. — Os dois lados temem que em pouco tempo a imprensa comece a tirar suas próprias conclusões. E todos sabemos o que isso significa.

Ele olhou gravemente ao redor da mesa para conseguir apoio e continuou.

— Razak, você sabe como nosso papel aqui em Jerusalém é frágil e está vendo o que acontece lá fora, nas ruas. Nosso povo confia que iremos proteger este lugar — disse, batendo duas vezes na mesa com o indicador esticado. — Não há como saber de que modo ele irá reagir. Diferentemente da *maioria* de nós, ele irá supor que os israelenses são os responsáveis — disse, olhando para o primeiro ancião, ainda vermelho de raiva.

Farouq falou novamente.

— Você pode imaginar que o Hamas e o Hezbollah estão ansiosos para atacar os judeus por causa disso — falou, o rosto assumindo uma expressão funesta. — Eles estão pedindo nosso apoio para atacar os israelenses, de modo a ajudar na causa palestina.

A situação era muito pior do que Razak imaginara. A tensão entre israelenses e palestinos já estava aumentando. Tanto o Hamas quanto o Hezbollah haviam conquistado grande apoio nos anos anteriores em seus esforços de corajosamente se opor à ocupação israelense, e esse incidente certamente fortaleceria sua agenda política. Razak tentou não pensar nas consequências ainda mais drásticas que provavelmente seguiriam; o Waqf estava atolado em uma situação política muito precária — que a Razak parecia extremamente frágil.

— E o que vocês querem de mim? — perguntou ele, olhando ao redor da mesa.

— Determinar quem roubou a relíquia — respondeu o ancião, comedido. — Precisamos saber quem cometeu o ato para que a justiça possa ser feita. Nosso povo merece saber por que um lugar tão sagrado foi maldosamente violado.

No silêncio que seguiu, Razak pôde ouvir os insultos abafados dos manifestantes através da janela, como vozes em um túmulo.

— Farei o que for necessário — garantiu a eles. — Antes preciso ver onde aconteceu.

Farouq levantou-se.

— Eu o levarei lá agora.

4

Cidade do Vaticano

Charlotte Hennesey lutava contra o terrível fuso horário de oito horas, e os três *espressos* logo no início daquela manhã não haviam resolvido o problema.

Seguindo as instruções, ela esperava na suíte de hóspedes até ser convocada. Diferentemente da limusine e do serviço de primeira classe que a levara de Phoenix a Roma, seu aposento na residência Domus Santae Marthae, na Cidade do Vaticano, era austero: paredes brancas, mobília de carvalho simples, duas camas e mesinha de cabeceira, embora tivesse banheiro privativo e uma pequena geladeira.

Sentada junto à janela banhada pelo sol, ela olhava para os telhados do lado oeste de Roma. Tendo terminado a leitura de um romance no avião — *Quase santo*, de Anne Tyler —, tivera de se contentar com a edição em inglês de *L'Osservatore Romano*, que leu do início ao fim. Suspirando, pousou o jornal e olhou para o despertador digital na mesinha de cabeceira: 3h18.

Estava ansiosa para começar a trabalhar, mas pensava qual poderia ser a utilidade de uma geneticista americana ali. Como chefe de pesquisa e desenvolvimento da BioMapping Solutions, Charlotte normalmente fazia visitas a empresas farmacêuticas e de biotecnologia interessadas em aplicar as últimas descobertas sobre o genoma humano em suas pesquisas.

Foi seu chefe, o fundador da BMS, Evan Aldrich, quem, quase duas semanas antes, recebera o telefonema de um clérigo do Vaticano chamado Patrick Donovan. Após ouvir a interessante proposta do padre, Aldrich oferecera os préstimos dela para um projeto altamente secreto. Poucas coisas afastavam Evan Aldrich de seu trabalho, especialmente quando o pedido implicava abrir mão de sua melhor pesquisadora.

Essa claramente era uma delas.

Aos 32 anos de idade, Charlotte era uma mulher graciosa, de 1,72m, com impressionantes olhos esmeralda e um rosto liso e saudavelmente bronzeado, emoldurado por cachos de cabelos castanhos até os ombros. Com um raro equilíbrio entre intelecto e encanto, ela se tornara a relações-públicas da empresa em um setor caracterizado por cientistas opacos. A genética humana costumava ser mal entendida e era sempre polêmica. Com a BMS agressivamente divulgando sua última tecnologia de mapeamento genético, era importante ter a imagem pública certa.

Ela recentemente havia acrescentado aparições na mídia a seu arsenal de talentos: programas de entrevistas e noticiários. Aldrich comentou que o padre do Vaticano mencionara ter visto uma de suas entrevistas recentes sobre a reconstrução da linhagem materna por intermédio do mapeamento do DNA mitocondrial, o que o levara a solicitar seus préstimos.

Com seu tempo dividido entre pesquisa e relações-públicas, ela pensava em qual era exatamente o papel que deveria desempenhar ali. Afinal, o papado conservador certamente não era um de seus maiores defensores.

Seus pensamentos retornaram a Evan Aldrich.

Ele havia mudado de carreira abruptamente dez anos antes, abandonando seu seguro posto de professor de ciência genética em Harvard para ingressar no mundo incerto dos negócios. E fizera a mudança de modo brilhante. Mais de uma vez Charlotte tentava imaginar o que motivava Evan. Não era o dinheiro, embora ele houvesse ganhado muito quando a BMS começou a ser negociada na Bolsa. O que realmente movia o homem era sua noção de objetivo, sua crença de que o trabalho e as escolhas que fazia realmente importavam. Foram sua paixão e seu verdadeiro carisma que a atraíram. O fato de achar que ele parecia um galã de cinema não atrapalhou.

Quase um ano antes ela e Evan começaram a sair, ambos bastante preocupados com os potenciais conflitos profissionais que poderiam brotar da relação. Mas, se existe uma afinidade natural entre duas pessoas, Charlotte certamente a tinha encontrado — como nas inevitáveis leis da física, ela se viu irresistivelmente atraída por ele. Até quatro meses antes as coisas entre os dois pareciam perfeitas.

Então o destino decidiu intervir.

Um rotineiro exame de sangue anual detectara níveis de proteína anormalmente altos na circulação dela. Foram feitos outros exames, incluindo uma dolorosa biópsia óssea. Finalmente chegou o diagnóstico devastador: *mieloma múltiplo*.

Câncer ósseo.

No início ela sentiu raiva. Afinal, era praticamente vegetariana, quase não bebia e se exercitava como maníaca. Não fazia sentido nenhum, em especial porque na época se sentia muito bem.

Mas já não era o caso naquele momento. Uma semana antes ela começara a tomar Melphalan, o começo de sua quimioterapia de pequenas doses. Passara a se sentir lutando com uma ressaca permanente, com direito a ondas intermitentes de náusea.

Não tivera coragem de contar a Evan. Pelo menos não ainda. Ele já estava falando sobre um futuro mais sólido, até mesmo filhos. No momento nada disso parecia possível, o que a esmagava. Nas últimas semanas Charlotte se tornara mais desesperançada. A fim de ser justa com ele, ela precisava estar absolutamente certa de que estaria entre os 10% que vencem a doença antes de se comprometer com algo mais sério.

Uma batida discreta na porta arrancou Charlotte de seus pensamentos.

Ela chegou lá em quatro passos, abriu a porta e viu um homem careca, de óculos, aproximadamente da sua altura, vestindo terno preto. Seus traços eram suaves e pálidos. Talvez quarenta e tantos ou cinquenta e poucos anos, supôs ela. Seus olhos foram imediatamente atraídos pelo colarinho de padre.

— Boa tarde, dra. Hennesey. Eu sou o padre Patrick Donovan.

Seu inglês era temperado com um sotaque irlandês. Sorrindo de forma antipática, estendeu uma mão magra.

Meu admirador do Vaticano, pensou ela.

— É um prazer conhecê-lo, padre.

— Agradeço muito por sua paciência. Desculpe a demora. Podemos ir?

— Sim, claro.

5

Monte do templo

Bem abaixo do Monte do Templo, Razak e Farouq estavam em pé no piso coberto de entulho da mesquita Marwani. Como o guardião havia dito, os danos ao local foram consideráveis, mas limitados. Holofotes haviam sido colocados sobre postes para iluminar um buraco na parede dos fundos com cerca de um metro e meio de diâmetro. Ao vê-lo, Razak sentiu um nó no estômago.

Ele vira aquele lugar pela primeira vez no final dos anos 1990. Na época, entulho e lixo ocupavam totalmente o espaço, do chão ao teto. Mas isso foi antes de o governo israelense autorizar o Waqf a iniciar escavações e restaurações. Em troca, arqueólogos judeus receberam autorização para escavar o túnel do Muro Ocidental — passagem subterrânea bem abaixo dos prédios do Bairro Muçulmano, ligando a praça do Muro Ocidental, ao sul, à Via Dolorosa, no canto noroeste da rampa. Como era habitual, o acordo foi marcado por derramamento de sangue. Explodiram confrontos entre palestinos e israelenses que se opunham às escavações, provocando a morte de mais de setenta soldados e civis, inclusive o melhor amigo de Razak, Ghalib, que era definitivamente contra Israel cavar sob sua casa, colada ao muro de arrimo oeste do Monte do Templo.

Alguns muçulmanos se aferravam à crença de que um demônio chamado *Jin* havia deliberadamente enchido aquela sala subterrânea de entulho para impedir a entrada. E naquele momento, com a restauração quase concluída, Razak não conseguia deixar de sentir uma presença malévola escondida nas sombras.

Ao se aproximar da abertura, ele correu os dedos pela beirada irregular, sentindo resíduos plásticos. Espiou dentro da câmara secreta, onde havia um mínimo de entulho.

Farouq surgiu ao seu lado segurando um pedaço de pedra, e o deu a Razak.

— Está vendo isto? — perguntou, apontando para um arco liso em uma das beiradas do bloco. — Os israelenses encontraram uma furadeira deixada pelos ladrões, usada para fazer os furos preenchidos com explosivos.

Razak examinou a pedra.

— Como explosivos puderam ser contrabandeados para o coração de Jerusalém, passando por todos os postos de controle?

— Explosivos *e* armas. Essas pessoas eram espertas — disse Farouq, inclinando-se para dentro do buraco e olhando. — Eu não quis mencioná-lo na frente dos outros, mas isso parece sugerir que alguém de dentro os ajudou. Talvez os judeus realmente tenham algo a ver com isso.

Razak não estava tão certo.

— Você disse que a polícia já viu isto?

— A polícia e os agentes de inteligência da FDI o estudaram dois dias inteiros depois do roubo.

O detalhismo deles não surpreendeu Razak.

— Estamos esperando um relatório completo. Ainda não chegou — acrescentou Farouq.

Os dois homens atravessaram o buraco e penetraram no espaço.

Outros holofotes elevados iluminavam a câmara interna, claramente escavada na macia pedra calcária do Monte Moriá, com grossos pilares de pedra sustentando o teto de rocha. As paredes não eram ornamentadas. Ali o ar estagnado ainda cheirava a explosivos.

Razak se virou para encarar o guardião.

— Você sabia desta câmara antes?

— De modo algum. Nossas escavações se limitaram à mesquita em si. Qualquer escavação não autorizada teria sido absolutamente proibida.

O olhar de Farouq era firme, mas Razak sabia bem que, no que dizia respeito a escavações, o Waqf havia tomado algumas liberdades no passado.

Junto à parede leste Razak viu uma fila de nove pequenas caixas de pedra, cada uma gravada em um idioma que parecia hebraico. Ele se aproximou mais. Em uma das extremidades, uma depressão retangular na terra sugeria que uma décima caixa havia sido removida, e ele foi nessa direção.

Inesperadamente, ouviu-se uma voz vinda do outro lado do buraco da explosão.

— Cavalheiros. Eu poderia ter um momento da sua atenção?

Razak e Farouq se voltaram e viram um homem de meia-idade, de aparência comum, olhando pela abertura. Seu rosto queimado de sol estava pálido, e terminava em uma cabeleira castanha desgrenhada.

— Desculpem-me, vocês falam inglês? — perguntou o estranho com um refinado sotaque britânico.

— Falamos — respondeu Razak, aproximando-se rapidamente do buraco.

— Maravilhoso — disse o estranho, sorrindo. — Isso facilitará tudo. Meu árabe é um pouco capenga.

Farouq colocou Razak de lado.

— Quem é você?

— Meu nome é Barton — disse, avançando pela abertura. — Graham Barton, eu...

Farouq ergueu as mãos no ar.

— Como você ousa entrar aqui? É um lugar sagrado!

Barton parou no meio do caminho, como se parecesse ter acabado de pisar em uma mina terrestre.

— Lamento, mas se você me deixar...

— Quem deixou você entrar? — disse Razak, colocando-se à frente de Farouq para esconder a câmara.

— Fui mandado pelo comissário da polícia israelense para ajudá-los — disse, tirando do bolso uma carta em papel timbrado do departamento de polícia.

— Um inglês! — disse Farouq, gesticulando intensamente. — Eles mandaram um *inglês* nos ajudar. Você sabe aonde isso já nos levou!

Pelo muito tempo que havia passado em projetos em Israel, Barton estava dolorosamente consciente de que ali os ingleses ainda eram mais conhecidos por seus esforços mal-feitos de colonização no início dos anos 1900 — um fracasso que serviu apenas para aprofundar o ressentimento dos palestinos com o Ocidente. Ele deu um sorriso apertado.

— Preciso lembrá-lo de que os não muçulmanos estão proibidos de entrar neste local? — alertou Farouq.

— Minhas afinidades religiosas não são tão facilmente definidas — retrucou Barton.

Houve uma época em que ele frequentava regularmente os serviços anglicanos na igreja da Santíssima Trindade, perto de sua casa, em Kensington, Londres. Mas isso foi muito tempo antes. Naquele momento ele se considerava mais um crente secular que fugia do *establishment*, mas ainda buscava uma compreensão melhor de sua crença em que de fato havia algo superior a ele mesmo neste universo milagroso. Até aquele momento, essa busca não havia excluído elementos da maioria das religiões, incluindo o islamismo, que ele tinha em alta conta.

— Então qual é seu objetivo aqui? — cobrou Razak.

— Trabalho para a Autoridade Israelense de Antiguidades — continuou Barton, que já começava a achar que havia sido uma péssima ideia aceitar o trabalho. O peixinho dourado estava no tanque das piranhas. — Sou especialista em antiguidades da antiga Terra Santa.

Antiguidades *bíblicas* seria mais preciso, pensou ele. Mas mencionar isso àquela dupla não parecia inteligente.

— Sou muito bem visto em minha área.

Na verdade *renomado*, pensou ele. Formado na Universidade de Oxford, curador-chefe de antiguidades do Museu de Londres e com um currículo que mais parecia uma novela — para não falar nas inúmeras escavações arqueológicas que conseguira fazer em Jerusalém e seus arredores e em trabalhos regularmente publicados na *Biblical Archaeology Review*. Pouco antes do roubo a AIA havia contratado Barton, com uma remuneração generosa, para supervisionar um gigantesco processo de digitalização que iria catalogar a totalidade de suas inestimáveis coleções, espalhadas por todos os museus de Israel. Mas ele sabiamente decidiu não entrar nesses detalhes.

Farouq reagiu com desprezo.

— Credenciais não me impressionam.

— Certo. Mas posso economizar muito tempo para vocês — acrescentou Barton, esquivando-se da clara hostilidade do guardião. — Ademais, a FDI e a polícia israelense contrataram meus serviços. Fui informado de que vocês se comprometeram a colaborar plenamente a fim de descobrir o que aconteceu aqui. Tenho uma carta de apresentação — disse, em tom mais firme.

Os olhos de Farouq encontraram os de Razak, registrando a insatisfação com as táticas matreiras dos israelenses.

— Fui informado de que o incidente envolve possivelmente uma antiga relíquia — disse Barton, tentando espiar por sobre o ombro de Razak.

Os dois muçulmanos ainda tentavam entender o que estava acontecendo.

— Os ladrões devem ter recebido informações muito precisas sobre a exata localização de uma sala tão bem escondida sob o Monte do Templo — continuou Barton. — Não concordam?

— Um momento, por favor — disse Farouq, erguendo um dedo e gesticulando para que o arqueólogo recuasse para fora do buraco da explosão.

Suspirando, Barton recuou para a mesquita. A difícil política daquele lugar o deixava exasperado.

Razak observou enquanto ele saía.

— Estranho. Imagino se eles...

— Um ultraje! — disse Farouq, a expressão carregada.

A voz de Razak transformou-se em sussurro.

— Os israelenses mencionaram isso a você?

— Nada. E eu não vou permitir.

Razak respirou fundo. Não gostava da ideia de permitir que aquele Barton — aparentemente um representante das autoridades judaicas — interferisse em uma investigação tão sensível. Afinal, a polícia israelense e a FDI já haviam passado dois dias estudando a cena do crime sem aparentemente conseguir resultados. Agora mandavam um estranho? Talvez Barton não fosse apenas reproduzir a investigação. Não havia como dizer quais seriam seus motivos. Contudo, o tempo não corria em benefício de Razak, e seu conhecimento de arqueologia e antiguidades era, na melhor das hipóteses, limitado.

Farouq se aproximou mais.

— Em que está pensando?

— Não temos muito tempo. Já que Barton diz ser um especialista...

— Sim?

— Bem, é óbvio que os israelenses já sabem o que aconteceu aqui. Talvez ele possa nos dar informações. Algo com o que começar. É do interesse de todos resolver isto rapidamente.

Farouq baixou os olhos para o chão.

— Razak. A confiança exige mérito. Todo homem precisa provar seu caráter. Você é um homem virtuoso. Mas nem todos são como você. Você e eu, nós confiamos um no outro. Mas precisamos ter muita cautela com esse Barton — disse, marcando a observação com um dedo erguido.

Razak ergueu uma sobrancelha.

— Claro, mas nós temos escolha?

Farouq devolveu o olhar de Razak. Finalmente, as rugas em sua testa suavizaram.

— Você pode estar certo — concordou, suspirando dramaticamente e forçando um sorriso. — Gostaria apenas que ele não fosse um inglês. Pegue esta carta e verifique as credenciais com a polícia. Aja como preferir. Vou embora.

De volta à mesquita, Razak pegou a carta e orientou o inglês a esperar sua volta. Então acompanhou Farouq até as escadas.

— Fique de olho nele — lembrou Farouq a Razak, olhando de esguelha para Barton.

Tirando o paletó do terno, Razak perguntou a Farouq se ele se importaria de levá-lo para seu escritório. Seguiu o guardião com os olhos enquanto este desaparecia ao sol.

Após dobrar as mangas da camisa, Razak pegou o celular e teclou o número do comissário de polícia israelense que assinara a carta. Após ser transferido de ramal duas vezes foi colocado em espera e submetido a uma banal música *pop* israelense. Vendo Barton andar em pequenos círculos na mesquita Marwani, passou o peso de um pé para o outro, segurando o celular longe do ouvido, no máximo esforço para não ouvir a batida *techno* da música, de causar enxaqueca. Um minuto depois houve dois cliques nítidos, seguidos por um toque.

Uma forte voz anasalada se apresentou:

— É o general Topol falando.

Razak se esforçou para filtrar os indícios de árabe em seu inglês quase perfeito.

— Meu nome é Razak bin Ahmed bin al-Tahini. Fui chamado pelo Waqf para supervisionar a investigação no Monte do Templo.

— Estava esperando seu telefonema — disse Topol entre goles de café queimado de um copo de papel, claramente nada impressionado. — Imagino que tenha conhecido o sr. Barton.

Razak ficou surpreso com a objetividade do homem.

— Sim, conheci.

— Ele é bom... Já o usei antes. Muito objetivo.

Razak evitou fazer comentários.

— Devo informá-lo de que a presença dele não foi bem recebida. Compreendemos a necessidade da intervenção do seu departamento, mas o sr. Barton entrou na mesquita sem autorização.

— Minhas desculpas por não informá-los mais cedo — retrucou Topol, contendo um bocejo. — Mas Graham Barton foi autorizado a agir em nosso nome. Tudo está na carta que ele carrega. Tenho certeza de que vocês compreendem que a natureza desse crime exige que tenhamos papéis iguais na investigação.

— Mas ele é um arqueólogo, não um investigador — questionou Razak. — A polícia israelense já examinou a cena do crime.

— Certamente, nosso pessoal esteve aí — admitiu Topol. — Mas esse crime parece dizer respeito a um artefato desaparecido.

Nós somos a polícia. Entendemos de roubos de carros, assaltos, assassinatos. Não sabemos nada de artefatos antigos. Então sentimos que a investigação poderia se beneficiar dos conhecimentos de arqueologia de Barton.

Razak não disse nada. Era normal para ele escolher o silêncio em vez do confronto. Em uma negociação, o outro lado com frequência dava informações significativas apenas para preencher o silêncio. A pausa lhe deu tempo para avaliar o argumento de Topol. No geral parecia fazer sentido.

O policial baixou a voz e adotou um tom conspiratório.

— Acho que ambos precisamos colocar de lado nossas diferenças para que possa ser feita justiça.

— Meus colegas e eu partilhamos de sua preocupação. Podemos confiar que todas as informações permanecerão confidenciais até nossa investigação estar concluída?

— Você tem a minha palavra. Queremos uma solução rápida e pacífica. Os boatos estão se espalhando velozmente. Em breve poderemos ter nas mãos um problema muito maior.

— Compreendo.

— Boa sorte para você.

A linha ficou muda.

Razak retornou ao local onde o inglês estava, perto do buraco da explosão, mãos cruzadas às costas, assobiando e admirando o impressionante interior da mesquita Marwani. Barton se virou para ele.

— Tudo certo?

Ele anuiu e estendeu a mão.

— Bem-vindo, sr. Barton. Meu nome é Razak.

6

Cidade do Vaticano

No final do corredor pouco iluminado, Charlotte Hennesey e o padre Donovan desceram dois lances de escada em ziguezague e saíram no moderno saguão do Domus. Atravessaram a área de placas de mármore branco, passaram por um busto do papa João Paulo II e saíram do prédio para o brilhante sol vespertino.

Charlotte estava acostumada ao calor seco do deserto de Phoenix. Já o calor de Roma tinha uma umidade opressiva. E havia o rígido código de vestuário do Vaticano: braços, pernas e ombros deveriam estar cobertos o tempo todo. Nada de bermudas ou blusas sem mangas. Era como no colégio — nada de tomara-que-caia ou frente única. Em casa ela normalmente terminava o dia deitada ao lado da piscina, nos fundos de sua fazenda ao estilo espanhol, de biquíni. Pelo menos quando se sentia bem. E era evidente que isso não aconteceria ali.

— Tenho certeza de que está curiosa sobre o motivo que a trouxe aqui — disse o padre Donovan.

— Isso passou pela minha cabeça — respondeu ela educadamente.

— O Vaticano é muito bom em teologia e fé — explicou ele. — Contudo, você não deve se surpreender por ouvir que no campo das ciências naturais há algumas deficiências óbvias em nossas capacidades — disse, dando um sorriso autodepreciativo.

— Isso é perfeitamente compreensível.

O padre tinha uma disposição gentil, pensou. Seu sotaque irlandês era calmo, e ela percebeu que ele gesticulava muito, com certeza subproduto de anos passados atrás de um púlpito.

Eles caminharam pela Piazza Santa Marta, percorrendo a calçada dos fundos ao longo da abside da basílica. Charlotte ficou maravilhada com seu exterior em mármore e vitrais.

— Eu mesmo, por exemplo — prosseguiu ele. — *Prefetto di Biblioteca Apostolica Vaticana*... Uma forma extravagante de dizer que era o chefe e curador da Biblioteca do Vaticano. Sou especialista em livros e história da Igreja. Devo confessar que sei pouco sobre sua área. Mas quando a vi na televisão me convenci de que você realmente poderia me ajudar em um projeto que fui encarregado de levar a cabo.

— Caso não se incomode que eu diga isso, fico surpresa pelo fato de minha área interessar a alguém na Cidade do Vaticano.

— De fato, muitos do lado de dentro destas paredes têm reservas sobre as intenções da pesquisa genética. Eu, porém, gosto de ter uma mente mais aberta.

— Bom saber — disse ela, sorrindo. — Então, o que exatamente irei estudar?

O padre não respondeu de imediato, deixando dois religiosos que passavam ficarem a uma distância considerável antes de contar, em voz baixa:

— Uma relíquia — disse, pensando em se estender mais, mas mudando de ideia. — Melhor ver com seus próprios olhos.

Seguindo na direção norte pela Viale del Giardino Quadrato, eles atravessaram o verde exuberante dos jardins do Vaticano, passando pela Casina de Pius IV, a luxuosa residência papal de verão neoclássica do século XVI.

O caminho reto seguia atrás do enorme Museu do Vaticano. Charlotte se lembrou de ter lido que a grande coleção de arte do Vaticano ficava ali, dentro do antigo palácio dos papas do Renascimento. Também era o lugar para onde incontáveis visitantes de todo o mundo se maravilhavam com a mais famosa exposição da cidade, a Capela Sistina, com suas paredes cobertas de afrescos narrativos, o teto pintado por Michelangelo.

Ficava claro que o padre Donovan ainda não estava pronto para contar mais. Embora ela quisesse perguntar por que o bibliotecário estava lidando com estudo de relíquias, decidiu mudar de assunto.

— O lugar é encantador — disse ela, olhando para as flores, as fontes decoradas e a fantástica arquitetura renascentista. — É como um conto de fadas. Você realmente vive aqui?

— Ah, sim — respondeu ele.

— Como é?

O padre olhou para ela, sorrindo.

— O Vaticano é seu próprio mundo. Tudo de que preciso está dentro destas paredes. É meio como um *campus* universitário, acho.

— Mesmo?

Ele juntou as duas mãos.

— Sem a vida noturna, claro — disse, rindo. — Embora deva reconhecer que temos nossos próprios equivalentes a fraternidades.

Estavam se aproximando da entrada de serviço do museu. Mesmo em um ritmo tranquilo, em menos de dez minutos haviam caminhado cerca de seiscentos metros, quase toda a largura da cidade-estado.

7

Monte do templo

Razak conduziu o inglês até o buraco da explosão, orientando-o a passar pela abertura.

Ao entrar, o olhar analítico de Barton imediatamente varreu a câmara.

Seguindo-o, Razak continuou de pé perto da entrada, desconfortável com a soturna atmosfera subterrânea.

Entusiasmado, Barton não hesitou em dizer o que estava pensando.

— No final do século I a.C., o rei Herodes, o Grande, empregou mestres arquitetos de Roma e do Egito para projetar o Monte do Templo. Foi uma empreitada gigantesca, que exigiu a construção de uma monumental plataforma, incorporando a base sólida na extremidade norte — disse, apontando para trás de si — e se expandindo para o sul, com enormes muros de arrimo no ponto em que o terreno do Monte Moriá se inclina para baixo.

Ele girou, apontando na direção oposta.

— Por isso a extremidade sul da plataforma pode facilmente abrigar salas abobadadas, como o espaço que é hoje a mesquita Marwani. Os arqueólogos há muito tempo levantaram a teoria de que havia outros espaços semelhantes abaixo do monte.

— Está me dizendo que os israelenses sabiam da existência desta sala?

Barton tinha consciência de que Razak procurava suspeitos, então sabia que tinha de ir com cuidado. Embora informado de que arqueólogos judeus haviam feito varreduras térmicas no monte que revelaram questionáveis anomalias subterrâneas, ele estava bastante certo de que aquela câmara específica não havia sido de modo algum detectada.

— Absolutamente. Tenho certeza de que, se soubessem, o Waqf teria sido informado — disse, sabendo que Razak não acreditara em uma só palavra.

Barton voltou sua atenção para as urnas de pedra, agachando-se para ver melhor, passando de uma para a seguinte, a excitação aumentando a cada nova descoberta.

Enquanto isso, o olhar assustado de Razak vagava pelas paredes de pedra.

— Então, que lugar é este?

Barton se levantou e respirou fundo.

— Você está no que parece ser uma antiga cripta judaica.

De imediato Razak cruzou os braços à frente do peito. A ideia de estar em meio à morte e a almas inquietas era repugnante, reforçando seus pressentimentos. Além de tudo, judaica! Instantaneamente o lugar pareceu menor. Sufocante.

— Ao que parece, os ladrões removeram um dos ocupantes permanentes — disse Barton, ao balançar de um pé para outro, apontando para a depressão retangular na terra ao final da fila.

— Mas as urnas não são pequenas demais para serem caixões?

— Deixe-me explicar — disse o arqueólogo, fazendo uma pausa para organizar o raciocínio. — No antigo ritual funerário judaico, o *tahara*, os corpos dos mortos eram limpos e seguir cobertos com flores, ervas, especiarias e óleo. Depois, tornozelos, pulsos e maxilar eram amarrados e duas moedas eram colocadas sobre os olhos — contou, dispondo as mãos em concha em seus olhos. — Finalmente, o corpo inteiro era enrolado em linho e coberto com uma mortalha.

Barton sabia que nesse estágio o corpo preparado era posto em um nicho comprido, ou *loculus*. Não havia nenhum ali, mas as variações nos projetos de tumbas não eram incomuns, e ele não queria complicar as coisas.

Tentando imaginar as dimensões internas da urna, Razak não conseguia entender como um corpo poderia caber em um recipiente tão apertado.

— Mas ainda não vejo...

Barton ergueu uma das mãos, interrompendo gentilmente.

— Por favor. Eles acreditavam que o corpo precisava expiar os pecados, livrar-se deles por intermédio do processo de apodrecimento da carne. Assim, a família permitia que o corpo se putrefizesse durante um ano, depois do que retornava para colocar os ossos em uma urna de pedra sagrada — um caixão em miniatura chamado ossuário.

Razak olhou para ele. A prática fúnebre islâmica — enterro em vinte e quatro horas em uma tumba simples voltada para Meca, de preferência sem caixão — contrastava claramente com os elaborados rituais judaicos antigos.

— Entendo — disse Razak, coçando o queixo.

— Esse tipo de enterro era comum nesta região, mas foi praticado durante um período muito curto, aproximadamente entre 200 a.C. e 70 d.C. — continuou Barton. — Isso nos ajuda a datar os ossuários com precisão, mesmo sem realizar testes elaborados. Como você pode ver, as urnas são grandes o suficiente para acomodar um esqueleto desmembrado — disse Barton, apontando para a fila.

— Por que eles preservavam os ossos? — perguntou Razak, pensando saber a resposta, mas querendo ter certeza.

— Os antigos judeus acreditavam fortemente na ressurreição final, provocada pelo advento do verdadeiro messias.

Razak anuiu. Os corpos dos muçulmanos também esperavam no túmulo pelo Dia do Julgamento, o que lhe fazia lembrar que judaísmo e islamismo tinham muitas raízes comuns.

— O mesmo messias que os judeus acreditam que irá reconstruir o terceiro e último templo aqui em cima — acrescentou Barton, apontando acima de sua cabeça, para a esplanada do Monte do Templo.

— Isso nunca acontecerá — afirmou Razak.

Era exatamente o que Barton esperava que o muçulmano dissesse.

— Sim, bem, seja como for, tudo isso era considerado uma preparação para esse dia. Sem os ossos não haveria chance de ressurreição.

— Os ossuários são valiosos?

— Depende. Precisariam estar em perfeitas condições — revelou Barton, examinando as nove relíquias remanescentes. — E estes parecem estar em ótimo estado, sem fraturas óbvias, além de todos terem as tampas. Gravações também podem ser importantes. Frequentemente, o escultor marca na superfície a identidade do corpo. Algumas vezes eles têm padrões decorativos ou cenas. Se as gravações forem impecáveis, o preço sobe. Estes ossuários parecem bastante comuns — comentou Barton, que já tinha visto centenas de urnas semelhantes recuperadas por toda a região, muitas mais impressionantes que aquelas.

— Então, quanto um deles valeria?

Barton apertou os lábios.

— Depende. Talvez 6 mil libras, ou 10 mil dólares, supondo que pudesse ser vendido no mercado de antiguidades. O grande problema é que a relíquia provavelmente não seria particularmente incomum. Para conseguir um bom preço ela precisaria estar em perfeitas condições e ser comprada por um colecionador ávido ou um museu. Mas hoje em dia os museus não costumam gostar de peças obtidas por intermédio do mercado de antiguidades.

Razak estava começando a se acostumar com o sotaque britânico do arqueólogo.

— Por que não?

— Bem, os artefatos desejados seriam aqueles com uma ótima origem. Um comprador sério precisa ter boas provas de que a relíquia foi extraída de um sítio específico, o que lhe dá autenticidade. A terra e outros itens em uma escavação arqueológica oferecem muitas pistas sobre a idade de um artefato. Quando você remove a relíquia da terra... — disse, dando de ombros.

Razak se agachou. Havia muito a absorver.

— Então o que você está realmente dizendo é que... Como o valor pode depender da confirmação de sua origem, esse ossuário roubado pode não valer tanto no mercado livre?

Barton anuiu.

— Exatamente. O valor também depende muito da credibilidade do vendedor. Se a origem é suspeita, o valor do ossuário cair bastante; isso significa que podemos descartar a possibilidade de o ladrão ser um museu ou um colecionador conhecido.

Barton olhou para o muçulmano agachado, pensando se deveria retribuir se sentando. Será que ele esperava por isso? Na dúvida, decidiu permanecer de pé.

— As possíveis consequências são muito graves. Eu também poderia acrescentar que muitas relíquias saídas de Israel nas últimas duas décadas se revelaram fraudes somente após museus europeus terem pago quantias exorbitantes por elas.

Razak ergueu os olhos.

— Então colocar o ossuário em exposição em uma galeria seria perda de tempo para eles?

O inglês concordou.

O número de israelenses mortos simplesmente não combinava com o duvidoso valor de mercado da relíquia.

— Por que alguém teria tanto trabalho, com tanta violência, para roubar apenas um? Por que não roubar todos? — retrucou.

— Boa observação. É o que você e eu precisamos determinar. Preciso analisar as gravações nestes artefatos. Também preciso estudar a cripta em busca de pistas sobre a família que foi enterrada aqui. Acho que os ladrões sabiam exatamente qual ossuário queriam e não estavam preocupados em determinar sua origem. Isso elimina arqueólogos sérios, que não são conhecidos por abrir buracos em paredes com bombas.

Razak se permitiu um sorriso.

— Quanto pesam essas coisas?

— Provavelmente uns 22 quilos, mais os ossos... Por volta de 35 no total.

— E como alguém despacharia isso?

— Em uma caixa comum, imagino. Você precisa envolvê-lo em muito material de proteção. Para sair por um dos portos de Israel o conteúdo teria de passar pela alfândega. E me disseram que desde sexta-feira todas as cargas que aguardam embarque estão sendo examinadas uma a uma. Nunca teria passado.

— Provavelmente a FDI começou a vigiar todas as estradas imediatamente após o crime — acrescentou Razak. — Isso descartaria a possibilidade de o ossuário ter saído de Israel.

Barton olhou intrigado para o muçulmano.

— Sim, mas a polícia não disse que um helicóptero foi usado no roubo?

Razak assentiu.

— É o que as testemunhas estão dizendo.

— Não quero afirmar o óbvio, mas você não acha que eles atravessaram a fronteira pelo ar em algum ponto?

A expressão de Razak foi de nojo. Ele havia pensado exatamente a mesma coisa, mas não queria admitir a possibilidade.

— Tudo é possível.

A ideia de que a relíquia já poderia estar fora de alcance era assustadora. Isso estava bem além de seu papel habitual, e ele silenciosamente amaldiçoou o Waqf por envolvê-lo naquilo.

— Parece que as testemunhas viram um helicóptero sobre Gaza pouco depois do roubo.

— Ah, meu caro, isso não é bom — disse Barton.

— Não, não é — respondeu Razak, sombrio. — Não se o helicóptero está desaparecido.

— Sempre há a possibilidade remota de que o ossuário ainda esteja em Israel — sugeriu Barton.

Ao levantar, Razak sacudiu a poeira de suas calças.

— Acho improvável.

Sentindo que o delegado muçulmano parecia arrasado, Barton achou que seria sábio mudar de assunto.

— Não sou especialista em cenas de crime, mas acredito que o ossuário continha mais do que ossos. Eu apostaria que os ladrões sabiam exatamente o que havia nele — disse, colocando uma mão tranquilizadora no ombro de Razak. — Vamos chegar ao fundo disto. Farei de tudo para descobrir o que dizem as inscrições.

Vendo o desconforto do muçulmano com o gesto, ele afastou a mão.

— De quanto tempo precisa, sr. Barton?

— Acho que uma hora basta.

— Vamos recomeçar pela manhã — sugeriu Razak. — Pedirei que um de nossos homens do Waqf, Akbar, lhe encontre no alto da escada. Ele o acompanhará até aqui para que possa começar.

— Quer dizer que ele irá me vigiar.

Razak o ignorou.

— Veja, não o culpo — disse Barton, erguendo as mãos com as palmas para cima. — Sei que é um lugar sagrado. E eu não sou muçulmano.

"Silêncio, não confronto", lembrou Razak a si mesmo.

— Digamos, por volta das nove horas?

— Certo.

Razak lhe deu um cartão de visitas.

— Caso precise entrar em contato comigo.

Barton olhou para ele. Apenas o nome e o número do celular.

— Obrigado. E, só para que você saiba, Razak... Não me interesso por política. Sou um arqueólogo. Por favor, lembre-se de que estou aqui para ajudá-lo. Treze homens morreram na sexta-feira, e acredito que as pistas aqui ajudarão a determinar por quê.

Razak assentiu afavelmente, e os dois homens saíram da cripta.

8

Cidade do Vaticano

O padre Donovan e Charlotte pegaram um elevador de carga barulhento e desceram um andar abaixo do Museu do Vaticano.

Quando as portas se abriram, o clérigo a conduziu por um largo corredor com iluminação fluorescente que ela só esperaria ver em um hospital. Seus pés ecoavam no piso de placas vinílicas e nas paredes brancas. O lugar era uma galeria de portas. A maioria provavelmente depósitos, imaginou ela.

— É logo ali — disse o padre, apontando para uma larga porta de metal no final do corredor.

Ele deslizou um cartão pela leitora da moldura e uma grande tranca se abriu. Ele empurrou a porta e acenou para que ela entrasse.

— Pode ficar com esta chave — disse o padre, dando-a para Charlotte. — Ela também abre a porta de serviço depois do horário. Por favor, não a perca.

Ela anuiu e guardou a chave no bolso.

Para além do batente havia um laboratório espaçoso. As paredes eram tomadas por gabinetes lustrosos com painéis de vidro contendo uma gama de frascos de produtos químicos, garrafas e pequenas caixas. Os armários abaixo deles exibiam um exército de sofisticados aparelhos científicos. Luzes halógenas duras iluminavam cada superfície, e enormes estações de trabalho de aço inoxidável se erguiam do piso como ilhas. Um sistema de ar condicionado e purificação de ar zumbia baixo ao fundo, removendo poeira e impurezas microscópicas, ao mesmo tempo regulando a umidade e a temperatura do laboratório.

Se o Vaticano não se interessava pela ciência, certamente era diferente ali. Aquele era um dos espaços de trabalho mais impressionantes que ela vira na vida.

— É nossa última aquisição para o museu — explicou Donovan. — Ainda não foi aberto para os residentes.

— Impressionante.

— Nossa coleção de arte exige manutenção constante — continuou ele, gesticulando como se desse um sermão. — Muitas esculturas de mármore, pinturas, tapeçarias. Este é o lugar onde nossos tesouros mais preciosos serão restaurados para que as próximas gerações possam desfrutar deles.

Um homem saiu de uma sala adjacente, no final do laboratório. Ao vê-lo, o padre sorriu.

— *Ah, Giovanni, come sta?*

— *Fantastico, padre. E lei?*

— *Bene, gratzie.*

Ouvir o padre irlandês mudar de idioma com tal facilidade impressionou Charlotte. Ela observou o homem de meia-idade vestindo um jaleco de laboratório engomado, enquanto se aproximava para apertar a mão do padre. Com olhos castanhos e cachos grossos de cabelo preto e grisalho, ele tinha um rosto agradável, que só apresentava rugas nos pontos em que o constante sorriso largo deixara suas marcas.

— Dr. Giovanni Bersei, gostaria que conhecesse a dra. Charlotte Hennesey, renomada geneticista de Phoenix, Arizona — disse Donovan, colocando a mão no ombro de Charlotte.

— Prazer em conhecê-la, dra. Hennesey — disse Bersei gentilmente, em inglês com sotaque.

Ele apertou sua mão. Como muitos outros que conheciam Charlotte, também foi conquistado por seus impressionantes olhos verdes.

— Igualmente — respondeu ela, apertando a mão macia e dando um sorriso caloroso.

Desejando saber dizer algo simpático em italiano, ela se deu conta de que, como a maioria dos americanos, era deficiente no que dizia respeito a habilidades linguísticas, embora em Phoenix tivesse aprendido um pouco de espanhol para sobrevivência.

— O dr. Bersei nos ajudou muitas vezes — disse o padre Donovan. — Ele é antropólogo especializado na cultura romana antiga.

— Fascinante.

Ela imediatamente começou a pensar em como disciplinas tão diferentes poderiam se complementar. Estava mais ansiosa ainda para ver a misteriosa relíquia a que Donovan se referira.

O padre juntou as mãos, como se um cálice de comunhão invisível tivesse sido colocado à sua frente.

— Terei de me ausentar por uma hora para pegar nossa encomenda em Termini. Acho que os dois poderiam se conhecer enquanto saio.

— Ótimo — disse Charlotte, espiando Bersei, que também parecia satisfeito com a recomendação.

Antes de sair pela porta, o padre Donovan acrescentou:

— Vejo vocês em breve.

E partiu.

Charlotte se voltou para Bersei com uma expressão confusa.

— Alguma ideia do que é tudo isto?

— Nenhuma — disse o antropólogo, dando de ombros. — Tenho de admitir que estou um pouco curioso. Já fiz muitos trabalhos para o Vaticano no passado, mas nunca precisei assinar termos de confidencialidade. Você também, imagino.

— Sim, achei aquilo estranho.

Três páginas de termos legais estampadas com o selo papal

em relevo e testemunhadas por um notário do Vaticano. Obviamente o sigilo do projeto não era apenas um pedido tácito. Ela se sentiu tentada a perguntar sobre o aspecto financeiro, mas achou que seria inadequado. Aldrich não havia dito exatamente quanto dinheiro fora enviado para a conta empresarial da BMS, mas ela imaginava que era muito.

— E eu certamente nunca fiz dupla com uma geneticista — disse ele, confuso. — Não que esteja me queixando, claro — acrescentou rapidamente.

— Você mora em Roma?

— A dois quilômetros. Venho de Vespa quando trabalho aqui — disse, erguendo as sobrancelhas.

Charlotte riu.

— Espero que seja cuidadoso. Todo mundo parece dirigir muito rápido aqui.

— Os motoristas mais malucos da Europa.

— Então me diga: que tipo de trabalho você fez para o Vaticano?

— Ah, alguns projetos diferentes — disse. — Imagino que meu direito à fama venha dos meus trabalhos sobre as antigas catacumbas por toda Roma. Uma comissão do Vaticano supervisiona os sítios, de modo que estou sempre envolvido com eles. Mas raramente sou chamado para dentro do próprio Vaticano. É meio intimidador, não?

— Certamente — concordou ela. — Muitos guardas.

— Então você é geneticista. Parece excitante. Muito moderno.

— Eu basicamente faço pesquisa sobre o genoma humano, analisando estruturas celulares e DNA para identificar falhas genéticas que causam doenças.

Bersei coçou o queixo.

— Fascinante. O organismo humano impressiona.

— Ele sempre me fascinou, desde menina.

— Bem, dra. Hennesey, não estou certo do motivo por que o destino nos uniu, mas certamente estou ansioso para trabalhar com você.

— Obrigada. E, por favor, me chame de Charlotte.

— Venha — disse ele, virando-se e acenando para que ela o seguisse até a sala dos fundos. — Vamos pegar um jaleco para você. Estou certo de que o padre Donovan voltará ansioso para começar.

9

JERUSALÉM

Voltando de seu encontro com o arqueólogo, Razak encontrou Farouq na mesma sala em que o conselho do Waqf se reunira mais cedo naquela tarde. O Guardião encerrou seu telefonema e colocou o fone no gancho.

— O que você achou de Barton? — disse Farouq, acomodando-se em sua cadeira.

— Parece saber do que está falando — respondeu Razak.

— Era Topol — disse Farouq, apontando o telefone com a cabeça. — Desculpando-se por não ter falado conosco mais cedo. Ofereceu-se para tirar Barton se não estivéssemos confortáveis. Eu disse que iria falar com você.

Razak sabia que Farouq estava indiretamente perguntando se ele estava disposto a assumir a responsabilidade pelos atos de Barton.

— Acho que podemos confiar nele. Já me deu informações valiosas.

— Devo dizer a Topol que iremos cooperar?

— Isso mostraria boa-fé — incentivou Razak. — Afinal, afeta os dois lados. Se mantivermos os israelenses envolvidos, isso reduzirá as suspeitas, retardará protestos violentos.

Algumas vezes a política, assim como a paz interna, tinha a ver com o controle de danos.

— Apenas cuide de ficar de olho nele — reiterou Farouq. — Ele sabe o que foi roubado?

— Sim. Um ossuário.

— Uma urna funerária? Por que tanto trabalho por uma coisa dessas?

— Ainda não está claro — disse Razak, balançando a cabeça. — Barton precisa de tempo para determinar exatamente o que havia no ossuário. Ele fará um estudo da cripta amanhã de manhã para entender mais.

— Compreendo.

— Soube de alguma coisa sobre o helicóptero?

Farouq fez que não com a cabeça.

— Até que se descubra o que aconteceu, devemos pedir cópias de todos os manifestos de saída de carga pelos portos nos últimos três dias, começando por Tel Aviv — disse Razak. — Também verifique os aeroportos. Segundo Barton, a carga deve pesar cerca de 35 quilos. Provavelmente a caixa teria um metro de comprimento, cerca de 70 centímetros de largura e de profundidade. Isso limita a busca.

— Vou pedir cópias de registros de remessa por ar, trem e transporte marítimo — disse ele, sem entusiasmo. Farouq colocou os óculos e fez anotações em um bloco.

— É seguro supor que todos os postos de controle das rodovias estão garantidos?

Farouq fez uma careta.

— Vamos lá, Razak. Desde quando essa é uma suposição segura? Ainda assim, todos os veículos estão sendo inspecionados cuidadosamente. Mas eu duvido muito que eles se arrisquem a tirar aquela coisa de Israel por terra.

— Acha que o helicóptero pode tê-la tirado do País pelo ar?

O fato de o próprio Barton ter aventado a ideia realmente fizera Razak pensar com mais seriedade nessa hipótese.

— Ela ainda não apareceu em Israel, portanto a probabilidade é que já tenha saído. Por falar nisso — disse Farouq, sem fazer uma pausa —, a polícia está investigando o telefonema de uma senhoria do Bairro Judeu. Ela contou que um estrangeiro alugou um quarto e o dividiu com vários homens que ela achou integrarem um grupo de turistas. Todos desapareceram tarde da noite de sexta-feira, em algum momento antes do alvorecer. A camareira concordou em fazer um retrato falado amanhã cedo.

— Acha que pode ser alguma coisa?

— Talvez. Mas a mulher demorou três dias para se apresentar. Parece estranho — disse Farouq, olhando para seu bloco. — O nome no registro era Daniel Marrone, o mesmo usado para alugar uma van abandonada na rua Haofel. Não me surpreenderia se fosse um pseudônimo. Os israelenses também fizeram testes de balística na munição. Os ladrões estavam armados com fuzis de assalto XM8, aparentemente armas muito requintadas, fabricadas pela Heckler & Koch para as forças armadas dos Estados Unidos.

— Interessante.

Os laboratórios de criminalística israelenses nunca paravam de impressionar Razak. Como era sempre uma questão de segurança nacional, investiam muito em tecnologia de contraterrorismo, incluindo uma base de dados altamente sofisticada, com perfis de todas as armas conhecidas.

— Mas isso não parece fazer sentido — disse Razak, franzindo o cenho.

— O que quer dizer?

— Barton diz que o ossuário vale apenas alguns milhares de dólares.

— Hum... — disse Farouq, refletindo. — Vamos esperar para ver o que o arqueólogo descobre. Antes que a relíquia esteja completamente fora de alcance — concluiu, olhando para seu relógio.

10

Roma

Na ampla calçada de cimento ao longo da área de carga da Stazione Termini, um jovem carregador colocava uma grande caixa de madeira em um carrinho de mão.

— *Tananài* — uma voz italiana aguda cortou o ar. — Certifique-se de levar isso com cuidado.

Incomodado pelo sol brilhante de verão, o carregador ergueu os olhos para ver quem o havia chamado de idiota. Um homem alto e forte usando calça de brim e camisa branca estava imóvel em frente à estrutura moderna de vidro e aço do terminal. O estranho musculoso não parecia o tipo que reagiria bem a uma resposta desaforada.

— *Si, signore*.

Uma van desviou ligeiramente do trânsito pesado da Via Giovanni Giolitti e parou junto ao meio-fio. O padre Patrick Donovan saltou e, empolgado, foi encontrar Conte.

— Está tudo certo?

— Estaria se os carregadores se preocupassem em fazer seu trabalho direito.

O jovem carregador ergueu os olhos para o céu, tomando cuidado para que o italiano impaciente não o visse.

Conte lançou um olhar de desaprovação para o padre.

— Você tinha de vestir essa coisa? Precisa ser tão estupidamente óbvio?

Ele olhou para a van. As placas não eram da Cidade do Vaticano. Pelo menos essa parte Donovan havia feito certo.

O padre deu de ombros e respirou fundo.

Conte olhou por um momento para a cabeça careca do padre, brilhando ao sol.

— Você deveria passar um creme nisso para não queimar meus olhos.

O carregador riu.

Donovan não gostou.

— Seja útil e abra as portas — disse Conte.

Em silêncio, Donovan foi até a traseira da van. Que homem atrevido, pensou. Mas ele não esperaria nada melhor do famoso pistoleiro de aluguel do Vaticano. Ele odiava a ideia de trabalhar com Conte, um ladrão, um assassino. Isso o fazia se sentir impuro. Mas lembrou a si mesmo que era fundamental fazer aquele trabalho. Havia muito em jogo. E, se lidar com os Contes do mundo era parte disso, então que fosse.

— A partir de agora eu assumo — bufou Conte, mandando o carregador sair com um gesto de mão. O mercenário foi para trás do carrinho e levantou a carga, os grossos músculos de seus braços retesando.

Conte ainda estava irritado com a viagem de volta. Se tirar a carga secreta de Jerusalém havia sido uma experiência horrível, a travessia de dois dias do Mediterrâneo encrespado não fora muito melhor. Enjoo e um confronto com o membro da equipe, Doug Wilkinson, foram os pontos *altos*. Após beber muito, o jovem cretino arrastara Conte ao convés de popa para uma conversa "amigável" sobre a bala que recebera no braço. "*É o meu braço bom, Deus do céu*", protestara Wilkinson. "*Agora vou ter uma porra de infecção. Você devia me pagar o triplo por isso. É o certo*", insistira em voz pastosa. Isso fora imediatamente antes de Conte o nocautear e empurrar por sobre a balaustrada para dentro do Adriático. Isca de tubarão.

Sim, depois de todo aquele absurdo Conte não iria se arriscar a ver um porteiro de estação espinhento derrubar a maldita carga.

Descendo o meio-fio com ela e levando-a até a traseira do carro, Conte gesticulou para que Donovan o ajudasse a colocá-la dentro da van. Com a carga em segurança, Conte bateu as portas e devolveu o carrinho ao carregador. Sem gorjeta.

Nesse ínterim, Donovan havia ido até o banco do motorista e ligado o motor, mas Conte não iria aceitar isso. Suspirando, ele foi até a janela do motorista e gesticulou para que o padre saísse da van.

Confuso, o religioso desceu para a rua.

— Quando eu estou aqui você fica ali — resmungou o italiano, apontando para o banco do carona. — Vamos logo.

Atravessando Roma na direção sul na Lungot Marzio, a van seguiu ao longo da margem do cintilante rio Tibre. Donovan olhava pela janela para tentar se acalmar, seus pensamentos torturados pela caixa nos fundos, esperando, rezando para que o conteúdo fosse genuíno. Somente os cientistas cujos serviços ele convencera a Santa Sé a contratar poderiam afirmar isso definitivamente.

Nos três dias anteriores o padre acompanhara com atenção as notícias de Jerusalém. Sempre que ouvia o número de mortos, sentia uma onda de náusea e rezava a Deus pedindo perdão por ter permitido que aquilo acontecesse. Mas, tendo defendido uma forma mais diplomática de retirar a relíquia, ele mais uma vez fora colocado de lado. As manobras políticas que havia testemunhado em seus doze anos na Cidade do Vaticano fariam até mesmo Maquiavel engasgar.

Já se passavam quinze minutos desde a saída de Termini, e Conte ainda não falara nada. Certamente não era um homem preocupado em criar boa impressão, pensou Donovan, dando uma espiada no mercenário silencioso. Voltou os olhos para a paisagem.

Os olhos de Donovan identificaram, elevando-se como uma montanha na margem oeste do Tibre, a brilhante cúpula branca da Basílica de São Pedro — o coração da Cidade do Vaticano —, um marco que podia ser visto de toda Roma. Em 1929 o governo do Vaticano, a Santa Sé, recebera pleno direito de propriedade e soberania exclusiva das mãos do ditador fascista italiano Benito Mussolini, o que fazia daquele lugar a menor nação independente do mundo — um país dentro de um país. Impressionante, pensou Donovan. Ali o supremo monarca católico, o Papa, e seus conselheiros de confiança, o Colégio de Cardeais, administravam operações mundiais para mais de um bilhão de católicos e tinham relações diplomáticas com duzentos países ao redor do planeta.

Cruzando a ponte Umberto I, Conte contornou os enormes baluartes da cidadela ribeirinha do Castel Sant'Angelo.

Descendo a Borgo Pio, a van se aproximou do Portão de Sant'Anna — uma das duas únicas entradas de veículos vigiadas na muralha contínua de quinze metros de altura que formava um perímetro de três quilômetros em torno do complexo de 44 hectares da Cidade do Vaticano. Pararam no final de uma pequena fila de carros que aguardava liberação pelos guardas suíços.

— Olhe esses caras — debochou Conte. — Eles se vestem como palhaços, cacete.

Embora a farda de rotina do batalhão de Guardas Suíços da Cidade do Vaticano, com seus 100 homens, fosse macacão azul com boinas pretas, era o uniforme oficial que lhes dava o *status* de "exército mais colorido do mundo" — uma túnica listrada lilás e amarela e pantalonas combinando, com mangas bufantes vermelhas e luvas brancas, encimada por uma boina de feltro vermelha.

Explicar a Conte que a tradição era importante seria inútil, então Donovan permaneceu em silêncio. Ele viu, à frente, os guardas entrarem e saírem de seu posto do lado de dentro do portão. Não havia nada a temer, mas quando a van foi autorizada a avançar na direção do portão seu coração acelerou de modo irracional.

Conte acelerou suavemente a fim de cruzar a passagem para a Cidade do Vaticano. Um guarda fez um gesto indicando que ele parasse, verificou as placas e foi na direção da janela aberta de Conte.

— O que vem fazer aqui? — perguntou secamente, em italiano.

Conte deu um sorrisinho.

— Você não vai querer saber — respondeu, recatadamente. — Por que não pergunta a ele? — disse, inclinando-se e apontando para o padre.

O guarda imediatamente percebeu a presença do padre Donovan.

— Está tudo bem, ele está comigo — disse Donovan, anuindo.

— Claro, padre — respondeu o jovem guarda, olhando novamente com desconfiança para Conte. — Tenha um bom dia.

Afastando-se, ele acenou para que passassem.

Conte suspirou.

— Bando de bufões. Esse garoto nem sequer tem barba. Ainda mais patético que os israelenses.

Donovan se encolheu com a insensibilidade do homem, lamentando profundamente que o cardeal Antonio Carlo Santelli — o secretário de Estado do Vaticano — tivesse contratado o mercenário cruel para a tarefa. Dizia-se que o cardeal Santelli era a principal força por trás de muitos escândalos do Vaticano. Mas ninguém na Cúria, nem mesmo Santelli, parecia saber muito sobre Salvatore Conte, nem mesmo se esse era seu nome verdadeiro. Alguns especulavam que ele era um agente aposentado do Serviço Secreto italiano.

Segundo Santelli, a única coisa certa sobre Salvatore Conte era sua confiabilidade e seu número de conta bancária profissional de 24 dígitos nas Ilhas Cayman. Só Deus sabia quantas contas do tipo um homem como Conte tinha, pensou Donovan. Tendo visto o generoso investimento financeiro que garantira os serviços dos cientistas, era óbvio que Santelli não havia feito economia — nem em dinheiro nem em vidas — para garantir o sucesso do projeto.

O carro avançou pela rua pavimentada que passava por trás do Palácio Apostólico e atravessava uma vila de prédios baixos que incluíam um posto dos correios, representação diplomática e estúdio de televisão. Seguindo a orientação de Donovan, Conte atravessou o pequeno túnel que levava a uma rua estreita, contornando o enorme prédio do complexo do Museu do Vaticano.

Conte estacionou perto da entrada de serviço e retirou a carga secreta, colocando-a em uma pequena plataforma móvel. O padre o acompanhou para dentro do elevador, e eles desceram um andar.

Entrando no laboratório, Conte estacionou a plataforma em um dos lados. O padre Donovan entrou e os dois cientistas foram na sua direção.

— Muito obrigado por esperarem — disse o padre Donovan em inglês. — Dr. Giovanni Bersei, dra. Charlotte Hennesey, este é Salvatore Conte — disse, apontando para eles e depois para o mercenário. Qualquer coisa além de um nome para aquele assassino seria demais, portanto o padre resolveu não se estender.

Mantendo distância, Conte se empertigou, as mãos nos quadris. Seus olhos imediatamente se fixaram em Charlotte, estudando seu corpo de alto a baixo na tentativa de avaliar o que havia por trás do jaleco de laboratório largo. Ele sorriu.

— Se meu médico se parecesse com você eu ficaria doente toda semana.

Charlotte deu um riso seco e voltou suas atenções para a grande caixa de madeira.

— Então é isso? — perguntou a Donovan.

Claramente constrangido pela grosseria de Conte, o padre disse:

— Sim, acho que seria melhor abrir a caixa agora.

Ele se virou para Conte, ansioso.

— Você é um homem de Deus, não um aleijado — resmungou Conte. — Então, me ajude — disse, curvando-se e pegando um pé de cabra na plataforma.

11

A caixa de madeira de transporte era um grande cubo de 1,20m de largura com um logotipo da *Eurostar Italia* colado na tampa. Conte trabalhou em um dos lados desta, fazendo uma alavanca com o pé de cabra, enquanto Donovan a firmava para impedir que saltasse e danificasse o equipamento do novo laboratório.

Charlotte percebeu que as mãos do padre Donovan tremiam. Se não soubesse de nada teria jurado que ele suspeitava que a caixa estava vazia. Mas talvez Conte o tivesse irritado.

Menos de trinta segundos depois, Conte arrancou a tampa. O padre Donovan colocou-a com cuidado no chão.

Olhando rapidamente para o selo de transporte, Giovanni Bersei não pôde deixar de perceber o porto de origem impresso em letras grandes: STAZIONE BARI. Bari era uma cidade costeira do sul que atraía turistas por duas razões: a alegação de ter os ossos de São Nicolau e seu porto espetacular, onde os italianos ricos guardavam seus enormes iates.

O interior da caixa estava coberto de grossas camadas de plástico-bolha.

— Precisamos tirar os dois painéis laterais — disse Conte, escolhendo um e apontando para o lado mais próximo de Bersei.

Bersei avançou e facilmente deslizou o painel pelos encaixes, expondo mais do interior.

Charlotte se aproximou.

— Não tenham medo, arranquem isso — disse Conte aos dois cientistas, apontando para o plástico.

Quando arrancava a última camada de envoltório, Charlotte raspou os dedos por uma superfície plana, dura, fria e lisa. Ela percebeu um plástico azul.

Segundos depois surgiu uma superfície retangular embrulhada no material azul.

Esfregando as mãos, Donovan olhou para eles.

— Vamos levar isso para a estação de trabalho — disse a Bersei. — Dra. Hennesey, poderia, por favor, colocar aquele tapete de borracha no alto da mesa? — pediu, apontando para uma grossa folha de borracha em um balcão próximo.

— Claro.

Ela percebeu que Donovan parecia visivelmente aliviado. Colocou o tapete na estação mais próxima, enquanto Conte empurrava a plataforma mais para perto.

Seguindo as instruções de Conte, Bersei agachou, colocando as mãos nos cantos. Parecia muito sólida.

— Quanto pesa?

Os olhos de Conte se encontraram com os dele.

— Trinta e três quilos. Levante no três.

O mercenário contou e eles a ergueram.

A meio caminho os dedos de Bersei de repente escorregaram pela embalagem de plástico, e a carga inclinou-se bastante para um dos lados. Charlotte avançou para ajudar, mas Conte conseguiu esticar o braço a tempo de equilibrar.

Conte olhou para Bersei.

— Isso não foi bom, doutor — criticou em italiano. — Vamos manter isto inteiro.

Anuiu para que o cientista continuasse, e eles a colocaram sobre o tapete.

— Se vocês não precisam de mais nada, *eu* preciso de uma bebida — resmungou Conte.

— Já é o bastante, sr. Conte — respondeu Donovan, esforçando-se para ser cordial. — Obrigado.

Antes de sair Conte virou-se para olhar o padre, dando as costas aos cientistas. Ele apontou para o olho esquerdo, depois para Donovan. O recado era claro: *Lembre-se, estou de olho em você.* Depois partiu.

Quando Donovan se virou para os cientistas, pequenas gotas de suor haviam brotado em sua testa.

— Essa foi a parte difícil. Agora vamos tirar o plástico.

— Só um momento. Acho que devemos limpar isto antes de desembrulhar — disse Bersei, apontando para a caixa vazia na plataforma e para a bagunça em volta.

— Claro — concordou Donovan, hesitando. Já esperara tanto...

Dez minutos depois o laboratório estava novamente em ordem, a plataforma com os restos cuidadosamente arrumados empurrada para o corredor, o chão varrido, aspirado e limpo com um esfregão molhado.

Bersei desapareceu na sala dos fundos. Voltou em segundos, segurando um jaleco de laboratório passado, que deu a Donovan.

— Melhor usar isto.

Donovam o vestiu, mas o jaleco caiu mal em seu corpo.

— E isto — disse Charlotte, passando-lhe uma caixa de luvas de látex. — Eu também as odeio, mas não queremos contaminar o espécime.

Os cientistas pegaram um par cada, vestiram-no e colocaram máscaras e gorros esterilizados.

Charlotte deu a Donovan um estilete tirado da gaveta de ferramentas de sua estação de trabalho.

— Quer fazer as honras?

Respirando fundo, o bibliotecário do Vaticano consentiu, pegou a faca e começou a cortar o plástico. Quando finalmente havia aberto o embrulho, o que ele viu fez seus olhos brilharem maravilhados.

12

O padre Patrick Donovan devorou o que estava à sua frente. Poucas semanas antes ele adquirira um impressionante manuscrito cujos antigos pergaminhos traziam uma crônica da origem daquela magnífica relíquia, com direito a esboços detalhados e mapas para localizar seu esconderijo secreto. Ele tentara imaginar como a caixa pareceria se vista pessoalmente, mas nada poderia tê-lo preparado para aquilo. *Impressionante.*

Giovanni Bersei andava ao redor da caixa, apertando os olhos.

— Isto é uma urna funerária, um ossuário — disse, a voz abafada pela máscara.

Os pelos nos braços de Charlotte arrepiaram.

— Espero que Papai Noel não esteja aí dentro — disse Bersei, em um murmúrio quase inaudível.

— O quê? — perguntou Charlotte, olhando para ele, confusa.

— Nada.

Banhados pela brilhante luz halógena, os traços elaborados do ossuário pareciam ganhar vida. Nas faces dianteira e traseira, rosetas e hachuras haviam sido gravadas com grande esforço, não cavando a superfície, mas produzindo um relevo na pedra macia. A tampa era abaulada e chanfrada nas beiradas. As laterais eram planas, uma delas lisa, a outra trazendo o relevo simples de um golfinho enrolado em um tridente.

Hennesey ficou momentaneamente hipnotizada pela imagem.

— Padre Donovan, o que significa esse símbolo?

Ainda tentando manter a calma, Donovan examinou-a rapidamente, depois balançou a cabeça em sinal negativo.

— Não estou certo.

Não era uma mentira completa. Mas, o que era importante, o símbolo era idêntico à minuciosa descrição da urna no manuscrito.

A cabeça do dr. Bersei se aproximou.

— É bonito.

— Certamente é — concordou Donovan.

A qualidade artesanal do ossuário era impressionante, superando em muito qualquer outra relíquia da Terra Santa que ele tivesse examinado anteriormente. Usando o estilete para moldar a macia pedra calcária, o gravador empregara uma técnica de mestre; não havia rachaduras nem imperfeições. O trabalho decorativo rivalizava bem com o de mestres escultores romanos — uma característica que, só por si, tornava a relíquia extraordinária.

Bersei correu o dedo enluvado pela fina separação ao longo da beirada da tampa.

— Há um selo aqui. Provavelmente cera — disse, apertando com cuidado.

— Sim. Também vi — confirmou Donovan.

— É um bom indício de que o conteúdo foi bem preservado — acrescentou Bersei.

— Gostaria de abrir isto agora. Depois discutiremos detalhes das análises que vocês farão — disse Donovan.

Hennesey e Bersei trocaram olhares, sabendo que suas disciplinas aparentemente divergentes na verdade encontravam um ponto comum. Abrir uma urna funerária selada implicava uma coisa.

Um cadáver.

Olhando por telescópios Orascoptic — óculos de proteção equipados com telescópios dobráveis em miniatura —, Charlotte e Bersei atacaram as beiradas da tampa com seus estiletes, afrouxando o firme selo de cera, que, a despeito do tempo que se passara, continuava bem aderido ao ossuário.

— Vocês não podem simplesmente derreter a cera? — perguntou Donovan.

Bersei respondeu que não com a cabeça.

— Não é possível aplicar calor à pedra. Ela racharia ou perderia a cor. Ademais, a cera pingaria, fazendo uma bagunça do lado de dentro.

O padre observou os cientistas a uma distância discreta. Seus pensamentos se alternavam violentamente entre os impressionantes segredos que o manuscrito prometia estarem contidos dentro daquele ossuário e o tiroteio em Jerusalém, que tirara tantas vidas. Só quando pudesse verificar o conteúdo com seus próprios olhos sentiria algum alívio.

Bersei respirou fundo ao fazer os últimos cortes.

— Quase lá.

O italiano estava praticamente deitado na mesa, terminando de arrancar o lacre do fundo.

Charlotte terminou a parte da frente e tirou os óculos. Segundos depois, Giovanni Bersei baixou sua faca e fez o mesmo.

— Prontos? — perguntou Bersei aos dois.

Donovan anuiu e colocou-se à cabeceira da mesa.

Os dois cientistas tomaram posição dos lados da caixa. Com os dedos enganchados sob a beirada da tampa, eles apertaram e aplicaram uma pressão contínua para cima, suavemente movimentando-a de um lado para o outro a fim de soltar a cera remanescente. Houve um pequeno ruído quando o antigo selo se soltou, seguido por um chiado de gás escapando.

Mesmo com as máscaras, todos sentiram um cheiro forte.

— Provavelmente eflúvio — observou Bersei. — Um subproduto de ossos em decomposição.

Os três trocaram olhares.

Donovan engoliu em seco, gesticulando ansiosamente para que continuassem.

Removeram a tampa juntos, colocando-a no tapete de borracha.

13

Charlotte puxou o que parecia uma luminária de mesa superdimensionada, presa a uma grade na lateral de sua estação de trabalho, e girou o braço retrátil para que a luz fosse dirigida diretamente para a cavidade exposta do ossuário.

Sob a máscara cirúrgica, o padre Patrick Donovan sorria de orelha a orelha. Uma pilha apertada de restos humanos olhava para ele de dentro da cavidade. Cada osso tinha um acabamento escuro e arenoso que lembrava madeira de bordo entalhada.

Charlotte foi a primeira a esticar a mão e tocar um deles, correndo o dedo por um fêmur.

— Estão em extraordinário estado.

Ela silenciosamente desejou que seus próprios ossos parecessem tão bons quando chegasse a sua hora. Parecia quase uma piada cruel que tivesse sido trazida ao outro lado do mundo para *aquilo*. Afinal, a única coisa que desviava seus pensamentos do terrível prognóstico era o trabalho. Intrigado, Bersei se virou para Donovan.

— De quem são esses restos?

— Não temos certeza — disse o bibliotecário, evitando olhá-lo nos olhos. — Exatamente por isso vocês foram escolhidos, para nos ajudar a reconstruir a identidade do esqueleto. Como mencionei antes, o Vaticano não tem profissionais para analisar um artefato único como este. Por isso ambos foram contratados.

Ele pousou suavemente as duas mãos enluvadas na beirada do ossuário e olhou novamente para o conteúdo.

— Temos motivos para acreditar que esta impressionante relíquia pode nos ajudar a entender melhor o contexto histórico da Bíblia.

— De que modo exatamente? — perguntou Charlotte. Preferia pessoas que diziam o que pensavam.

Os olhos de Donovan estavam grudados nos ossos.

— Não saberemos até que seja possível datar com precisão este espécime, determinar a causa da morte por intermédio de um estudo de medicina legal e reconstruir o perfil físico.

Bersei hesitou, sentindo o mesmo que Charlotte. O padre parecia estar escondendo algo.

— Grande parte do sucesso na compreensão de antiguidades depende de saber especificidades relativas à sua origem. Não há nada que possa nos dizer sobre como este ossuário foi obtido? Talvez de onde veio? Uma escavação arqueológica?

Donovan respondeu que não com a cabeça e finalmente olhou para eles, empertigando-se.

— Recebemos poucas informações. Vocês podem imaginar que uma aquisição como esta tem de ser feita com muita cautela. O preço é substancial.

Charlotte demonstrava confusão. Dois cientistas de destaque levados até ali para validar ossos, ambos sendo obrigados a assinar acordos de confidencialidade. Obviamente o Vaticano acreditava que o ossuário e seu conteúdo eram valiosos. Por que mais iriam eles ter tanto trabalho e despesas?

— Faremos um estudo completo — assegurou Bersei.

— Um relatório completo de patologia. Reconstrução física. Estrutura.

Olhou para Charlotte.

— Eu quero fazer uma datação por carbono e produzir um perfil genético completo — acrescentou ela. — É um espécime fantástico. Pelo que posso ver até agora, vocês aparentemente fizeram uma excelente aquisição. Acredito que os resultados serão impressionantes.

— Excelente — disse Donovan, claramente satisfeito. — Por favor, avisem-me quando estiverem prontos para relatar suas descobertas. Se possível, eu gostaria de apresentar um relatório preliminar em alguns dias.

Os cientistas trocaram olhares.

— Acho que é possível — disse Bersei.

Donovan arrancou as luvas, a máscara e o jaleco de laboratório.

— Por favor, façam tudo por meu intermédio. Eu posso ser localizado pelo interfone — disse, apontando para o pequeno painel de controle perto da entrada — ou pelo telefone, no ramal 2144.

Donovan olhou para seu relógio: 6h12.

— Bem, já é tarde. Por que não encerram o dia, para poderem começar descansados amanhã de manhã? Às oito horas, digamos?

Os dois cientistas concordaram.

— Dra. Hennesey, já teve a oportunidade de ver a basílica desde que chegou? — perguntou o padre.

— Não.

— Não pode ficar no Vaticano sem ver pessoalmente seu coração e sua alma — insistiu ele. — Nada se compara. Muitos dizem que é como pisar no próprio paraíso.

— Ele está certo — concordou Bersei.

— Gostaria de vê-la agora?

Os olhos dela brilharam.

— Se houver tempo, eu adoraria.

— O horário de visitação está terminando, então não deve estar muito cheio. Gostaria de se juntar a nós, Giovanni?

— Lamento, mas tenho de voltar para minha esposa — recusou ele, humildemente. — Ela está fazendo *ossobuco* para o jantar.

Bersei inclinou-se para mais perto de Charlotte e sussurrou alto o bastante a fim de que Donovan ouvisse.

— Você está em boas mãos. Ele é o melhor guia turístico do Vaticano. Ninguém conhece mais o lugar.

14

Do lado de fora do Museu do Vaticano, o sol estava baixo sobre o lado oeste de Roma. Ciprestes oscilavam à brisa leve. Caminhando ao lado de padre Donovan, Charlotte respirou o perfume do jardim, que parecia o aroma complexo de um buquê de flores.

— Diga-me, dra. Hennesey, agora que viu a relíquia, está à vontade com o projeto?

— Tenho de admitir que não é absolutamente o que eu esperava.

Isso era minimizar. Ossos humanos não parecem a aquisição típica do Museu do Vaticano. E um bibliotecário não era exatamente a pessoa que ela esperaria ver lidando com a aquisição.

— Mas estou agradavelmente surpresa. Será muito instigante.

— Será instigante para todos nós — prometeu Donovan, que, ao se aproximar dos fundos da basílica, ergueu os olhos, reverente. — No século I o lugar onde está hoje a Cidade do Vaticano era o Circo Vaticano, depois chamado de Circo Nero. Era o espaço onde o imperador Nero promovia corridas de biga. Irônico, já que ele é mais conhecido pela perseguição aos primeiros cristãos.

— Ele os culpou pelo incêndio que destruiu Roma em 64 d.C. E em 67 d.C. crucificou Pedro para divertir as massas.

Donovan estava impressionado.

— Então você é cristã ou apenas uma boa historiadora?

— Houve uma época em que eu era muito boa em ambos.

— Entendo — continuou o padre, embora pudesse perceber que a religião era uma questão delicada. — Sabe, na Irlanda nós temos um ditado: "Acredito no sol quando ele não brilha, acredito no amor mesmo quando não o sinto, acredito em Deus mesmo quando ele está em silêncio".

Ele olhou para Charlotte e a viu sorrindo. Felizmente, parecia não tê-la ofendido.

— Às vezes só precisamos nos lembrar das coisas que mais estimamos.

Subindo um lance de degraus de mármore que levava aos fundos da basílica, Donovan conduziu-a até uma das maiores portas de bronze que ela já vira. Ele tirou um cartão magnético e o deslizou pela leitora no batente. Houve um som mecânico quando uma fechadura eletromecânica se abriu. Sem esforço, o padre abriu a enorme porta e fez um gesto para que ela entrasse.

— Vamos entrar por aqui?

— Claro. Uma das vantagens de ser hóspede do papado.

Com todas as suas aparições na mídia, Charlotte se acostumara um pouco ao tratamento VIP. Mas nada se comparava àquilo. Atravessando a entrada em arco, teve a sensação de estar sendo transportada para outro mundo.

Quando saiu do nicho de entrada foi engolida pela cavernosa nave de mármore. Ela se lembrava de no avião ter lido em seu guia que a catedral de Notre Dame, em Paris, podia facilmente caber dentro daquela grandiosa basílica. Mas estar dentro dela distorcia completamente sua noção de espaço.

Seus olhos foram imediatamente atraídos para a grandiosa cúpula em caixotões, decorada por Michelangelo. Coberta de mosaicos de ladrilhos, ela se erguia 135 metros acima da nave, com raios de sol penetrando pelas janelas, o que lhe dava um brilho etéreo.

Lentamente seu olhar baixou para o famoso baldaquino de bronze acima do altar papal, logo abaixo do domo. Projetado pelo gigante do Renascimento Giovanni Lorenzo Bernini, tem quatro colunas de bronze em espiral que se elevam 21 metros e sustentam um dossel barroco dourado com outros seis metros de altura.

Até mesmo os pisos eram de mármore e mosaicos.

— Uau — engasgou a moça.

— Sim, verdadeiramente magnífico — concordou Donovan, cruzando os braços e apreciando. — Eu poderia facilmente passar algumas horas aqui guiando você. Há 27 capelas, 48 altares e 398 estátuas para ver. Mas descobri que a basílica é uma viagem mais espiritual, e é vista melhor quando estamos sós.

Pegou um mapa e um guia do quiosque de madeira junto à parede e os deu a Charlotte.

— Caso veja algo que a interesse, busque uma descrição detalhada no livro. Tenho de ir agora. Aproveite.

Após agradecer o padre Donovan, ela lentamente começou a abrir caminho ao longo da nave lateral, junto à parede norte da basílica.

Como a maioria dos peregrinos, ela parou em frente à estátua de bronze do século XIII, colocada em um maciço pedestal de mármore, que retratava um São Pedro barbudo. Sentado no trono papal, o santo tinha uma auréola e segurava uma chave papal na mão esquerda, a direita erguida como numa bênção. Alguns visitantes haviam formado uma fila para tocar o pé da estátua. Abrindo o guia, ela leu que esse ritual dava sorte. Charlotte não era de acreditar em superstições, mas se convenceu de que naquelas circunstâncias tudo poderia ajudar.

Menos de cinco minutos depois ela avançou, erguendo os olhos para o rosto solene da estátua, esticando-se para colocar a mão esquerda em seu pé de metal frio. Então se impressionou por fazer algo que não fazia havia dez anos. Rezou, pedindo a Deus força e orientação. Como Donovan dissera, talvez apenas precisasse ser lembrada de que um dia havia acreditado.

Ela perdera a fé onze anos antes, ao ver sua mãe, católica praticante, ser lentamente consumida por um câncer no estômago. Charlotte rapidamente compreendera que a compaixão de Deus não era garantida a todos os devotos, não importando quantas novenas fossem recitadas, quantos domingos fossem passados sentando humildemente em um banco de igreja e escutando os sermões. Depois da morte da mãe, Charlotte não foi buscar respostas na igreja — foi para trás de um microscópio, convencida de que a falha da mãe não era de fé, mas simplesmente uma imperfeição genética; um código corrompido.

Por alguma razão seu pai, mesmo após perder de modo tão cruel sua amada esposa, ainda conseguia ir à missa todo domingo, ainda agradecia antes de toda refeição, era grato por todo novo dia. Charlotte não sabia como isso era possível. Houve um momento em que ela fez exatamente essa pergunta a ele. Sua resposta foi rápida e sincera. *"Charlie"* — era a única pessoa além de Evan Aldrich que a chamava pelo apelido –, *"escolhi não culpar Deus por minha infelicidade. A vida está cheia de tragédias. Mas também cheia de belezas"*. Ela lembrou que, quando ele disse isso, sorrira de modo apaixonado e tocara seu rosto. *"Quem sou eu para questionar a força por trás de tais maravilhas? Lembre-se, querida, a fé tem a ver com acreditar que a vida significa algo, não importando quão difíceis as coisas possam parecer em certos momentos"*.

Talvez naquele instante ela realmente quisesse acreditar que havia alguma razão divina para sua própria infelicidade. Mas, independentemente da fortaleza espiritual do pai, ainda não tivera coragem de falar a ele sobre sua própria doença, sabendo que restavam somente os dois.

Não ter a estrutura da religião fazia com que se sentisse espiritualmente vazia — especialmente nos últimos tempos. Charlotte Hennesey acreditava em Deus? Não havia nenhum outro lugar na Terra mais capaz de apresentar essa questão do que *aquele*. Talvez encontrasse a resposta ali. Talvez ir para Roma fosse o destino.

Após se enfiar em incontáveis grutas e nichos a fim de admirar mais belos santuários, ela se aproximou da frente da basílica, onde a famosa escultura de Michelangelo, a *Pietà*, recebera sua própria capela de mármore, protegida por vidros. A imagem era dramática e perturbadoramente real — o filho caído no colo da Madonna enlutada. Ficou um longo minuto ali, cativada pelas emoções evocadas por essa imagem: sofrimento, perda, amor, esperança.

Quase quarenta minutos depois, estava novamente passando atrás do baldaquino quando se deparou com uma assustadora escultura que a fez parar no meio do caminho. Enfiado em uma alcova de mármore em muitos tons, ladeado por colunas enormes, o *Monumento ao papa Alexandre VII*, de Bernini, erguia-se acima dela. Bem no alto de um pedestal, o papa falecido havia sido imortalizado em mármore branco, ajoelhado a rezar. Atrás dele havia várias estátuas representando Verdade, Justiça, Caridade e Prudência como figuras humanas.

Mas o olhar horrorizado de Charlotte instantaneamente eliminou essas figuras e se concentrou na representação central da capela, um enorme esqueleto humano com asas forjado em bronze, segurando uma ampulheta na mão direita. Um véu drapejante de mármore vermelho deixava nas sombras seu rosto horripilante, que estava voltado para o papa, assombrando-o com sua morte iminente.

O Anjo da Morte.

A basílica pareceu ficar em silêncio absoluto, a imagem ganhando vida como uma aparição demoníaca, lançando-se para jogar mais de seu terrível câncer dentro de seu corpo. Ela jurava que podia ver a areia correndo pela ampulheta. Por um momento não conseguiu respirar, e sentiu lágrimas vindo aos olhos. Como aquela imagem do mal podia estar *ali*? Ela se sentiu quase violada, como se a figura estivesse ali por causa dela.

— Assustador, não? — uma voz cortou seus pensamentos.

Ela engasgou, surpresa. Virando-se, viu uma figura que parecia igualmente agourenta. De onde *ele* havia surgido?

— Bernini tinha oitenta anos de idade quando projetou essa — disse Salvatore Conte, cheio de si. — Acho que se lembrava com amargura de sua época de ouro.

Charlotte tentou dar um sorriso simpático, mas não conseguiu.

— Sabia que este lugar foi construído com a venda de indulgências? — disse Conte, olhando para a cúpula central em desaprovação. — Nos anos 1500 o papa Leão X ficou sem dinheiro para concluir o projeto, então basicamente levantou fundos vendendo aos católicos passes para "se livrar do inferno". Os ricos podiam pagar antecipadamente pelo perdão de Deus. Havia até um ditado: *"assim que a moeda tilinta no cofre, a alma sobe do purgatório".*

Ela pensou: *Quantas indulgências você precisaria comprar para libertar sua alma?* Conte certamente parecia um tipo que precisava de muito perdão. Isso a fez pensar por que, para começar, ele estava na Cidade do Vaticano e qual a sua relação com o ossuário. O padre Donovan parecera, em sua presença, mais um refém que um colega de trabalho.

— Imagino que você não vá à igreja todo domingo — respondeu ela.

Inclinando-se mais para perto, ele baixou a voz e disse:

— Depois de tudo o que vi, especialmente do lado de dentro destas paredes, prefiro correr o risco.

Ela tentou entender o que ele queria dizer, mas não havia nada em seus olhos, e ela certamente não iria pedir que se estendesse.

— Você está visitando ou apenas caminhando?

A observação pegou-o desprevenido.

— Apenas vendo a paisagem — respondeu, desviando os olhos.

— Bem, tenho de ir. Prazer em vê-lo — mentiu ela.

Virando-se para partir, Charlotte sentiu a mão do criminoso tocar seu ombro. Ela ficou rígida e virou-se para ele com olhos gelados.

Percebendo o erro de cálculo, Conte ergueu as mãos.

— Lamento. Sei que as mulheres americanas são muito sensíveis em relação ao seu espaço pessoal.

— O que você quer? — perguntou ela, pronunciando cada palavra claramente.

— Saber se você deseja companhia para o jantar desta noite. Achei que estivesse sozinha... Não vejo uma aliança — disse, olhando para suas mãos e acrescentando: — Talvez quisesses conversar. Apenas isso.

Ela passou um bom momento olhando para ele, não conseguindo processar a ideia de que ele realmente a estava cantando na basílica de São Pedro. De repente se sentiu mal por toda mulher que havia sido encantada por aquele tipo. Certamente bonito, mas lhe faltava todo o resto.

— Tenho namorado e já tenho planos, mas obrigada.

Não sabendo o quanto teria de conviver com Conte nos dias seguintes, esforçou-se para ser educada.

— Quem sabe outro dia — retrucou ele, confiante.

— Até mais — ela disse, virando-se e seguindo rumo à saída.

— Aproveite a noite, dra. Hennesey. *Buonasera*.

TERÇA-FEIRA

15

Monte do templo

O sol nascente lançava um leve brilho de azul profundo e lilás sobre o Monte das Oliveiras enquanto Razak atravessava a esplanada do Monte do Templo na direção da cúpula dourada da mesquita do Domo da Rocha, o arremate em forma de crescente apontando suavemente para Meca.

Não importava quantas vezes ele visitava o lugar, aquilo sempre o afetava profundamente. Ali história e emoção pareciam pingar como sereno.

No século VII o Monte do Templo havia sido praticamente esquecido, e sua esplanada vazia não tinha qualquer grande monumento. Toda a arquitetura anterior havia sido destruída muitas vezes. Mas em 687 d.C. — apenas algumas décadas depois de um exército muçulmano comandado pelo califa Omar ter conquistado Jerusalém, em 638 — o nono califa, Adb al-Malik, começou a construir a mesquita do Domo da Rocha com o intuito de marcar o renascimento do lugar — e a reivindicação física islâmica da Terra Santa.

Ao longo dos séculos seguintes o islamismo periodicamente perdeu o controle do Monte do Templo, em especial para os cruzados cristãos, cuja ocupação foi do século XII ao XIII. Mas ele estava novamente sob controle islâmico, e o Waqf tinha o poder de afirmar e legitimar esse papel. Não era fácil, sobretudo na esteira da instabilidade política crescente que ameaçava a exclusividade islâmica no lugar — privilégio que quase fora perdido depois da Guerra dos Seis Dias, em 1967.

Razak tentou imaginar como seria em uma situação política inversa: os muçulmanos limitados a idolatrar um muro de arrimo, com os judeus possuindo um santuário em seu ponto mais sagrado; judeus em territórios ocupados e palestinos com controle total.

Ele subiu um lance de degraus até o patamar da mesquita. Do lado de fora da entrada tirou seus mocassins Sutor Mantelassi e entrou no santuário. Com as mãos às costas, seguiu pelo carpete vermelho-sangue do passeio octogonal, olhando para o interior trabalhado da cúpula, apoiada no alto de colunas de mármore brilhante. Bem abaixo da cúpula, cercada por cordas, ficava uma projeção de rocha nua do cume do Monte Moriá, conhecido como "a Rocha".

A Rocha marcava o local sagrado em que, nos tempos bíblicos, Abraão iria sacrificar seu filho a Deus, e onde Jacó sonhara com uma escada para o céu. Os judeus proclamavam que um grandioso templo judaico construído pelo rei Salomão e ampliado pelo rei Herodes um dia se erguera ali. Por sua vez, os cristãos alegavam que Jesus havia visitado o templo muitas vezes para rezar.

Mas o local era mais significativo para Razak e seu povo por outra razão.

Em 621 Gabriel aparecera ao grande profeta Maomé em Meca, dando-lhe um cavalo alado com um rosto humano, chamado Buraq. Iniciando sua *Isra*, ou "Viagem Noturna", Maomé foi levado por Buraq ao Monte do Templo, onde ascendeu aos céus em uma luz gloriosa para contemplar Alá e se consultar com Moisés e os grandes profetas. Lá Maomé também recebeu de Alá as cinco preces diárias — um acontecimento fundamental em seu ministério, conhecido como *Miraj*.

O *Miraj* fez do Domo da Rocha o terceiro local religioso mais importante do islamismo, atrás apenas de Meca — local de nascimento de Maomé — e de Medina, onde, após grande luta e com sacrifício pessoal, ele criou o movimento islâmico.

Razak ergueu os olhos para o refinado trabalho de azulejaria da cúpula, observando as inscrições em árabe ao redor da base.

Do lado de fora, o chamado do muezim ecoou de alto-falantes, convocando os muçulmanos para a prece. Em frente ao *mihrab* da mesquita — a pequena alcova dourada em arco que indica a direção de Meca —, Razak se colocou de joelhos, as mãos pousadas nas coxas, e se curvou para rezar.

Após alguns minutos ele se levantou e voltou, contornando o cercado da Rocha, parando em frente à escada para uma câmara chamada de "Poço das Almas", onde os espíritos dos mortos se reúnem para orar. Ele imaginou lá sua mãe e seu pai brilhando sob a luz divina de Alá, esperando o Dia do Julgamento para serem levados ao *Jannah* — o jardim do paraíso eterno de Alá.

No dia 23 de setembro de 1996 os pais de Razak haviam sido mortos por pistoleiros mascarados quando estavam em férias no lado jordaniano do mar da Galileia. Muitos suspeitavam que agentes secretos israelenses — o *Shin Bet* — haviam equivocadamente feito seu pai de alvo por supostas ligações com grupos de militantes palestinos, mas depois os boatos foram descartados. Embora não tivesse sido isso, os assassinos nunca foram descobertos. A morte trágica dos pais foi uma perda profunda que fez — e continuava a fazer — Razak mergulhar mais fundo em sua fé em busca de respostas. Felizmente, sua formação no País e no exterior impedira que mergulhasse no fanatismo político e religioso — uma armadilha fácil para alguém tão intimamente afetado pela política letal de Israel.

Dando as costas, seus pensamentos se voltaram para a cripta escondida bem abaixo de seus pés e para o misterioso roubo que mais uma vez provocara um banho de sangue no local. Quando chegara, no dia anterior, não podia imaginar que uma situação tão grave o transformaria em aliado de um homem como Graham Barton.

Na entrada da mesquita, Razak calçou seus sapatos e saiu.

Ainda tinha duas horas antes de seu encontro com Barton. Então, caminhou até o Bairro Muçulmano e tomou café da manhã em um pequeno estabelecimento da Via Dolorosa. Encontrou conhecidos e foi atualizado sobre o que havia acontecido desde sua última visita. Naturalmente a conversa girou em torno do roubo, mas Razak rapidamente destacou que não poderia fazer comentários sobre a investigação.

Às nove horas não havia sequer uma brisa quando ele cruzou a esplanada do Monte do Templo sob um sol causticante e desceu para a mesquita Marwani. Entrando na cripta pelo buraco da explosão, Akbar — o imponente guarda muçulmano encarregado de vigiar Barton — sinalizou que tudo estava bem. Razak assentiu e gesticulou para que ele saísse rumo à mesquita.

Graham Barton estava agachado em um canto, transcrevendo inscrição de um dos ossuários.

— Bom dia, sr. Barton — disse Razak em inglês.

O arqueólogo se levantou de um salto.

— Parece ter estado ocupado — disse Razak, vendo as pequenas pilhas de impressões que Barton colocara no chão a intervalos.

— Bastante — respondeu Barton, alegremente. — Cheguei cedo, e Akbar foi gentil o bastante para permitir que eu começasse logo.

— O que descobriu até agora?

— É extraordinário. Esta cripta pertenceu a um judeu chamado Yosef — revelou Barton, apontando para uma urna na extremidade, tão lisa quanto as outras. — Você perceberá que cada um desses ossuários tem uma inscrição em hebraico com os nomes dos membros da família.

Nada impressionado, Razak buscou informações significativas.

— Yosef de quê?

Barton deu de ombros.

— Esse é o problema dos antigos judeus. Eles não eram muito específicos no que dizia respeito a nomes. Raramente usavam sobrenomes, pelo menos no caso de enterros. E o nome hebraico "Yosef" era bastante comum na época. De qualquer forma, veja que cada ossuário tem marcas claras.

Razak olhou as inscrições gravadas nas laterais das nove caixas.

— Cada uma diz basicamente a mesma coisa: de quem são os restos contidos dentro de cada ossuário. Aquelas são as quatro filhas — informou, apontando para o grupo no início da fila, e seguindo em frente. — Três filhos, mais sua amada esposa, Sara. Mas há uma gravação na parede dos fundos da cripta que dá mais detalhes — completou Barton, respirando fundo.

Pegando uma lanterna, ele gesticulou para que Razak o seguisse, e eles avançaram para o recesso escuro, parando junto à parede dos fundos. O facho de luz percorreu a pedra até Barton iluminar uma tabuleta colocada na parede com um arremate de pedra decorado.

— Veja isto. Ela tem uma relação dos ossuários contidos nesta câmara.

O muçulmano se aproximou mais.

— Então o ossuário que falta deve estar relacionado aqui.

Contando nove linhas de texto, os olhos de Razak foram arrastados para um sulco profundo na pedra lisa abaixo da última linha. Confuso, olhou para ela por um bom tempo.

— Só estou vendo nove entradas.

— Correto. E essas nove são os nomes que correspondem aos ossuários remanescentes. Mas esta entrada aqui provavelmente identificava o décimo ossuário — sugeriu Barton, lançando a luz sobre a pedra desfigurada e batendo nela com o dedo.

Razak estudou-a atentamente mais uma vez.

— Isso não tem grande valor para nós agora.

— Concordo. Outro beco sem saída.

Razak caminhou pela câmara, estendendo as mãos.

— Por que aqui?

— O que você quer dizer?

— De todos os lugares, por que a cripta estaria localizada aqui?

Barton achou que era uma boa pergunta.

— Normalmente esperaríamos encontrar criptas fora das muralhas da cidade. Mas certamente é possível que este local tenha sido escolhido por razões de segurança — disse, fazendo uma pausa antes de continuar. — Na verdade, no século I a Fortaleza Antonia, a guarnição romana, ficava junto à muralha norte do Monte do Templo. A esplanada acima de nós devia ser uma área movimentada, com muitas atividades acontecendo. Calçadas elevadas com pórticos contornam todo o perímetro da plataforma e a guarnição. Os centuriões romanos deviam circular para policiar a multidão, prontos para eliminar qualquer perturbação.

Barton não explicou que no século I a principal razão para a popularidade do Monte do Templo era o grandioso templo judaico que um dia ocupara o lugar da mesquita do Domo da Rocha — uma alegação que o Waqf sistematicamente descartou por séculos de modo a assegurar seu controle do local. Como nenhuma prova arqueológica sustentou a descrição bíblica do templo, essa posição permaneceu sólida.

— E o que os centuriões romanos têm a ver com esta cripta?

— Tudo. Lembre-se, na Antiguidade não havia cofres. Por isso saquear era a forma mais fácil de enriquecer. Os bens eram vulneráveis.

Razak observava Barton atentamente.

— A única forma de proteger tesouros ou bens valiosos era com um exército?

— Correto.

— Então talvez o décimo ossuário não contivesse restos humanos. Ele poderia proteger alguma espécie de tesouro?

— É plausível.

— Certamente é mais fácil de acreditar nisso do que em restos humanos — continuou Razak. — Não entendo por que alguém teria tanto trabalho para roubar ossos.

Barton sentia que Razak estava satisfeito com seu próprio raciocínio, e na falta de outras provas ele não iria questionar a ideia.

— Pelo que vejo, é impossível tirar conclusões sobre o que o ossuário roubado poderia conter. Mas dentro dessas nove urnas remanescentes podemos encontrar mais pistas — disse, apontando para os ossuários e dando a Razak um par de luvas de borracha. — Razão pela qual você irá precisar disto.

O muçulmano exibiu um olhar horrorizado.

16

Cidade do Vaticano

Os dois cientistas se encontraram no laboratório às oito horas, seguindo diretamente para a sala de repouso dos fundos, onde Giovanni Bersei ensinava Charlotte Hennesey a usar o que considerava ser o equipamento mais vital do laboratório — a máquina de café automática Gaggia, que produzia cafés individualizados ao toque de um botão.

— Diga-me. Como foi sua visita à basílica na noite passada?

Erguendo os olhos para o teto, ela fez um rápido resumo que terminou com o relato do desagradável encontro com Salvatore Conte. Contou que isso a perturbara tanto que desistira de sair. Tendo escolhido um sanduíche de atum na lanchonete do Domus, ela acordou cedo. Não exatamente uma noite excitante, admitiu, embora tivesse ficado contente por compensar o sono perdido.

— E como estava o *ossobuco* de sua esposa?

Ele fez uma careta.

— Não muito bom. Carmela é boa em muitas coisas, mas boa cozinheira definitivamente não. Na verdade, talvez seja a pior cozinheira de toda a Itália.

Ela deu um soquinho no ombro dele.

— Você é horrível, Giovanni. Espero que não tenha dito isso a ela.

— Está louca? Eu prezo minha vida.

Ambos riram.

Bersei conferiu o relógio.

— Pronta para começar?
— Vamos lá.

Enchendo novamente as xícaras, eles retornaram à sala principal e ficaram em pé junto à estação de trabalho, ambos usando jalecos de laboratório. O ossuário, com seu misterioso esqueleto, estava como o haviam deixado na noite anterior.

Bersei deu a Charlotte novas máscara e luvas de látex, e ela as colocou. Ele fez o mesmo.

Olhando para os ossos, Charlotte meio que esperava que uma mão se projetasse segurando uma ampulheta.

Após colocar máscara e luvas, Bersei pegou uma câmera digital Canon, ligou-a, tirou algumas fotos e a pousou.

Em lados opostos da estação de trabalho, os cientistas começaram a retirar os ossos um a um, colocando-os cuidadosamente sobre o tapete de borracha. Lentamente, o esqueleto remontado começou a surgir: os ossos mais largos dos braços e das pernas, a pelve e feixes soltos de costelas, as vértebras da coluna e, finalmente, os delicados e complexos ossos das mãos e pés.

Charlotte ergueu o crânio do ossuário com enorme cuidado. Sustentando a mandíbula com uma das mãos e o crânio com a outra, ela o colocou no final do esqueleto completo.

Bersei fez uma rápida inspeção visual.

— Parece que todos os 206 ossos estão aqui.

Pegou a máquina e tirou mais algumas fotos do esqueleto completo.

Charlotte olhou para baixo.

— Certo. Vamos descobrir como este homem morreu.

— Estritamente falando, ainda não sabemos se estamos lidando com um homem, dra. Hennesey — desafiou ele, educadamente. — Poderia ser uma mulher.

Charlotte inclinou a cabeça.

— Certamente. Mas duvido que uma mulher fosse receber uma caixa tão bonita.

Ele ergueu as sobrancelhas, sem saber se ela estava brincando.

— Não entre em pânico. Não vou ser feminista com você. Estou guardando isso para depois — brincou ela.

— Apenas seja gentil.

Os dois cientistas concordaram que a análise inicial deveria ser um estudo de patologia forense para determinar a causa da morte, se possível seguido de uma reconstrução do perfil do esqueleto. Charlotte ligou o sistema de gravação da estação de trabalho para registrar a análise. Depois suas observações orais seriam transcritas. Ela tirou da gaveta da estação dois pares de óculos Orascoptic. Dando um a Bersei e colocando o outro, ela baixou as lentes telescópicas sobre os olhos.

Começaram pelo crânio, curvando-se para estudá-lo em detalhes.

— Parece perfeito — disse Bersei, olhando através dos óculos.

Charlotte avaliou as dimensões e o contorno.

— Queixo quadrado, pontes supra-orbitais pronunciadas e pontos de fixação muscular. Parece que estamos lidando com um espécime masculino.

— Talvez você esteja certa — admitiu Bersei, inclinando o crânio para trás e girando-o para examinar a cavidade interna. — As suturas ainda são visíveis, mas estão todas fundidas. Veja aqui — disse, apontando para a costura em que as placas ósseas irregulares se encontram ao longo do crânio, parecendo um zíper em ziguezague que tivesse sido alisado.

Verificando sua observação, Charlie entendeu o conceito. Quanto mais jovem o espécime, mais pronunciadas as linhas de junção, parecendo o encaixe apertado das lâminas de dois serrotes. Quanto mais velho o espécime, a fusão se consolida até um ponto em que as linhas não podem ser discernidas.

— Significa que estamos olhando para uma idade entre vinte e trinta, no mínimo?

— Concordo — disse Bersei, virando o crânio mais algumas vezes, examinando a superfície. — Não vejo nenhum indício de trauma craniano, e você?

— Nenhum.

Os dois cientistas voltaram suas atenções para a mandíbula.

— Esses dentes estão em magnífico estado — disse Charlotte. — Espero que os meus fiquem assim. Esse camarada ainda tem todos. Não vejo sequer um indício de doença periodontal.

Por um instante ela mexeu em um regulagem nos óculos a fim de aumentar a ampliação das lentes.

— O esmalte está intacto. Sem cáries nem desgaste desigual.

— Estranho.

— Talvez ele não gostasse de doces.

Passaram para a região cervical, analisando atentamente, buscando anormalidades no pescoço.

— Não vejo esporões — observou Charlotte. — Sem cristas ou calcificação.

— Sem fusão, também — acrescentou Bersei. — Na verdade, os discos parecem não ter degenerado nada.

Ele girou delicadamente a última das vértebras cervicais.

— Nada chocante. Vamos continuar — disse ele, indo para a caixa torácica do esqueleto.

Quase imediatamente Charlotte ergueu as sobrancelhas.

— Espere. Isto é interessante.

Acompanhando o dedo dela até o centro da área peitoral, Bersei se concentrou no osso chato do esterno e percebeu imediatamente.

— Há uma grande laceração.

— Sem dúvida.

Ela estudou a separação na cartilagem seca que liga as costelas ao esterno.

— Acha que pode ter acontecido quando a caixa torácica foi solta para se encaixar dentro do ossuário?

— Talvez — disse Bersei em tom cauteloso, voltando sua atenção para o ombro adjacente. — Veja isto.

Ela o acompanhou.

— Seu olho é bom. O úmero e a clavícula foram separados da escápula?

— Concordo. Mas isso não parece ter acontecido depois da morte. A separação é fibrosa. O tecido separado sugere que a ruptura se deu antes que o tecido secasse — disse, voltando a olhar para o esterno. — Veja aqui. Parece a mesma coisa. Você consegue identificar onde a cartilagem foi esticada, alargada e rompida? Quando os ossos foram preparados para o enterro algum tipo de lâmina foi usado para cortar o tecido.

Hennesey também viu. Um corte seco separava as marcas de esforço laterais da cartilagem rompida.

— Uau, isso parece doloroso. O que você acha? Um deslocamento?

— Um deslocamento muito violento — disse Bersei, com voz perturbada.

— Isso realmente deve ter doído.

— Tenho certeza que sim. Mas certamente não o matou. Você fica com aquelas costelas e eu fico com estas — disse, apontando para as que estavam mais perto dela.

O tempo pareceu parar enquanto eles trabalhavam nas costelas, analisando meticulosamente cada superfície.

Charlotte estava começando a se acostumar à ideia de trabalhar com ossos, concentrando-se na tarefa que tinha pela frente em vez de nas imagens desagradáveis do caos genético dentro do seu próprio corpo naquele mesmo instante.

— Está vendo o mesmo que eu?

— Os sulcos profundos? Certamente — disse Bersei, de cabeça baixa.

Algumas das costelas estavam intactas, mas a maioria parecia ter sido arranhada com pregos grossos, que produziram longas depressões recortadas. As fissuras apareciam em grupos aleatórios.

— O que poderia ter feito isso? — disse ela, a voz transformada em sussurro.

— Acho que talvez saiba. Vê sinais de depósito de metal?

— Sim. É algo que aconteceu depois da morte? É quase como se algum tipo de animal tivesse mastigado.

— Sou obrigado a dizer que não — respondeu Bersei. — Repare que essas marcas só aparecem na fáscia anterior. Dentes teriam deixado marcas dos dois lados, sem falar que a maioria dos carniceiros teria fugido com o osso antes de mastigá-lo, sem nos deixar um esqueleto completo.

— Então o que você acha que produziu isso? — perguntou Charlotte, tensa.

— Vamos colocar da seguinte forma — disse o antropólogo, olhando por cima das lentes telescópicas baixadas. — Se os ossos parecem tão ruins, o músculo e a pele que os cobriam deviam parecer muito piores... Provavelmente lacerados.

Ele sustentou o olhar dela, respirou fundo e então disse:

— A mim parece que este homem foi açoitado.

— Quer dizer, chicoteado?

Ele anuiu lentamente.

— Isso mesmo. Acho que as marcas são de um açoite com pontas metálicas.

— Pobre sujeito — disse, e a possibilidade de tal violência revirou seu estômago.

— Vamos continuar.

Bersei se curvou e começou a trabalhar nas vértebras lombares superiores.

Charlotte se inclinou e começou a rodar as vértebras inferiores da coluna, examinando cuidadosamente cada osso e o material dos discos.

— Tudo parece bem aqui.

— Concordo — disse Bersei, olhando para a estrutura compacta do osso pélvico, que dava pistas definitivas sobre o gênero. — E você estava certa quanto ao gênero. Definitivamente masculino.

Ele passou os dedos pelos contornos do osso onde estariam os órgãos genitais.

— O nó ciático é estreito, a área pré-auricular não tem recortes e fica chata.

— Nada de bebês saindo por aí. Pelo menos nenhum bebê ficou sem mãe.

Até então Giovanni Bersei estava satisfeito. Determinar o gênero por esqueletos nunca era tão fácil, já que os mais óbvios traços específicos de gênero ocorrem nos tecidos macios, não nos ossos. Dependendo de vários fatores, de dieta e estilo de vida ao estresse físico da ocupação do sujeito, o esqueleto feminino podia facilmente modificar seus tecidos macios para parecerem quase idênticos aos do equivalente masculino. Maior massa muscular seria um elemento óbvio, exigindo ossos mais grossos para sustentá-los, especialmente nas áreas de conexão dos ligamentos. Mas o canal de nascimento da pelve era bem visível na maioria dos esqueletos femininos.

— Então, braços ou pernas? — perguntou ele.

— Braços primeiro.

Eles se deslocaram ao longo do esqueleto, fazendo uma análise minuciosa dos ossos longos, começando com o úmero e descendo para o conjunto dos antebraços, a ulna e o rádio.

Algo chamou a atenção da geneticista, que se aproximou ainda mais para melhorar a resolução das lentes. Havia danos significativos nas superfícies internas dos ossos que se juntavam abaixo do pulso.

— O que é isto? É como se tivessem passado por um moedor.

— Deste lado também. O dano se limita ao ponto logo abaixo do pulso — confirmou Bersei. — Você vê oxidação, como riscos compridos?

— Sim, pode ser resíduo metálico. Talvez hematita. Espere — pediu, tendo encontrado algo mais. Ela reajustou as lentes e retomou. — Fibras penetraram no osso. E do seu lado?

— Sim. Pegue uma amostra disso. Parece madeira.

Charlotte foi à gaveta de ferramentas, pegou pinças e um pequeno tubo plástico e começou a retirar as fibras do osso.

Enquanto isso, Bersei já estava indo na direção dos pés do esqueleto. Curvou-se para examinar melhor alguma coisa ali.

— O que está vendo? — perguntou Charlotte, empertigando-se e pousando o frasco e a pinça.

Ele a chamou para perto.

— Venha dar uma olhada.

Apontando suas lentes para a área logo abaixo da canela, o conjunto de fíbula e tíbia parecia saudável. Mas na parte superior de cada pé havia profundas manchas arenosas entre os ossos. Dois ossos do pé esquerdo haviam sido fraturados.

— Veja os danos entre o segundo e o terceiro metatarsos — observou Bersei. — São similares aos dos braços.

— As mesmas manchas cor de ferrugem — acrescentou Hennesey. Definitivamente vieram do mesmo tipo de metal cravado.

— A julgar pelas fraturas no segundo metatarso do pé esquerdo, foi um prego. Está vendo onde a ponta atingiu o osso e o partiu?

Hennesey viu uma marca em forma de diamante no encaixe da fissura e identificou mais lascas de madeira.

— Inacreditável. É como se o prego não tivesse entrado da primeira vez.

Imaginar que um ser humano podia infligir esse tipo de dano a outro a deixava nauseada. Que tipo de animal seria capaz de tal crueldade?

— Provavelmente porque os pés foram pregados um sobre o outro — afirmou o dr. Bersei, objetivamente.

Ele percebeu outro elemento estranho na região do joelho e mudou de posição para ver melhor.

— O que você está vendo?

— Olhe isto.

Quando Charlotte se concentrou na articulação do joelho, o dano ficou óbvio. No momento em que ela achava que não podia ser pior.

— Deus do céu.

— Completamente esmagado — disse Bersei, engasgando. — Veja as lacerações na cartilagem e as finas fraturas abaixo do joelho.

— Os joelhos dele foram quebrados?

— Sim, claro.

— O que você quer dizer?

Bersei empertigou-se e levantou as lentes. Seu rosto estava pálido.

— Está bastante claro o que aconteceu aqui. Este homem foi crucificado.

17

Monte do templo

— Você certamente não espera que eu viole os restos dos mortos — disse Razak, absolutamente ofendido, cruzando os braços sobre o peito e franzindo o cenho para Barton. — Você não tem consciência?

— É importante, Razak — contestou o inglês, oferecendo novamente as luvas.

Razak empurrou-as para longe.

— Não permitirei isso! — sua voz ecoou alto nas paredes da câmara. — Você precisa de autorização do Waqf.

Akbar olhou pelo buraco da explosão, parecendo assustado. Evitando olhar para o guarda, Barton falou em voz baixa.

— Você e eu sabemos que isso não dará resultados. No interesse da rapidez, precisamos ter iniciativa para encontrar respostas. Por isso estamos aqui.

Ainda furioso, Razak voltou-se para Akbar.

— Está tudo bem.

Acenou para que o guarda saísse, esfregou as têmporas e então se voltou para o arqueólogo.

— Que bem isso pode fazer? Certamente só há ossos nessas urnas.

— Não temos certeza nisso.

Razak esticou as mãos, apontando para os ossuários.

— Se fosse o caso, por que os ladrões não teriam levado estas também?

— Precisamos ter certeza — insistiu Barton. — Toda possibilidade tem de ser investigada. Até agora as únicas pistas que temos estão nesta sala. Seria uma grande negligência deixar de estudar estes ossuários.

Por alguns segundos a cripta mergulhou em silêncio mortal.

— Certo — concordou finalmente Razak. — Uma caixa de cada vez. Mas você fará sozinho.

— Compreendo.

— Que Alá nos salve — murmurou Razak. — Vá em frente. Faça o que achar necessário — autorizou, desviando os olhos da cena.

Aliviado, Barton ajoelhou em frente ao primeiro ossuário, gravado com os caracteres hebraicos para "Rebeca".

— Isso vai levar algum tempo — anunciou em voz alta.

— Eu espero.

Esticando os dois braços, Barton agarrou com firmeza as laterais da tampa de pedra plana. Olhou para Razak. O muçulmano continuava de costas para ele. Respirando fundo, Barton retirou-a.

Duas horas depois de ter aberto o primeiro ossuário, Graham Barton recolocava o esqueleto que havia tirado do sétimo deles. Assim como os espécimes que encontrara nas seis urnas funerárias anteriores, aquele estava impressionantemente bem preservado.

Embora antropologia forense não fosse sua especialidade, ele estudara ossos o suficiente na vida para compreender os princípios básicos. Certamente os nomes em cada ossuário eliminavam as dúvidas quanto ao gênero, mas pistas presentes nas suturas cranianas e nos ossos pélvicos o levaram a certas conclusões referentes à idade dos esqueletos. Os quatro indivíduos mais jovens do sexo feminino — as filhas, imaginou ele — morreram muito novos, entre o final da adolescência e vinte e poucos anos. Os três indivíduos do sexo masculino mais jovens — segundo a mesma lógica, os filhos — pareciam estar na mesma faixa etária. Como era comum nas famílias do século I, as crianças eram muitas e nasciam em rápida sucessão, para garantir a sobrevivência da família.

Mas, pelo que Barton podia ver, os restos não apresentavam anomalias óbvias. Nenhum sinal claro de trauma.

Supondo que aqueles irmãos eram todos filhos do pai e da mãe enterrados nos ossuários oito e nove, parecia incomum que todos tivessem morrido tão jovens. Mesmo no século I, quando a expectativa de vida para os que sobreviviam aos primeiros anos terríveis normalmente era de apenas 35 anos, aquilo parecia estatisticamente improvável. De fato, tudo indicava que todos haviam morrido ao mesmo tempo.

Estranho.

Barton levantou um momento para se esticar.

— Tudo bem aí? — perguntou ele, olhando para o outro lado da câmara, onde o muçulmano estava sentado em posição meditativa, olhando para a parede. Em certo momento ele o ouvira cantando orações.

— Sim. De quanto tempo mais você precisa?

— Só faltam mais dois. Eu diria meia hora.

O muçulmano consentiu.

O arqueólogo flexionou o pescoço e depois se agachou em frente ao oitavo ossuário, contendo a esposa de Yosef, Sara. Já tendo estabelecido um bom método, ele habilidosamente tirou a tampa, virou-a e pousou-a no chão de pedra, a fim de usá-la como bandeja para os ossos retirados.

As órbitas vazias de um crânio liso e brilhante olharam para ele de dentro da caixa, parecendo um horripilante molde de argamassa coberto de verniz bege.

Sem saber o que procurar, Barton estava começando a perder qualquer esperança de que houvesse algo extraordinário naquelas urnas remanescentes. Será que os ladrões realmente sabiam disso e intencionalmente deixaram aquelas para trás, como Razak sugerira? Certamente o conteúdo da décima urna não poderia ser tão banal quanto o daquelas. Ele estava perplexo com o que os ladrões sabiam sobre a relíquia desaparecida, e como poderiam ter conseguido antecipadamente tais detalhes específicos.

Sustentando o crânio na palma da mão, Barton girou-o e lançou o facho da lanterna no seu interior, iluminando-o como uma cabeça de abóbora macabra. A fusão das suturas sugeria que Sara provavelmente estaria com trinta e tantos anos. Ele o pousou na tampa. Depois, retirou um a um os ossos maiores e os empilhou ao lado do crânio. Os pequenos ossos que haviam caído no fundo da caixa saíram em punhados. Todos contados e todos normais. Apontando a lanterna para o ossuário vazio, ele examinou cuidadosamente as superfícies em busca de gravações, assegurando-se de que nada no fundo passasse despercebido.

Reverentemente devolvendo os ossos de Sara ao seu ossuário e recolocando a tampa, Barton se agachou em frente ao nono ossuário com pouco entusiasmo.

— Vamos lá, Yosef, fale comigo.

Esticando as mãos, ele esfregou os dedos, pedindo sorte, e agarrou a tampa. Ficou surpreso quando ela não se moveu. Tentou novamente. Nada.

— Estranho...

— O que houve? — perguntou Razak.

— O último ossuário foi lacrado.

Barton passou o facho da lanterna pelo encaixe. Decididamente havia algo ali, e parecia massa de calafetar.

— Então você talvez devesse deixar para lá.

Esse camarada é maluco? Ele não chegara até aquele ponto para desistir. Ignorando-o, Barton tirou do bolso um canivete suíço, abriu uma lâmina média e raspou um pouco da coisa grudenta, colocando-a na palma da mão. Examinando os restos à luz, verificou que era um tipo de cera gordurosa. Precisou de cinco minutos para afrouxar o lacre o bastante para soltar a tampa. Então fechou o canivete e o colocou de volta no bolso.

— Então, vamos lá — murmurou, enxugando o suor da testa.

Agarrando a tampa no sentido do comprimento, arrancou-a, virou-a e a colocou no chão. Um cheiro desagradável se ergueu da cavidade exposta da caixa, fazendo-o engasgar.

Agarrando a lanterna, apontou-a para baixo. Os ossos mais longos estavam no alto, e ele começou a retirá-los.

Quando chegou ao crânio, ele o girou e iluminou. A julgar pelo adiantado estado de fusão das suturas do crânio e o substancial desgaste dos dentes remanescentes na mandíbula, Yosef estaria com sessenta e tantos ou setenta e poucos anos no momento de sua morte. Quando o último osso foi retirado do ossuário, Barton prendeu a respiração e enfiou a cabeça na urna, iluminando-a com a lanterna. Ficou surpreso ao ver no fundo uma pequena placa de metal retangular. Pegando novamente o canivete suíço, enfiou a lâmina sob a placa, retirando-a e revelando um pequeno nicho cavado na base do ossuário. Dentro dele havia um cilindro de metal com não mais de 15 centímetros de comprimento. Barton sorriu.

— Este é o meu garoto — disse, pegando-o com os dedos e erguendo-o.

— Achou alguma coisa? — disse Razak, a voz ecoando pela cripta.

— Ah, sim. Dê uma olhada.

Sem pensar, Razak se virou e mal tinha visto o cilindro quando seus olhos baixaram para a pilha de ossos. Rapidamente voltou a cabeça para a parede.

— Alma infeliz. Que a paz esteja com ele — reagiu Razak.

— Desculpe-me. Deveria ter alertado sobre isso — comentou Barton.

Levantando a mão e balançando a cabeça, Razak disse:

— Tudo bem. O que você tem na mão?

— Uma pista — disse Barton, levantando-se e caminhando na direção do holofote alto. — Dê uma olhada.

Colocando-se de pé, Razak foi para o lado de Barton.

Examinando atentamente, ele percebeu que o cilindro — muito provavelmente de bronze — tinha pequenas tampas nas duas extremidades.

— Você vai abrir isso?

— Claro.

Sem hesitar, o antropólogo soltou uma das tampas e virou a abertura para a luz, olhando dentro. Percebeu algo enrolado.

— Acho que temos um pergaminho...

Razak coçava o queixo nervosamente, pensando se haveria uma forma melhor de resolver aquilo, mas se resignando com o fato de que Barton era o especialista.

Inclinando o cilindro na direção da mão, Barton bateu nele algumas vezes até o pergaminho cair. Após confirmar que não havia mais nada dentro do tubo de metal, colocou-o no bolso da camisa.

— Um pergaminho. E perfeitamente preservado.

Ele o desenrolou cuidadosamente. Estava coberto por um texto antigo, em grego, se não estivesse enganado. O arqueólogo olhou para Razak.

— Bingo.

18

Cidade do Vaticano

Tendo passado as duas horas anteriores concluindo um diário minucioso sobre o exame forense — com fotos digitais, descrições por escrito e observações —, os dois cientistas tomavam seus *espressos* junto à máquina de café na apertada sala de descanso de paredes brancas do laboratório. Ambos estavam mergulhados em pensamentos.

Bersei franziu o rosto.

— Eu vi restos humanos de todo tipo e forma, alguns mumificados, outros apenas ossos. Alguns até derretidos — disse, fazendo uma pausa antes de continuar. — Mas esse foi inédito. Embora não seja surpreendente.

— Por que não?

— Embora se acredite que a crucificação tenha sido introduzida pelos gregos, na verdade ela era praticada predominantemente pelos romanos: era o método típico de execução de criminosos até ser banido pelo imperador Constantino, no século IV.

— Você tem certeza de que o que vemos aqui é o resultado de uma crucificação, não de outra forma de tortura?

— Tenho. Vou dizer por quê — anunciou Bersei, esvaziando sua xícara de café. — Vamos começar pelo básico. Primeiro você tem de entender o motivo pelo qual os romanos crucificavam criminosos. Obviamente era um método radical de punição, mas também visava enviar a todos os cidadãos a mensagem de que Roma estava no controle. Tratava-se de uma morte pública na qual as vítimas eram desnudadas e penduradas ao longo de estradas principais e locais importantes. Era considerada uma forma desonrosa de morrer... absolutamente humilhante. Como tal, costumava ser reservada a criminosos de baixa posição social e a inimigos do Estado. Era o principal método de Roma: governar pelo medo.

Os olhos verdes de Charlotte brilharam.

— Então podemos estar lidando aqui com um criminoso?

— Talvez — respondeu ele, dando de ombros.

Ela o olhou, curiosa.

— Como você sabe disso tudo?

— Sei que parece estranho, mas há alguns anos publiquei um estudo formal sobre crucificação, financiado pela Comissão Pontifícia. Testei teorias consagradas sobre como ela matava as vítimas.

Charlotte não sabia como reagir.

— Eu tenho de perguntar... Por quê?

— Veja, sei que isso soa mórbido. Mas a crucificação foi praticada durante séculos e é extremamente importante para compreender o início do governo romano. Gosto de pensar nisso como uma especialização. O trabalho fez muito sucesso — disse ele, sorrindo.

— Tenho certeza que fez. Seguramente muito divertido.

— Quer que eu continue?

— Por favor.

— Antes de serem crucificados, os criminosos eram açoitados, normalmente com uma vara ou chicote, o que os deixava mais passivos no transporte para o local da execução. No caso do nosso homem, o açoite parece ter sido realizado com um *flagrum*, um terrível chicote múltiplo com pontas de metal.

— Isso explica por que as costelas estavam tão marcadas.

— *Si*. E, a julgar pela profundidade das fissuras, sua carne deve ter sido gravemente cortada. Este homem deve ter sentido dores tremendas e sangrado terrivelmente.

— Isso é muito cruel.

Ela lutou contra o desejo de imaginar o chicote com ponta de lâmina cortando o ar e penetrando na carne.

— Temo que isso seja apenas o começo. A crucificação em si era muito pior. Havia algumas variações desse tipo de execução, basicamente todas com o mesmo efeito letal. O criminoso era cravado em uma cruz com longos pregos pelos punhos e pelos pés. Uma corda era passada ao redor dos braços para aumentar o apoio quando o corpo era pendurado. A estrutura podia ter muitas formas: uma simples árvore ou um poste, duas vigas cruzadas como um X ou uma estrutura sólida construída como um T maiúsculo. Acho que no caso de nossa vítima foi uma *crux composita*, que consistia em um poste vertical, ou estaca, e uma barra transversal chamada *patibulum*. Sabemos que as imagens conhecidas da crucificação mostram as vítimas pregadas à cruz pelas mãos...

Charlotte sabia onde ele queria chegar.

— Mas os pequenos ossos e a carne fraca das mãos não poderiam sustentar o peso de um corpo, certo? Pregado pelas mãos o corpo deslizaria da cruz — disse, apertando as mãos na xícara.

— Exatamente. Então, para sustentar o peso, os pregos de ferro, coisas enormes, com uns dezoito centímetros, eram cravados no pulso, logo acima da ulna e do rádio, juntamente com uma grande anilha de madeira para impedir que deslizasse. Bem aqui — disse Bersei, apontando um ponto logo abaixo da depressão de seu pulso. — Isso esmagava ou cortava o nervo medial, disparando ondas de choque de dor excruciante pelo braço. As mãos ficavam instantaneamente paralisadas. Assim que os pulsos eram pregados, o *patibulum*, com todo o peso do corpo, era violentamente içado pela estaca. É impossível imaginar como era. Inacreditável.

Imagens hediondas de pregos atravessando a carne vieram à cabeça de Charlotte.

— Isso explica o deslocamento do ombro.

— Também explica a forma de cunha e os resíduos de hematita que vimos nos pulsos, evidenciando a violenta pressão sobre os ossos. Esmagador. O peso do corpo suspenso em pregos.

Hennesey esvaziou sua xícara na pia.

— Não consigo beber mais.

Bersei colocou a mão no seu ombro.

— Você está bem?

Ela esfregou os olhos. Talvez um câncer ósseo não fosse tão ruim, pensou consigo mesma.

— Continue. Estou bem.

— Assim que o corpo era içado — continuou o italiano — os pés eram colocados um sobre o outro e então pregados no poste. Não deveria ser fácil com a vítima se agitando.

— Isso provavelmente explica a fratura que vimos no pé. Houve luta.

Bersei baixou a voz.

— Sim. Algumas vezes, para impedir essa luta, uma cavilha de apoio chamada *sedile* era inserida entre as pernas. Um prego era cravado através... — disse, fazendo uma pausa para pensar sobre essa parte, mas sentindo necessidade de ser completo, e continuando — do pênis e sobre o *sedile* para prender as vítimas à cruz.

Por um instante Charlotte se sentiu tonta, como se fosse desmaiar. Cada vez que o dr. Bersei acrescentava mais detalhes ela se sentia afundar, como se os ossos estivessem sendo tirados um a um de dentro dela.

— É inacreditavelmente brutal — ela sussurrou.

Aquele conhecimento aterrorizante parecia estar em absoluta contradição com a gentileza de Giovanni no resto. Ela respirou fundo.

Cruzando as mãos, Bersei fez uma pausa para organizar os pensamentos.

— A questão é que na crucificação não há uma coisa que mate a vítima. O trauma generalizado acaba produzindo isso. Chicoteamento, pregos, exposição aos elementos, tudo contribui. Dependendo da saúde da vítima antes da execução, a morte pode demorar dias.

Charlotte não conseguia imaginar seres humanos sendo submetidos a uma punição tão radical. E não conseguiu deixar de pensar que os homens tinham uma curiosidade inata por esse tipo de coisa.

— E nós já sabemos que este homem tinha ótima saúde.

Bersei anuiu.

— O dano que vimos nas costelas sugere que apenas a intensidade do açoite deveria tê-lo matado. A pele e a estrutura muscular teriam sido deixadas em frangalhos, possivelmente expondo os órgãos internos. É inacreditável que essa pessoa tenha resistido; ela deve ter sofrido horrivelmente. O que me leva ao último ponto.

Charlotte sentiu um nó no estômago. Ela sabia que o que viria a seguir seria ainda pior.

— Se o criminoso não estivesse seguindo o processo com rapidez suficiente — continuou Bersei — a morte era acelerada. Eles quebravam os joelhos com uma grande marreta de metal.

A imagem surgiu rapidamente e ela sentiu seus joelhos fraquejando.

— Exatamente o que vimos aqui — respondeu ela, lutando para ser objetiva e avaliando as consequências do último estágio da punição. — Sem o apoio das pernas todo o peso do corpo seria jogado sobre o tórax. Por isso a cartilagem do peito se rompeu?

— Exatamente. Com os pulmões contraídos, a vítima lutaria desesperadamente para respirar. Enquanto isso, o pouco sangue restante começaria a baixar para as pernas e o tronco.

Então basicamente o criminoso morria de asfixia e parada cardíaca, certo?

— Certo. Desidratação e trauma também podiam acelerar o processo — acrescentou, fazendo uma pausa e franzindo os lábios. — A vítima era mantida por dias na cruz, até a morte chegar. Era uma dor inenarrável.

— E então?

Com os lábios apertados, Bersei deu sua explicação.

— Os cadáveres eram jogados no chão, e então abutres, cães e outras feras se alimentavam deles. Os restos eram queimados. Os romanos eram muito sistemáticos nisso. Isso reforçava o último estágio da punição, negar a um criminoso o devido enterro, um grande golpe para quase todas as religiões da época. Ao queimar os corpos, os romanos de fato estavam negando às vítimas qualquer possibilidade de ter uma vida após a morte, reencarnação ou ressurreição.

— A punição final — disse ela, baixando os olhos para o chão.

— De fato. O corpo era inteiramente aniquilado.

— Devia assustar muito as pessoas ver tudo isso. Que espetáculo devia ser caminhar por uma estrada e ver todos aqueles corpos pregados em postes. Isso sim é publicidade sugestiva.

— A especialidade de Roma. Certamente deixava uma impressão... Mantinha comportados os contribuintes subjugados.

Um momento de silêncio se abateu sobre a sala de descanso.

— Quem você acha que o camarada era? — perguntou ela, finalmente.

Bersei deu de ombros e balançou a cabeça negativamente.

— Cedo demais para dizer. Pode ser qualquer um dos milhares crucificados pelos romanos. Antes destes ossos, o único resto crucificado encontrado foi um osso do calcanhar com um prego cravado na lateral. O fato de estarmos olhando para o primeiro *corpo* crucificado intacto faz dele uma relíquia de valor extraordinário.

Charlotte inclinou a cabeça.

— Isso explica por que o Vaticano teve tanto trabalho para nos trazer aqui.

— Exatamente. Faz todo o sentido. Uma descoberta como esta é monumental.

— Mas nós só abrimos o ossuário hoje, e, se ele estava lacrado, como poderiam saber que o homem dentro dele havia sido crucificado? Como sabiam que precisavam de nossos conhecimentos?

Bersei pensou sobre isso.

— Não surpreende que tenham me chamado. Tendo trabalhado anos nas catacumbas, encontrei muitos esqueletos, muitas relíquias ligadas a ritos funerários. Quanto a você... Bem, não preciso dizer que usar o DNA para examinar restos humanos é uma ferramenta fantástica. Mas vamos esquecer as teorias até termos estudado mais o ossuário. Afinal, os restos físicos contam apenas uma parte da história.

19

Museu do Vaticano

Perto do laboratório, no mesmo corredor, em um espaço apertado normalmente usado como depósito, uma rede de cabos descia para o disco rígido do computador, transmitindo imagens e sons ao vivo do laboratório e da sala de descanso adjacente. Usando fones de ouvido ligados ao conjunto de equipamentos de vigilância, Salvatore Conte gravava diligentemente toda a atividade dos cientistas, como fora determinado pelo secretário de Estado do Vaticano, cardeal Santelli.

Duas outras ligações sem fio também monitoravam todos os telefonemas do quarto de Charlotte Hennesey (graças a um grampo simples na central telefônica do Vaticano) e da residência de Giovanni Bersei. Ele havia feito uma visita especial à casa de Bersei na noite anterior. Enquanto o antropólogo se ocupava comendo a perna de vitela esturricada feita pela esposa, Conte, do lado de fora, instalava um transmissor na caixa telefônica da lateral da casa — habilidades de engenharia elétrica, com os cumprimentos de seus patrões anteriores.

Embora ele achasse todo o papo científico apenas medianamente interessante, sua atenção estava voltada sobretudo para a atraente geneticista americana. Ela era irresistível. Normalmente homens como ele não conseguiam garotas como ela. Mas não custava tentar. E ninguém tentava com mais força que Salvatore Conte. Perseverança era tudo.

Novamente estudando Hennesey — rosto, lábios, cabelos, corpo —, ele decidira que iria prová-la, de um jeito ou de outro. Só precisaria esperar um pouco mais, até o trabalho ter sido concluído.

Em outro monitor ele acessou a internet e entrou na página de seu banco nas Ilhas Cayman, no qual havia aberto uma nova conta usando um de seus pseudônimos. Digitando nome e senha para ter acesso ao extrato da conta, fez uma pausa para confirmar que Santelli cumprira sua parte no trato.

Mais cedo naquela manhã ele tivera uma conversa muito honesta com o cardeal sobre um bônus pela rápida entrega da relíquia, bem como sobre uma indenização para ele mesmo e seus colegas (excluindo Doug Wilkinson). Deixou claro que seria "desconfortável" deixar a Cidade do Vaticano sem confirmar que o pagamento havia sido feito. Surpreendentemente, o cardeal não protestara, concordando rapidamente com o fato de que uma operação tão eficiente merecia a despesa adicional.

O dinheiro havia sido transferido por um dos bancos estrangeiros ligados ao Vaticano, não podendo ser rastreado até o interior daquelas paredes, Conte tinha certeza. O banco nem sequer entrara em contato com ele sobre a quantia, e os fundos foram liberados imediatamente.

Quando adolescente, Salvatore Conte tivera um ótimo desempenho na Escola Militar Nunziatella, de Nápoles, e ao se formar cumpriu o serviço militar obrigatório de oito meses. Não demorou para que suas habilidades únicas — físicas e intelectuais — chamassem a atenção de seus comandantes, e suas recomendações lhe garantiram um posto no Servizio per le Informazioni e la Sicurezza Democratica, o serviço secreto italiano. Lá ele aprendera as habilidades fundamentais que o ajudariam a se tornar um agente independente. Assassinatos, situações com reféns, infiltração em células terroristas — Conte aceitou todos os trabalhos que lhe foram atribuídos e se superou em todos. Ele fora cedido para ajudar em operações conjuntas por toda a Europa e nos Estados Unidos.

Sua decisão de deixar o Sisde quase cinco anos antes havia sido boa. Já tendo estabelecido muitos contatos durante seus anos de serviço, nunca faltavam clientes querendo se vingar de um inimigo ou com planos de "obter" novos bens. Sempre pagavam em dinheiro e sempre no prazo.

Contudo, ele tinha como meta um grupo de clientes que considerava potencialmente mais lucrativos. Entre eles estava o Vaticano — um pequeno país que se considerava absolutamente impenetrável com suas altas muralhas, seu sistema de segurança elegante e seu exército mercenário. Conte tomara a liberdade de fazer uma visita ao chefão a fim de lembrá-lo de que nenhum sistema era impenetrável. Não o papa, claro — isso não teria sido inteligente. Não, Conte havia escolhido o cardeal Santelli — o homem que ele sabia ser o verdadeiro cérebro da operação.

Ainda se lembrava da expressão do velho desgraçado quando Santelli entrou em seu escritório naquela manhã assoviando e viu Conte sentado à sua mesa impecavelmente organizada jogando paciência em seu computador, no qual penetrara usando um decodificador de senhas portátil. Estava inteiramente vestido de preto — traje padrão para uma incursão noturna.

Chocado, o cardeal gritara: "Mas quem é você?".

"Seu consultor de segurança", respondera Conte rápida e gentilmente, levantando-se e contornando a mesa para oferecer um cartão de visitas com seu pseudônimo e um número de celular codificado. "Estava na área e quis me apresentar pessoalmente para falar sobre algumas óbvias deficiências nos sistemas de segurança de seu país".

A verdade era que não fora nada fácil penetrar na Cidade do Vaticano. Enfiado em uma mochila ao lado da mesa de Santelli estava um conjunto de equipamentos: cabos com arpéu, cinto de rapel, cortadores de vidro, óculos de visão noturna e muito mais. Ele tivera de escalar o talude norte da cidade, disparar um arpão até o Museu do Vaticano, atravessar pelo cabo, cruzar o teto do prédio até o Palácio Apostólico, desligar o sistema de segurança (usando um equipamento de pulso eletromagnético que levara do Sisde), descer de rapel até a janela do escritório de Santelli, cortar o vidro e soltar o trinco. Do lado de dentro, comera um *panini* de *mortadella*, *prosciutto* e *mozzarella*, bebera uma Pellegrino Chinotto e esperara o nascer do sol.

Santelli precisara de um ou dois minutos para se acalmar e imaginar como alguém poderia ter contornado todas as camadas rígidas de segurança do Vaticano. Ao mesmo tempo, observara o interfone em sua mesa. Então, após explicar a miríade de serviços que podia oferecer a *"um homem poderoso como você"*, Conte recitou uma lista de serviços disponíveis com os quais o cardeal fingiu ficar ofendido. Mas Conte não se deixava enganar. Tendo visto a ficha do camarada quando trabalhava no Sisde — especialmente a pasta relativa ao famoso escândalo do Banco Ambrosiano —, ele sabia que o cardeal estava acostumado a proezas nefastas.

"E o que o leva a pensar que não o prenderei agora mesmo?", ameaçara Santelli.

"O fato de que eu detonarei o C-4 que está escondido neste prédio antes que seus guardas passem por aquela porta."

O cardeal arregalara os olhos: "Você está blefando".

Conte erguera um pequeno transmissor. "O papa está lá em cima agora, não é mesmo? Você realmente quer correr o risco?".

"Certo, sr. Conte. O senhor foi claro."

"Guarde meu cartão. Acredite em mim... Algum dia você irá precisar da minha ajuda." Pegou sua pesada mochila. "Agradeceria se me acompanhasse até lá fora. Há muita coisa aqui que pode disparar seus detectores de metal", dissera, dando um tapinha na mochila. "Assim que estiver em segurança do lado de fora eu direi onde encontrar o C-4. Fechado?"

No que dizia respeito aos pais de Conte, eles estavam convencidos de que investimentos em imóveis eram o segredo de seu sucesso, mas Maria, sua irmã de 35 anos, não era tão facilmente enganada, e isso sempre produzia uma dinâmica interessante nas reuniões de família.

Seu trabalho não permitia relacionamentos duradouros. Nem Salvatore Conte era capaz disso. Durante os anos seguintes não haveria namoradas firmes... Esqueça isso de esposa e filhos. Esse tipo de comportamento descuidado destruía a própria ideia de anonimato e criava muitas complicações potenciais. Por ora havia muitas outras mulheres dispostas a satisfazer os desejos mais imediatos de Conte. Ele só precisava de dinheiro. E, vendo o pagamento pelo seu último trabalho, haveria muitas mulheres no futuro próximo. O empreendedorismo fora bom para ele.

Sorrindo, Conte arregalou os olhos ao ver o saldo da conta: 6,5 milhões de euros. Após deduzir as despesas e a parte dos seis membros remanescentes da equipe, ele ficaria com belos 4 milhões de euros líquidos. Nada mal por alguns dias de trabalho.

E ele nem mesmo havia sido baleado. Outro bônus.

20

Chinon, França
3 de março de 1314

Em uma cela escura e apertada sob o Fort du Coudray, Jacques DeMolay estava jogado sobre a pedra fria da masmorra, vendo três ratos enormes brigarem pela migalha de pão que jogara a eles.

Não conseguia se livrar de uma sensação de umidade nos ossos. O cheiro de excremento tomava o ar. Aquele lugar era mais que uma prisão. Era o inferno.

Com setenta anos de idade, o corpo muito maltratado de DeMolay — que um dia havia sido robusto — tornara-se abatido. Sua longa barba, branca como marfim, crescia de bochechas encovadas, embaraçada e gordurosa, tomada de piolhos.

Por duas décadas ele ocupara o maior posto da Ordem — grão-mestre. E sua recompensa era a humilhação. Havia seis anos que apodrecia naquele buraco esquecido por Deus, tendo sido vítima das escandalosas tramas políticas do jovem e ambicioso rei Felipe IV da França e seu comparsa, o santo papa romano Clemente V.

Não se passava um dia sem que ele pensasse em sua conversa com Tibald DeGaudin na cidadela de Kolossi. Talvez devesse ter aceitado o conselho do covarde.

Através das barras de ferro ele ouviu sons vindos do fundo da passagem, uma porta pesada rangendo nas dobradiças ao se abrir, chaves metálicas retinindo, passos se aproximando. Segundos depois uma figura encapuzada se materializou do lado de fora das grades da cela. Sem levantar os olhos, DeMolay já havia identificado o visitante. O cheiro forte de colônia não deixava dúvidas de que o papa Clemente V finalmente aparecera, ladeado por dois robustos guardas da prisão.

Uma voz anasalada em francês cortou o ar.

— Você tem uma aparência infernal, Jacques. Ainda pior que de hábito.

DeMolay ergueu os olhos para o corpulento pontífice, que protegia seu nariz adunco com um lenço bordado. Anéis de ouro com pedras, incluindo o anel pontifício de pescador, cobriam seus macios dedos manicurados. Ele usava vestes drapejantes sob a pesada capa preta com capuz, e sua grande cruz de ouro no peito cintilava à luz de uma tocha próxima. DeMolay falou, dolorosamente movendo seus lábios rachados.

— Você parece... Bonito.

— Vamos lá, grão-mestre. Não vamos tornar isto pessoal.

— Tarde demais para isso. Nunca foi nada *além* de pessoal — lembrou-lhe DeMolay.

Clemente baixou o lenço e sorriu.

— O que você quer me dizer? Finalmente está pronto para confessar?

O olhar gelado de DeMolay penetrou no olhar do papa — um homem duas décadas mais novo que ele.

— Você sabe que não trairei meus homens e minha própria honra me submetendo à sua farsa.

Quatro anos antes DeMolay recebera nada menos que 127 acusações contra a Ordem, denúncias absurdas que incluíam adoração ao diabo, perversão sexual e uma miríade de blasfêmias contra Cristo e o cristianismo. E apenas dois anos antes, em 22 de março de 1312, o próprio Clemente publicara uma bula papal intitulada *Vox in excelso*, que dissolvia formalmente a Ordem.

— Você já tomou nosso dinheiro e nossa terra — disse DeMolay, seu tom demonstrando o nojo que sentia daquele homem. — Torturou centenas de homens para arrancar falsas confissões, queimou vivos outros 54, todos homens honrados que dedicaram a vida a preservar o trono sagrado da Igreja.

Clemente não se perturbou com os ataques.

— Você sabe que se não puser fim a essa teimosia será morto pelos inquisidores... E isso não será agradável. Tenha em mente, Jacques, que você e seus homens são tão arcaicos quanto o que defendem, com ou sem honra. Acredito que já se passaram mais de vinte anos desde que suas legiões perderam o controle da Terra Santa e destruíram mais de dois séculos de progresso.

Progresso? Por um momento DeMolay pensou em se lançar na direção das grades, enfiar as mãos entre elas e em torno do pescoço do pontífice. Mas os dois guardas estavam de pé ao lado dele, velando aquela reunião secreta.

— Ambos sabemos que Roma não estava interessada em apoiar nossos esforços. Precisávamos de muito mais homens, que não foram enviados. Estávamos em desvantagem de dez contra um. Tinha a ver com dinheiro na época, assim como agora.

O papa gesticulou em desprezo.

— História antiga. Eu odiaria pensar que viajei até aqui apenas para chapinhar em equívocos antigos. Por que estou aqui?

— Para fazer um acordo.

Clemente riu.

— Você não está em posição de barganhar.

— Quero que você recrie a Ordem. Não pelo meu bem, mas pelo seu próprio bem.

— Vamos lá, Jacques, você não pode estar falando sério.

DeMolay continuou, um brilho de determinação nos olhos.

— Após a queda de Acre não houve tempo para que retornássemos a Jerusalém. Deixamos para trás muitos tesouros. Tesouros valiosos que poderiam facilmente cair nas mãos dos muçulmanos.

Naquela época, se havia algo a que Clemente reagia era qualquer coisa que ajudasse a evitar o iminente colapso econômico do Estado papal.

— A que relíquias você estaria se referindo? — perguntou o papa, debochadamente apertando seu rosto junto às grades.
— A cabeça de João Batista? A cruz de Cristo? Ou talvez a Arca do Testemunho?

DeMolay trincou os dentes. O extremo sigilo da Ordem levara muitos a especular sobre como ela teria adquirido sua enorme riqueza e foi o motivo pelo qual havia sido tão fácil para o papa e o rei demonizá-la e inventar hediondas falsidades. Mas ouvir algumas delas saindo da boca de Clemente era uma tortura.

— Quero que me escute com muita atenção. Todo o futuro de sua grande Igreja pode estar ameaçado.

O papa olhou para ele intrigado, afastando-se ligeiramente da cela. Avaliou o prisioneiro — um homem que, a despeito de problemas recentes, nunca considerara um mentiroso.

— Estou escutando.

Sentindo um nó no estômago, DeMolay não podia acreditar no que estava prestes a fazer. Mas, tendo esperado seis longos anos, chegara à desalentadora conclusão de que os templários sobreviventes não resistiriam outro ano se algo drástico não acontecesse. Com remorso, ele se resignara a revelar o maior segredo da Ordem — exatamente aquilo que a irmandade monástica fizera o juramento secreto de proteger.

— Há um antigo livro que permaneceu sob a proteção da Ordem durante dois séculos. Chama-se *Ephemeris Conlusio*.

— *Diário de segredos?* — disse o papa com impaciência. — Quais segredos?

Durante os quinze minutos seguintes o grão-mestre dos templários contou a impressionante história de uma descoberta tão profunda que, se fosse verdade, a própria história corria riscos. E os detalhes eram precisos demais para ela não ser verdadeira. O papa escutou com atenção, porque durante séculos a hierarquia católica ouvira boatos sobre essa ameaça.

Quando o grão-mestre terminou, ficou sentado absolutamente imóvel, esperando a reação do pontífice.

Após quase um minuto ruminando, Clemente afinal falou, em tom menos confiante, quase assustado.

— E vocês deixaram esse livro em Jerusalém?

— Não tivemos escolha. A cidade já havia sido tomada.

A verdade era que eles nunca pretenderam remover as relíquias. Os templários apenas as haviam protegido. Era a vontade de Deus.

— É uma senhora história — admitiu Clemente. — Por que resolveu me contar agora?

— Para que você possa desfazer a injustiça que se abateu sobre a Ordem. Precisamos formar um novo exército para recuperar o que foi perdido. Caso contrário, acredito que possa imaginar as consequências.

DeMolay podia dizer, pela expressão de Clemente, que ele imaginava.

— Mesmo que eu perdoasse os templários, ainda teria de convencer Felipe a fazer o mesmo — pensou em voz alta. Com dúvidas, fez que não com a cabeça. — Depois de tudo o que aconteceu, não acho que ele concordaria.

— Você tem de tentar — insistiu DeMolay, que sabia ter conseguido descobrir a fraqueza de Clemente. O papa estava pensando seriamente em sua recomendação. — Dê sua palavra de que vai tentar.

Clemente esperava que aquele fosse o dia em que finalmente iria derrotar DeMolay, colocando um ponto final em toda a história. De repente se deu conta de que precisava do velho mais do que nunca.

— Como quiser — rendeu-se. — Você tem minha palavra.

— Antes que você saia, quero isso por escrito. Preciso de garantias.

— Não posso fazer tal coisa.

— Sem minha ajuda você nunca irá recuperar o livro... E aquilo a que ele leva — insistiu DeMolay. — Eu sou sua única esperança.

O pontífice avaliou a ideia por um longo momento.

— Que seja — disse, a seguir instruindo um dos guardas a buscar seu escriba. — E se Felipe não concordar com isso?

— Então não importa o que o destino reserva para mim ou meus homens... Pois você, o rei Felipe e toda a cristandade estarão condenados.

21

Cidade do Vaticano

No Palácio Apostólico, o padre Patrick Donovan estava sentado a uma pesada mesa de carvalho em uma grande biblioteca à qual só era possível chegar passando por um exame biométrico de retina, uma série complexa de portas codificadas e um destacamento de guardas suíços.

O *Archivum Secretum Apostolicum Vaticanum* — Arquivo Secreto do Vaticano.

Ao longo dos anos o Vaticano ampliara o sistema de segurança ali, reconhecendo que não havia na cidade tesouros mais valiosos que seus segredos.

Enormes gabinetes metálicos à prova de fogo instalados recentemente ocupavam as paredes, subindo até o grandioso teto com afrescos do salão principal, que abrigava mais de 35 mil pergaminhos e manuscritos em compartimentos de vidro selados a vácuo. Desde escrituras rejeitadas fundindo filosofia, mitologia pagã e a história de Cristo até heréticos do Renascimento como Galileu, o Arquivo do Vaticano era um depósito de séculos de obras heréticas banidas por antigos pontífices, além de títulos de terras da Cidade do Vaticano, certificados de depósitos e documentos legais.

Ao contrário da crença popular, o Vaticano continuava a buscar ativamente acréscimos a seu enorme patrimônio. Considerava-se que a heresia estava bastante viva no século XXI; os ataques ao cristianismo, cada vez mais sofisticados — o cisma secular cada vez mais amplo. E ainda havia o fato de que muitas escrituras pré-bíblicas, cheias de escritos controversos que abalavam a integridade dos Evangelhos, continuavam a escapar das mãos do Vaticano.

Ao longo da história católica, alguns poucos escolhidos receberam a missão de manter aquele arquivo assustador. Donovan ainda se maravilhava com o modo pelo qual se tornara seu curador mais confiável.

Havia sido uma longa estrada a que o levara de Belfast a Roma.

Ao deixar o seminário, Donovan fora para a catedral de Cristo de Dublin como padre residente. Mas sua paixão por história e por livros em pouco tempo o tornara reconhecido como historiador bíblico. Dois anos depois, iniciara um curso muito bem-sucedido de História Bíblica no University College de Dublin. Suas palestras e seus lendários ensaios sobre as primeiras escrituras cristãs acabaram chamando a atenção do eminente cardeal irlandês Daniel Michael Shaunessey, que logo fez com que Donovan o acompanhasse em uma visita à Cidade do Vaticano, onde o apresentou ao cardeal que supervisionava a Biblioteca. Seguiram-se projetos de cooperação, e menos de quatro meses depois ele recebeu a oferta irresistível de um posto na Cidade do Vaticano, administrando seus arquivos. Embora tivesse sido difícil deixar seus velhos pais na Irlanda — o que restava de sua família —, ele aceitara com prazer.

Isso tudo doze anos antes. E ele nunca esperara um dia estar intimamente envolvido no maior escândalo da história da Igreja — tudo por causa de um livro.

Olhando para os amarelados pergaminhos da última aquisição do arquivo, Donovan estudava o antigo códice encadernado em couro intitulado *Ephemeris Conlusio* — o *Diário dos Segredos*. Em reconhecimento ao sangue derramado na aquisição da relíquia que naquele momento era estudada no Museu do Vaticano, ele precisava de uma garantia de que o ossuário atendia a todos os critérios descritos no texto. Parando para estudar um desenho minucioso do ossuário, Donovan suspirou com alívio quando seus olhos se depararam com a reprodução precisa do único símbolo gravado na lateral da caixa.

Era quase impossível ao bibliotecário imaginar como chegara àquele ponto — uma sequência chocante de acontecimentos que começara com um único telefonema recebido em uma tarde chuvosa apenas duas semanas antes...

Ignorando a chuva fora de época que batia na janela do seu escritório, Donovan estava mergulhado em um estudo do século XVIII sobre a natureza da heresia quando o telefone tocou. Levantando-se da cadeira, atendeu ao quarto toque.

— É o padre Patrick Donovan, curador do Arquivo Secreto do Vaticano?

A voz tinha um sotaque que Donovan não conseguia identificar.

— Quem está falando?
— Quem eu sou não é problema seu.
— De fato.

Não era a primeira vez que um repórter ou acadêmico frustrado telefonava disfarçado de vendedor potencial para ter acesso a alguns dos livros mais cobiçados da Terra.

— Eu tenho algo que você deseja.
— Não tenho tempo para circunlóquios — respondeu Donovan. — Seja específico.

Ele estava prestes a dispensar o interlocutor como sendo um excêntrico quando estas palavras saíram pelo fone:

— O *Ephemeris Conlusio*.

— O que você disse?
— Acho que me ouviu. Eu tenho o *Ephemeris Conlusio*.
— Esse livro é uma lenda — disse Donovan, com a voz falhando. — Puro mito.

Como alguém do lado de fora das paredes do arquivo ou da cela de prisão de Jacques DeMolay no Chateau Chinon poderia ter sabido de sua existência? Ele começou a andar em círculos nervosamente enquanto esperava uma resposta.

— Sua lenda está agora em minhas mãos.

Donovan tentou conter um surto de pânico. Apenas dois anos antes um interlocutor do mesmo tipo oferecera os Escritos de Judas, antigos escritos em copta que mostravam o infame discípulo atuando em segredo em benefício de Jesus para garantir sua crucificação. Mas o Vaticano considerara a origem do documento altamente suspeita, deixando passar a oportunidade — um grave erro de cálculo, já que pouco tempo depois os escritos foram publicados no mundo inteiro pela *National Geographic*. Donovan estava certo de que o Vaticano não iria querer repetir o erro.

— Se você realmente possui o *Ephemeris Conlusio*, diga-me em qual idioma ele está escrito.

— Grego, claro. Quer ser mais específico?

Ele identificou uma batida ritmada do outro lado.

— Quem é o autor?

O interlocutor disse, e Donovan ficou impressionado.

— O principal inimigo do catolicismo, estou certo? — disse o interlocutor, fazendo uma pausa. — Você certamente é mais sofisticado que isso.

Do lado de fora da janela, o céu escureceu e a chuva aumentou.

Donovan decidiu de imediato que apenas se o interlocutor pudesse revelar o conteúdo mais profundo do livro ele consideraria confiável a alegação.

— Diz a lenda que o *Ephemeris Conlusio* contém um mapa. Sabe o que ele deveria indicar? — disse, o coração acelerado.

— Por favor, não seja condescendente.

O lábio inferior de Donovan caiu enquanto seu interlocutor prosseguia, dando uma descrição precisa das lendárias relíquias.

— Você quer vender o livro? — perguntou Donovan com a boca seca. — É esse o objetivo de seu telefonema?

— Não é tão simples.

Donovan então temeu o pior, dolorosamente consciente de que aquele estranho estava em posição de ferir a Igreja de modo grave, talvez fatal. Antes de prosseguir era fundamental determinar os motivos do interlocutor.

— Você está tentando chantagear o Vaticano?

O homem deu uma gargalhada.

— Não tem a ver com dinheiro — sibilou ele. — Pense na possibilidade de eu estar querendo ajudar você e seus empregadores.

— Nem sua postura nem sua motivação parecem filantrópicas. O que está buscando?

O homem respondeu de forma misteriosa.

— Assim que você vir o que tenho a oferecer, saberá o que estou buscando. E o que tem de fazer... E vai querer fazer. *Esse* será meu pagamento.

— O Vaticano precisará determinar a autenticidade do livro antes que se possam discutir os termos.

— Então posso fazer com que seja entregue — retrucou o interlocutor.

— Preciso de uma amostra antes que isso aconteça. Uma página do livro.

A linha ficou muda.

— Passe uma página por fax agora — insistiu Donovan.

— Dê o seu número — contestou o interlocutor. — Eu permanecerei nesta linha.

Donovan repetiu duas vezes o número do fax particular do seu escritório.

Um longo minuto se passou antes que o aparelho de fax tocasse, atendendo no segundo toque e puxando papel da bandeja. A mensagem impressa surgiu segundos depois. Donovan a levou para a luz. Quando acabara de ler em silêncio o texto grego impressionantemente autêntico, as palavras o haviam deixado sem ar. Tremendo, voltou o telefone ao ouvido.

— Onde você encontrou o livro?

— Isso não tem importância.

— Por que me procurou especificamente?

— Você deve ser o único homem no Vaticano que consegue compreender as profundas implicações desse livro. Sabe que a história tentou negar sua existência. Eu o escolhi como minha voz junto à Santa Sé.

Houve outra longa pausa.

— Você quer o livro ou não?

Houve uma pausa.

— Claro — disse ele, por fim.

Donovan acertara de se encontrar com o mensageiro do interlocutor anônimo dois dias depois no Caffè Greco, na Via Condotti, perto da Escadaria Espanhola. Dois guardas suíços à paisana estavam em uma mesa próxima. O mensageiro apareceu na hora marcada e se apresentou, dando apenas o primeiro nome e oferecendo um cartão de visitas para perguntas posteriores. Donovan se sentara com o homem por pouco tempo. Não foi fornecida nenhuma pista de quem o enviara.

Uma bolsa de couro foi passada a ele com discrição.

Embora não tivessem sido dadas explicações, Donovan intuiu que o homem não sabia nada sobre o conteúdo da bolsa. Não acontecera nada que exigisse a intervenção dos guardas — apenas uma rápida transação impessoal, e os dois homens tomaram caminhos separados.

Abrindo a bolsa no santuário de seu escritório, Donovan encontrara um bilhete escrito em papel liso e um recorte de jornal. O bilhete dizia: *"Use o mapa para encontrar as relíquias. Aja rapidamente para fazer isso antes dos judeus. Se precisar de ajuda, me telefone"*. Havia um número de celular abaixo da mensagem. Salvatore Conte depois dissera a ele que fora um celular usado uma só vez, e que cada um de seus telefonemas posteriores fora dirigido a um novo número ou a uma página anônima na internet usado apenas uma vez — todos impossíveis de rastrear. Aparentemente, utilizando canais seguros o homem de dentro combinara com Conte obter explosivos e certas ferramentas necessárias para retirar o ossuário.

Os judeus? Confuso, o padre lera o recorte do *Jerusalem Post* e entendera perfeitamente o que provocara o encontro. Colocando as mãos mais fundo na bolsa, ele encontrou as capas em couro macias do *Ephemeris Conlusio*.

22

Jerusalém

Do lado de fora do portão norte do Monte do Templo, Barton evitou o caos da praça de oração do Muro Ocidental, seguindo pelas estreitas ruas de paralelepípedos que serpenteavam suavemente para baixo do Monte Moriá.

Ele havia conseguido convencer Razak a permitir que levasse o pergaminho para seu escritório, de modo a tentar traduzir o texto. Aparentemente o muçulmano estava ansioso para conseguir algumas respostas.

Passando pelos movimentados Bairros Muçulmano e Cristão, ele entrou no Bairro Judeu ao longo do Tiferet Yisrael e virou à esquerda, chegando à área aberta da praça Hurva, o duro sol de meio-dia ainda mais forte na falta de uma brisa. Ele olhou para o curvado Arco Hurva — ponto focal da praça e último vestígio da grandiosa sinagoga que um dia se erguera ali.

Hurva — que significa literalmente "destruição" — era um bom nome, pensou Barton. Em boa parte como a própria Jerusalém, a sinagoga havia sido destruída e reconstruída muitas vezes, fruto de intermináveis disputas entre muçulmanos e judeus. Às vésperas do nascimento de Israel, em 1948, a sinagoga havia sido ocupada por árabes jordanianos e dinamitada — o golpe mortal.

Quase seis décadas depois, a mesma luta violenta pelo controle prosseguia bem além de seus limites — uma amarga guerra por território entre israelenses e palestinos. De algum modo ele se via, no momento, no meio dela.

Embora a sede da Autoridade Israelense de Antiguidades ficasse em Tel Aviv, apenas três semanas antes fora instalada uma filial temporária ali, dentro do Museu Arqueológico Wohl — bem perto do apartamento alugado pelos suspeitos do Monte do Templo.

Estava estacionado diante do prédio o sedã BMW dourado com identificação da polícia. Barton resmungou por dentro enquanto se apressava na direção da porta da frente, onde foi recebido por sua assistente, Rachel Leibowitz, uma jovem atraente na casa dos 20 anos, com longos cabelos pretos, pele morena e olhos azuis hipnóticos.

— Graham — disse ela, em tom urgente. — Dois homens uniformizados estão esperando por você lá embaixo. Eu pedi que esperassem do lado de fora, mas eles insistiram...

— Está tudo bem, Rachel — disse Barton, erguendo a mão. — Eu esperava por eles.

Ele se flagrou olhando para os lábios dela. Se a AIA estava tentando fazer um favor a ele oferecendo uma assistente tão atraente, não ajudava em nada. Aos 54 anos, Graham Barton não era exatamente o jovem vistoso que havia sido. Mas em seu pequeno círculo ele era uma lenda, e isso parecia compensar sua fachada envelhecida. Estudantes ansiosas como Rachel fariam qualquer coisa para se aproximar mais dele.

— Por favor, não passe nenhum telefonema por ora — disse, sorrindo e passando por ela, tentando evitar o cheiro inebriante de seu perfume.

Ninguém havia sido formalmente convidado para uma visita naquele dia, mas Barton sabia que sua inspeção da cena do crime faria a polícia e a FDI ficarem aos seus pés. Claro que iriam querer cada migalha de suas descobertas.

Descendo para a galeria subterrânea do Wohl, ele passou pelos mosaicos restaurados e os banhos rituais de uma luxuosa vila escavada da época de Herodes.

A AIA iniciara pouco antes uma enorme campanha de digitalização para catalogar sua gigantesca coleção — de pergaminhos a cerâmicas, de estátuas pagãs a ossuários —, criando uma base de dados com o perfil histórico de cada relíquia e imagens tridimensionais. Era preciso desenvolver ferramentas para a internet a fim de permitir que arqueólogos de campo decodificassem inscrições antigas. Tendo sido pioneiro de programas semelhantes no Reino Unido, Barton era a pessoa ideal para comandar a iniciativa. Ali ele começara a comandar o programa de digitalização para criar um bom fluxo de trabalho antes de continuar pela rede de museus de Israel, terminando no mais famoso, o Museu Israel.

Seguindo para o final da galeria, ele entrou em uma sala quadrada sem destaque, pintada em um branco aveludado sem graça, seu escritório temporário. Esperavam por ele os dois homens que o haviam visitado no dia anterior para pedir sua ajuda na investigação — o comissário de polícia do distrito de Jerusalém, general de divisão Jakob Topol, e o chefe do departamento de informações internas da FDI, general de divisão Ari Teleksen. Cada um deles ocupava uma cadeira metálica dobrável no lado dos convidados da sua mesa improvisada.

— Cavalheiros — disse Barton, pousando sua maleta e se sentando em frente a eles.

Teleksen tinha cinquenta e tantos anos, era corpulento, com o rosto de um *pitbull* — maxilar pesado e pálpebras inchadas. Estava sentado com os braços dobrados, sem nenhum esforço para esconder os dois dedos que faltavam em sua mão esquerda. Agente de contraterrorismo veterano mais festejado de Israel, ele tinha a frieza adequada a alguém que tinha visto demais. A farda verde e a boina preta traziam a insígnia da FDI — uma Estrela de Davi dourada cortada por uma espada e um ramo de oliveira entrelaçados, as dragonas nos ombros assinalando sua patente.

— Gostaríamos de saber dos resultados de sua análise preliminar — disse ele, a voz ecoando nas paredes nuas.

Barton coçou o queixo enquanto organizava as ideias.

— A explosão atingiu a parede dos fundos da mesquita Marwani. O buraco da explosão foi muito preciso, muito limpo. Definitivamente profissional.

— Sabemos disso — retrucou Teleksen impaciente, girando a mão defeituosa. — Mas com que objetivo?

— Para ter acesso a uma cripta funerária escondida.

— Cripta? — perguntou Topol, olhando para ele.

Claramente o mais jovem dos dois, usava um uniforme mais condizente com um piloto de jato comercial — camisa de colarinho azul clara, com dragonas de patente nos ombros, e calça azul-marinho. No centro de seu quepe de policial ficava a insígnia da polícia israelense — dois ramos de oliveira enrolados em uma estrela de Davi. De meia-idade e atarracado, tinha um rosto anguloso com olhos fundos.

— Uma cripta — repetiu Barton, tirando uma das impressões que fizera. — vejam aqui. Havia uma tabuleta na parede com os nomes deles.

Os olhos dos dois homens se voltaram para a impressão.

— O que foi roubado? — perguntou Topol, com voz ríspida.

— Estou especulando, mas aparentemente uma urna funerária. Um ossuário.

Teleksen ergueu sua mão desfigurada.

— Urna funerária?

— Uma pequena caixa de pedra deste tamanho — disse Barton, desenhando as dimensões da caixa no ar. — Provavelmente continha um esqueleto humano desmontado.

— Eu sei como é uma urna funerária — retrucou Teleksen.

— Estou interessado é no motivo. Você está me dizendo que perdemos treze homens da FDI por causa de uma caixa de ossos?

Barton anuiu.

Teleksen fez um gesto de desprezo.

— *Feh*.

Topol voltou a olhar friamente para a imagem, apontando os nomes hebraicos.

— Qual eles levaram?

Barton apontou para a imagem raspada na base.

— Esta. Como podem ver, ela agora está ilegível.

— Percebo — disse Topol, claramente tentando disfarçar sua confusão.

Na noite do roubo, quando fora pessoalmente à cena com seus detetives, ele se lembrava especificamente da estranha imagem que estava ali, um relevo mostrando um golfinho enrolado em um tridente. Um símbolo tão estranho não era facilmente esquecido. Mas na impressão de Barton o símbolo desaparecera. Se os ladrões não fizeram isso, quem, então?

— Qual você acha que poderia ser o motivo?

— Ainda não estou certo — disse Barton, suspirando. — O roubo parece ter sido coordenado por alguém que sabia exatamente o que a caixa continha.

— Motivo, *shmotive*. Que bem uma caixa de ossos pode fazer a alguém? — interrompeu Teleksen, sem fazer qualquer esforço para disfarçar seu desprezo. Enfiou a mão no bolso de cima do paletó e tirou um maço de Time Lites. Pegando um cigarro, pulou a formalidade de perguntar a Barton se podia fumar ali e o acendeu com um isqueiro prateado.

— Difícil dizer — retrucou Barton. — Teremos de especular sobre o que havia dentro dela.

Houve um longo silêncio. Os dois homens da lei trocaram olhares.

— Alguma teoria? — disse Teleksen, pronunciando cada palavra lentamente. Segurando o cigarro com a mão ruim, deu um grande trago e expirou, a fumaça saindo em espirais de suas narinas.

— Ainda não.

Topol estava mais equilibrado.

— Seria possível que não fosse uma urna funerária? Poderia haver mais alguma coisa na cripta?

— Não — disse Barton enfaticamente. — Não era costume deixar bens valiosos em criptas. Aqui não é o antigo Egito, general.

— Você descobriu alguma evidência que possa nos levar aos criminosos? Alguma coisa que sugira o envolvimento dos palestinos? — forçou Teleksen.

Aparentemente eles nunca iriam entender que — diferentemente de muitos israelenses — Barton não era motivado por laços religiosos ou políticos.

— Até agora, nada óbvio.

— Não há nenhum modo de rastrear esse ossuário? — perguntou Teleksen, perdendo a paciência.

— Talvez — disse Barton olhando os dois homens com equilíbrio, embora o comportamento ácido e a fumaça do cigarro de Teleksen estivessem acabando com sua paciência. — Vou monitorar os mercados de antiguidades com atenção. É o lugar mais provável para que ele apareça.

Abriu a maleta, pegou outra folha de papel e a empurrou na direção de Topol.

— Eis um desenho esquemático de como deve ser o ossuário, juntamente com as dimensões e o peso estimado.

Sugiro que distribua isso a seus homens, especialmente nos postos de controle. E eis os retratos dos outros ossuários encontrados na cripta.

Topol guardou-os.

— Acho que vocês podem estar esquecendo de uma parte muito importante de tudo isso — acrescentou Barton em voz baixa.

Os dois comandantes ergueram os olhos.

— Uma cripta sob o Monte do Templo reforçaria a ideia sionista de que um dia houve um templo judaico acima dele. Talvez vocês devessem informar isso ao primeiro-ministro.

Barton estava apresentando a hipótese a que todo judeu israelense — tanto ortodoxo como secular — se aferrava: a esperança de que um dia fossem encontradas provas arqueológicas sólidas apoiando o direito exclusivo dos judeus ao Monte do Templo.

Teleksen se mexeu na cadeira, desconfortável, as pernas metálicas arrastando chão.

— Portanto, não se surpreendam caso esta investigação leve a uma descoberta muito maior — acrescentou Barton.

— Algo mais? — perguntou Topol.

Por uma fração de segundo ele pensou em anunciar a descoberta do pergaminho, no momento de volta a seu cilindro, guardado em segurança no bolso de sua calça.

— Por ora não.

— Não preciso lembrá-lo do que está em jogo aqui — disse Teleksen com firmeza. — Estamos nos equilibrando à beira de um confronto muito desagradável com o Hamas e a Autoridade Palestina. Muitas pessoas do lado deles estão prontas para usar qualquer desculpa a fim de nos acusar de um ato terrorista contra o islamismo.

Barton olhou para eles.

— Farei o que puder para encontrar o ossuário.

Teleksen deu um último trago em seu cigarro, queimando-o até o filtro.

— Se encontrar a urna, avise-nos imediatamente. Você terá acesso a qualquer recurso necessário — disse, jogando a guimba no chão e pisando nela com o pé direito. — Mas, por favor, tenha em mente que da próxima vez em que nos encontrarmos iremos cobrar mais do que uma aula de arqueologia.

Os dois homens se levantaram e saíram para a galeria.

Assim que ligou para Rachel querendo confirmar a saída deles do prédio, Barton fechou rapidamente a porta e, excitado, tirou o cilindro. Destampou-o e deixou o rolo deslizar para uma área limpa de sua mesa.

Tirou um par de luvas de látex e uma bolsa plástica de caixas em uma prateleira próxima. Sentando-se à mesa, aproximou a luminária e colocou as luvas.

Após abrir o pergaminho delicadamente, colocou-o com a face para cima dentro da bolsa plástica e o alisou cuidadosamente com a mão. Escrito à mão em uma caligrafia apertada, com letras grandes, não exigia de Barton lentes de aumento para ver o texto. Porém, ele confirmou que certamente iria precisar de um tradutor, porque o grego não era um de seus pontos fortes.

E, pelo que sabia, em Jerusalém só havia um homem que considerava um especialista.

23

Cidade do Vaticano

Charlotte Hennesey ainda estava tentando lidar com a ideia de o esqueleto no ossuário sugerir que o indivíduo do sexo masculino na casa dos trinta anos — e com uma saúde perfeita — exibia múltiplos sinais de trauma resultantes de crucificação.

Ela e Bersei estavam se preparando para conseguir mais provas sobre a identidade do indivíduo estimando a data da morte. Seria preciso fazer datação por carbono nos ossos, e o próprio ossuário precisaria ser examinado cuidadosamente em busca de pistas.

De pé em frente ao ossuário, eles examinaram o bloco de calcário.

— Encontrei informações sobre um ossuário semelhante a este descoberto em Israel em 2002 — disse Bersei. — Com base em suas inscrições, inicialmente se acreditou que teria contido Tiago, o irmão de Jesus. Embora o ossuário em si fosse considerado autêntico, as inscrições se mostraram uma fraude. Tendo revisto a análise forense daquela relíquia, tenho uma boa noção do que procurar aqui.

— Como descobriram que era uma fraude? Qual é a diferença entre inscrições genuínas e falsas?

— Eventualmente é uma questão de fé — respondeu Bersei. — Mas é principalmente a integridade da pátina que legitima as inscrições.

— Essa coisa? — perguntou ela, apontando para uma fina camada fosca de sedimento cinza que cobria por inteiro a pedra.

— Sim, como a oxidação esverdeada que ocorre no cobre. No caso da pedra, umidade, infiltração sedimentar e material trazido pelo ar se acumulam naturalmente com o tempo para formar um resíduo.

— E a composição orgânica da pátina indica o tipo de ambiente no qual o ossuário foi encontrado?

— Exatamente — disse ele, colocando seus óculos de leitura, voltando-se para um bloco de anotações e lendo uma lista de itens. — Na noite passada fiz uma pesquisa sobre ossuários, e aparentemente eles foram utilizados sobretudo em Jerusalém no século I a.C., mas isso não durou muito, apenas um século ou dois. Portanto, espero que esta pedra calcária, assim como a do ossuário de Tiago, tenha sido extraída nesse período em algum ponto de Israel — disse, erguendo os olhos para ela.

— Certo, então os minerais da pátina devem corresponder aos elementos geológicos daquela região — disse ela.

— Mas espere um momento, Giovanni. Supondo que este ossuário pertença a essa categoria, isso significa que ele tem cerca de 2 mil anos.

— Correto. E, considerando que crucificação era prática comum nesse período, aparentemente estamos no caminho certo.

Hennesey examinou atentamente a pátina.

— Então, se a pedra foi falsificada, a pátina estaria corrompida?

— Certo novamente — disse Bersei, sorrindo.

— Há algum modo de datar a pedra?

Ele pensou nisso por um segundo.

— É possível — admitiu ele —, mas nada útil.

— Por que não?

— Porque na verdade não estamos preocupados com o momento em que o calcário se formou. A pedra propriamente dita pode ter milhões de anos. Estamos mais interessados em quando ela foi extraída. A pátina e as inscrições provavelmente são a melhor forma de determinar sua idade.

— Arrá — disse Charlotte, apontando para o símbolo duplo do golfinho e do tridente. — Acha que poderemos determinar o que isso significa?

— Estou bastante certo de que é um símbolo pagão — continuou Bersei. — É engraçado, eu sei que já vi isso antes em algum lugar. Mas vamos antes determinar se a pátina é legítima.

— Enquanto você acaba de analisar o ossuário, vou preparar uma amostra de osso para datação por carbono — disse ela, apontando para o esqueleto do outro lado da sala.

— Parece bom. Por falar nisso — disse Bersei, pegando seu bloco, anotando algo e arrancando a folha —, eis o nome e o número do meu contato em um laboratório de espectrometria de massa aqui em Roma. Diga a ele que eu a mandei. Diga que está fazendo um trabalho para o Vaticano e precisa de resultados imediatos. Você deve conseguir a atenção dele assim. E peça que telefone assim que tiver os resultados. O certificado de datação pode ser enviado mais tarde.

Hennesey leu.

— Antonio Ciardini?

— A pronúncia é Tchardini. Um velho amigo meu, que, além disso, me deve um favor.

— Certo.

— E não se preocupe, ele tem um inglês fluente — disse Bersei, olhando para o relógio: 13h15. — Antes de fazer isso, que tal uma pausa para o almoço?

— Adoraria. Estou morrendo de fome.

— O sanduíche de atum não estava bom?

— Não é minha ideia de culinária italiana.

24

Jerusalém

Graham Barton saiu do mercado El-Dabbagha, no Bairro Cristão, e parou rapidamente para admirar a magnífica fachada construída pelos cruzados do século XII que escondia o edifício original em ruínas da Igreja do Santo Sepulcro.

Peregrinos cristãos acorriam a Jerusalém para percorrer os passos de Cristo pelas quatorze "estações", do flagelo à crucificação — a "Via Dolorosa", mais conhecida como as "Estações da Cruz". A jornada começa no mosteiro franciscano da Via Dolorosa, logo abaixo da muralha norte do Monte do Templo — local onde muitos cristãos afirmam que Cristo pegou a cruz após ter sido ofendido e recebido a coroa de espinhos. As estações dez a quatorze — onde Cristo foi desnudado, pregado à cruz, morreu e foi retirado da cruz — são celebradas naquela igreja.

Depois de tudo o que aconteceu em Jerusalém nos dias anteriores, Barton não ficou surpreso por não haver muitos turistas ali naquele dia. Seguiu para a entrada principal.

Sob a enorme rotunda da igreja, apoiada em duas filas de colunatas romanas circulares, Barton contornou um pequeno mausoléu embelezado com uma elaborada ornamentação em ouro. Dentro daquela pequena estrutura ficava o lugar mais sagrado da igreja, uma placa de mármore que cobria a pedra onde Cristo fora colocado para ser enterrado.

— Graham? — chamou uma voz cálida. — É você?

Barton se virou e encarou um velho padre corpulento com uma longa barba branca, vestindo os trajes cerimoniais da Igreja Ortodoxa Grega: uma sultana preta drapejante e um grande chapéu alto preto.

— Padre Demetrios — disse o arqueólogo, sorrindo.

O padre agarrou Barton com as duas mãos gordas, os dedos como salsichas, e puxou-o mais para perto.

— Você parece bem, meu amigo. O que o traz de volta a Jerusalém? — perguntou, com forte sotaque grego.

Já se passara quase um ano e meio desde que Barton se encontrara com o padre pela primeira vez a fim de organizar no Museu de Londres uma exposição de alguns dos crucifixos e outras relíquias da época das cruzadas pertencentes ao Sepulcro. O padre Demetrios havia emprestado os itens ao museu pelo período de três meses, em troca de uma generosa doação.

— Na verdade eu esperava que você pudesse me ajudar a traduzir um velho documento.

— Claro — respondeu o padre alegremente. — Qualquer coisa por você. Venha, caminhe comigo.

Andando ao lado do padre Demetrios, espiou os muitos religiosos que circulavam pelo espaço. O clero grego era obrigado por um antigo decreto otomano a partilhar aquele espaço com as outras seitas da Igreja — católicos romanos, etíopes, sírios, armênios e coptas —, e por todo o Sepulcro todas haviam erguido suas próprias capelas elaboradas. Barton pensou que era um arranjo fortuito física e espiritualmente. Ouviu um réquiem ser cantado em algum ponto do Sepulcro.

— Corre o boato de que os israelitas o chamaram para ajudar na investigação do Monte do Templo — sussurrou o padre.

— Há alguma verdade nisso?

— Melhor não dizer.

— Não o culpo. Mas se for verdade, por favor, vá com cuidado, Graham.

O padre o levou à capela ortodoxa grega conhecida como "o Centro do Mundo" por causa de uma depressão de pedra no centro que marcava o ponto que os antigos cartógrafos definiram como a divisão entre oriente e ocidente. Barton sabia, de sua visita anterior, que o padre Demetrios se sentia mais confortável ali, em seu próprio território.

A parede lateral abrigava um altar bizantino coberto com decoração dourada e dominado por um enorme crucifixo de ouro contendo um Cristo com auréola em tamanho natural, ladeado por duas Marias erguendo os olhos em dor. Na base do altar havia uma cápsula de vidro com uma projeção rochosa na qual Cristo supostamente teria sido crucificado. O Gólgota.

A décima segunda estação da Via Crúcis.

Diante do altar o padre fez o sinal da cruz, depois se virou para Barton.

— Mostre o que você tem, Graham — disse, enfiando a mão sob as vestes e tirando os óculos de leitura.

Grahan Barton tirou do bolso da camisa o pergaminho guardado no plástico e o entregou.

O padre examinou o saco plástico.

— Bom que você trouxe o material protegido pelo saco plástico. Vejamos o que há aqui.

Colocando os óculos, ele ergueu o documento à luz ambiente de um candelabro decorado e estudou o texto atentamente. Em segundos seu rosto ficou branco e o queixo caiu.

— Ah, meu Deus.

— O que é isso?

O padre parecia preocupado. Assustado. Olhou para Barton por sobre os óculos.

— Onde você encontrou isso? — perguntou, em voz baixa.

Barton pensou em contar a ele.

— Não posso dizer. Lamento.

— Entendo.

Pelo seu olhar, estava óbvio que o padre já sabia a resposta.

— Pode me dizer o que está escrito?

Padre Demetrios examinou a capela. Três padres diferentes, vestindo trajes franciscanos, caminhavam por perto.

— Vamos descer — disse, gesticulando para que o inglês o seguisse.

O padre o guiou por uma escadaria larga que serpenteava sob a nave.

Barton não sabia por que as antigas palavras haviam assustado o velho religioso. Eles desceram bem fundo, até as paredes de pedra darem lugar à terra fria escavada.

Demetrios finalmente parou, ficando de pé no que parecia uma caverna.

— Conhece este lugar?

— Claro — disse Barton, examinando o teto baixo de pedra, que tinha marcas de atividade mineradora. — A velha pedreira.

Seus olhos percorreram rapidamente a parede atrás do padre, onde centenas de cruzes equiláteras dos cavaleiros templários foram gravadas na rocha — grafite do século XII.

— A tumba — corrigiu o padre, apontando para os compridos nichos funerários cavados na parede mais distante. — Embora eu saiba de sua reticência em querer aceitar essa ideia.

Onde Helena também teve a sorte de desenterrar a cruz de Cristo, ele quis dizer, mas se conteve. O fato de a mãe idosa de Constantino ter pessoalmente escolhido aquele local — antes um templo romano onde os pagãos veneravam Vênus — deixava pouca dúvida de que sua autenticidade era questionável. Embora ele não desconhecesse as divergências entre as visões histórica e religiosa, não iria ofendê-lo com blasfêmias.

— Há outra tumba muito sagrada logo acima de nós — lembrou a ele o padre Demetrios, com uma expressão séria.

— E por que você me trouxe aqui? Tem algo a ver com o pergaminho?

— Tudo a ver — confirmou, com voz solene. — Não sei onde você encontrou isto, Graham. Mas, se não foi aqui, e sei que não foi, eu o alerto: tome cuidado, muito cuidado. Mais que a maioria, você sabe como as palavras podem ser utilizadas de forma errônea. Se você me prometer que irá se lembrar do que disse, escreverei a tradução.

— Tem minha palavra.

— Bom — disse o padre, balançando a cabeça e suspirando. — Dê-me papel e caneta.

25

Cidade do Vaticano

O padre Patrick Donovan ficava intimidado sempre que caminhava pelo grande corredor do Palácio Apostólico. Era a passagem para a realeza do Vaticano, o cume físico da hierarquia da cristandade. Adjacente aos fundos do Museu do Vaticano, abrigava os escritórios do papa e do secretário de Estado, com o andar superior ocupado pelo luxuoso apartamento Borgia, do papa. Todo o complexo, grande como um saguão de aeroporto, parecia uma extensão do próprio museu, com afrescos do chão ao teto, pisos de mármore e decoração barroca.

Ali as forças armadas da Cidade do Vaticano eram mais ostensivas, com guardas suíços sem expressão colocados a intervalos regulares, e vê-los só o deixava mais nervoso.

Havia altos pórticos de um dos lados do corredor, debruçado sobre a Piazza San Pietro — o enorme pátio elíptico de Bernini, concluído em 1667. Quatro colunatas com arcos delimitavam o espaço, que tinha em seu centro o obelisco de Calígula, roubado do delta do Nilo em 38 d.C. De forma marcante, a relíquia lembrava a Donovan a pilhagem praticada em Jerusalém apenas quatro dias antes.

Grandes janelas retangulares no lado oposto do saguão eram protegidas por grades de ferro, servindo para lembrar que aquele prédio fora inicialmente projetado como uma fortaleza.

A grandiosa porta dupla no final do corredor era protegida por dois guardas suíços em trajes completos: túnicas bufantes listradas em dourado e azul e pantalonas, boinas vermelhas e luvas brancas. Os *bufões* de Conte. Cada um levava uma longa lança de 2,4 m chamada de "alabarda" — uma arma do século XVI que combina arremate em ponta, lâmina de machado em meia-lua e gancho. Donovan igualmente percebeu que os dois soldados também levavam Berettas em coldres.

Ele parou dois metros antes da porta.

— *Buona sera, padre. Si chiama?* — perguntou o guarda alto à direita, querendo saber seu nome.

— Padre Patrick Donovan — respondeu em italiano. — Fui chamado por Sua Eminência, o cardeal Santelli.

O guarda desapareceu na sala de trás. Passaram-se alguns momentos desconfortáveis, com Donovan olhando para o chão, o guarda suíço remanescente atento em absoluto silêncio. O primeiro guarda voltou.

— Ele está pronto para recebê-lo.

O bibliotecário foi introduzido em uma grande antecâmara em mármore e madeira, onde o assistente pessoal de Santelli, o jovem padre James Martin, ocupava uma escrivaninha, o rosto vazio e contido. Donovan deu um sorriso caloroso e trocou afabilidades com ele, tentando imaginar como deveria ser mentalmente exaustivo estar à disposição de um homem como Santelli.

— Pode entrar diretamente — disse o padre Martin, apontando para uma enorme porta de carvalho.

Abrindo a porta, Donovan entrou num espaço luxuoso. Viu do outro lado da sala suntuosa o solidéu púrpura e a conhecida cabeleira prateada projetando-se acima do encosto de uma alta cadeira de couro.

O secretário de Estado do Vaticano estava de frente para uma janela que emoldurava a basílica de São Pedro, um telefone no ouvido direito, mãos magras gesticulando. Dando a volta, Donovan foi recebido pelos olhos injetados, as sobrancelhas grossas e o maxilar pesado do cardeal Antonio Carlo Santelli. O cardeal lhe indicou uma poltrona em frente à enorme mesa de mogno.

Donovan jogou-se nela, o revestimento gemendo enquanto ele se ajeitava no assento.

Como o cardeal na mais alta posição no Vaticano, Santelli era encarregado de supervisionar as questões políticas e diplomáticas da Santa Sé, efetivamente atuando como um primeiro-ministro da Cúria Romana, respondendo de modo exclusivo ao próprio papa. Embora até mesmo o papa concordasse com as exigências de Santelli em certas ocasiões.

A habilidade política do homem era lendária. Cardeal recém-elevado no início dos anos 1980, ele conduzira o Vaticano pelo lodaçal do escândalo do Banco Ambrosiano e do assassinato de Roberto Calvi, o chamado "banqueiro de Deus", que fora encontrado enforcado sob a ponte Blackfriars, em Londres.

Enquanto o cardeal concluía sua conversa, Donovan estudou o sacrário da máquina pontifícia. A imensa escrivaninha de Santelli estava vazia, a não ser por uma pequena pilha de relatórios recentes arrumados perpendicularmente e com perfeição e um exagerado monitor de plasma apoiado em um suporte. O protetor de tela estava ligado — um campo de golfe, a bandeira tremulando sob uma brisa virtual com as palavras: *"Só precisamos de fé"*. Grande entusiasta da tecnologia da informação, Santelli fora o maior defensor da instalação da sofisticada rede de cabos de fibra ótica do Vaticano.

Em um canto, um aparador com tampo de mármore sustentava uma réplica da *Pietà*, de Michelangelo. O espaço à sua direita era dominado por uma grande tapeçaria retratando a batalha de Constantino na ponte Mílvio. À esquerda de Donovan, três obras de Rafael estavam penduradas — quase casualmente — na parede vermelho-vinho.

Ele voltou os olhos para Santelli.

— Avise a ele que a decisão final será tomada pelo Santo Padre — dizia o cardeal em um italiano copioso. Santelli sempre era direto. — Avise quando estiver pronto.

Ele pousou o fone.

— Rápido como sempre, Donovan.

Donovan sorriu.

— Depois da assustadora bagunça em Jerusalém, confio que você esteja me trazendo boas notícias. Diga que nossos esforços justificaram tanto sacrifício.

Donovan se obrigou a olhar Santelli nos olhos.

— Há provas suficientes para me fazer acreditar que o ossuário é legítimo.

O cardeal fez uma careta.

— Mas você não tem certeza?

— É preciso estudar mais. Fazer mais testes — disse Donovan, consciente de que sua voz falhava. — Mas até agora as provas são convincentes.

Houve um breve silêncio.

O cardeal foi direto.

— Mas há um corpo?

Donovan anuiu.

— Exatamente como o manuscrito sugeria.

— Esplêndido.

— O Santo Padre foi informado?

— Vou lidar com isso no momento certo.

Com os cotovelos nos braços da cadeira, Santelli havia trançado os dedos como se rezasse.

— Quando esses cientistas estarão prontos para fazer uma apresentação formal?

— Eu pedi que preparassem algo para sexta-feira.

— Bom — disse o cardeal, vendo que Donovan estava preocupado. — Alegre-se, padre. Você acabou de dar nova vida a esta grande instituição — disse, abrindo as mãos.

26

De volta do almoço, os dois cientistas se sentiam revigorados. A tarde estava fresca e o brilho do sol era rejuvenescedor. Bersei levara Charlotte ao café San Luigi, na Via Mocenigo, a uma pequena caminhada da entrada do Museu do Vaticano. A música suave e a aconchegante decoração do século XIX complementaram o ravióli de lagosta recomendado por Bersei — um salto quântico se comparado com o sanduíche de atum da noite anterior.

Enquanto Charlotte telefonava para o laboratório de espectrometria de massa recomendado, Bersei se vestiu novamente e começou a fazer a análise do ossuário. Reduzindo as luzes acima da estação de trabalho, ele varreu toda a superfície da urna com uma luz ultravioleta portátil. Olhando através das lentes do Orascoptic, áreas importantes — especialmente os sulcos que formavam os desenhos intrincados — eram bastante ampliadas.

A primeira coisa que ele percebeu foi que a pátina fora raspada em muitas áreas, especialmente nas laterais. Brilhando sob a luz negra, as marcas abrasivas eram compridas e largas, deixando em alguns pontos uma impressão de fibra trançada. Ele pensou em tirantes, embora não houvesse vestígio de fibras. Provavelmente uma rede de *nylon* nova. Confirmando que havia zero acúmulo sedimentar nas impressões, ele concluiu que as marcas eram novas.

Não era muito chocante. Ele muitas vezes vira relíquias manipuladas de forma indevida durante escavações e transporte, mas esse tipo de desrespeito ao passado sempre o ofendia. Ele havia lido que o ossuário de Tiago sofrera rachaduras durante o transporte. Em comparação, o dano ali era perdoável, e provavelmente não desvalorizaria o ossuário.

Após colocar a câmera digital em um tripé de mesa, ligá-la e desarmar o flash, ele fez algumas fotos. Depois desligou a luz negra e aumentou a iluminação da estação de trabalho.

Em seguida, inspecionando minuciosamente cada canto e superfície, Bersei procurou qualquer sinal de que a pátina havia sido transplantada manualmente com instrumentos. Caso a urna tivesse sido gravada depois de encontrada, os resíduos geológicos mostrariam inconsistências óbvias. Demorou muito tempo, mas um exame prolongado não revelou arranhões nem sulcos suspeitos. A pátina estava bem aderida e de forma homogênea pela superfície de pedra calcária do ossuário, incluindo o relevo gravado na lateral da urna.

Ele se ergueu para esticar os ombros doloridos, levantou as lentes do Orascoptic e mais uma vez admirou o padrão decorativo do ossuário. Seu aniversário de 25 anos de casamento estava se aproximando com rapidez, e aquela roseta intrincada poderia ficar bem em uma joia. Após tantos anos com Carmela, estava se tornando cada vez mais difícil encontrar um presente original.

Novamente se curvando sobre o ossuário, ele usou uma pequena lâmina para raspar amostras de áreas escolhidas, colocando o material em placas de vidro, marcando cada uma claramente. Após coletar quinze amostras, ele as arrumou em uma bandeja, passou para outra estação de trabalho dotada de um microscópio eletrônico e inseriu a primeira amostra.

Extremamente ampliados e projetados em um monitor de computador, os minerais e depósitos secos que formavam a pátina pareciam uma couve-flor bege-acinzentada. Ele salvou um perfil detalhado da amostra em uma base de dados, retirou a primeira placa e repetiu o processo ao longo da bandeja. Quando a imagem da última amostra havia sido capturada, todo o grupo foi apresentado lado a lado no monitor.

Ele deu um comando de busca de inconsistências. Após alguns segundos de cálculos que compararam conteúdos biológicos, o programa não identificou diferenças significativas entre as amostras. Se alguma parte da pátina tivesse sido "fabricada" artificialmente — o método mais comum, usando giz ou sílica diluídos em água quente —, o programa teria identificado taxas de isótopos inconsistentes ou talvez até mesmo traços exóticos de microscópicos fósseis marinhos que podem aparecer no giz comum.

Como antecipado, todas as amostram tinham um alto índice de carbonato de cálcio, com pequenos níveis de estrôncio, ferro e magnésio. Segundo a pesquisa de Bersei na internet, esses resultados eram coerentes com as pátinas em relíquias semelhantes retiradas do subsolo de Israel.

Bersei tirou a última placa do microscópio.

Pelo que podia dizer, esses resultados confirmavam que as gravações no ossuário eram anteriores à formação da pátina. Era mais que razoável concluir que o misterioso símbolo pagão na lateral do ossuário de fato datava da mesma época que os ossos. Havia uma chance de que, se ele conseguisse descobrir o que significava exatamente, isso poderia ajudar a identificar o homem crucificado.

27

Enquanto via Giovanni Bersei trabalhar do outro lado do laboratório, Charlotte pegou o telefone sem fio e teclou o número que ele havia dado. O tom de chamada — tão unicamente europeu — tocou interminavelmente. Quando ela começava a pensar que precisaria tentar novamente, a ligação foi atendida.

— *Salve.*

Por um momento ela não soube o que dizer. Esperava uma central telefônica ou uma assistente — quem sabe correio de voz — e ficou pensando se teria por acaso ligado para a casa de alguém.

— *Salve?* — insistiu a voz.

Ela olhou novamente para onde havia escrito a pronúncia.

— *Signore* Antonio Ciardini?

— *Si.*

— Aqui fala a dra. Charlotte Hennesey. Giovanni Bersei sugeriu que entrasse em contato com você. Lamento, não sabia que estava ligando para sua casa.

— Você ligou para meu celular. Tudo bem — disse, fazendo uma pequena pausa antes de continuar. — Você é americana.

O inglês dele era impressionante.

— Sou.

— O que posso fazer pelo meu grande amigo Giovanni?

Todos pareciam gostar do dr. Bersei.

— Eu e ele estamos trabalhando em um projeto único aqui em Roma. Na verdade, no Vaticano...

— Cidade do Vaticano? — cortou Ciardini.

— Sim. Pediram que examinássemos uma antiga amostra de ossos. E para fazer uma análise completa gostaríamos de datar o espécime.

A voz dele subiu um tom.

— Amostras de ossos no Vaticano? É uma combinação estranha. Embora haja aquelas tumbas abaixo da basílica de São Pedro onde enterram os papas — disse ele, tentando entender.

— Sim, bem... — disse ela, sem entrar em detalhes. — Detesto incomodar, mas o dr. Bersei pensou se você conseguiria acelerar os resultados.

— Para Giovanni? Claro. O osso está em boas condições? Limpo?

— Está extremamente bem preservado.

— Bom. Então eu sugiro mandar uma amostra de pelo menos um grama.

— Entendido. E, se não houver problema, também há um fragmento de madeira que gostaríamos de datar.

— Preferencialmente dez miligramas no caso da madeira, embora possamos dar conta com até um miligrama.

— Dez não é problema. Preciso preencher alguma espécie de formulário?

— Apenas mande o pacote diretamente para mim com seu nome, isso basta. Eu cuido da papelada. Diga para onde quer que mande o certificado de datação.

— Muito gentil. Sei que já pedi muito, mas o dr. Bersei perguntou se poderia nos ligar assim que tivesse os resultados.

— Então foi por isso que ele pediu para você ligar, dra. Hennesey — disse Ciardini, dando uma gargalhada. — Vou processar as amostras assim que chegarem. Normalmente leva semanas para ter os resultados. Mas vou fazer de tudo para conseguir em umas duas horas. Vou dar o endereço.

Ciardini repetiu o endereço lentamente enquanto Hennesey anotava.

— Obrigada. Vou mandar o mensageiro do Vaticano. As amostras estarão em suas mãos em duas horas. *Ciao.*

Colocou o telefone em sua base na parede e voltou à estação de trabalho.

Estudando o esqueleto, ela finalmente escolheu um fragmento rachado do metatarso fraturado do pé esquerdo. Usando pinças, Charlotte cuidadosamente arrancou um pequeno pedaço e o lacrou em um frasco plástico.

Para determinar sua idade e, portanto, a do esqueleto, aquela amostra precisava ser incinerada. A seguir o gás carbônico seria coletado, purificado e comprimido de modo a quantificar o carbono 14 remanescente — o isótopo radiativo presente em todos os organismos que, após a morte, cai pela metade exatamente a cada 5.730 anos. Embora o processo lhe parecesse simples, ela aprendera que o equipamento complexo necessário para o teste — conhecido como espectrômetro de massa — exigia grande investimento e manutenção. A maioria dos museus e grupos arqueológicos preferia terceirizar o trabalho com laboratórios especializados como o de Ciardini.

Ela pegou na gaveta o fragmento de madeira que retirara durante a análise patológica preliminar.

Colocando as duas amostras em um envelope acolchoado, preparou um segundo envelope com uma etiqueta de transporte da Cidade do Vaticano. Vendo o selo papal em relevo, sorriu por dentro, sentindo-se uma atriz em um filme de detetive. Tudo parecia estar a milhões de quilômetros de sua rotina diária em casa. Quando analisava amostras no BMS ela no mínimo sabia a idade delas, e de onde vinham.

Para construir um perfil físico completo do esqueleto, Charlotte também iria precisar de uma amostra do ácido desoxirribonucleico, ou DNA, do esqueleto. Contido no núcleo de todas as células humanas, os ácidos nucleotídeos em forma de fita tinham o código que determinava todos os atributos físicos humanos. Ela lera estudos sugerindo que, não havendo contaminação nem condições difíceis, o DNA podia permanecer viável em organismos antigos. Cientistas estudaram isso em múmias egípcias com quase 5 mil anos. A julgar pela impressionante condição do esqueleto, ela confiava que seu DNA não teria degradado além do ponto em que podia ser estudado.

Assim como os testes de carbono, os exames genéticos exigiam equipamentos sofisticados. E Charlotte sem dúvida sabia que a instalação mais rápida e confiável para esse teste era a BioMapping Solutions, sob o olhar atento de Evan Aldrich. A BMS patenteara novos sistemas e programas para analisar com eficiência o genoma humano por intermédio de técnicas aperfeiçoadas de escaneamento a *laser*, e ela dera uma grande contribuição ao desenvolvimento tecnológico do sistema.

Olhando para o relógio, ela pegou o telefone e ligou para Phoenix. Quinze para as cinco. Mesmo com o fuso de oito horas, ela sabia que Evan era um madrugador inveterado.

O telefonema foi atendido após três toques.

— Aldrich.

Era como sempre atendia: direto ao ponto. Outra coisa que ela adorava nele.

— Oi. Aqui é o posto avançado de Roma.

Ao ouvir sua voz ele imediatamente pareceu contente.

— Como estão as operações na Central do Cristianismo?

— Bem. Como estão as coisas por aí?

Ela tocou em um de seus brincos, lembrando que ele os dera em seu último aniversário — esmeralda, a sua pedra. Disse que combinava com seus olhos.

— O de sempre. E então, o que abala o Vaticano? Está tentando descobrir como fazer o papa viver para sempre?

— É impressionante. Estou analisando um antigo esqueleto. Por enquanto só a coisa forense normal, mas é fascinante. Gostaria que você pudesse ver.

— Então, de volta às trincheiras. Espero que valha nosso tempo.

— Cedo demais para dizer. Mas é um trabalho extraordinário. De qualquer maneira, com que frequência você recebe um telefonema do Vaticano?

— É verdade — disse ele, fazendo uma pausa antes de continuar. — Imagino que você não ligou apenas para bater papo.

Depois de sua partida repentina — para não dizer *gelada* — no domingo anterior, ela sabia que ele se referia à questão da relação. Evan dormira em sua casa na noite anterior. Uma noite de paixão que levara a uma discussão matinal sobre "levar as coisas ao patamar seguinte". Não tendo ainda contado sobre seu câncer, ela se apressou em mudar de assunto, para grande frustração dele. A limusine chegara em meio a tudo isso, e ela não partira da melhor forma possível. Era importante resolver as coisas entre os dois, mas aquele não era o momento. Por sorte, Evan ainda conseguia separar muito bem o prazer do trabalho.

— Os ossos do espécime estão em um estado inacreditavelmente bom, e eu esperava impressionar os locais com um pouco de mágica de mapeamento de DNA — explicou ela. — Quero reconstruir o perfil físico. Acha que a BMS estaria interessada?

Houve uma breve pausa que ela sabia significar desapontamento. Após um longo intervalo ele disse:
— Parece um bom gesto de relações públicas.
— O novo escâner de genes está pronto?
— Ainda estamos no estágio beta de testes. Por isso estou aqui tão cedo, estudando os dados.
— E?
— Muito animador. Mande sua amostra e eu farei. Vai ser um bom teste.
— Tenho um esqueleto inteiro. De que pedaço você gostaria?
— Vamos trabalhar com segurança; algo pequeno como um tarso. Quando o receberei?
— Vou ver se eles podem mandar esta noite. Com sorte você deve receber amanhã.
— Será processado de imediato. Na verdade vou cuidar disso pessoalmente.
— Obrigada, Evan.
— Diga olá ao papa por mim. E, Charlotte...
É agora, pensou ela.
— Sim?
— Só quero que saiba que não é apenas da minha melhor cientista que eu estou sentindo falta.
Ela sorriu.
— Também sinto sua falta. Tchau.
Charlotte retornou à estação de trabalho fazendo um enorme esforço para sufocar uma onda de tristeza que crescia dentro dela. Deveria ter dito que não podia ficar com ele daquele modo — o modo que queria. Respirando para se acalmar, ela se resignou com o fato de que quando retornasse a Phoenix contaria tudo. Então resolveriam como seguir em frente. Deus sabe que ela não queria afugentá-lo.

De volta ao trabalho.

Colocando o metatarso em um saco, ela guardou a amostra em uma caixa de transporte expresso. Enquanto escrevia o endereço da BMS na etiqueta de envio, tentou conter um surto de saudade, dando conta de como se sentia afastada de Evan.

Quando concluía o formulário, o dr. Bersei juntou-se a ela. Colocando as mãos nos quadris.

— Pelo que posso dizer, a pátina não foi alterada. É real. E você?

— Tive uma agradável conversa com o *signore* Ciardini — disse ela, conseguindo dar um sorriso. — Um homem encantador. Ele nos dará os resultados amanhã.

— O que é esse pacote?

— Outra amostra que eu espero que forneça um perfil genético do nosso homem — disse, erguendo-a. — Estou mandando para ser analisada em Phoenix.

— DNA?

— Rá-rá.

Bersei consultou o relógio — pouco mais de cinco horas.

— Já fizemos muito hoje. Tenho de jantar em casa. Minha filha mais velha vai aparecer.

— O que Carmela está fazendo?

— *Saltimbocca* de frango — disse, olhando para o teto e arrancando a máscara e as luvas, depois o jaleco.

Ela riu alto, e se sentiu bem.

— Boa sorte com ele.

— Cuidado, ou eu trago os restos para você — ameaçou. — De qualquer modo, amanhã talvez possamos dar uma olhada dentro da caixa, e verei se consigo decifrar aquele símbolo. Também mostrarei a você um instrumento que será um belo complemento para sua análise de DNA. Vejo você pela manhã.

Só espero que minha filha não me leve a beber uma segunda garrafa de vinho.

— Tenha uma boa noite, Giovanni. Obrigada novamente pelo almoço.

— Foi um prazer; e tente dormir um pouco esta noite, tá? Não quero que fique doente.

Tarde demais para isso, pensou. Ela sorriu e acenou.

— *Ciao*.

Quando a porta se fechou, apenas por um instante Charlotte Hennesey sentiu inveja dele.

Após terminar de preparar os pacotes, pegou o interfone para falar com o padre Donovan. Ele atendeu quase imediatamente, como se soubesse que ainda estava no laboratório.

— Boa noite, dra. Hennesey. O que posso fazer por você?

Ela contou sobre os pacotes, e ele garantiu que se os deixasse no laboratório mandaria um mensageiro cuidar de ambos. Ela também confirmou que não havia problemas em mandar o pacote da DHL no mesmo dia, a despeito do alto custo de envio transatlântico.

Assim que os negócios foram resolvidos, ele perguntou:

— Pretende ir a Roma esta noite?

— Está uma bela noite. Pensei em dar uma caminhada e jantar em algum lugar.

— Se não se importa que eu me exiba, vou recomendar um restaurante soberbo.

— Claro. Seria ótimo. É como eles dizem, em Roma...

28

Quando Charlotte saiu do Museu do Vaticano pela porta de serviço do térreo, o sol do final da tarde ainda estava quente. Ela decidira que sua calça de brim e a blusa estavam boas o bastante para não ter de voltar até seu quarto e trocar de roupa. Ademais, tinha de seguir as regras rígidas do Vaticano quanto a roupas, ou não poderia retornar. Isso não lhe deixava muitas opções.

Seguiu pela calçada entre a alta muralha norte da cidade e o austero prédio do Museu do Vaticano, na direção do portão de Sant'Anna, e foi autorizada pelos guardas suíços a deixar o recinto.

O padre Donovan dissera que o restaurante não abria antes das sete e meia da noite. Diferentemente do que ocorre nos Estados Unidos, os italianos preferiam jantar tarde, lembrou ele. Com uma hora para gastar, Charlotte ficou por perto, mas gostou de andar pelas ruas laterais, aventurando-se até o rio Tibre, aproveitando a riqueza de Roma.

Um pouco depois, seguindo as orientações de Donovan, Charlotte ziguezagueou de volta à imponente fachada de seis andares do Hotel Atlante Star. Viu a placa indicando o restaurante do hotel, o *Les Étoiles*. Imediatamente se sentiu mal vestida. Entrando no *foyer*, pegou o elevador para o último andar.

Assim que as portas se abriram, ela foi saudada pelo *maître*. Era um jovem elegantemente vestido — talvez na casa dos trinta anos, imaginou —, de pele morena e cabelos pretos grossos.

— *Signora* Hennesey... *Buona sera! Come sta?* —, a seguir ele mudou para o inglês. — O padre Donovan nos avisou. Estava esperando pela senhora.

— *Buona sera* — respondeu, dando uma olhada no restaurante.

— Meu nome é Alfonso — disse, fazendo uma leve mesura.

— Por favor, me acompanhe, *signora*. Há uma mesa reservada no terraço.

Foi guiada pelo salão até uma escada que levava a um terraço decorado com um mar de flores coloridas. Alfonso parou na frente de uma pequena mesa junto à grade.

O perfil de Roma a deixou sem ar. O enorme domo da basílica de São Pedro estava a pequena distância, atrás da parede leste do Museu do Vaticano. Ela viu no lado oposto o prédio curvo do Castel Sant'Angelo. Do outro lado do Tibre ficava a cidade antiga, marcada pelo domo do panteão.

O *maître* ajudou Charlotte a se sentar. Um guardanapo de linho branco foi tirado do prato e colocado em seu colo.

— Se precisar de algo, não hesite, *signora* Hennesey.

— *Grazie*.

Um *sommelier* apareceu silenciosamente e lhe deu uma intimidadora carta de vinhos encadernada em couro.

Charlotte se deu conta de que, com toda a agitação, as descobertas e o suspense do dia, não tivera um momento para pensar em si mesma. De repente se sentiu só. Ou não? Não era tudo perfeito? Ela olhou para o outro lado do rio — não poderia ter pedido um ambiente mais idílico.

Mas sabia que não era tudo perfeito.

O *sommelier* reaparecera ao seu lado, e ela pediu meia garrafa de Brunello di Montalcino. Álcool não era recomendável, mas naquela noite não negaria nada a si mesma.

O som de *scooters* subia da rua abaixo.

Quando o *sommelier* retornou, fez a apresentação do vinho, mostrando o rótulo, a seguir abrindo a garrafa e permitindo a Charlotte fazer o teste olfativo. Finalmente, serviu um pouco na taça e pediu que provasse. Ela o girou na taça mais pelo espetáculo, sabendo que o medicamento que estava tomando daria um retrogosto ligeiramente metálico, não importando quão boa fosse a safra.

Quando ele partiu, seus pensamentos seguiram o próprio rumo, levando-a de volta a Evan Aldrich. Ela lembrou a si mesma que assumir um compromisso emocional a longo prazo com ele seria irresponsabilidade. Mas os médicos haviam dito que a pesquisa avançava o tempo todo. Logo seriam encontradas respostas. Mas quão logo era esse logo?

E quanto a filhos? Aos 32 anos de idade, ela já estava sentindo a pressão de que poderia nunca ter os seus. As pesquisas, os tratamentos mais agressivos, que poderiam incluir injeções de bortezomib — conhecidas por causar doenças congênitas em fetos —, deixaram-na ainda mais ansiosa por saber que podia ser um sonho inalcançável.

Deixou os olhos passearem pelas mesas próximas. Casais aparentemente felizes, uma família rindo à sua direita. Talvez não fossem de modo algum felizes. As aparências raramente contavam toda a verdade, ela sabia melhor que ninguém. Estranhamente, isso a fez pensar em Salvatore Conte e no padre Patrick Donovan. Qual era a história deles? Como uma urna de ossos aproximara uma dupla tão diferente?

Ela pensou na amostra de osso enviada a Ciardini — como seria incinerada durante o teste de datação por carbono para determinar sua idade.

Osso sendo destruído.

— A *signora* decidiu? — perguntou Alfonso.

— Fico feliz por você estar aqui. Preciso de sua ajuda.

Apesar de o restaurante ter um nome que Charlotte jurava ser francês, o cardápio trazia culinária italiana. Após algumas perguntas rápidas sobre o que ela gostava e não gostava, Alfonso a encaminhou para um scialatielli Sorrento — "uma fantástica massa caseira com molho Alfredo cremoso de frutos do mar cheio de lagosta e caranguejo. Absolutamente delicioso".

Desde a primeira mordida na massa ela soube que ele havia acertado. Viciada no canal Food Network, Charlotte era fã do "30 Minute Meals", de Rachel Ray, e gostaria que a animada apresentadora meio italiana estivesse ali para desfrutar daquilo com ela — era simplesmente delicioso. Finalmente encontrara algo para acordar suas papilas gustativas, adormecidas pelos remédios.

Comer massa e beber vinho, cercada por flores perfumadas e olhando para uma cidade que praticamente moldara a cultura ocidental, conseguira levar os pensamentos de Charlotte para outro lugar. Após terminar, ela se limitou a ficar sentada, apreciando por mais uma hora. Contente. Feliz.

Quando a conta alta chegou, ela pagou com seu cartão American Express empresarial — vingança pelo sanduíche de atum da noite anterior.

Do lado de fora do hotel, caminhou pela Via Vitelleschi em direção ao prédio austero do Castel Sant'Angelo. Contornando o perímetro do castelo, viu o Tibre aparecer. Atravessando a movimentada Lungo Castelo, seguiu para a ponte Sant'Angelo, que cruzava o rio em seis arcos elegantes.

Charlotte pensou que Roma podia se jactar de muita história e cultura. Até mesmo aquela ponte era uma obra de arte sublime, e a seu modo o Vaticano ajudara a tornar tudo aquilo possível. Admirando os anjos de mármore de Bernini dispostos ao longo da ponte, seu olhar foi imediatamente atraído para um castelo com um enorme crucifixo. Um dia antes ela não teria pensado duas vezes naquilo. Mas agora ela nunca mais seria capaz de olhar para uma cruz da mesma forma. Um objeto tão normal, quase prosaico — que se tornara horrendo. E o fato de as cruzes estarem por toda parte se você procurasse não ajudava em nada.

A única coisa que ela não percebeu foi que, a uma distância confortável atrás dela, Salvatore Conte a observava das sombras da muralha do castelo.

QUARTA-FEIRA

29

Jerusalém

Bebendo *qawah*, Razak se sentou na varanda de seu apartamento no Bairro Muçulmano voltado para o Monte do Templo e sua praça do Muro Ocidental. Grupos de manifestantes haviam se reunido desde o nascer do sol, e no momento ele podia ver equipes de jornalistas de todo o mundo fazendo fila para passar pela barreira policial.

Ligada na Al-Jazeera, a TV de Razak estava com o volume baixo, produzindo um zumbido de fundo. O clima em Jerusalém era tenso, e ainda mais nos acampamentos palestinos em Gaza, onde bandos de jovens já iniciavam intifadas de pequena intensidade, desafiando a polícia com pedras. Blindados estavam postados em todos os postos de controle israelenses, assim como nos principais portões para a Velha Jerusalém. A FDI dobrara as patrulhas de fronteiras.

As pessoas exigiam respostas, precisavam culpar alguém. Israel preparava sua defesa, pronta para mais um confronto. O Hamas fazia declarações atacando as autoridades israelenses.

Razak tentou se concentrar em um plano para reduzir a tensão, pelo menos temporariamente. Controle de danos. Às vezes os problemas do lugar pareciam não ter conserto, e a sensível história que cercava o coração do santuário de 141 quilômetros quadrados era a encarnação disso.

O telefone celular cortou seus pensamentos.

— Lamento incomodá-lo. Aqui é Graham Barton.

Ele demorou algum tempo para se lembrar de que havia voluntariamente dado seu número de telefone ao arqueólogo.

— O que posso fazer por você?

— Estou com a tradução daquele pergaminho que encontramos.

— O que ele diz?

— Algo chocante — anunciou Barton. — Mas nada que possamos discutir ao telefone. Poderia se encontrar comigo?

— Claro — disse Razak, sem negar conseguir o contagioso entusiasmo acelerado do arqueólogo. — Quando?

— Que tal ao meio-dia no *Abu Shukri*, na rua El-Wad? Sabe onde fica?

Razak verificou o relógio.

— Sim, estive lá muitas vezes. Vejo-o ao meio-dia.

Talvez, pensou Razak, fosse o intervalo pelo qual estava esperando.

30

Cidade do Vaticano

Charlotte Hennesey virou-se para ver o mostrador digital de seu despertador piscar 7 horas em linhas grossas de um vermelho incômodo. O sol brilhava através das cortinas finas que cobriam as janelas, e ela jogou a cabeça novamente no travesseiro. Embora a pequena cama fosse confortável, ela imaginou que o ocupante anterior provavelmente havia sido um cardeal.

Havia um crucifixo pendurado na parede bem acima de sua cabeça. Seus olhos cravaram nele. Contra a sua vontade, imagens de martelos enfiando enormes pregos através de pele e músculo invadiram novamente seus pensamentos. Acostume-se com isso, disse a si mesma.

Arrastando-se para fora da cama, ela foi até sua bolsa de viagem e tirou a tampa de uma garrafa de Motrin. O vinho realmente acabara com ela. Na pequena geladeira, pegou a garrafa de Melphalan, soltou a tampa, pegou um dos pequenos comprimidos brancos e o engoliu com um pouco de água. Depois foi um punhado de vitaminas e suplementos para compensar a destruição causada em seu sistema imunológico.

Após escovar os dentes, tomou banho e se vestiu. Colocou sob a blusa o cinto com dinheiro e o passaporte (seu guia de viagem recomendara isso veementemente, já que Roma era conhecida por seus trombadinhas). Colocou o celular no bolso e passou pela porta.

Ao entrar no laboratório, Charlotte viu Giovanni já mergulhado no trabalho, curvado sobre um gabinete de metal, ajustando os cabos de um computador.

Ele levantou os olhos e sorriu.

— Ah, vejo que parece descansada hoje.

— Ainda me acostumando, mas melhorando — disse, olhando o equipamento. — O que é isso?

Ele acenou, chamando-a para perto.

— Você vai gostar disto. É um escâner a *laser* usado para criar imagens tridimensionais.

A unidade retangular era compacta, com cerca de um metro de altura, uma câmara interna vazia e uma porta de vidro. Os controles ficavam na lateral.

Charlotte olhou criticamente.

— Parece um frigobar.

Ele deu uma olhada rápida e riu.

— Nunca tinha pensado nisso. Mas não tem saquinhos de amendoim. Por que você não se prepara e toma um café? Depois mostrarei como se opera isso — disse, ligando um cabo USB nos fundos da unidade e em seu laptop.

Charlotte retornou em menos de cinco minutos, vestida e pronta para começar.

— Com isso escaneamos um osso de cada vez, e remontamos o esqueleto no programa de imagem do computador — explicou Bersei. — Então o programa CAD analisa os ossos e os pontos de junção dos ligamentos associados, calcula a massa muscular que cada osso sustentava e tenta recriar a imagem de nosso homem misterioso quando tinha carne e sangue. Eu farei o primeiro; você pode fazer os outros.

Bersei pegou o crânio, segurando a mandíbula com dentes em uma das mãos, a forma esférica em outra, e colocando-o na câmara de escaneamento.

— Basta colocar no frigobar...

Charlotte riu alto.

Sorrindo, Bersei passou para o laptop.

— Depois clicar em 'COMINCIARE SCABIONE"...

— O programa todo é em italiano?

Bersei ergueu os olhos e achou engraçada sua expressão levemente perturbada.

— Opa. Esqueci disso. Vou passar para inglês.

Usando o *mouse*, em alguns segundos ele reajustou o programa.

— Lamento. Como estava dizendo, clicar em "START SCAN", assim...

O escâner zumbiu, com *lasers* dentro da câmara formando uma trama ao redor do crânio, detalhando todos os seus traços. Menos de um minuto depois, uma réplica digitalizada perfeita do crânio surgiu na tela do laptop, em tons de branco e cinza.

— Aí está, uma cópia em 3D. Agora a imagem pode ser manipulada como quisermos — disse, passando o dedo pelo *touchpad* do laptop para que o crânio na tela girasse e virasse ao seu comando. — Salve a imagem e o programa pedirá para classificar o osso usando este menu.

Bersei abriu a lista de nomes, desceu até encontrar CRANIUM — WITH MANDIBLE e clicou.

— Depois você clica em "NEXT SCAN". Por que não tenta? — ofereceu, abrindo a porta do escâner e retirando o crânio. — Coloque máscara e luvas e pegue um osso.

Charlotte jogou seu copo de café na lata de lixo e pegou um par de luvas de látex e uma máscara de papel.

Escolheu uma vértebra do esqueleto e a colocou no escâner. Clicando em "SCAN", viu os *lasers* luminosos percorrendo o osso. Sem querer, teve uma visão de tomografias e terapia de radiação, mas a expulsou.

— Diga, como Carmela se saiu com o *saltimbocca* de galinha?

— Na verdade não estava tão ruim — disse, surpreso. — Mas minha filha conseguiu me levar a uma segunda garrafa de vinho. Ai, *mamma mia* — disse, segurando a cabeça.

Um minuto depois o escaneamento havia sido concluído. Com Bersei olhando por sobre seu ombro, Charlotte usou o *touchpad* para brincar com a imagem. Ela a salvou, classificando-a como VERTEBRAE — LUMBAR. Depois clicou em "NEXT SCAN".

— *Perfetto*. Avise quando tiver terminado. Então eu mostro como juntar tudo.

Bersei cruzou o laboratório e entrou na sala de repouso.

Ela escaneou outra vértebra. Um minuto depois Bersei voltou com dois *espressos*.

— Mais querosene de aviação italiano.

— Você é um salva-vidas.

— Avise se tiver problemas — disse, indo na direção do ossuário.

Ocupando a estação de trabalho, ele enfiou a cabeça na urna, examinando a grossa camada de poeira com mais de um centímetro que cobria sua base. Precisaria retirar o material e analisar sua composição usando um microscópio, depois passar isso pelo espectrômetro do laboratório para identificar assinaturas de luz específicas de elementos. Usando uma cureta de laboratório, começou a esvaziá-lo em uma bandeja de vidro retangular coberta com uma tela para peneirar os pequenos fragmentos de ossos que haviam caído no fundo da caixa. Imaginava que iria encontrar carne ressecada e pó de pedra — talvez pequenos volumes de matéria orgânica, como flores e especiarias tradicionalmente utilizadas nos antigos rituais fúnebres judaicos.

O que ele não esperava encontrar era o pequeno objeto circular que apareceu misturado à colherada seguinte.

Retirando-o com dedos enluvados e limpando suavemente a superfície com um pincel delicado, Bersei viu que as texturas nas duas superfícies oxidadas eram intencionais. Metal cunhado.

Uma moeda.

Pegando um pincel mais duro na bandeja de instrumentos, ele chamou Charlotte.

— O que é?

— Dê uma olhada — respondeu Bersei, erguendo a moeda para ela no centro da palma da mão.

Seus olhos verdes se apertaram enquanto ela a examinava.

— Uma moeda? Uma boa coisa, Giovanni.

— Sim. Vai facilitar nosso trabalho. Obviamente, moedas podem ser extremamente úteis para datar as relíquias que acompanham.

Ele passou a moeda para Charlotte e se virou para o terminal de computador, digitando os critérios de busca: "moedas romanas LIZ".

Charlotte a examinou atentamente. Ela tinha na face um símbolo que parecia um ponto de interrogação invertido envolto por um círculo de texto. O outro lado apresentava três letras maiúsculas — LIZ — no centro de uma imagem floral simples, parecendo um galho curvado com folhas.

— Aí vamos nós — disse Bersei.

Os primeiros resultados surgiram instantaneamente. Pertencendo a uma geração em que teses ainda eram escritas em máquinas de escrever, ele ficava fascinado com a eficiência da tecnologia e da internet, especialmente para pesquisas. Clicou no *link* mais relevante, que levou a uma loja de moedas *on-line* chamado "Forum Ancient Coins".

— O que você encontrou?

Percorrendo uma longa relação, ele encontrou uma imagem da moeda que Charlotte segurava entre os dedos.

— Embora a nossa certamente esteja em melhor estado, eu diria que é ela — disse, ampliando a imagem e mostrando que a frente e o verso eram réplicas quase perfeitas da moeda deles. — Interessante. Diz aqui que ela foi cunhada por Pôncio Pilatos — destacou Bersei.

Charlotte ficou chocada e se curvou para ver melhor.

— O Pôncio Pilatos? O cara da Bíblia?

— Ele mesmo. Sabe, ele *foi* um personagem histórico real — disse Bersei, lendo em silêncio o texto na tela que acompanhava a imagem e resumindo para ela. — Diz que Pilatos cunhou duas moedas durante seu governo de dez anos, que começou em 26 d.C. Todas elas foram *prutab* de bronze cunhadas em Cesareia, nos anos 29, 30 e 31 d.C.

— Então esses números romanos L-I-Z nos dão a data exata?

Ela achava que lembrava de o L ser cinquenta e de o I ser um. Mas o Z não dizia nada.

— Tecnicamente, são números gregos. Na época a cultura helênica ainda tinha grande influência no cotidiano da Judeia. E, sim, elas dão a data de cunhagem — explicou Bersei. — Contudo, esta moeda foi feita centenas de anos antes de nosso moderno calendário gregoriano. No século I os romanos calculavam os anos segundo o reinado dos imperadores. Está vendo estas palavras em grego arcaico contornando a moeda?

Ela as leu: TIBEPIOY KAICAPOC.

— Rá-rá.

— Elas dizem "de Tibério imperador".

Ela observou que ele não havia lido isso na tela.

— Como você sabe?

— Por acaso sou fluente em grego arcaico. Era um idioma comum no início do império romano.

— Impressionante.

Ele sorriu.

— Seja como for, o reinado de Tibério começou no ano 14 a.C. O L é apenas uma abreviatura para a palavra "ano". O I é igual a dez, o Z é sete; somando, você terá dezessete. Portanto, a moeda foi cunhada no décimo sétimo ano do reinado de Tibério.

Parecendo um tanto confusa, Charlotte contou os anos nos dedos.

— Então ela é de 31 d.C.?

— A realidade é que os gregos não tinham o zero. Na verdade o ano 14 d.C. é "um". Vou poupá-la de contar novamente; a data correta é 30 d.C.

— E quanto ao outro símbolo, o ponto de interrogação invertido?

— Sim. Diz aqui que o *lituus* simboliza um bastão que os sacerdotes romanos, aúgures, usava como símbolo de autoridade.

— Um áugure?

— Uma espécie de sacerdote. Parecido com um oráculo e empregado por Roma. O áugure erguia o *littus* para invocar os deuses quando fazia previsões sobre guerras e ações políticas.

No que dizia respeito a previsões naquele momento, Charlotte estava mais inclinada a imaginar médicos empertigados em jalecos brancos tentando interpretar resultados de laboratório. Ela examinou novamente a moeda.

— Afora a Bíblia, o que você sabe sobre Pôncio Pilatos?

Bersei ergueu os olhos e sorriu.

— Na verdade, muito. Era um cara bem mau.

— Como?

Ele contou o que sabia. Tibério César se opunha à ideia de um rei judeu governando a costa da Judeia, já que as tropas romanas precisavam se deslocar facilmente na direção do Egito sem obstáculos. Ademais, a Judeia era uma importante rota comercial. Tibério derrubou um dos filhos do rei Herodes e o substituiu por Pilatos, enfurecendo os judeus. Pilatos rotineiramente massacrava judeus rebeldes. Segundo um relato bem documentado, quando multidões desarmadas se reuniram em frente à sua residência em Jerusalém protestando contra o roubo do dinheiro do templo para financiar um aqueduto, ele mandou soldados à paisana para o meio deles. Ao comando de Pilatos, eles sacaram armas escondidas e massacraram centenas de judeus.

— E esse não foi um incidente isolado — continuou Bersei.

— Nojento.

— Pilatos basicamente vivia em seu palácio luxuoso na cidade ao norte de Cesareia, debruçada sobre o Mediterrâneo, o que nos Estados Unidos você chamaria de casa de praia. Eu estive lá. De fato é um belo lugar. As moedas foram fundidas ali, sob sua vigilância.

Voltando a olhar para o monitor, Charlotte notou a oferta impressionantemente baixa pela relíquia de Pilatos.

— Vinte e dois dólares? Como uma moeda com quase 2 mil anos pode valer só isso?

— Oferta e demanda, acho — explicou Bersei. — Há muitas dessas coisas circulando por aí. Na época isso equivaleria ao centavo americano.

Ela franziu o cenho. Um *centavo*?

— Por que você acha que *isto* estava no ossuário?

— Fácil. Colocar moedas sobre os olhos dos mortos fazia parte da prática funerária judaica. Manter as pálpebras fechadas para proteger a alma até a carne apodrecer. Com o desaparecimento da carne, elas caíam dentro do crânio.

— Humm.

Esticando a mão na direção do ossuário, ele procurou durante alguns segundos, encontrou algo na poeira e a ergueu. Uma segunda moeda.

— Dois olhos. Duas moedas — disse Bersei, examinando os dois lados. — Combinam perfeitamente.

Ela pensou durante algum tempo na nova informação.

— Então os ossos devem ter sido enterrados no mesmo ano, certo?

— Não necessariamente. Mas provavelmente sim.

Mergulhada em pensamentos, ela olhou para o esqueleto e novamente para a moeda.

— Pôncio Pilatos e um corpo crucificado. Você não acha...

Bersei levantou uma das mãos imediatamente, sabendo o que ela estava prestes a sugerir.

— Nada disso. Como falei, os romanos executaram milhares por crucificação. E eu sou um bom garoto católico — acrescentou, com um sorriso.

Não vendo censura em seus olhos fortes, ela podia dizer que Bersei queria manter a objetividade.

— Terminou de escanear o esqueleto?

— Tudo pronto.

— Ótimo.

Erguendo-se, ele pegou na impressora uma prova da página da internet.

— Vou mostrar a você como montar tudo — afirmou, apontando para o esqueleto na estação de trabalho. — Então poderemos ver como aquele rosto parecia.

31

Monte do Templo

Ao meio-dia em ponto Razak se aproximou da mesa de madeira quadrada que Graham Barton ocupava na frente do pequeno café ao ar livre, tomando café preto e lendo o *Jerusalem Post*. Ao ver Razak, Barton dobrou o jornal e se ergueu para cumprimentá-lo.

Razak deu um sorriso humilde.

— Bom dia, Graham.

Barton estendeu a mão e Razak a aceitou.

— *Salam alaikum* — disse Barton em um árabe respeitável.

Razak ficou impressionado.

— *Alaikum salam*. Precisa de uma melhorada, mas não está nada mal para um infiel — disse, sorrindo.

— Obrigado. Fico contente. Sente-se, por favor — disse o arqueólogo, apontando para a cadeira do lado oposto da mesa.

— Foi uma bela escolha.

— Achei que você gostaria.

Barton escolhera intencionalmente aquele pequeno café popular no Bairro Muçulmano, já que ouvira rumores de que comerciantes judeus não estavam sendo gentis com clientes muçulmanos — outra consequência do roubo.

Puxando sua cadeira, Razak foi imediatamente abordado por um jovem garçom palestino, dolorosamente magro, começando a exibir uma barba rala.

— Quer comer, Graham?

— Sim, caso tenha tempo.

— Alguma preferência?

— O que você recomendar.

Razak se virou para o garçom, enumerou alguns pratos — o famoso *homus* do restaurante com feijão preto e pinhões tostados, pão pita "quente, por favor", especificou, *falafel*, dois *kebabs shwarma* — e pediu um bule de chá de hortelã *shai* "com duas xícaras", tudo isso propositalmente em inglês, para não deixar Barton desconfortável.

Assim que o garçom acabou de anotar tudo em sua comanda, repetiu-o e retirou-se para a cozinha nos fundos.

— Diga, o que você descobriu?

O rosto de Barton se iluminou.

— Algo extraordinário.

Ele enfiou a mão no bolso da camisa e tirou um papel, que desdobrou e estendeu para Razak.

— Veja aqui. No alto há uma cópia do texto original; abaixo, a tradução. Por que não lê você mesmo?

Razak admirou rapidamente a bela caligrafia do texto antigo. Depois seus olhos baixaram para a página da tradução.

Tendo feito a vontade de Deus, eu, José de Arimateia, e minha amada família esperamos aqui pelo dia glorioso em que nosso messias caído retornará para confirmar o testemunho de Deus abaixo do altar de Abraão e restaurar o sagrado tabernáculo.

A expressão de Razak revelou sua confusão.

— Quem é esse José?

O garçom voltou com um bule fumegante de chá, e Razak cobriu o documento com a mão enquanto o jovem servia as duas xícaras.

Barton esperou que ele saísse.

— José é o homem cujo esqueleto está no nono ossuário. Veja, o nome "Yosef" corresponde a "José" — disse, dando a Razak tempo para compreender, e continuou. — Já ouviu falar de José de Arimateia?

Com a cabeça, Razak respondeu negativamente.

— Não me surpreende. Ele é uma figura bíblica obscura do século I que só aparece rapidamente no Novo Testamento.

Bebendo seu chá, Razak de repente pareceu desconfortável.

— E o que o livro diz sobre ele?

O inglês esticou as mãos sobre a mesa.

— Deixe-me primeiro dizer que a maior parte do que ouvimos sobre José de Arimateia não passa de lenda. Isso é o mais interessante nesta descoberta — disse Barton, falando rapidamente, mas em voz baixa, para não ser ouvido por outros. — Muitos dizem que ele era um comerciante rico que fornecia metais para a aristocracia judaica e para os burocratas de Roma, ambos necessitados de um fornecimento constante de bronze, estanho e cobre para produzir armas e cunhar moedas.

— Um homem importante.

— Sim — disse Barton, continuando com cautela. — Na verdade os evangelhos de Marcos e Lucas afirmam que José era um membro importante do sinédrio, o conselho de 71 sábios judeus que operava como o tribunal supremo da antiga Judeia. Os evangelhos também sugerem que ele era confidente de um judeu carismático muito famoso chamado Joshua.

Razak não identificou o nome, mas Barton olhava para ele como se devesse.

— Eu deveria conhecer esse Joshua?

— Ah, você o conhece — retrucou Barton, confiante. — Algumas traduções hebraicas também se referem a ele como "Yeshua". Os evangelhos gregos originais se referem a ele como "Iesous".

Ele podia sentir que Razak estava ficando impaciente com o joguinho de nomes.

— Mas você certamente conhece seu nome árabe... "Isa".
Razak arregalou os olhos.

— Jesus?

— E embora Joshua, ou Jesus, fosse o segundo nome mais comum aqui no século I, não acho que o Jesus do qual estou falando exija alguma explicação.

Razak se mexeu na cadeira.

— Após a morte de Jesus, José teria ido para a Gália, a atual França. Acompanhado pelos discípulos Lázaro, Maria Madalena e Felipe, ele pregou os ensinamentos de Jesus. Supostamente, por volta de 63 d.C. teria até mesmo passado algum tempo em Glastonbury, na Inglaterra, onde teria comprado terras e construído o primeiro mosteiro do País.

Tomando mais chá, Razak ergueu as sobrancelhas.

— Continue.

— Avançamos para a Idade Média, e José se torna um herói cultuado, com monarcas inventando laços familiares para partilhar de sua fama. E nessa época surge outra história, a de que José teria a coroa de espinhos de Jesus e o cálice do qual ele teria bebido na Última Ceia — contou Barton, fazendo uma pausa para que Razak absorvesse a história. — Alguns acreditavam que José havia recolhido o sangue do corpo crucificado de Jesus naquele cálice. Mais conhecido como "Santo Graal", o cálice teria poderes curativos e daria a imortalidade a quem o possuísse — continuou Barton, notando os lábios de Razak se contraírem com as palavras "corpo crucificado".

Essas obviamente são histórias fantásticas — afirmou Razak. — Você certamente não está sugerindo que os ladrões sabiam que o ossuário desaparecido continha o Santo Graal.

Barton contraiu os lábios e descartou a ideia com um gesto.

— *Há* alguns fanáticos por aí, mas não, certamente não defendo essa hipótese — disse, continuando com cautela. — Decidi pesquisar um pouco mais sobre José de Arimateia, usando o livro mais conveniente e relevante disponível.

Ele ergueu um livro. Os olhos de Razak leram o título: *O Novo Testamento do Rei Jaime*.

— Mais lendas — comentou, cínico.

Sabendo que o Novo Testamento seria uma questão espinhosa, Barton já esperava essa reação. Qualquer discussão sobre Jesus tinha de reconhecer que os muçulmanos o reverenciavam como mais um em uma longa série de profetas humanos que incluía Abraão, Moisés e o último servo de Deus, Maomé. Em nenhuma circunstância o islamismo aceitava qualquer homem ou profeta como equivalente ao próprio Deus. Era o pilar da fé islâmica os muçulmanos considerarem o conceito cristão de trindade uma completa blasfêmia, a divergência mais significativa entre as duas religiões. E aquele livro era visto pelos muçulmanos como uma interpretação gravemente distorcida da vida de Jesus. Ignorando o golpe, Barton continuou.

— Dos 27 livros do Novo Testamento, quatro dão detalhados relatos históricos sobre o profeta Jesus: Mateus, Marcos, Lucas e João. Cada um deles menciona especificamente José de Arimateia.

Barton abriu a Bíblia em um trecho marcado com uma etiqueta adesiva, fazendo um grande esforço para não deixar os dedos tremerem. O que ele estava prestes a sugerir era impressionante. Ele se curvou sobre a mesa.

— Todos os quatro relatos dizem basicamente a mesma coisa, então eu lerei apenas este trecho de Mateus 27, versículo 57 — disse, lendo a seguir a passagem, lentamente.

Chegada a tarde, veio um homem rico de Arimateia, chamado José, o qual também se tornara discípulo de Jesus. E, dirigindo-se a Pilatos, pediu-lhe o corpo de Jesus. Então Pilatos mandou que lhe fosse entregue. José, tomando o corpo, envolveu-o em um lençol limpo e o pôs em seu túmulo novo, que talhara na rocha. Em seguida, rolando uma grande pedra para a entrada do túmulo, retirou-se.

Barton ergueu os olhos das páginas.
— Vou ler novamente uma frase. *"José, tomando o corpo, envolveu-o em um lençol limpo e o pôs em seu túmulo novo, que talhara na rocha"*.
O queixo de Razak caiu.
— Você certamente não acha...
O garçom apareceu de repente e Razak parou no meio da frase, esperando que o jovem colocasse os pratos e saísse antes de continuar. Ele respirou fundo.
— Estou vendo aonde você quer chegar com isso, Graham. De fato é uma teoria bastante perigosa.
Ele pegou um pedaço de pão e colocou uma colherada de *homus* no prato. O cheiro era espetacular.
— Por favor, escute — continuou Barton, suavemente. — Temos pelo menos de admitir a possibilidade de que os ladrões pudessem realmente acreditar que o ossuário desaparecido continha os restos de Jesus. E este pergaminho que encontramos no nono ossuário claramente se refere ao messias. É preciso demais para ser ignorado.
Enquanto explicava isso a Razak, Barton começava a sentir todo o peso do alerta sutil do padre Demetrios. As palavras naquele pergaminho poderiam abalar a tradicional celebração do misterioso benfeitor de Cristo, já que se acreditava que o *loculi* bem abaixo da igreja do Santo Sepulcro pertencera a José.
Razak olhou para o arqueólogo.

— Você deveria comer seu pão enquanto está quente.

— Veja, não estou dizendo que acredito em nada disso — falou Barton, rasgando um pedaço de pão e colocando um pouco de *homus* em seu prato. — Estou simplesmente sugerindo um motivo. Se estivermos lidando com um fanático que acreditou que tudo é verdade, isso tornaria aquele ossuário desaparecido a maior de todas as relíquias.

Razak acabou de mastigar, engoliu e disse:

— Tenho certeza de que você compreende que não posso aceitar a ideia de que este ossuário desaparecido continha o corpo de Jesus. Lembre-se, sr. Barton, diferentemente dos homens equivocados que escreveram este livro — comentou ele, apontando para a Bíblia —, o Corão reproduz as palavras literais de Alá por intermédio do grande profeta Maomé, que a paz esteja com ele, como seu mensageiro. Como muçulmanos, foi-nos ensinada a verdade. Jesus foi poupado da cruz. Alá o protegeu daqueles que queriam fazer mal a ele. Ele não sofreu uma morte humana, tendo sido chamado por Alá e ascendido ao céu.

Ele ergueu os olhos para o céu.

— E lembre-se: os homens aos quais presto contas irão reagir muito pior do que eu. Eles não ouvirão tais ideias — disse, mergulhando o pão no *homus* e enfiando-o na boca. — Ademais, os cristãos não alegam que Jesus se levantou dos mortos e subiu aos céus? A Páscoa não tem a ver com isso?

— Exatamente — disse Barton.

Mastigando, Razak olhou para ele, intrigado.

Barton sorriu.

— A Bíblia diz muitas coisas. Mas os evangelhos foram esboçados décadas depois da pregação de Jesus, após um longo período de tradição oral. Não preciso explicar-lhe como isso pode afetar a integridade daquilo que lemos hoje. Como os discípulos de Jesus eram eles mesmos judeus, incorporaram o estilo de contar histórias da *midrash*, que, francamente, concentra-se mais no significado e na compreensão, frequentemente à custa da precisão histórica. Poderia também destacar que antigas interpretações da ressurreição diziam mais respeito a uma transformação espiritual do que física.

Razak respondeu que não com a cabeça.

— Não entendo como alguém pode acreditar nessas histórias.

— Bem — reagiu Barton, com cuidado —, você precisa ter em mente que os evangelhos tinham como público-alvo pagãos convertidos. Aquelas pessoas acreditavam em deuses divinos que morreram tragicamente e ressuscitaram gloriosamente. Vida, morte e renascimento eram temas comuns a muitos deuses pagãos, entre eles Osíris, Adônis e Mithras. Os primeiros líderes cristãos, especialmente Paulo de Tarso, um judeu helenista e filosófico, sabiam que Jesus precisava se encaixar nesses critérios. Ele estava vendo essa nova religião em um ambiente muito competitivo. Não podemos descartar a ideia de que ele tenha embelezado a história. E, dos 27 livros do Novo Testamento, ele, sozinho, teria escrito 14. Acho que você tem de concordar que é uma grande influência. Portanto, é prudente colocar esses relatos em seu devido contexto histórico e *humano*.

Razak deu um olhar de aprovação.

— Você é um homem muito complexo, Graham. Sua esposa deve gostar muito de você — disse ele, com uma ponta de sarcasmo, apontando para a aliança de ouro na mão esquerda do arqueólogo.

— Se você acha que tenho muito a dizer, deveria escutá-la. Jenny atua no tribunal.

— Advogada? — disse Razak, erguendo as sobrancelhas.

— Uma debatedora profissional. Eu odiaria ver os dois brigando.

— Felizmente isso é incomum.

A verdade é que fora do tribunal ela era tudo menos uma debatedora. Nos últimos tempos eles estavam se afastando em um mar de silêncio cada vez maior.

— Vocês têm filhos?

— Um filho, John, de 21 anos. Rapaz bonito, com mais cérebro que os pais juntos. Faz curso superior em minha *alma mater*, Cambridge. Também temos uma filha adorável, Josephine, de 25 anos. Ela vive nos Estados Unidos, em Boston. É advogada como a mãe. E você? Mulher e filhos?

Razak sorriu timidamente e balançou a cabeça, negando.

— Infelizmente Alá ainda não me deu uma esposa adequada.

Barton pensou ter visto algo nos olhos do muçulmano. Dor?

— Talvez não seja pela vontade de Alá, mas por causa de sua teimosia — disse Barton.

Razak se fingiu de ofendido, depois deu uma gargalhada.

— Ah, sim, talvez você esteja certo.

Quando terminou de comer, Razak voltou sua atenção novamente para a tradução.

— E quanto ao resto... O que isso tudo significa? — perguntou, lendo a segunda parte da tradução: — *"Para confirmar o testemunho de Deus abaixo do altar de Abraão e restaurar o sagrado tabernáculo"*.

Barton esperava evitar essa parte da discussão.

— Ah. O altar de Abraão provavelmente se refere ao Monte Moriá.

— Onde o profeta Ibrahim teria de sacrificar Ismail, filho de Hagar — afirmou secamente o muçulmano.

— Certo.

Barton absorveu a interpretação. Embora a Torá afirmasse claramente que Abraão deveria sacrificar *Isaac*, filho de sua esposa Sara, os muçulmanos remontavam sua linhagem a Ismail, o filho nascido da serva de Sara, Hagar. Era mais um exemplo das duas religiões tentando desesperadamente mostrar como seu o mais reverenciado patriarca do Velho Testamento — o homem com a fé monoteísta e a completa submissão ao único Deus verdadeiro. Afinal, era isso o que islamismo significava literalmente, pensou Barton: *submissão à vontade de Alá.*

— E essa referência a *"testemunho de Deus"*? — perguntou Razak. — Soa como se fosse algo físico que está *"abaixo do altar de Abraão"*. Eu não entendo.

Barton sentiu um arrepio no braço.

— Ainda estou tentando determinar o significado — mentiu. — Preciso pesquisar mais.

Razak anuiu, parecendo cético.

— Confio que você me contará sua descoberta.

— Claro.

— O que faremos agora?

Barton pensou nisso. Estranhamente, seus pensamentos continuavam retornando ao padre Demetrios — à visita à cripta inferior do Sepulcro que supostamente pertencera a José de Arimateia. Voltou a pensar na câmara sob o Monte do Templo, em como faltavam a ela algumas das características típicas das criptas do século I.

— Na verdade acho que precisamos retornar à cripta. Há algo que posso não ter percebido. Quando você acha que poderemos voltar lá?

— Vamos esperar até amanhã de manhã — sugeriu ele. — Recebi um telefonema muito interessante no final da manhã, de um bom amigo em Gaza que soube que eu estava envolvido na investigação. Ele diz ter informações que podem ser úteis.

— Que tipo de informação?

— Na verdade não estou certo. Ele não quis falar pelo telefone — respondeu Razak.

— O que significa que provavelmente é coisa boa.

— É o que espero. De qualquer modo, ia pegar a estrada e vê-lo esta tarde. Se você não estiver ocupado demais, talvez posso ir comigo.

— Gostei disso. Que horas?

— Tenho apenas de fazer algo antes. Não vai demorar — disse Razak, conferindo seu relógio. — Pode se encontrar comigo no estacionamento junto ao portão de Jafa por volta das duas horas?

— Estarei lá.

Razak enfiou a mão no bolso da calça e tirou sua carteira.

— Por favor, Razak — insistiu Barton, dispensando-o. — Eu pago. Você vai na frente e eu o encontro às duas horas.

Obrigado, Graham. Você é muito generoso.

Do outro lado do café, na El Wad, um jovem comum estava sentado em um banco lendo um jornal e tomando café, desfrutando da tarde fresca. Ele eventualmente olhava discretamente para o arqueólogo e o delegado muçulmano. Os pequenos fones em seus ouvidos, que pareciam ligados a um iPod, transmitiam aquela impressionante conversa para o posto da FDI em Jerusalém.

32

CIDADE DO VATICANO

Colocando as imagens do esqueleto na tela, Giovanni Bersei percorreu o conjunto de miniaturas, eventualmente parando para ampliar e analisar um osso com mais detalhe.

— Está ótimo, Charlotte. Parece que você também conseguiu as costelas perfeitamente. Não é fácil. Agora só temos de pedir ao computador para montar o esqueleto — disse, clicando no menu de opções.

Charlotte Hennesey ficou atrás dele, vendo surgir uma pequena janela.

AGUARDE ENQUANTO A AMOSTRA É PROCESSADA
25% concluído...
43% concluído...
71% concluído...

Ele se virou para ela.
— Nenhum erro até agora. Nada mal para uma primeira vez.

98% concluído...
100% concluído.

Vinte segundos depois, a tela mostrou uma imagem tridimensional do esqueleto. O programa examinara os mínimos detalhes de cada osso para recriar as condições de articulações e ligamentos, fornecendo um retrato preciso da estrutura remontada. Havia mantido até os medonhos detalhes resultantes da crucificação — os sulcos nas costelas e os danos nos punhos, pés e joelhos.

— Extraordinário — disse Bersei, olhando para a imagem na tela, uma versão montada do que estava na estação de trabalho atrás deles. Por um momento ele ficou novamente chocado com a impressionante capacidade da tecnologia. — Este é provavelmente o modo como o nosso homem estava antes de ser colocado no ossuário.

— E quanto à carne?

Ele ergueu as mãos, como se tentando desacelerar um carro em alta velocidade.

— Um passo de cada vez.

— Desculpe. Café demais.

— Nós aqui gostamos de fazer as coisas mais devagar — brincou ele. — É bom para a longevidade.

Charlotte se encolheu.

Bersei pegou o *mouse* novamente.

— Agora vamos pedir ao computador para acrescentar massa muscular à estrutura óssea. O programa irá medir cada osso para avaliar sua densidade e recriar os pontos de fixação.

Ele entendia o conceito básico.

— Músculos maiores forçam mais os ossos aos quais são ligados, exigindo ligamentos e pontos de fixação mais fortes?

— Isso mesmo. Chame isso de engenharia reversa. Certamente o programa não pode dar conta de todas as anormalidades no tecido macio. Mas pode identificar anomalias estruturais no esqueleto. Se isso ocorrer, o programa tentará recriá-las, ou receberemos uma mensagem de erro. Dito isso, vamos colocar um pouco de músculo na estrutura.

Ele se voltou para a tela.

A janela de processamento reapareceu.

AGUARDE ENQUANTO A AMOSTRA É PROCESSADA
77% concluído...
100% concluído.

A tela foi atualizada.

Dessa vez o programa havia aplicado uma massa fibrosa de musculatura lisa sobre a estrutura óssea. A imagem era horrenda, mas anatomicamente correta — um ser humano esfolado, com músculos em vários tons de vermelho, os ligamentos em um branco-azulado perturbador. O homem tinha uma constituição ótima, e proporções perfeitas.

Charlotte inclinou-se para a frente.

— Parece em boa forma — constatou.

— Nada de McDonald's na época — disse, movendo o *mouse*.

— Nem ossobucco.

Ambos riram.

Acalmando-se, Giovanni olhou novamente para a tela.

— Certo, vamos colocar um pouco de pele — disse, dando um comando.

Quase instantaneamente a tela foi atualizada, com a imagem em 3D parecendo uma escultura em mármore de Bernini com sua "pele" lisa. A imagem ampliada omitia todos os pelos, incluindo sobrancelhas. Os olhos eram órbitas lisas sem cor.

Charlotte estava hipnotizada. O estudo havia chegado a um ponto em que o espécime antes sem nome ou rosto parecia ganhar uma assustadora qualidade realista. Eles estavam resgatando aqueles ossos antigos de entre os mortos.

— Este é o ponto em que sua análise de DNA ajudará a preencher as lacunas — continuou Bersei. — O programa aceita informações genéticas; ele recria tudo, de cor de olhos e pele até densidade e linha dos cabelos, pelos do corpo e assim por diante. Também podemos acrescentar a gordura corporal com algum grau de precisão. Até agora acho que sua característica mais impressionante é esta — disse, apontando para o canto inferior direito da tela, onde apareciam dados estatísticos básicos, entre eles uma linha dizendo:

ALTURA *(pol/cm)*: 73,850 / 187,579

— Extremamente alto para a época — observou Bersei. — Estranho. Se esse homem morreu no século I, ele realmente se destacava.

— As pessoas eram mais baixas na época, certo?

— A crença geral é a de que a nutrição delas não era adequada. Mas eu não daria muito crédito a isso. Muitos argumentam que na verdade era melhor. Mas mesmo pelos padrões modernos este homem chamaria atenção. Seus dados genéticos podem lançar uma luz sobre isso.

— Vá para o rosto.

Ele pegou o *mouse* para colocar uma moldura de linhas brancas sobre a imagem e clicou no *zoom*.

Uma forma fantasmagórica encheu a tela, os traços definidos, embora suaves, com um comprido nariz adunco, lábios carnudos e queixo firme. Havia uma linha de maxilar pronunciada, com cenho forte e olhos grandes.

Bersei pareceu satisfeito.

— Por ora esta é a melhor recriação do programa. Ele era um demônio bonito.

Charlotte estava hipnotizada pelos traços assustadores.

— Fico pensando no quão preciso é isso.

— Eu usei o mesmo programa para reconstruir identidades de esqueletos semelhantes em investigações de homicídio — disse Bersei, confiante. — E elas sempre se mostraram muito precisas quando comparadas com o perfil conhecido de uma vítima.

O interfone tocou de repente. Padre Donovan desculpou-se pela interrupção, mas estava transferindo a ligação de um *signore* Ciardini.

— Provavelmente os resultados da datação de carbono — disse Bersei. — Por que você não atende enquanto eu continuo a trabalhar no ossuário?

— Parece bom — disse ela, indo na direção do telefone.

Bersei retornou à sua estação de trabalho.

Assim que terminou de retirar a camada de poeira do fundo do ossuário, algo chamou sua atenção.

Um perfil fino.

Pegando um pincel pequeno, ele se aproximou, limpando os sulcos até gradualmente revelar uma forma retangular.

Trocando o pincel por uma pequena lâmina, ele a enfiou na beirada do retângulo, cuidadosamente erguendo o que parecia ser uma placa de metal. Com a placa retirada, surgiu um compartimento escavado. Dentro dele havia as formas escuras de três compridos objetos afunilados.

Ele achou que seus olhos o estavam enganando, e ajustou a luz suspensa. Enfiando a mão dentro do ossuário, passou os dedos pelo compartimento. Giovanni sentiu metal através das luvas de látex quando retirou um dos objetos. Era surpreendentemente pesado, tinha pelo menos 18 centímetros de comprimento e era negro como carvão, com uma extremidade arredondada que se transformava em uma haste de beiradas batidas.

Um prego.

Ele o colocou em uma bandeja, a incredulidade retornando.

Tirou mais dois pregos do fundo do ossuário e colocou-os lado a lado na bandeja. Três outros itens que consubstanciavam a identidade do esqueleto. Havia muitos momentos na carreira de Bersei que serviram como lembranças de sua paixão pela descoberta. Mas aquelas revelações transcendiam a racionalidade.

— Ah, meu Deus — disse ele, engasgado, jogando-se em sua cadeira.

Do outro lado do laboratório, Charlotte acabara de desligar o telefone.

— Você tem de ver o que acabei de encontrar — chamou ele. Seus olhos estavam fixos na bandeja.

Charlotte se aproximou da estação de trabalho. Pelo rosto pálido de Bersei, ela sabia que o ossuário revelara outro de seus segredos.

Ele apontou em silêncio para a bandeja.

Ela viu três objetos metálicos pousados sobre a superfície de aço brilhante.

— Cravos de ferrovia?

Olhar para as pontas afiadas dos pregos tornava ainda mais real todo o horrendo processo de crucificação.

Bersei quebrou o silêncio.

— Acho que é seguro dizer que esses seriam os pregos usados para crucificar este homem... Quem quer que ele fosse.

— Onde você os encontrou?

— Dê uma olhada — disse, apontando com o queixo.

Ela observou por cima do ossuário, examinando a cavidade exposta, uma concha de pedra calcária escavada.

— A poeira estava escondendo.

Foi quando os olhos dela captaram o perfil difuso de mais alguma coisa escondida no fundo do ossuário. Parecia um segundo recesso cavado ainda mais fundo dentro do compartimento.

— Espere — disse secamente, colocando a luminária sobre o ossuário, a luz banhando seu interior. — Parece que você deixou passar algo. Aqui. Parece um cilindro? — sugeriu ela, vendo melhor sob a luz fria.

33

Jerusalém

Razak encontrou Farouq na pequena sala do segundo andar do Colégio de Gramática que o Waqf transformara em seu escritório temporário. Ele acabava de concluir um telefonema.

Antes que pudesse abrir a boca, o guardião falou.

— Topol diz que nenhuma carga registrada nos dois últimos dias chega perto de parecer com o ossuário — disse, batendo na mesa com os dedos. — Isso não está nada bom.

Razak se sentou. Farouq dava a impressão de não dormir havia dias quando se voltou para encará-lo, em um ângulo no qual o guardião se encaixava no cenário com a mesquita do Domo da Rocha emoldurado pela janela.

— O Hamas e a Autoridade Palestina confirmaram que o helicóptero usado para transportar os ladrões de Haram esh-Sharif era definitivamente israelense — continuou ele. — Quando questionei Teleksen sobre isso, ele alegou que tinha sido sequestrado da base aérea de Sde Dov, perto de Tel Aviv. Um Sikorsky UH-60 Black Hawk.

Se a memória de Razak não o traía, Israel havia comprado vários desses helicópteros de ataque dos americanos no final dos anos 1990.

— Aparentemente a Força Aérea Israelense divide o campo de Sde Dov com aviões comerciais — acrescentou Farouq.

Não espanta que tenha sido tão fácil para alguém penetrar na base.

— Não vamos tirar conclusões — disse, em tom cortante. — Sempre existe a possibilidade de que o helicóptero não tenha sido realmente roubado.

Não gostando do fato de que Farouq parecia estar perdendo a objetividade, Razak mudou o enfoque.

— Pelo menos finalmente admitiram isso. É um embaraço para eles.

— Supondo que tenha sido um acidente, claro.

— Você perguntou a Teleksen por que não fomos informados antes?

— Claro que sim.

— E qual foi a resposta dele?

Farouq cruzou os braços.

— Ele temia que a informação vazasse para a imprensa.

Razak tinha de admitir que, se as posições fossem inversas, os palestinos também teriam feito de tudo para esconder qualquer informação que pudesse provocar uma retaliação hostil. Parecia um jogo interminável.

— Você não acha realmente que os israelenses tramaram o roubo, acha?

— Cedo demais para dizer. Mas obviamente desconfio.

— E quanto a todos aqueles soldados israelenses mortos? — perguntou ele, balançando a cabeça.

Aquilo simplesmente não combinava com o que Barton apresentara. Por que os judeus estariam interessados nas supostas relíquias de um falso messias ou em uma lenda ridícula sobre o Santo Graal?

— Qual seria o motivo deles?

— Qual sempre foi o motivo dos israelenses? As pessoas estão sempre tentando destruir a paz.

A mesma resposta que Razak esperaria do Hamas.

— Então, o que faremos?

— Não estou certo. Por ora, vamos esperar mais informações — disse Farouq, entrelaçando os dedos e apertando-os sobre os lábios. — Diga-me: como está indo com aquele arqueólogo inglês? Aquele tal Barton?

Certamente não era o momento de aumentar a crescente hostilidade do homem para com o outro lado. No momento, as absurdas teorias do arqueólogo não passavam disto: absurdas.

— Ele pediu para ver novamente a câmara. Acha que pode ter deixado passar alguma coisa.

O guardião tentou disfarçar sua preocupação parecendo sereno.

— Como o quê?

— Direi assim que descobrir — disse Razak, levantando-se. — Por falar nisso, preciso de seu carro emprestado. Vou me encontrar com alguém que pode nos dar informações.

— Certo — disse Farouq, abrindo a gaveta da escrivaninha e dando a Razak a chave do Mercedes S500. — Acabei de mandar lavar. Para onde você vai?

— Cidade de Gaza — respondeu Razak friamente.

— Entendo — disse Farouq, o rosto murchando enquanto pensava em pedir a chave de volta. — Você sabe como as coisas estão por lá agora.

— Vou tomar cuidado — garantiu Razak. — Vou levar Barton comigo. Vai dar tudo certo.

Claramente não convencido, Farouq concordou.

— Lembre-se apenas de que estamos tentando resolver um crime aqui, Razak. Um ato de terrorismo. Não estamos fazendo um documentário. Garanta que Barton não saia dos trilhos.

— Sim, sim.

Depois da partida de Razak, Farouq ficou sentado em silêncio por algum tempo, o olhar perdido voltado para a cúpula de lâminas de ouro do Domo da Rocha através da janela — a estrutura que sozinha afirmava o direito do islamismo à Palestina.

Os dois lados não conseguiam nem mesmo concordar com o nome do lugar. Para os judeus era o Monte do Templo. Para os muçulmanos, Haram esh-Sharif.

Tudo em Jerusalém tinha pelo menos dois nomes, até mesmo a própria cidade — *Al Quds*.

Como um país tão pequeno podia ter redefinido o Oriente Médio e deflagrado a contracruzada, a *jihad*? Séculos de conflito. Tantas disputas. Para Farouq, a religião não era mais a causa que ele defendia. Tinha passado a ser muito mais que isso.

Farouq pensou em seus dias na linha de frente. Ele fora soldado durante a Guerra dos Seis Dias, em 1967, quando os países árabes — Egito, Síria e Jordânia — haviam se unido a fim de empurrar os israelenses para o mar de uma vez por todas. Mas a letal força aérea de Israel — comprada dos Estados Unidos — havia sido subestimada e atacara as bases egípcias preventivamente antes mesmo do início da ofensiva. O conflito terminara com consequências terríveis para os palestinos. Israel conseguira assumir o controle das Colinas de Golã, da Cisjordânia e da Península do Sinai. Mas, mesmo depois daquele conflito desastroso, o Monte do Templo permanecera sob controle islâmico. Até mesmo os israelenses fortemente armados sabiam que um ataque àquele local levaria o conflito a um estágio inédito.

Em 1973 Farouq mais uma vez lutara por seu povo, quando Egito e Síria juntaram forças para retomar os territórios ocupados, lançando um ataque inesperado ao Sinai e às Colinas de Golã durante o maior feriado religioso judaico, o *Yom Kippur*, o Dia do Perdão. Durante duas semanas as forças árabes penetraram cada vez mais fundo na região, quase derrotando os israelenses. Mas a maré mudou, com a ONU exigindo um "cessar-fogo".

A mão de Farouq foi na direção do peito e massageou a cicatriz sob a túnica, onde uma bala da infantaria israelense quase tirara sua vida.

Embora não tivesse havido um grande conflito em três décadas, as *intifadas* palestinas foram prolongadas e frequentes. Israel reforçara seu controle do território, monopolizando as armas. Era um segredo de polichinelo que Israel possuía armas nucleares, enquanto os palestinos que protestavam nas ruas apelavam para pedras.

Mas o surgimento de grupos militantes radicais — como o Hamas e a Jihad Islâmica — transformara o conflito em uma ofensiva psicológica com o objetivo de privar os israelenses de paz e segurança. Atentados terroristas de grande visibilidade se tornaram a nova ferramenta da liberdade palestina. Não importava se fossem chamados de terroristas ou mártires, a mensagem era clara: os israelenses não passavam de visitantes naquele lugar.

Nunca haveria paz em Israel, e homens sábios como Farouq, que haviam lutado na linha de frente da independência, sabiam por quê. Desistir da Palestina significava render-se à ideologia ocidental. Assim como Saladino expulsara os cruzados da Terra Santa no século XII, os palestinos logo se ergueriam novamente para tomar a região.

E nenhuma controvérsia provocara mais derramamento de sangue do que as provocadas pelas interferências de Israel no Monte do Templo. As escavações arqueológicas iniciadas por israelenses e palestinos em 1996 haviam redundado em muitas mortes. Em 2000 Ariel Sharon tentara reafirmar o controle israelense do local marchando pela esplanada com centenas de soldados da FDI. Mais uma vez os palestinos interpretaram o ato como um ataque religioso, e muito sangue foi derramado.

Embora já não segurasse um fuzil, Farouq continuava a ser um soldado em sua nova frente. O Monte do Templo — o bem mais valioso da região — era um tesouro arqueológico, uma cápsula do tempo da religião e da política mundiais. E não importava quão sofisticadas fossem as armas de Israel, eles nunca tomariam o lugar enquanto ele vivesse e respirasse.

Pegando o telefone, ligou para a redação da TV Palestina, na Cidade de Gaza. Controlada e operada pela Autoridade Palestina, a TV Palestina destacava extrema insatisfação com a ocupação israelense. Sua mensagem provocara tanto desconforto em certos círculos israelenses de direita que seu diretor havia sido morto, com tiros à queima-roupa no peito e na cabeça a curta distância. O Mossad era suspeito.

A ligação foi transferida para seu contato ali, um jovem e ambicioso muçulmano chamado Alfar. Farouq deu informações detalhadas sobre o helicóptero, munição para o que seria a maior bomba da imprensa em todos os tempos, e depois desligou.

Ouviu então o chamado do muezim saindo da rede de alto-falantes pela esplanada de Haram esh-Sharif. Era hora da prece do meio-dia.

O guardião ficou de joelhos, virou-se para o sul, na direção de Meca, e começou a recitar.

34

Cidade do Vaticano

Ficando de pé para examinar melhor o que Charlotte havia encontrado, Bersei viu que dentro no nicho escavado, bem no fundo do ossuário, havia algo que lembrava um tubo de ensaio metálico.

Os dois cientistas trocaram olhares por cima do tecido branco de suas máscaras.

— Eu já tive demais — disse Giovanni, apontando para o cilindro. — Você faz as honras.

Charlotte se esticou como que para dentro de um buraco negro. Seus dedos se fecharam em torno do metal liso. Lentamente, e com infinito cuidado, ela o retirou do ossuário.

Virando a mão para cima, ela rolou a embalagem tubular sobre a palma coberta de látex — um marcante contraste entre velho e novo. As duas extremidades eram seladas com tampas metálicas. Não havia marcas ou inscrições visíveis.

— Uma espécie de embalagem? — imaginou ela, examinando os dois lados. Seus olhos estavam fixos nele, em busca de uma explicação, mas Bersei não conseguia falar. — Giovanni, acho que você devia abrir isto.

Ele descartou a ideia com um gesto.

Charlotte o girou. O metal parecia semelhante às moedas. Seria bronze?

— Certo. Vamos lá.

Ela segurou o cilindro acima de um espaço vazio da bandeja. Trincando os dentes, segurou uma das tampas, aplicou igual pressão na direção oposta e girou. Inicialmente nada aconteceu. Mas um instante depois um rangido abafado indicou que o lacre de cera havia se rompido.

A tampa saiu.

Colegas de conspiração, os dois cientistas trocaram olhares. Inclinando o cilindro perto da luz, ela viu algo enrolado no seu interior.

— O que você está vendo? — perguntou Bersei, a voz rouca de tensão.

— Parece um rolo.

Ele cerrou o punho e o pressionou no queixo.

— Tome muito cuidado — disse ele em voz alta. — Provavelmente é muito frágil.

Primeiro as moedas, agora isso, pensou ele. Estava sendo esmagador.

Batendo de leve na ponta fechada do cilindro, Charlotte tentou tirar o rolo do tubo. Inicialmente preso, ele de repente deslizou para fora, caindo na bandeja com um baque surdo. Os dois ficaram paralisados.

— Merda! Não achei que seria tão fácil.

Bersei se esticou e cautelosamente o girou, avaliando os danos.

— Nenhum dano — disse, suspirando. — Parece estar em excelentes condições.

— É um pergaminho?

— Mais provavelmente couro de bezerro.

— Você já lidou com documentos antigos?

— Não pessoalmente — admitiu ele.

— Não podemos simplesmente desenrolar, podemos?

— Temos de pesquisar isso. Parece maravilhosamente preservado, mas claro que estará frágil. Os procedimentos terão de ser rígidos. Não podemos correr o risco de causar danos — disse, tentando imaginar o que aquilo poderia revelar. — Não acha que já há provas demais aqui? — perguntou, sua expressão endurecendo.

— Talvez. Mas tenho uma notícia muito interessante para você — disse Charlotte, conseguindo toda a atenção.

— O resultado da datação por carbono radiativo?

Ela fez que sim com a cabeça.

— A amostra de osso que mandei para Ciardini.

Bersei estudou atentamente o rosto dela.

— O que ele descobriu?

— Está pronto? A amostra era tão boa que ele está 98,7% certo de que os ossos datam de 5 a 71 d.C.

A incerteza estava voltando a tomar conta dos olhos de Bersei. Aquela faixa estreita era quase inacreditável. Ele usou a mão esquerda para massagear um nó que estava nascendo na base do pescoço. Estresse.

— Uma notícia fascinante.

— No caso da lasca de madeira, que aliás é de um tipo de nogueira natural de uma região de Israel, há 89,6% de certeza de que data de 18 a 34 d.C.

Os olhos de Bersei pularam para o esqueleto, como se ele de repente tivesse ganhado vida.

— Quando você acha que terá o resultado da análise genética?

— Acho que podemos receber amanhã.

Ele baixou os olhos para a pele de bezerro enrolada.

— Bom, vamos documentar tudo isto — sugeriu ele.

Charlotte pegou a câmera digital, ligou-a e começou a tirar fotos do interior do ossuário.

Mergulhado em pensamentos, Bersei sabia que havia algo errado naquilo tudo. Não espantava que Donovan houvesse contratado conhecimento científico de ponta. O padre devia saber mais do que estava contando. Depois de Charlotte ter feito uma imagem do rolo, Bersei cuidadosamente o devolveu à embalagem metálica e selou a tampa.

35

Passagem de Erez, Israel

A uma hora a sudoeste de Israel, os campos verdejantes em meio ao deserto começaram a dar lugar a uma paisagem árida à medida que Razak seguia pela Rodovia 4 na direção da fronteira com Gaza.

— Você já esteve daquele lado da cerca? — perguntou Barton, indicando com os olhos os distantes postes altos e os fios de aço da cerca de separação que corria pela fronteira de 51 quilômetros com a Faixa de Gaza, isolando o pequeno pedaço de terra da costa sul de Israel.

— Só uma vez — respondeu Razak em tom sombrio, sem se estender.

Barton sentiu um gosto amargo no fundo da garganta. Sabendo que seria apenas um de um punhado de europeus no pequeno espaço habitado por quase 1,3 milhão de palestinos, teria preferido uma resposta mais tranquilizadora de Razak — especialmente porque os ocidentais eram os principais alvos de sequestros por radicais islâmicos como as Brigadas de Mártires de Al-Aqsa.

Mais adiante a estrada estava tomada por quase três quilômetros de veículos se arrastando — táxis, carros particulares e vans esperando autorização para cruzar a Passagem de Erez. Alguns deles já haviam parado no acostamento com superaquecimento. Sem nenhuma proteção à vista, o sol causticante atingia de modo cruel os motoristas no engarrafamento.

Mesmo com os vidros fechados, o som de crianças chorando e o fedor asfixiante dos escapamentos penetravam no interior refrigerado do Mercedes.

— Quem exatamente é o contato com quem vamos nos encontrar? — perguntou Barton.

— Um velho amigo de escola. Um homem que partilha muitas de minhas preocupações acerca do futuro do Oriente Médio — explicou Razak. — Caso não se importe, gostaria de ser o único a falar.

— Fechado.

Foram necessárias mais duas horas antes que eles chegassem à ampla cobertura metálica parecida com um hangar sem portas que protegia do sol os guardas de fronteira da FDI. Barricadas de cimento e arame farpado ladeavam a estrada. Tanques e blindados estavam colocados dos dois lados do portão.

Razak se virou para Barton.

— Você ainda está com a carta que a polícia israelense lhe deu?

— Certamente.

— Bom. Tenho a sensação de que vamos precisar dela.

Razak se esforçou para não olhar um motorista de táxi árabe que estava sendo interrogado por um grupo de soldados da FDI do lado oposto da estrada. Dois cães pastores alemães farejavam o carro em busca de explosivos. Ele se lembrou de ter ouvido que os israelenses suspeitavam principalmente de motoristas solitários voltando da Faixa de Gaza, muitos dos quais haviam sido homens-bomba.

Finalmente, os soldados da FDI, em traje de combate completo, acenaram para que Razak avançasse, não se preocupando em apontar os canos dos fuzis para baixo. No alto das vigas de aço que sustentavam o abrigo havia câmeras de vigilância voltadas para baixo. Um jovem soldado israelense magricela avançou.

— Abra o porta-malas e me mostre seus documentos — disse em um árabe grosseiro, detendo-se um momento para admirar as linhas suaves do Mercedes.

Razak acionou a trava do porta-malas e deu os passaportes ao guarda.

Dois soldados caminharam dos dois lados do carro examinando o chassi com espelhos, olharam o interior e foram verificar o porta-malas.

O guarda se abaixou um pouco para ver Barton. Ele balançou a cabeça em sinal negativo.

— Posso ver que não é daqui.

Fazendo uma careta, voltou-se para Razak e disse:

— Você deve ser louco de ir lá, especialmente agora. Neste carro. Com ele — disse, olhando para Barton com uma expressão presunçosa. — Qual o seu objetivo?

A tampa da mala foi batida, fazendo Barton dar um pulo. Apresentando a carta de Barton, Razak explicou que a polícia israelense os convocara para ajudar na investigação sobre o Monte do Templo. O guarda pareceu satisfeito.

— Sigam, mas tomem cuidado lá — alertou. — Para além deste portão vocês estarão por sua própria conta.

Razak anuiu, sério, e avançou. Dando um prolongado suspiro de alívio, manobrou o Mercedes em meio a mais barricadas de cimento colocadas abaixo de uma torre de guarda de concreto.

Quinze minutos depois, seguindo rumo sul pela principal rodovia da região, surgiu a desinteressante silhueta da Cidade de Gaza. A concentração de prédios aumentava à medida que Razak dirigia com atenção pelas ruas movimentadas do centro da cidade, onde havia ruínas de fachadas bombardeadas. Lembranças duradouras dos frequentes ataques de Israel com mísseis.

Os homens permaneceram em silêncio por um bom tempo, avaliando toda aquela desolação.

— Isto é horrível — disse Barton finalmente.

— Mais de um milhão de pessoas amontoadas em um minúsculo pedaço de terra — disse Razak, em tom soturno. Terríveis condições sanitárias, instabilidade política, uma economia devastada...

— Receita perfeita para o descontentamento.

Estacionando junto ao meio-fio, Razak deu 40 *shekels* israelenses a um garoto palestino de rosto redondo para vigiar o carro. As ruas estavam lotadas. O ar quente parado cheirava a esgoto.

Saindo do carro, Barton tentou evitar contato visual com os palestinos curiosos que passavam.

— Vamos nos encontrar com ele ali — disse Razak, indicando discretamente com os olhos um pequeno café ao ar livre localizado na esquina, à sombra de uma formidável mesquita cujo minarete se projetava no céu de modo desafiador. — Vamos!

O contato — um palestino troncudo com o rosto liso e barbado — já estava sentado a uma mesa, tomando chá de hortelã em um copo de vidro transparente. Ele chamou Razak.

Sorrindo, Razak cumprimentou o homem com uma bênção e um aperto de mão, depois o apresentou a Barton pelo primeiro nome — Taheem.

Barton sorriu e estendeu a mão. Não pôde deixar de perceber que o contato, na casa dos quarenta anos de idade, estava bem vestido, com um terno de linho recém-passado — um claro contraste com a maioria dos palestinos ali, que usavam trajes islâmicos tradicionais. Muitas das mulheres vestiam até mesmo a burka, que as cobria da cabeça aos pés.

O sorriso de Taheem claramente murchou enquanto olhava ao redor antes de retribuir o gesto.

— Por favor, sentem-se.

— Tudo bem se conversarmos em inglês? — perguntou Razak. Desviando seu olhar duro de Barton, Taheem hesitou.

— Claro.

— Então me diga, meu amigo. Como estão as coisas?

Taheem balançou negativamente a cabeça e olhou para o alto.

— Você deve imaginar que a retirada israelense tenha ajudado. Longe disso. O parlamento é controlado por fundamentalistas que querem uma guerra formal contra Israel. Os recursos da ONU e do Ocidente desapareceram. E agora, com esse incidente em Jerusalém... — disse, olhando para algum ponto distante.

— Sei que deve ser difícil.

— Só fico feliz por não ter família aqui — acrescentou Taheem. — E você? Como estão as coisas? Tão boas quanto aquele belo carro que está dirigindo? — perguntou, apontando com a cabeça para a rua, onde a cerca de trinta metros o garoto afastava alguns pedestres do Mercedes.

Razak sorriu.

— Tudo certo.

— Bom saber — disse, em seguida pedindo ao garçom para trazer mais dois chás.

— Como você pode imaginar — disse Razak em voz baixa —, estou ansioso para saber o que você ouviu sobre o roubo.

Taheem olhou novamente para Barton.

— Tudo bem — tranquilizou Razak. — Graham não é israelense. Ele está tentando nos ajudar.

Taheem esperou que o garçom colocasse os dois copos para Razak e Barton e saísse de vista antes de continuar.

— Você sabe sobre o helicóptero, imagino.

— Sim — disse Razak. — Os israelenses ainda estão tentando encontrá-lo.

Ele pareceu surpreso.

— Então você *não* sabe.

Razak fez uma expressão de confusão.

— Já o encontraram — acrescentou Taheem.

— O quê?

Bebendo seu chá, Barton escutou em um silêncio espantado, tentando ignorar uma série de buracos de bala que desenhavam uma linha na fachada de blocos de cimento do café.

— Eu ouvi que um pescador palestino pegou algumas coisas em suas redes há três dias, a alguns quilômetros da costa. Pedaços de um helicóptero: assentos de poltronas, coletes salva-vidas... E a cabeça de um piloto morto usando um capacete de voo israelense.

Chocado, Razak ficou mudo.

— Como ninguém sabe disso?

Ele tinha certeza de que no mínimo a Al-Jazeera teria divulgado a notícia — fosse ou não verdade.

Taheem estudou a área antes de responder.

— O boato é que o Shin Bet matou o pescador antes que ele falasse com a imprensa. Mas não antes que falasse com seu irmão, um grande amigo meu que não será identificado por motivos óbvios.

— Mas por que o helicóptero estava em pedaços?

— Na noite do roubo muitos ouviram quando ele passou voando baixo acima dos telhados e indo em direção ao mar. Minutos depois alguns perceberam o que parecia ser uma explosão no horizonte.

Sentindo-se repentinamente desamparado, Razak soube que a história de Taheem confirmava sua persistente suspeita de que tanto o ossuário quanto o helicóptero tinham desaparecido havia muito. Ele trocou olhares desconfortáveis com Barton.

— Há mais — disse Taheem. — Como você sabe, quando os israelenses saíram de Gaza deram à Autoridade Palestina o controle da fronteira sul com o Egito. Desde então armas e explosivos entraram em Gaza. Muita coisa passou por cima da cerca.

Razak estava confuso.

— Achei que a cerca fosse equipada com sensores e cargas elétricas que podiam detonar explosivos — disse, lembrando que esse bloqueio eficaz tinha em grande parte impedido a maioria dos homens-bomba de penetrar em Israel.

— Deixe-me explicar.

Barton podia ver que Taheem estava começando a suar.

— Pouco antes do roubo em Jerusalém, um helicóptero estava voando ao longo da cerca da fronteira — disse o palestino, apontando para oeste e traçando um dedo no ar sobre a cidade. — Algo rotineiro. Contudo, alguns dizem que durante alguns minutos ele pairou, pouco acima da cerca, sobre Gaza. Ousado para um helicóptero israelense, pode-se pensar, já que um alvo tão fácil poderia atrair um morteiro.

A voz falhou, e ele tomou um gole de chá. Pigarreando, continuou:

— Seja como for, disseram que uma carga qualquer foi içada do chão e colocada no helicóptero.

Razak arregalou os olhos, alarmado. Claro, a única forma de passar pelos postos de controle era evitá-los inteiramente.

Taheem inclinou-se mais para perto.

Também me disseram que alguém em Jerusalém coordenou a coisa toda.

— Mas...

Antes que as palavras saíssem da boca de Razak, o rosto de Taheem de repente explodiu, jogando sangue e pedaços de carne na parede, instantaneamente seguido por algo ricocheteando na parede. Razak se jogou instintivamente no chão, puxando Barton da cadeira para seu lado enquanto o tronco sem vida de Taheem se inclinava para a frente e caía pesado sobre a mesa.

Alguns pedestres próximos gritaram e saíram correndo.

— Deus do céu! — gritou Barton, tremendo de medo. — O que foi isso?

O tiro silencioso havia sido tão preciso que Razak soube de imediato.

— Atirador de elite.

Um segundo tiro acertou o tampo grosso da mesa, atravessando-o logo acima da cabeça de Razak. Ele e Barton se encolheram. Um terceiro bateu na calçada em frente a eles, quase arranhando o braço de Barton.

— Temos de sair daqui imediatamente — disse Razak, virando a cabeça para a rua na direção do carro. — Vamos ter de correr até ele.

A respiração de Barton estava pesada, o suor escorrendo do queixo. Ele concordou.

— Certo.

Contorcendo-se para tentar tirar a chave do bolso, Razak disse:

— Vamos nos separar e nos encontrar no carro. Corra rápido e agachado pelo meio da multidão — orientou, apontando para a calçada, onde a maioria dos pedestres ainda não tinha percebido que tiros haviam sido disparados. — Eu vou pelo outro lado. É nossa única chance.

Os dois homens saltaram de debaixo da mesa e dispararam em direções opostas. Razak escapou por pouco de ser atropelado por um Ford *hatch* dilapidado quando atravessou a rua.

Barton se esforçou ao máximo para não ir na direção dos pedestres, sentindo remorso por colocá-los na linha de fogo do atirador de elite. Antecipando que seria derrubado pelo atirador, ficou surpreso ao se aproximar do Mercedes sem ouvir outro tiro. Ele podia ver com o canto do olho Razak se movendo rapidamente em meio à multidão do outro lado da rua.

As luzes do Mercedes piscaram quando ele apertou o alarme, destrancando as portas.

Barton lutou para abrir o carro. Pulando para dentro dele e batendo sua porta, olhou e viu o garoto palestino mantendo a porta do motorista aberta como se fosse um manobrista. Um segundo depois, Razak driblou o tráfego com habilidade e se jogou no carro. Ele enfiou a chave na ignição enquanto o garoto fechava sua porta. Razak estava mandando-o embora quando o atirador conseguiu um tiro limpo na têmpora do menino, jogando-o no chão.

Àquela altura os pedestres perceberam o que estava acontecendo. Começou então um pandemônio, com pessoas correndo em todas as direções.

Engatando o câmbio, Razak enfiou o pé no acelerador.

Não houve mais tiros.

Sem fôlego e carregados de adrenalina, os dois homens se entreolharam.

— O que aconteceu? — perguntou Barton, as mãos tremendo.

Olhando para ele, Razak não tinha uma resposta. Durante os minutos seguintes ele se concentrou em abrir caminho pelas ruas estreitas, voltando pela cidade até a estrada principal.

Sem alerta, a traseira do Mercedes foi jogada para a direita em meio a um barulho ensurdecedor de metal e vidro esmagado, com Razak e Barton sendo lançados de lado, quase arrancados dos bancos.

Razak de algum modo conseguiu controlar o Mercedes, após subir na calçada e voltar para a estrada. Sua cabeça virou para ver o antigo sedã Fiat com a frente esmagada que fizera a volta no cruzamento e estava manobrando para continuar a perseguição. Razak viu o motorista e um segundo homem no banco do carona. Ambos usavam capuzes. Quando viu que o carona se inclinou para fora da janela apontando um AK-47 para eles, gritou para Barton:

— Para baixo!

O arqueólogo se jogou embaixo do banco, sob o painel, no momento em que uma saraivada de balas destruiu o vidro traseiro e o parabrisa do carro, cacos chovendo sobre ele. Duas das balas se cravaram no rádio, provocando uma chuva de faíscas elétricas.

Abaixando a cabeça, Razak acelerou, passando por mais dois cruzamentos antes de fazer uma longa curva e entrar na rodovia no sentido norte. Outros tiros altos acertaram o lado do motorista em rápida sequência, e Razak sentiu um deles cravando na lateral do seu banco, quase o acertando na axila.

A estrada estava vazia. Carregado de adrenalina, Razak pisou fundo no acelerador. O motor do Mercedes rugiu, jogando-o contra o encosto. Milagrosamente a traseira do carro resistira à batida, embora o volante puxasse muito para a esquerda e vibrasse terrivelmente. Ele olhou com rapidez para Barton, que, claro, parecia completamente abalado.

— Você está bem?

— Ainda estão atrás de nós?

Razak olhou pelo retrovisor.

— Sim, mas acho que não conseguem nos alcançar.

Mais tiros atingiram a traseira do carro.

Passando em disparada pelas barricadas de cimento de postos de controle abandonados, Razak ficou de olho nos perseguidores. Como imaginara, o Fiat, soltando uma nuvem de fumaça cinza pela grade retorcida, estava perdendo terreno rapidamente.

Suspirando de alívio, Razak tentou respirar normalmente. Seus pensamentos se voltaram logo para Farouq, que por certo não ficaria contente com as condições de seu querido Mercedes.

A meio quilômetro da passagem da fronteira, Razak viu pelo retrovisor os perseguidores parando de repente. À frente não havia uma longa fila de carros esperando para entrar em Israel — provavelmente aquilo com que os atiradores contavam, pensou Razak —, última chance de conseguir um bom tiro.

— Pode levantar agora — disse a Barton.

— Dá para entender por que você não tinha voltado aqui até agora — disse Barton, retornando a seu assento e cuidadosamente tirando cacos de vidro dos cabelos.

Desacelerando, Razak contornou as barricadas abaixo da torre de vigia. Parando em frente ao abrigo da guarda, esperou até que os soldados mandassem avançar. Assustados com as condições do Mercedes, eles cercaram cautelosamente o carro, fuzis apontados, mandando os ocupantes permanecerem imóveis.

Então, o mesmo jovem guarda que permitira que eles entrassem em Gaza avançou. Fazendo uma careta, ele pendurou o fuzil no ombro e colocou as mãos nos quadris. Agachou ao lado da janela explodida de Razak e falou, presunçosamente:

— Foi rápido. Espero que tenham aproveitado a visita.

36

Pouco depois das cinco horas, o padre Donovan entrou no laboratório.

— Trabalhando até tarde novamente — disse ele, dando um sorriso amistoso.

— Queremos garantir que o Vaticano consiga o máximo pelo seu dinheiro — retrucou Bersei.

— Há algo de que necessitem? Algo em que eu possa ajudar?

Os cientistas trocaram olhares.

— Não — respondeu Charlotte. — O laboratório é muito bem equipado.

— Excelente — disse Donovan, os olhos curiosos passeando pelos ossos e pela urna aberta.

Bersei estendeu as mãos.

— Gostaria de dar uma olhada rápida no que já descobrimos?

O padre se animou visivelmente.

— Na verdade sim.

Durante os quinze minutos seguintes os cientistas deram a Donovan um resumo do estudo de medicina legal e os resultados da datação por carbono, e mostraram as relíquias adicionais escondidas no compartimento secreto do ossuário. Bersei sustentou uma expressão profissional e objetiva, e Charlotte o acompanhou.

A julgar pela reação do padre às descobertas preliminares — variando de genuína surpresa e curiosidade a uma preocupação contida com a natureza dos reveladores sinais de crucificação no esqueleto —, Charlotte sentiu que ele não tinha conhecimento antecipado do conteúdo do ossuário. Ela notou que o cilindro de bronze chamou sua atenção mais do que todo o resto, com uma preocupação se revelando em seu olhar confuso. Tentando avaliar a reação de Bersei àquilo, sentiu que também ele estava identificando em Donovan a mesma vibração.

— Vou dizer uma coisa, padre Donovan — acrescentou Bersei —, esta é uma das mais impressionantes descobertas arqueológicas que eu já vi. Não sei o valor que o Vaticano pagou para adquirir isto, mas diria que vocês têm aqui uma relíquia inestimável.

Observando o padre com atenção, Charlotte notou que sua expressão mostrava satisfação, mas principalmente alívio.

— Estou certo de que meus superiores gostarão muito de ouvir isto — disse o padre, os olhos mais uma vez se voltando para o esqueleto. — Não quero apressá-los, mas acham que conseguiriam apresentar suas descobertas formalmente na sexta-feira?

Bersei olhou para Charlotte para ver se concordava com a ideia. Ela acenou em concordância. Voltando sua atenção novamente para Donovan, disse:

— Serão necessários alguns preparativos, mas podemos.

— Muito bom — disse Donovan.

— Se não houver mais nada, padre, tenho de seguir meu caminho. Não quero deixar minha esposa esperando — disse Bersei.

— Por favor, não se prenda por minha causa — disse o padre. — Agradeço muito por estarem usando seu tempo para me atualizar.

Bersei desapareceu na sala de descanso para pendurar seu jaleco.

— Ele é um homem muito caseiro — sussurrou Charlotte para Donovan. — A mulher dele tem muita sorte.

— Ah, sim. O dr. Bersei é muito gentil... uma boa alma. Ele tem nos ajudado muito ao longo dos anos — concordou Donovan, fazendo uma pausa antes de acrescentar. — Diga-me, dra. Hennesey, já tinha visitado Roma?

— Não. Para ser sincera, na verdade ainda não tive tempo de atravessar o rio.

— Posso sugerir um passeio?

— Eu adoraria.

Ela realmente apreciava a hospitalidade do padre. Levando a vida reclusa de um religioso, ele era ágil em propor atividades adequadas a um viajante solitário.

— Caso não tenha planos para hoje, eu recomendaria firmemente a "Caminhada Noturna" — sugeriu, entusiasmado. — Ela começa na Piazza Navona, do outro lado da ponte Sant'Angelo, às seis e meia. Dura cerca de três horas. Os guias são ótimos, e você terá uma ideia dos principais marcos da cidade antiga. Se for direto chegará a tempo — concluiu, conferindo seu relógio.

— Parece perfeito.

— Normalmente é preciso reservar com dois dias de antecedência, especialmente nesta época do ano. Mas se estiver interessada eu posso telefonar e reservar uma entrada — explicou.

— Seria muito gentil de sua parte — respondeu.

Bersei estava saindo da sala de descanso.

— Dra. Hennesey, padre Donovan, boa noite a ambos — disse, olhando para os dois, e fazendo uma leve mesura. Depois se voltou para Charlotte e disse: — Nos vemos amanhã de manhã, à mesma hora. Não fique na rua até muito tarde.

37

Roma

Cruzando a ponte Sant'Angelo, Charlotte seguiu até o fim da Via Zanardelli e virou duas vezes antes de entrar na ampla Piazza Navona, que tinha a forma de uma pista de corrida oval esticada. Caminhando na direção da imensa fonte barroca que era o marco central — a *Fontanna dei Quattro Fiumi* —, ela viu o grupo das seis e meia já se reunindo em torno de um italiano magricela com um crachá plastificado, presumivelmente o guia do passeio. Chegando até eles, Charlotte esperou com paciência na periferia, admirando o enorme obelisco da fonte e os quatro mármores de Bernini representando os grandes rios — Ganges, Danúbio, Nilo e da Prata — como gigantes musculosos.

Instantes depois, o guia alto se aproximou dela, conferindo uma lista de presença. Erguendo os olhos, ele deu um sorriso brilhante, detendo-se um pouco mais ao ver os impressionantes olhos de Charlotte.

— Você deve ser a dra. Charlotte Hennesey — disse ele alegremente, em um inglês quase perfeito, fazendo uma marcação junto à observação manuscrita no final da lista.

— Exatamente — respondeu ela.

Com um sorriso perfeito e olhos doces, ele tinha um rosto jovem e agradável, terminando em uma cabeleira preta comprida, mas bem cuidada.

— Meu nome é Marco. O padre Donovan telefonou avisando sobre você. É um prazer tê-la conosco esta noite.

— Obrigada por me aceitar tão em cima da hora.

Uma voz forte, com um acentuado sotaque italiano, falou de repente a Marco, vinda de trás do ombro esquerdo dela.

— Talvez você tenha vaga para mais um.

Charlotte e o guia do passeio se viraram ao mesmo tempo. O sorriso dela desapareceu ao ver Salvatore Conte, sorrindo.

Marco pareceu ofendido com a interrupção.

— Seu nome?

— Não importa — retrucou Conte. — Quanto é o passeio?

O guia o avaliou, apontou para a lista e disse, abruptamente:

— Lamento. O grupo já está completo. Se quiser deixar seu nome, poderei encaixá-lo no passeio de sábado.

Agitado, Conte estendeu as mãos e olhou com dramaticidade para a praça e novamente para o nome do guia no crachá.

— Vamos lá, Marco... Você consegue encaixar mais uma pessoa. Há muito espaço aqui, certo, Charlotte? — disse, erguendo as sobrancelhas e esperando uma resposta.

Impressionada com a grosseria dele, Charlotte desviou os olhos sem responder.

Marco negou com a cabeça e levou as mãos às costas, ainda segurando sua prancheta. Ele via que o homem estava deixando desconfortável a hóspede do Vaticano. Nem olhava nos olhos do camarada.

— Eu não faço as regras, *signore* — disse ele a Conte, serenamente. — Por favor, tenha a gentileza de entrar em contato com o escritório para fazer suas queixas. Este não é o lugar para isso.

Apertando a língua contra a bochecha e adotando uma expressão presunçosa, Conte enfiou um dedo no peito do guia e disse, em italiano:

— Você deveria ter mais respeito por um compatriota, guia de excursão. Não surpreende que ganhe a vida andando pelas ruas e contando histórias a turistas. Bem, eu tenho uma história para você — disse, aproximando-se mais. — Cuidado, porque à noite as ruas de Roma costumam ser perigosas. Você nunca sabe quem poderá encontrar em um beco escuro. É um ingresso, não uma maldita barra de ouro — disse, saboreando o desconforto do homem.

Charlotte não entendia o que Conte estava dizendo, mas o rosto do guia mostrava preocupação crescente.

Os olhos de Conte se voltaram para ela.

— Só achei que você gostaria de companhia — disse ele, fingindo-se de mártir. — Tenha uma boa noite, dra. Hennesey.

Com isso, o mercenário recuou dois passos, virou-se e atravessou a praça.

Marco precisou engolir em seco duas vezes antes de conseguir falar.

— Amigo seu?

— Longe disso — retrucou ela rapidamente. — E obrigada por não ceder. Isso teria acabado com a minha noite.

— Então acho que podemos ir — disse Marco, passando os dedos pelos cabelos para se recompor.

Enquanto o guia se apresentava formalmente ao grupo e anunciava qual seria o itinerário, Charlotte examinou a praça à procura de Conte, suspirando de alívio por não conseguir vê-lo. Quem exatamente era aquele tipo? Como um cara tão assustador podia estar ligado ao Vaticano?

Charlotte precisou de quase uma hora para esquecer o encontro maluco na Piazza Navona. Mas aos poucos mergulhou na extraordinária história de Roma, contada sem esforço por Marco. Ele levou o grupo em uma impressionante viagem pelo famoso templo circular da cidade, o Panteão, concluído em 125 d.C. pelo imperador Adriano. Lá Charlotte maravilhou-se com a ampla cúpula interna, que parecia desafiar as leis da física, enquanto o sol penetrava pelo grande óculo no centro dela.

Depois ela estava na junção de três ruas — *tre vie* — para admirar a enorme Fonte Trevi barroca, de Nicola Salvi, com tritões em cavalos marinhos puxando a carruagem de concha de Netuno. Perto dali, passaram pela Piazza di Spagna, logo abaixo dos 138 degraus que subiam a colina íngreme levando às torres do sino que ladeava a igreja da Trinità dei Monti.

Alguns quarteirões depois surgiu Il Vittoriano, em mármore branco de Brescia, um marcante (a maioria dos romanos não seria tão delicada) monumento que muitos comparavam a um colossal bolo de noiva fincado no centro da Velha Roma, inaugurado em 1925 para homenagear Vitor Emanuel II — o primeiro rei da Itália unificada.

No momento em que o grupo havia chegado ao monte Capitolino — único remanescente destacado das famosas sete colinas de Roma — e passado pelos arcos e pelas colunas em ruínas do Fórum Imperial, o sol começava a se pôr no horizonte, e uma lua nova surgia no céu claro da noite. Charlotte Hennesey finalmente se perdera nas sombras de um antigo império.

Assim que o grupo atravessou a Velha Roma, entrando no Coliseu, a cidade ganhou nova personalidade, tomada de luzes brilhantes. Caminhando do lado de fora do anfiteatro circular de 48 metros de altura com suas três fileiras de pórticos de travertino, Charlotte jurou ser capaz de ouvir os choques entre gladiadores e o rugir de leões.

Então a imaginação transformou-se em fria realidade quando teve o vislumbre de um gladiador moderno desaparecendo nas sombras. Embora ela quisesse acreditar que seus olhos a estivessem enganando, não havia dúvida. Salvatore Conte.

QUINTA-FEIRA

38

Monte do Templo

Pouco depois das nove da manhã, Barton passou por Akbar e pelo buraco da explosão. Razak já estava na cripta, em pé, com os braços cruzados, vestindo calças de brim apertadas e camisa social branca. Se não o conhecesse, Barton juraria que o muçulmano estava tentando ficar em paz com aquele lugar.

— Está ficando feio lá fora.

— Sim.

Barton bateu o pó de suas calças.

— Diga-me, como Farouq reagiu quando viu seu carro?

Razak se encolheu.

— Nada bem.

Isso era dizer pouco. Na noite anterior Farouq o censurara ao ver que seu querido Mercedes não podia ser consertado. *"Não devia ter deixado você ir! Completamente irresponsável! Você devia saber, Razak. E para quê? O que você ganhou indo lá?"* Era como voltar a ser um adolescente transgressor.

— Por sorte ele tem seguro, o que, acredite em mim, não é algo fácil quando você é palestino.

— Contou a ele o que descobrimos?

Razak disse não com a cabeça e levou um dedo aos lábios, apontando para Akbar. Conduziu Barton pelo braço para o fundo da câmara.

— Não acho que esteja pronto para isso por ora — disse, sussurrando.

Na noite anterior Razak mal conseguira dormir, tentando descobrir quem mandara o atirador. Ele só podia imaginar que o Shin Bet estaria tentando eliminar algumas pontas soltas. E havia uma grande chance de que ele e Barton tivessem o mesmo destino de Taheem se não conseguissem encontrar respostas rapidamente.

— Lembre-se do que conversamos; você não deve contar a ninguém o que ouvimos ou o que aconteceu ontem. Não sabemos quais podem ser as consequências.

Barton anuiu.

Razak soltou o braço dele.

— Então, o que nos traz aqui?

O arqueólogo organizou suas ideias.

— Como mencionei ontem, pensei muito sobre o conceito de cripta. Há certos elementos que simplesmente não se encaixam — disse, indo para o centro da sala, os olhos inspecionando as paredes. — Tenho pensado em José de Arimateia; seu *status*, poder e dinheiro. Incomoda que esta cripta careça de muitas das características que esperaria ver na tumba de uma família rica.

— Por exemplo?

— Refinamento, para começar. Nada aqui sugere posição ou riqueza. Não passa de uma câmara de pedra comum, sem gravações, pilastras, afrescos ou mosaicos. Nada.

Razak inclinou a cabeça, tentando manter a paciência. Para um muçulmano isso não era chocante.

— Talvez esse José fosse um homem humilde.

— Talvez. Mas lembra que eu expliquei que o corpo era deixado apodrecer durante doze meses antes de ser colocado no ossuário?

Razak concordou.

— Difícil esquecer. Mas espero que haja uma razão para isso.

— Acredite em mim. Nas antigas criptas judaicas você espera ver pelo menos um pequeno nicho chamado *loculus*, um túnel com cerca de dois metros de profundidade — disse ele, imaginando a tumba que o padre Demetrios indicara na rocha abaixo da igreja do Santo Sepulcro. — Onde o corpo teria sido colocado.

Razak examinou as paredes.

— Não vejo nenhum.

— Exatamente — concordou Barton, erguendo um dedo no ar. — O que me fez pensar sobre o projeto desta cripta. Com dez ossuários, teriam sido necessárias muitas visitas. No mínimo uma visita para colocar aqui o corpo depois da morte de cada membro da família, outra para praticar o ritual sagrado da *tahara* e uma última para transferir os ossos, expiados, para o ossuário. Um mínimo de três visitas por corpo.

— Certo.

— Quando estudei os restos outro dia — disse Barton, apontando para os ossuários —, tive a sensação de que essa família morreu de uma só vez.

Razak franziu o cenho.

— Como pode dizer isso?

— Certo, não sou especialista em antropologia forense. Mas esses esqueletos parecem ter saído de uma foto de família — disse, olhando para os nove ossuários. — As diferenças de idade mostram uma evolução normal, sem superposições aparentes; um pai velho, uma mãe ligeiramente mais jovem e nenhum dos filhos com mais de vinte e tantos anos. Seria de esperar que uma grande família morresse segundo um padrão mais aleatório, com pelo menos alguns dos filhos chegando à maturidade.

— Isso é estranho.

— Ademais, você vê sinal de alguma entrada? — perguntou Barton, os olhos vasculhando o espaço.

Razak examinou a rocha a seu redor em três das laterais.

— Aparentemente a única passagem era aquela abertura fechada pelo muro de pedra — disse, apontando para o buraco da explosão.

Barton aprovou.

— Exatamente. E veja isto — disse Barton, pedindo que Razak o seguisse até o buraco. Esticou as mãos, indicando a profundidade do muro. — Está vendo? Esta parede tem meio metro de espessura. Mas olhe aqui. Vê como estas pedras seguem o mesmo estilo daquelas outras?

Ele bateu no lado voltado para os dois e depois no outro lado, voltado para dentro da mesquita. Em seguida apontou para a cavernosa sala em arco, e os olhos de Razak o acompanharam.

— É a mesma pedra que foi usada para construir toda a sala. Coincidência? Talvez não.

Razak estava começando a entender.

— Espere um pouco.

Aproximou-se mais e se curvou. Sua cabeça acompanhou a circunferência interna do buraco da explosão. Certamente as paredes tinham um projeto claro.

— Está dizendo que os dois lados da parede foram levantados ao mesmo tempo?

— Exatamente. Selado a partir *daquela* sala — disse ele, apontando novamente para a mesquita Marwani — durante sua construção. Veja a abertura que levava a esta câmara antes que o muro fosse erguido.

Barton estendeu as mãos para enfatizar a largura em que o leito de rocha escavado se transformou em pedra.

Razak recuou para ver o que o inglês estava tentando mostrar. Virando para o buraco da explosão outra vez, estudou o espaço preenchido pelo muro de pedra. Certamente era largo, mas não mais do que o dobro de uma passagem normal.

— O que você acha que isto significa?

— É um forte indício de que nossos ladrões não foram os primeiros invasores aqui. Parece claro que esta sala não foi projetada para ser uma cripta.

O muçulmano olhou para ele, sem entender.

— Esta sala é uma *câmara* construída especificamente para esconderijo e segurança — explicou Barton. — De algum modo foi construída juntamente com os Estábulos de Salomão. E acho que sei quem foi responsável por isso.

Em sua mente ele viu o grafite sobre a rocha acima da forma volumosa do padre Demetrios, a imagem que o ajudara a criar aquela nova teoria.

Razak pensou naquilo, repassando a história que conhecia daquele lugar. Uma coisa que claramente se destacava era a possibilidade de a área transformada na mesquita Marwani supostamente ter sido usada como estábulo de cavalos séculos antes. E ele deve ter sido construído por... De repente seu queixo caiu.

— Os cavaleiros templários?

Barton sorriu e balançou a cabeça em concordância.

— Correto! É uma ousadia, mas muitos arqueólogos atribuem a eles a construção dos Estábulos de Salomão. Quanto você sabe da história dos templários?

Claramente nada animado com o fato de o arqueólogo estar novamente mergulhando na história, Razak disse o que sabia a partir de suas surpreendentes e numerosas leituras sobre o assunto. Afinal, pensou, para compreender a atual luta entre Oriente e Ocidente era preciso abrir um livro de história.

A Ordem dos Pobres Cavaleiros de Cristo e do Templo de Salomão havia sido fundada em 1118 d.C., depois da primeira cruzada cristã. Os cavaleiros templários eram uma ordem de mercenários monásticos militantes contratada pelo papado para proteger o reino conquistado de Jerusalém das tribos muçulmanas vizinhas, garantindo o trânsito seguro de peregrinos europeus. Eles eram famosos, temidos por suas táticas letais e seu juramento fanático de nunca se retirar do campo de batalha, lutando até a morte em nome de Jesus Cristo. Os templários controlaram o Monte do Templo até serem massacrados por uma força muçulmana liderada por Saladino, na batalha de Hattin, no século XII. Chegaram mesmo a usar o Domo da Rocha como seu quartel-general, dando a ele o nome latino de *Templum Domini*, ou "Templo de Deus".

Barton ficou impressionado com o conhecimento de Razak, e comentou isso. Não havia muitos judeus, nem mesmo cristãos, que pudessem demonstrar tal conhecimento dos pontos mais delicados da história.

— Estes ossuários foram transferidos para cá saídos de outro local onde os devidos rituais teriam acontecido. Se aceitarmos a teoria de que este é um cofre, isso sugere que os cavaleiros templários o teriam erguido para proteger os ossuários.

— Ou tesouros — respondeu Razak rapidamente, estendendo as mãos. — Não vamos esquecer essa possibilidade. Afinal, eles não eram muito ricos? Saqueando mesquitas e lares muçulmanos, subornando funcionários públicos... — disse ele, nada entusiasmado com a determinação do arqueólogo de ligar o roubo aos restos reverenciados de um profeta.

— É verdade, os templários reuniram uma fortuna, a maior parte dela roubada de inimigos derrotados. O papado até mesmo permitiu a eles cobrar impostos e dízimos. Eles acabaram se tornando banqueiros. Os templários eram o equivalente medieval, digamos, à American Express; sabe, antes de embarcar em sua viagem rumo à Terra Santa os peregrinos europeus depositavam dinheiro em uma loja templária e recebiam um recibo de depósito em código. Ao chegarem a Jerusalém, trocavam o recibo por moeda local.

— Então, como você sabe que este cofre não continha o produto dos saques?

— Nunca teremos certeza — admitiu Barton. — Mas me parece altamente improvável eles trancarem seu patrimônio de forma tão permanente sabendo que precisariam dele para transações frequentes.

— Não é bom para a liquidez — concordou Razak. — Mas isso protegeria bens que não fossem necessários a curto prazo.

— *Touché* — admitiu Barton. — Contudo, aquelas gravações na parede dos fundos não fazem referência a nada mais. Apenas aos nomes das pessoas cujos restos estão naquelas caixas — afirmou, encaminhando-se novamente para os ossuários, examinando-os, buscando uma explicação. — Se eles foram transferidos para cá para serem trancados, onde então foram encontrados? — murmurou ele, pensando em voz alta.

— Ainda estou confuso — disse Razak, estendendo as mãos. — Como uma câmara tão grande pode ser cavada abaixo de um lugar tão movimentado?

— Pensei bastante nisso, e é quando tudo se torna interessante — disse Barton, olhando atentamente para ele. — No século I a casa do Sinédrio, onde as autoridades judaicas se reuniam e faziam julgamentos, ficava localizada diretamente acima dos Estábulos de Salomão. E na época dizia-se que a plataforma abaixo teria um labirinto de passagens secretas — muitas levando ao sacrário do templo, pensou ele.

— Como membro do Sinédrio, José teria acesso a essas áreas e às escadas que levavam diretamente às câmaras abobadadas sob a plataforma, o que lhe permitiu construir a câmara em absoluto segredo.

— Esse José de Arimateia. Suponho que fosse de um lugar chamado Arimateia, certo?

Barton concordou.

— É o que dizem as Escrituras.

— Então talvez a cripta original ficasse na própria terra de José, onde sua família vivia.

— Talvez — respondeu Barton, sem entusiasmo.

Mas isso o levou a pensar: será que a tumba original realmente seria aquela abaixo da igreja do Santo Sepulcro? Não parecia possível, já que a basílica estava lá muito antes de os cruzados chegarem.

— O problema é que ninguém sabe exatamente a qual lugar o nome Arimateia se refere. Alguns acham que é uma cidade nas montanhas da Judeia. Mas não passa de conjectura.

— Supondo que você esteja no caminho certo, como imagina que os ladrões encontraram este lugar?

Lembrando do horrendo rosto explodido de Taheem, Razak sentiu uma necessidade urgente de ligar o fato a algo que as autoridades pudessem considerar útil, algo que ajudasse a encerrar a investigação.

Barton deu um longo suspiro e passou os dedos pelos cabelos. Havia muito a considerar.

— A única coisa em que consigo pensar é que o ladrão estava de posse de alguma espécie de documento. Este local fúnebre deve ter sido descrito minuciosamente em um texto antigo. A entrada foi precisa demais, precisaria ter sido medida.

— Mas quem poderia ter algo assim?

— Não estou certo. Algumas vezes esses antigos pergaminhos ou livros permanecem décadas à vista de todos em salas de museu, sem traduções. Talvez algum cristão fanático empregado de museu... — disse ele, sem muita confiança. Mas então pensou que afinal poderia não ser tão absurdo.

Razak parecia cético.

— E você ainda não encontrou nada sobre o ossuário nos mercados de antiguidades?

Barton antecipou um não com a cabeça.

— Procurei novos itens outra vez esta manhã. Nada.

Sem aviso, o piso da câmara balançou sob seus pés, seguido no mesmo instante por um estrondo reverberando a distância. Assustados, Barton e Razak instintivamente tentaram se segurar em algo.

Rápido como havia surgido, aquilo passou. Embora pudesse ter sido facilmente confundido com um leve tremor de terra, os dois homens compreenderam imediatamente que era algo muito diferente.

39

Cidade do Vaticano

Pouco depois das nove da manhã o padre Donovan interfonou para o laboratório, anunciando um telefonema dos Estados Unidos para Charlotte.

— Bem, vá atender — estimulou Bersei.

Ela foi na direção do telefone, baixando a máscara, e apertou o viva-voz.

— Charlotte Hennesey falando.

— Sou eu, Evan.

Ela sentiu o estômago revirar ao ouvir a voz dele saindo pelo alto-falante.

— Oi, Evan. Que horas são aí?

— Muito cedo, ou muito tarde, dependendo do ponto de vista. Seja como for, acabei de estudar a sua amostra.

Alguma coisa na voz dele não parecia certa. Hennesey ouviu Aldrich folheando papéis.

— Espere. Estou no viva-voz. Vou pegar o fone — disse ela, tirando as luvas de laboratório e pegando o aparelho. — Tudo bem.

Aldrich foi direto.

— Comecei com uma simples espectrografia de cariótipos para ter uma ideia inicial da qualidade do DNA. Você sabe o que procuramos... Um conjunto básico de pares de cromossomos. Foi quando percebi algo muito estranho.

— O que é? Algo errado?

— Sim, Charlotte. O resultado foi 48 XY.

Na espectrografia de cariótipo, densas cadeias de DNA chamadas cromossomos são marcadas com tintura fluorescente e separadas por cor em pares para identificar aberrações genéticas. Como todo ser humano herda 22 cromossomos de cada pai, um cromossomo sexual X da mãe e outro cromossomo sexual do pai, o resultado normal seriam 46 XX para o sexo feminino e 46 XY para o masculino.

Quarenta e oito XY? Hennesey acariciou o brinco com o polegar e o indicador, tentando entender. A boa notícia era que o gênero era definitivamente masculino. Isso confirmava todas as evidências forenses. Mas Aldrich estava sugerindo que um par extra de cromossomos não sexuais, ou "autossomos", aparecera na estrutura molecular da amostra. Tais aberrações normalmente estavam ligadas a doenças graves como Síndrome de Down, em que havia um cromossomo 21 a mais.

— Então é aneuploide? — sussurrou Charlotte.

— Isso. Temos uma mutação aqui.

— De que tipo? — disse em voz baixa, para não chamar a atenção de Bersei. Ao olhar, viu que ele estava desligado, estudando os escaneamentos dos ossos.

— Ainda não estou certo. Tenho de ajustar o escâner de genes para lidar com o feixe adicional. Eu não estava esperando nada assim no início, mas não deve levar muito tempo. Consegui extrair os códigos básicos para o perfil genético. Mandei para o seu *e-mail*.

— Ótimo. Com isso eu já posso começar.

— Quanto tempo mais você pensa em ficar em Roma?

— Não sei. Acho que a maior parte do trabalho já foi feita. Vou ter de fazer uma apresentação, claro. Quem sabe mais alguns dias. Talvez fique outros dois para conhecer Roma. É maravilhoso aqui.

— O Vaticano deu todas as informações sobre o trabalho?

— Sim, mas nos contaram tudo sob absoluto sigilo. Eu tive de assinar um acordo de confidencialidade. Então na verdade não posso falar nada sobre isto.

— Está tudo bem, Charlie, não preciso saber. Imagino que se possa confiar no Vaticano. Só não quero a BMS envolvida em nada duvidoso.

Ela ficou pensando o que ele teria descoberto para ficar tão nervoso.

— Mais uma coisa. Você por acaso comparou o perfil genético com nossa base de dados para determinar a etnia?

Houve um breve silêncio.

— Na verdade, sim.

— Ah. E o que descobriu? — perguntou ela, surpresa por ele não ter mencionado.

— Essa é outra coisa estranha em tudo isso. Não descobri nada.

— Do que você está falando?

O que ele estava dizendo parecia quase ridículo. Embora 95% de todos os seres humanos partilhassem o mesmo código genético, menos de 5% do genoma era responsável por diferenças relativas ao gênero e etnia. Não era difícil identificar as variações.

— Nenhuma correspondência.

— Mas isso é impossível. Você incluiu perfis do Oriente Médio?

— Sim.

O ossuário era parte dos costumes funerários judaicos. Talvez ela precisasse ser mais específica.

— E quanto a perfis judaicos?

— Já verifiquei. Não há nada.

Como podia ser? Isso não combinava em nada com as outras descobertas deles.

— Pode ter algo a ver com a anomalia que você encontrou?

— Eu diria que não. Informo quando descobrir. Mais alguma coisa?

Ela hesitou, aproximando-se mais da parede.

— Estou com saudades — sussurrou finalmente. — E de fato lamento ter saído daquele jeito. Eu só... Gostaria de conversar quando voltar. Há algumas coisas que você precisa mesmo saber.

Ele inicialmente não respondeu.

— Eu gostaria.

— Vejo você em breve. Não me esqueça.

— Impossível.

— Tchau.

Bersei surgiu ao seu lado quando ela colocou o telefone no suporte.

— Está tudo bem?

— Parece que sim — disse, dando um sorriso. — Estou com o perfil de DNA do laboratório.

— E?

— Temos a informação que faltava.

Bersei espiou por sobre os ombros enquanto Charlotte acessava seu *e-mail*. Em segundos ela havia aberto o arquivo de Aldrich para que Bersei pudesse examinar — uma folha repleta de informações.

— Certo. Aqui está — disse, trocando de lugar com ele.

Ele percorreu os dados. Três colunas identificavam um código universal para cada sequência de genes, uma interpretação leiga do código, como em "cor do cabelo", e um valor numérico especificando esses atributos. No caso da cor do cabelo, um valor numérico na terceira coluna correspondia a um tom específico em uma tabela universal de cores.

— Que tal parece?

— Inacreditavelmente específico. Aparentemente eu posso inserir os dados diretamente no programa.

Ela sorriu para si mesma. *Obrigada, Evan.*

Bersei abriu o programa de imagem e localizou o arquivo contendo as imagens do esqueleto e a reconstrução de tecido — a estátua de mármore fantasmagórica esperando os toques finais, a "tinta" genética.

— Por enquanto vou inserir o básico. O computador irá localizar a cor do cabelo, mas não o tipo de corte, claro — explicou, enquanto formatava o arquivo de dados para ser importado.

A descoberta por Aldrich de uma mutação levara Charlotte a pensar em uma longa lista de possíveis doenças. Como a maioria afetava os tecidos moles, e não os próprios ossos — diferentemente daquela que devastava seus próprios ossos, determinada a deixar sua marca —, ela não podia sequer começar a imaginar o que ele teria detectado. Seu enorme desejo de ver o retrato concluído fora substituído por um repentino pressentimento.

Bersei importou os dados genéticos e mandou o programa atualizar o perfil.

Durante segundos angustiantes, parecia que nada acontecia.

Então a reconstrução ampliada surgiu no monitor.

Não era o que nenhum dos cientistas esperava.

40

Jerusalém

Quando o celular de Ari Teleksen tocou, ele já sabia o motivo. Estava de pé no quartel-general da FDI, no centro de Jerusalém, em frente à janela de vidro laminado de seu escritório, no oitavo andar, com uma vista panorâmica da cidade. Seus olhos acizentados estavam fixos na nauseante coluna grossa de fumaça preta que se erguia do nível da rua, a poucos quarteirões dali, como o hálito do diabo.

— Estarei lá em cinco minutos — disse, soturno.

Na noite anterior ele ouvira a primeira onda de matérias dizendo que os ladrões do Monte do Templo roubaram um helicóptero israelense. Com um pressentimento crescente, Teleksen sabia que a resposta palestina havia apenas começado.

Mesmo sem colocar os pés na área, ele tinha grande capacidade de antecipar as consequências de um atentado a bomba, e as reverberações que sentira no peito minutos antes tinham dito que haveria muitas baixas.

Desceu rapidamente para a garagem e pulou para dentro de seu BMW dourado. Após ligar o motor, pegou do piso o giroscópio azul magnético da polícia e o colocou no teto do carro. Saindo da garagem, enfiou o pé no acelerador e desceu a rua Hillel em disparada.

Quando seu BMW se aproximou da Grande Sinagoga, o caos na rua Rei Jorge pareceu muito familiar — a multidão em pânico sendo contida pelos soldados da FDI e da polícia, o perímetro do local já isolado por barricadas de madeira. Uma frota de ambulâncias havia chegado, e as equipes de emergência corriam para cuidar dos sobreviventes.

Teleksen conduziu o BMW em meio à multidão, com um jovem soldado da FDI acenando para que avançasse, e estacionou a uma distância confortável. Quando abriu a porta do carro, o ar cheirava a carne queimada.

Mesmo a 50 metros de distância ele podia ver pedaços destroçados de tecido ensanguentado e ossos grudados nas paredes de prédios próximos à cena, parecendo confete molhado. A explosão tinha estraçalhado três membros e arremessado fragmentos, marcando a vizinhança. Quase todas as janelas foram quebradas.

À primeira vista os danos estruturais pareciam mínimos. Comparada com muitas outras cenas que tinha visto, aquela era bastante discreta. Mas no fundo ele sabia que várias outras se seguiriam se o crescente descontentamento provocado pelo roubo no Monte do Templo não fosse contido rapidamente.

Um dos investigadores o reconheceu e se apresentou. O homem estava na casa dos 50 anos de idade, com uma cabeleira prateada.

— Detetive Aaron Schomberg — disse, sem conseguir deixar de olhar para a mão esquerda com três dedos de Teleksen.

— O que descobriu, detetive? — disse Teleksen, acendendo um Time Lite.

— Testemunhas dizem que uma jovem árabe vestindo roupas comuns correu na direção da multidão que saía da sinagoga e acionou explosivos que trazia amarrados ao corpo.

Tendo Schomberg a seu lado, Teleksen caminhou na direção do epicentro. Ele viu os paramédicos colocando em sacos membros humanos e restos pequenos demais para macas — provavelmente os restos estraçalhados da terrorista.

— Quantos mortos? — perguntou, a fumaça de cigarro saindo pelas narinas.

— Até agora onze, com cerca de cinquenta feridos.
Ele deu outro trago longo.
— Ninguém a viu chegando?
— As bombas estavam escondidas sob as roupas. Foi rápido demais.
Com saudade do tempo em que era mais fácil identificar terroristas, Teleksen se virou para Schomberg.
— O que ela disse?
— Comandante? — perguntou o detetive, confuso.
— A morte sacrificial sempre tem um preâmbulo — disse ele, segurando o cigarro entre os dedos restantes da mão esquerda e apontando a brasa para o detetive para enfatizar. — Mártires não dão suas vidas em silêncio. Alguém ouviu o que ela disse antes de se explodir?
Schomberg examinou seu bloco de anotações.
— Alguma coisa como "Alá punirá aqueles que o ameaçam".
— Em árabe ou inglês?
— Inglês.
Eles tinham chegado ao ponto em que, segundo as testemunhas contaram a Schomberg, a terrorista se colocara a poucos metros da entrada da sinagoga. A princípio parecia um lugar estranho para a terrorista se explodir, já que os explosivos eram projetados para serem mais eficientes em espaços fechados, como ônibus e cafés. Estudando as proximidades da fachada de cimento danificada do prédio, que parecia mais um banco que um local de culto, Teleksen logo se deu conta de que na verdade não havia sido má escolha. Ele via que as vítimas descendo a escada tinham sido encurraladas, e que a alta parede de cimento atrás delas na verdade amplificara a onda de choque. Assim, mesmo que os fragmentos arremessados como balas não as tivessem matado, o choque

esmagador da explosão teria feito o serviço pulverizando seus órgãos internos e seus ossos.

O celular de Teleksen tocou, e ele constatou na tela que era Topol. Lançou a guimba do cigarro na calçada.

— Sim?

— Quão ruim? — perguntou o policial, com urgência na voz.

— Já vi piores. Mas é mais uma razão para resolvermos esse assunto rapidamente. Quando você pode chegar aqui?

— Estou a poucos quarteirões.

— Seja rápido.

Desligando, Teleksen ficou pensando em quanto mais disso aconteceria antes que tivessem respostas para o roubo de sexta-feira.

A aglomeração de carros de reportagem o distraiu temporariamente. O canal de TV palestino era particularmente problemático. Ódio e insatisfação pediam pouco estímulo. A pressão era grande.

Treze soldados e dois pilotos de helicópteros israelenses mortos. Depois, civis judeus inocentes tinham morrido.

E pelo quê? — pensou. O arqueólogo inglês, supostamente o melhor no seu campo, insistia que era uma relíquia. Teleksen sabia que relíquias antigas atingiam altos preços — especialmente as da Terra Santa. Não havia como dizer o que pessoas podiam fazer para consegui-las. Mas sequestrar helicópteros? Matar soldados? Como um ossuário podia valer tanto? Ele tinha visto dúzias deles nas galerias dos museus israelenses, e não eram de modo algum tão escondidos ou protegidos. O que poderia tornar aquele tão especial? Não fazia sentido.

Seus melhores agentes de informações continuavam a insistir que apenas alguém do lado de dentro seria capaz de um roubo tão elaborado. Teleksen sabia o que eles queriam dizer. Levar armas escondidas para Jerusalém era como andar sobre as águas. Seria preciso evitar postos de controle, detectores de metal e uma miríade de outras barreiras logísticas. Poucos seriam capazes.

Claro que o helicóptero se mostrara uma tremenda arma tática. Será que o roubo dele tinha o objetivo de zombar do sistema de segurança de Israel? Felizmente seus agentes conseguiram impedir os palestinos e a imprensa de descobrir o verdadeiro destino do Black Hawk. Mas, sabendo que além das fronteiras muitos não se mostravam dispostos a colaborar com os serviços de informações israelenses, Teleksen estava bastante perturbado com o fato de os ladrões terem chegado tão rapidamente a águas internacionais. Porque, se a relíquia tinha sido levada para o mar...

Algo com textura de borracha sob seu pé esquerdo perturbou seus pensamentos, e ele olhou para baixo. Levantando o sapato, deu conta de que estava sobre uma orelha humana. Franzindo o cenho, colocou-se de lado.

Será que havia uma saída? Barton deveria estar oferecendo respostas, mas só parecia interessado em acalentar teorias extravagantes sobre história antiga. O arqueólogo estava se revelando um problema.

Então Teleksen de repente teve uma ideia, e sabia que Topol aprovaria. Em vez de ser uma fraqueza, Barton na verdade poderia ser a solução.

41

Cidade do Vaticano

Os dois cientistas olharam para a tela, fascinados.

A estrutura do esqueleto digitalizada tinha sido programada para reconstruir a massa muscular com uma camada de pele sem cor sobre ela. Naquele momento os novos dados haviam transformado a imagem de estátua em uma aparição humana completa em 3D.

Impressionado com o resultado final, Bersei cobria a boca com a mão.

— Qual você diria que é a origem étnica dele?

Charlotte deu de ombros. Parecia que no final Aldrich talvez estivesse certo.

— Não estou certo de que tenha uma — disse, suas palavras soando absolutamente implausíveis.

Fundindo escuro e claro, a pigmentação da pele atribuída produzia uma assustadora qualidade vital, definindo músculos e destacando os traços.

Giovanni ampliou o rosto.

Embora inconfundivelmente masculina, a imagem exalava uma sutil androginia. Com suas íris azul-marinhas hipnóticas, os olhos eram grandes, erguendo-se levemente nos cantos, sob cílios delgados. O nariz comprido alargava-se levemente acima de lábios carnudos. Mechas de cabelos castanhos escuros formavam uma linha bem definida que se curvava em cantos agudos nas têmporas. Os pelos faciais eram igualmente grossos e da mesma cor, mais evidentes no maxilar.

— Um belo espécime — disse Bersei, em tom bastante profissional.

— Diria que é perfeito — retrucou Charlotte. — Não digo no sentido de um modelo ou astro do cinema... Mas ele é diferente de todo mundo que eu já vi.

Embora ela estivesse em busca de alguma anomalia, nada na imagem sugeria um defeito genético, a não ser que a perfeição fosse considerada falha. Ela começou a pensar no que a análise de Aldrich tinha encontrado. Será que o protótipo do escâner estava funcionando mal? Será que o programa de imagem interpretara errado os dados?

Inclinando a cabeça, Bersei disse:

— Se você pegar todas as características étnicas típicas da humanidade e as colocar em um misturador, esse provavelmente seria o resultado final — falou, endireitando a cabeça e esticando a mão para o monitor, ainda esmagado pelo que estava vendo. — É fascinante que um ser humano possa apresentar tal complexidade.

— E agora?

Bersei pareceu assustado, como se a imagem o estivesse torturando.

— Na verdade não estou certo — disse, desviando os olhos do monitor e olhando para ela com aparência cansada. — Fizemos um exame forense completo, datação por carbono, um perfil genético completo. A única coisa importante que resta é o símbolo no ossuário — disse, contando os itens com os dedos.

— Bem, se você quiser dar uma olhada nisso eu posso começar a preparar nossa apresentação preliminar para o padre Donovan — sugeriu Charlotte. — Vou compilar todos os dados, as fotos e começar a escrever um relatório. Então talvez possamos dizer a ele amanhã o que descobrimos até agora. Ver o que ele sugere.

— Isso parece um plano. Quem sabe o símbolo pode nos dizer algo sobre este camarada?

Bersei retornou à sua estação de trabalho e ligou a câmara digital. Cantarolando baixinho, começou a fazer vários closes do único relevo do ossuário, descarregando depois as imagens no terminal de computador.

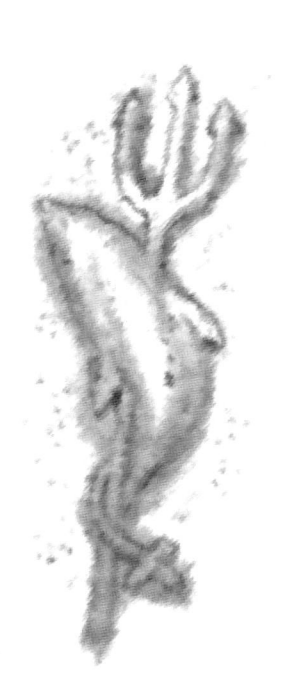

Maravilhado com a qualidade do trabalho do gravador, ele passou os dedos sobre o símbolo em relevo na lateral do ossuário.

Desde o início ele ficara perplexo com a imagem. O ossuário claramente era usado quase que exclusivamente por judeus na Judeia. Mas ele se lembrava do golfinho e do tridente como sendo basicamente símbolos pagãos, adotados por muitos cultos romanos antigos. Era claramente uma contradição com a suposta origem da relíquia.

De volta ao computador, entrou na internet. Começou com um critério simples: *tridente*. Uma série de *links* surgiu quase instantaneamente. Começou a clicar nos mais relevantes.

O tridente em si tinha muitos significados. Os hindus o chamavam de *trishul*, ou "o três sagrado", simbolizando criação, preservação e destruição. No Oriente Médio era associado a raios. Posteriormente o seu *alter ego*, o forcado, penetrou na arte cristã, simbolizando o diabo — uma das primeiras tentativas de desacreditar a iconografia pagã.

O golfinho era igualmente misterioso. Na Antiguidade os mamíferos inteligentes eram reverenciados por sua dedicação a salvar a vida de náufragos. Os romanos também usavam golfinhos para simbolizar a viagem que as almas fariam aos confins do mar até seu local de descanso final nas Ilhas Abençoadas. O golfinho também era fortemente associado aos deuses Eros, Afrodite e Apolo.

Mas certamente o símbolo gravado no ossuário fundia os dois com um objetivo mais específico. Qual seria?

Bersei tentou encontrar outras referências que explicassem o golfinho enrolado no tridente.

O golfinho e o tridente pareciam ter surgido juntos pela primeira vez na mitologia grega, mas simbolizando o poder de Netuno, deus do mar. Seu tridente era um presente dos titãs de um só olho, os ciclopes. Quando o deus estava furioso, batia no fundo do oceano com ele para agitar os mares, causando tempestades. Capaz de se transformar em outras criaturas, Netuno com frequência escolhia aparecer aos humanos na forma de um golfinho. Os romanos depois rebatizaram o deus grego de Poseidon.

Bersei estava certo de que havia algo mais que estava deixando passar.

Surgiu outro *link*, remetendo a moedas antigas cunhadas por Pompeu, um general romano, em meados do século I a.C. A face da moeda trazia uma efígie da cabeça do general com uma coroa de louros, ladeada por um golfinho e um tridente — não fundidos, mas retratados lado a lado. E Bersei lembrou que no início da carreira ele tinha invadido Jerusalém.

Ele se inclinou para a frente.

Após cercar Jerusalém em 64 a.C., ele ordenara a crucificação de milhares de zelotes judeus em um único dia. Dizia-se que haviam sido necessárias tantas cruzes que o general arrancara todas as árvores das montanhas que cercavam a cidade.

Poderia ser essa a ligação? Será que o ossuário podia estar ligado ao famoso general romano?

Bersei pensou nisso durante algum tempo, mas não ficou satisfeito. Ainda se lembrava vagamente de ter visto exatamente aquela imagem em outro lugar. E, de alguma forma, acreditava piamente que estava ligada a Roma.

A caçada continuou.

Usando vários argumentos de busca, como "golfinho ao redor de tridente", finalmente encontrou uma ligação direta. Clicando no *link*, ficou chocado quando a imagem exata do ossuário encheu a tela.

Um sorriso brotou no rosto no antropólogo.

— Agora estamos chegando a algo — murmurou.

As palavras o atingiram como uma pedra. Ele leu mais uma vez, perturbado, todo o seu mundo nos contornos da tela.

— Charlotte — chamou. — Você precisa ver isto.

Ele se jogou no encosto da cadeira, cobrindo a boca com a mão, sem conseguir acreditar.

— O que é isso?

— O significado do relevo no ossuário — respondeu Bersei em voz baixa, apontando de novo para o monitor.

Vendo sua expressão perturbada, ela franziu o cenho e disse:

— Parece que afinal ele tinha algo a dizer.

— Eu diria que sim — murmurou, esfregando os olhos.

Aproximando-se mais, Charlotte leu o texto em voz alta:

— "Adotado pelos primeiros cristãos, o golfinho ao redor do tridente é um retrato da..." — disse, interrompendo.

O zumbido baixo do sistema de ventilação de repente se tornou pronunciado.

— "Crucificação de Cristo" — disse, a voz tremendo ao pronunciar as palavras, que pareceram ficar suspensas no ar como vapor.

Charlotte precisou de um momento para sentir todo o impacto daquilo.

— Deus do céu.

Ela sentiu um nó no estômago e teve de desviar os olhos.

— Eu deveria saber — disse Bersei em uma voz tensa, que parecia atormentada, fraca. — O golfinho leva os espíritos para a outra vida. O tridente, o três sagrado, representando a Trindade.

— De jeito nenhum. Isso não está certo — disse ela, baixando os olhos para o antropólogo.

— Eu *sei* que a pátina do ossuário é legítima — protestou Bersei. — Toda ela. Absolutamente coerente, incluindo os resíduos que cobrem esse relevo. Ademais, descobri que o conteúdo mineral só poderia vir de um lugar, Israel. E as evidências que vimos nos ossos reforçam essa mensagem. Flagelo, crucificação. Temos até os pregos e pedaços de madeira — enfatizou, erguendo as mãos como se estivesse se rendendo. — Quão mais óbvio isso tem de ser?

Ela de repente sentiu a cabeça vazia, como se o fio que alimentava seu pensamento racional tivesse sido tirado da tomada.

— Se este realmente é o corpo de... Jesus Cristo — quase sentindo dor ao dizer —, isso é muito profundo.

Charlotte lembrou do crucifixo pendurado sobre sua cama.

— Mas não *pode* ser. Todos conhecem a história da crucificação. A Bíblia a descreve em todos os detalhes, e não combina com isto. Há incoerências demais — disse, indo apressadamente para sua estação de trabalho.

— O que está fazendo? — perguntou Bersei, erguendo-se da cadeira.

— Aqui. Veja por si mesmo. Você vê sinais de espinhos? — perguntou ela, apontando um dedo trêmulo para a testa do crânio do esqueleto.

Ele ergueu os olhos para ela e depois olhou novamente o crânio. Giovanni sabia o que ela estava insinuando. Estudando o crânio com cuidado, não conseguiu encontrar nenhum arranhão.

— Mas certamente é difícil que espinhos tivessem causado danos ao próprio osso.

Indo para a lateral da estação de trabalho, Charlotte chegou às pernas.

— E quanto a isto? Joelhos quebrados? — disse, apontando para eles. — Não me lembro de isso ser mencionado na Bíblia. Não foi uma lança na lateral do corpo de Jesus que acabou com ele?

Ela estava tentando renovar sua fé perdida no momento em que mais precisava acreditar em algo maior, e Bersei, de todas as pessoas, estava fazendo aquilo desmoronar novamente. E, o pior de tudo, estava usando a ciência para fazer isso.

O antropólogo estendeu as mãos.

— Olha, eu entendo aonde está querendo chegar. Estou tão confuso quanto você.

Ela o estudou atentamente.

— Giovanni, você não acha *realmente* que estes são os restos de Jesus Cristo, *acha*?

Ele passou os dedos pelos cabelos e suspirou.

— Sempre há a possibilidade de que este símbolo pretenda apenas homenagear Cristo — ofereceu, apontando para o esqueleto. — Este homem poderia ser apenas um dos primeiros cristãos, talvez um mártir. Isto tudo pode ser um tributo a Cristo. Não é exatamente um nome que está na caixa. Mas você viu o perfil genético. Não é como nenhum homem que tenhamos visto. Tenho de dizer que estou bastante certo disso.

— Mas é só um símbolo — protestou ela. — Como você pode ter tanta certeza?

Bersei ficou chocado com a negação apaixonada da americana. Ele gostaria de poder sentir tanta força.

— Venha comigo — disse, acenando para que ela o seguisse.

— Para onde estamos indo? — perguntou, seguindo-o para o corredor.

Sem se deter, ele se virou para ela.

— Explico em um minuto. Você verá.

42

Phoenix

Evan Aldrich abriu caminho entre as estações de trabalho abarrotadas de equipamento científico, chegando ao reservado de paredes de vidro nos fundos do laboratório principal da BMS.

Entrou, fechou a porta, enfiou a mão no bolso do jaleco e tirou um tubo de ensaio de vidro fechado, que apoiou junto a um poderoso microscópio. O protótipo do escâner estava em uma mesa próxima, parecendo uma copiadora de linhas esguias. Ele colocou um par de luvas de látex.

Houve uma batida rápida e a porta se abriu.

— Bom dia, Evan. O que está acontecendo?

Erguendo os olhos, ele viu Lydia Campbell, sua administradora técnica de pesquisa genética, enfiando a cabeça pelo batente. A mão de Aldrich moveu-se instintivamente para esconder o tubo.

— Algumas amostras que tenho de examinar.

— Aquelas nas quais estava trabalhando ontem? — perguntou, olhando para o tubo na mão dele. — Achei que já tinha terminado.

— É, só estou dando mais uma olhada.

— Bem, sabe onde me encontrar se precisar de algo. Café?

Ele balançou negativamente a cabeça, dando um sorriso, e a porta se fechou atrás dela.

Uma hora depois ele recolocou no bolso o tubo — dessa vez cheio de um soro claro. Sentindo uma urgência esmagadora de contar a Charlotte o que descobrira, esticou a mão na direção do telefone... mas recuou. Era algo que deveria ser feito pessoalmente. O que ele precisava contar a ela era sensível demais — *perturbador* demais — para uma linha telefônica comum ou um *e-mail* sem codificação. Ele se lembrou de ela ter dito que poderia estender sua estadia por mais alguns dias. Mas aquilo não poderia esperar tanto.

Saindo do laboratório, Aldrich seguiu diretamente para seu escritório e sentou à frente do computador. Acessando a internet, entrou em sua página de cliente VIP da Continental Airlines e comprou um bilhete de primeira classe no primeiro voo para Roma.

43

Jerusalém

Farouq acabara de desligar o telefone, incrédulo, as mãos tremendo. Não era coincidência que o telefonema acontecesse poucas horas depois do atentado do começo da manhã na Grande Sinagoga.

O interlocutor era uma voz do passado distante — um passado ruim que ainda o assombrava em muitas noites de insônia. A última vez que ouvira aquele timbre de barítono inconfundível havia sido pouco depois das seis da tarde do dia 11 de novembro de 1995. Naquele dia o Shin Bet — divisão mais secreta e letal do serviço de inteligência de Israel — o sequestrara em uma rua secundária de Gaza, jogando-o nos fundos de uma van. Amarraram seus membros e colocaram um capuz preto sobre sua cabeça.

Enquanto a van acelerava o interrogatório começara, conduzido pelo homem que naquele momento ocupava o segundo posto mais alto na estrutura de poder da FDI. Na época, o israelense ambicioso assumira a missão impossível de caçar o Engenheiro — um rebelde palestino chamado Yahya Ayyash, que, ajudado por grupos radicais, recrutara homens-bomba para fazer diversos ataques a civis israelenses em meados dos anos 1990. Os israelenses estavam chegando perto, graças a informações extraídas à força de informantes de destaque. Um dos primeiros suspeitos deles era Farouq, que supostamente tinha ligações com o principal financiador do Engenheiro — o Hamas.

Quando foi jogado da van em uma área deserta perto da fronteira israelense, Farouq estava com três costelas quebradas, quatro dedos fraturados, queimaduras de cigarro no peito e sete dentes faltando.

Mas ele sorria, o sangue escorrendo da boca, sabendo que não havia dito uma palavra sobre o paradeiro do Engenheiro. Nenhum israelense quebraria sua determinação.

Ele também sentia grande prazer em saber que o sangue em seu rosto não era apenas seu. Mesmo encapuzado e amarrado, conseguira morder a mão de Teleksen, cravando seus dentes na desprezível carne israelense cada vez com mais força, sacudindo a cabeça até cortar nervos e quebrar ossos. O israelense chorara como um cachorro.

Pouco depois de o Engenheiro ter sido assassinado em sua casa protegida em Gaza por um celular com explosivos, Ari Teleksen fora promovido a *Aluf* — general de brigada. Farouq vira-o algumas vezes desde então, na maioria nos noticiários; sempre fácil de identificar pela mão que o Guardião desfigurara naquela noite...

Naquele momento Teleksen tivera a audácia de telefonar para o que, inicialmente, parecia um pedido de favor. Mas depois de uma longa explicação ficou claro que o pedido igualmente iria beneficiar a causa de Farouq.

— Akbar — gritou Farouq para o corredor, lutando para se compor.

Um momento depois, o grande guarda-costas apareceu à porta.

Os olhos de Farouq o avaliaram rapidamente.

— Você é um garoto forte. Preciso que faça algo para mim.

44

Cidade do Vaticano

Os dois cientistas subiram um andar de elevador, e as portas se abriram na principal galeria acima do laboratório — o Museu Pio-Cristão dos museus Vaticanos.

Quando saíram do elevador Bersei explicou, em voz baixa:

— Veja, Charlotte, durante três séculos depois da morte de Jesus os primeiros cristãos não o retrataram. Contudo, esses primeiros cristãos usaram outras imagens para simbolizá-lo.

— Como você sabe?

— Temos evidências arqueológicas. E boa parte delas está aqui — disse, indicando com os olhos a coleção de arte que se estendia à frente deles. — Deixe-me mostrar algo.

Charlotte seguiu ao lado dele, vendo os relevos em mármore com motivos cristãos colocados nas paredes como grandes telas de pedra.

Bersei esticou a mão na direção deles.

— Você conhece esta coleção?

Ela balançou a cabeça negativamente.

— São relíquias do início do século IV, quando o imperador Diocleciano iniciou sua campanha de perseguição, queimando igrejas e matando os cristãos que não renegavam sua fé. Era a época em que os primeiros cristãos se reuniam em segredo nas catacumbas fora de Roma para rezar entre os mártires e santos mortos que lá repousavam, alguns em caixões de pedra decorados — disse, apontando para um deles sobre uma pesada plataforma.

— Um sarcófago — observou Charlotte, admirando o trabalho artesanal.

— Sim. Uma espécie de primo do ossuário judaico que estamos estudando. Muitos dos primeiros cristãos eram judeus convertidos que sem dúvida desenvolveram aquilo que seria o ritual funerário cristão.

Pararam em frente a uma estátua de mármore de 90 centímetros de altura.

— Aqui estamos — disse Bersei, virando-se para ela. — Sabe o que esta estátua representa?

Ela olhou e viu um jovem com cabelos cacheados compridos, vestindo uma túnica. Tinha um cordeiro sobre os ombros e segurava suas pernas com as duas mãos. Uma bolsa pendurada ao lado do corpo continha uma lira.

— Parece um pastor.

— Nada mau. É intitulada *O bom pastor*. Foi encontrada nas catacumbas. Era assim que os primeiros cristãos retratavam Jesus.

Charlotte olhou novamente para a estátua.

— Você está brincando.

O pastor tinha traços infantis, suaves, uma concepção greco-romana — não bíblica.

— Não. Irônico, não é? Mas tenha em mente que esta representação fundia mitologia com a história de Jesus. O objetivo não era que se parecesse com ele. Era uma tentativa de incorporar o ideal que ele representava; o protetor, o pastor. Orfeu, o Deus pagão grego da arte e da música, também é incorporado nesta imagem de Cristo. Assim como a música celestial de Orfeu podia acalmar e aplacar a mais selvagem das feras, as palavras de Jesus aplacavam a alma dos pecadores — contou, apontando para a lira pendurada ao lado do corpo do pastor.

— Assim como o golfinho e o tridente representam salvação e divindade — disse ela, entendendo por que ele a levara até ali.

— Exatamente.

— Mas por quê? Por que eles não veneravam ícones ou o crucifixo?

Eles estavam por toda parte, pensou ela. Especialmente naquele lugar. Era difícil imaginar o catolicismo sem sua horrenda cruz.

— Para começar, isso seria uma mensagem clara aos romanos de que eles eram cristãos. Nada inteligente em uma época de perseguição sistemática. Em segundo lugar, os primeiros cristãos não abraçavam a ideia de iconografia. Na verdade, Pedro e Paulo proibiram isso. Por isso, na época não havia imagens do crucifixo. Isso só surgiu com Constantino.

— Novamente o cara.

— Certamente. Ele é o patriarca da fé moderna. Constantino mudou todas as regras. Crucificações e até mesmo catacumbas foram abandonados quando ele chegou ao poder, no século IV. Também nesse momento Cristo foi transformado em verdadeiro herói cultuado, um ser divino. Surgiram crucifixos, catedrais grandiosas foram construídas e a Bíblia chegou a ser compilada de modo formal. A religião literalmente passou dos subterrâneos para o primeiro plano.

— É impressionante: não estudei Constantino em minhas aulas de história, e frequentei uma escola secundária católica! Realmente não sei nada sobre ele.

Bersei respirou fundo, relaxando os ombros.

— Em 312 d.C. o império romano dividiu-se entre dois imperadores: Constantino, no Ocidente, e seu aliado Licínio, no Oriente, contra Maximino e Massêncio. Constantino havia decidido que o deus-sol, *Sol Invictus*, determinara que ele fosse o único governante de todo o império. Assim, com um exército formado por um grupo obscuro conhecido como cristãos, ele avançou pela Itália combatendo até chegar a 16 quilômetros de Roma, na única ponte que cruzava o rio Tibre, a ponte Mílvio. Quando correu o boato de que o exército de Massêncio superava o de Constantino em dez para um, os cristãos rapidamente perderam o moral. Ao alvorecer do dia de sua investida final sobre Roma, Constantino estava prestando tributo a Sol Invictus quando viu no céu um sinal milagroso na forma de cruz, superpondo o X e o P, o *qui* e o *rô* gregos, que eram as duas primeiras letras de "Cristo". Imediatamente reuniu suas tropas e proclamou que seu salvador, Jesus Cristo, dissera a ele: "com o sinal vocês conquistarão". Constantino ordenou que ferreiros colocassem o símbolo em todos os escudos, e os homens recuperaram a coragem. Naquele mesmo dia os exércitos se enfrentaram em uma batalha sangrenta e, milagrosamente, Constantino saiu vitorioso.

— E o exército atribuiu a vitória à intervenção de Cristo?

Bersei anuiu.

— Sim. Tendo uma dívida para com seus soldados, talvez até mesmo inspirado pelo poder embriagador e pela persuasão de sua fé apaixonada, Constantino acabou abraçando nacionalmente sua religião. Claro, é preciso notar que o "Deus único" venerado pelos cristãos se casava bem com o conceito pessoal de Constantino como único imperador romano. Contudo, para homenagear Sol Invictus e aplacar as massas pagãs do império que ainda não haviam sido assimiladas pela nova religião, Constantino habilidosamente acrescentou muitos conceitos pagãos ao cristianismo inicial.

— Por exemplo?

— Vamos começar com as coisas mais simples — disse Bersei, juntando os dedos e estudando a galeria. — A auréola, por exemplo. Assim como em nossas moedas de Pôncio Pilatos, Constantino havia cunhado moedas em 315, quando sua aliança com Licínio estava ruindo, e dez anos antes de assumir o controle de todo o império. Mas as moedas de Constantino retratavam Sol Invictus, um Sol Invictus com *halo solar* em uma túnica esvoaçante, impressionantemente parecida com a iconografia posterior de Jesus.

— Interessante.

— De forma inteligente, Constantino também fez coincidir a celebração do nascimento de Cristo com a celebração do aniversário de Sol Invictus, no solstício de inverno pagão, em 25 de dezembro. Imagino, claro, que você não ficará surpresa ao saber que o dia de adoração cristão, antes celebrado no sábado, o sabá judeu, também foi transferido para um dia da semana mais especial.

— Domingo.

Ele concordou.

— Conhecido na época de Constantino como *dies solis*, o dia do sol — explicou Giovanni, expressão fechada. — Porém algo mais profundo surge durante o reinado de Constantino. A ênfase na ressurreição física de Jesus, em oposição à espiritual.

— O que quer dizer?

— Os primeiros evangelhos gregos usavam uma palavra sugerindo que o corpo de Cristo não havia sido necessariamente reanimado, mas transformado.

— Mas na Bíblia Jesus saiu da tumba e apareceu aos discípulos após a morte, não? — argumentou ela, com todos aqueles anos de catecismo e escola católica tendo cravado isso na sua cabeça.

— Certamente. Jesus desapareceu da tumba — concordou ele rapidamente, um sorriso tomando seu rosto. — Mas nenhum dos evangelhos diz *como*. Nos relatos dos evangelhos que se seguem à tumba vazia Jesus também tinha a habilidade de atravessar paredes e se materializar do nada. E, se você se lembra da Bíblia, muitas das pessoas para quem ele apareceu nem o reconheceram. Esses não são atributos associados a um corpo físico reanimado.

— Então por que a Igreja enfatiza sua morte física e sua ressurreição física?

Ele sorriu.

— Eu aposto no seguinte. O Egito, especialmente a Alexandria, era um centro cultural com grande influência no império romano. Lá havia o culto a Osíris, deus do mundo inferior assassinado de forma horrenda por um deus rival chamado Seth, de fato cortado em pedaços. A esposa de Osíris, a deusa da vida, chamada Ísis, reuniu as partes de seu corpo, levou-as ao tempo e realizou rituais, de modo que três dias depois o deus ressuscitou.

— Parece muito com a Páscoa — concordou ela. — Você está sugerindo que os evangelhos foram alterados?

Um casal mais velho estava passando por perto, intrigado com as duas pessoas vestindo jalecos de laboratório. Bersei se aproximou mais de Charlotte.

— Basicamente intocados, mas talvez reinterpretados em pontos fundamentais. Imagino que uma parte disso possa ser apenas coincidência — esclareceu, dando de ombros. — Seja como for, a questão aqui é que no século IV o cristianismo estava sendo praticado de forma inconsistente por toda a Europa. Havia centenas de escrituras circulando, algumas legítimas, muitas acintosamente exageradas.

— O que implicava fundir todas as escrituras inconsistentes — deduziu ela.

— Certo. Não se pode culpar o camarada — defendeu Bersei. — Constantino estava tentando unir o império. A luta interna da Igreja apenas prejudicava isso.

— Faz sentido — admitiu Charlotte, pensando que Giovanni parecia realmente admirar Constantino.

— Enfim, foi quando tudo começou. A Igreja se tornou mais ligada ao império, um servindo ao outro simbioticamente. As crucificações desapareceram das estradas, mas um enorme crucifixo foi erguido acima do altar, e Roma deixou de governar pelo medo da espada, passando a governar pelo medo da condenação dos pecadores. Tudo em grande medida graças a um brilhante imperador romano que modificou a face da civilização ocidental.

Ela suspirou e balançou a cabeça negativamente.

— Achei que você tinha dito que era um bom menino católico.

— Eu sou — garantiu ele.

— Embora saiba de tudo isso?

— *Porque* eu sei de tudo isso. Você tem de entender que, se o que estamos vendo lá embaixo é o corpo físico de Cristo, isso não contradiz os evangelhos originais. Mas certamente cria um grande problema para uma Igreja que tomou certas liberdades na interpretação das escrituras.

— Diria que sim — concordou ela prontamente. — O que você acha que os cristãos pensariam caso nossas descobertas fossem conhecidas?

— Eles pensariam o que quisessem. Assim como eu e você. As provas são impressionantes, mas inconsistentes. Então os fiéis permaneceriam fiéis, como continuaram a ser em outras controvérsias. Não me entenda mal, mas certamente seria um terrível dilema para o cristianismo.

E um pesadelo de relações públicas assim que a imprensa tomasse conhecimento.

— Alguma chance de isso ser uma fraude?

Bersei suspirou.

— Teria de ser um senhor embuste, mas nunca se sabe.

45

Jerusalém

Quando Graham Barton retornou a seu apartamento alugado no segundo andar de um arranha-céu luxuoso convenientemente localizado na rua Jabotinski, na moderna Jerusalém, já eram oito e meia da noite. Depois de tudo o que acontecera naquele dia, estava ansioso por uma taça cheia de *cabernet sauvignon*, um telefonema para a esposa a fim de dizer que estava bem e uma longa noite de sono.

O atentado na Grande Sinagoga prejudicara todo o planejamento do dia. Após descobrir o que havia acontecido, Razak partira imediatamente para se reunir com o Waqf e definir como lidar com o incidente. Praticamente todo mundo em Jerusalém passara o dia grudado na televisão, esperando atualizações sobre a explosão. Então Barton ficou o resto da tarde no Wohl, colocando em dia o trabalho que estava negligenciando. Precisou de todo o seu arsenal ético para recusar um convite de Rachel para ir beber com ela e um amigo. A verdade é que teria adorado um pouco de diversão.

Durante todo o dia imagens de cruzes templárias vagaram por sua cabeça como fúrias mordazes, tentando passar uma mensagem e reconstruir uma história milagrosa que clamava para ser esclarecida. Tendo tocado os ossos do benfeitor de Cristo, ele sofria pensando no que a urna desaparecida poderia conter e quem saberia como encontrá-la.

Naquele momento, vendo a violência na cidade, ele sentiu a obrigação de descobrir respostas que ajudassem a resolver a situação. Mas, depois da terrível experiência pela qual ele e Razak haviam passado em Gaza, Barton pensava se os israelenses sabiam mais do que estavam contando. Também estava preocupado com a possibilidade de os pistoleiros ainda estarem ansiosos para encontrar os dois. Imaginou para quem trabalhariam.

A verdade era que até aquele momento ele não descobrira nada de significativo para a investigação — pelo menos no que dizia respeito às autoridades. Como prometera, havia conversado com seus contatos nos mercados internacionais de antiguidades. Mas ainda não aparecera nada suspeito.

Certamente Topol e Teleksen logo iriam pressioná-lo.

Enquanto inseria a chave na fechadura da porta da frente, registrou três pessoas saindo da escada. Ele se inclinou para trás para ver melhor. Foi quando Topol e dois grandes guardas uniformizados fizeram a curva e se aproximaram em passos firmes.

Topol fez um aceno formal.

— Boa noite, sr. Barton.

O inglês sentiu um presságio. Mais cedo do que ele esperava, uma visita noturna de policiais à sua casa. Nada de bom sairia disso, pensou. Ele notou as armas nos coldres. Tendo vindo do Reino Unido, a visão de tantas armas ostensivamente exibidas era enervante.

— Boa noite, comandante.

— Que bom encontrá-lo aqui — disse Topol, os olhos escuros frios e firmes. — Tornará nossa visita mais significativa.

Com o coração acelerado, Barton perguntou.

— Por que seria assim?

— Por favor, vamos conversar lá dentro — disse o general de brigada, apontando para a porta.

Hesitando, Barton entrou no apartamento e acendeu a luz, os policiais atrás dele.

O apartamento, providenciado pela AIA como parte de sua generosa remuneração, tinha uma ampla sala onde ele pediu que os convidados se sentassem. Apenas Topol aceitou, os dois capangas permanecendo em pé ao lado da porta como aparadores de livros.

Topol foi direto ao ponto.

— Recebi a incumbência de fazer uma busca em sua residência, e gostaria de ter sua cooperação.

Chocado, Barton não soube o que responder.

— O quê? Por que você faria isso?

— Prefiro não discutir a respeito ainda. Tenho a devida autorização — disse, tirando um documento de aparência oficial e entregando-o a Barton. — Você pode ler enquanto começamos.

Estava em hebraico, claro. Topol fez um sinal para os dois aparadores de livros, e eles foram para o aposento seguinte.

— Poderia, por favor, esvaziar os bolsos?

— O que é isso? Estou sendo preso?

Barton não esperara que o telefonema para sua esposa fosse um pedido de representação legal. Não tinha nenhuma ideia de quais eram seus direitos civis naquele país. Será que deveria protestar?

— Por enquanto estamos apenas conversando — explicou Topol. — Caso se sinta mais confortável na delegacia, podemos ir para lá agora.

Barton anuiu.

— Recebi um telefonema muito perturbador do Waqf.

— Mesmo?

— Seus bolsos, por favor — insistiu Topol, apontando para a mesa.

De um modo ou de outro o general iria ter o que queria, percebeu Barton. Tentando não parecer assustado, começou a esvaziar os bolsos, colocando o conteúdo na mesa: carteira, passaporte britânico, chaves do Wohl, bilhetes de ônibus.

— Aparentemente faltam algumas coisas — continuou Topol.

Os ruídos que vinham dos fundos do apartamento não eram exatamente sutis — gavetas sendo abertas, móveis arrastados. Sinal de que nada estava livre da rigorosa inspeção de Topol.

Com enorme reticência, Barton enfiou a mão no bolso da camisa e tirou o cilindro de bronze, certo de que isso iria despertar a curiosidade do policial. Por fim, o pergaminho lacrado em plástico e a tradução dobrada que o acompanhava. Colocando tudo na mesa, ele tentou avaliar a expressão de Topol.

Com as sobrancelhas erguidas, a cabeça do general se inclinou levemente para um lado — como um cachorro curioso — olhando o estranho texto do pergaminho, mas resolvendo deixar isso de lado naquele momento.

— Desde o início desta investigação suspeitamos que alguém de dentro poderia ter ajudado a organizar o roubo. O líder do Waqf expressou a mesma preocupação. E, após ouvir o que ele tinha a dizer hoje, devo admitir que concordo com suas afirmações.

Topol recordou sua discussão com Teleksen na noite anterior. Uma solução rápida era fundamental para impedir mais derramamento de sangue.

— O roubo demandou movimento de armas e explosivos extremamente sofisticados — disse o policial, debochando. — Para não falar em homens preparados. Apenas alguém com autorização de alto nível poderia ter feito essas transações. Alguém com acesso a transporte. Alguém bastante versado na história do Monte do Templo. E alguém que soubesse exatamente quais tesouros estavam enterrados naquela câmara. O Waqf sugere que essa pessoa é você.

Barton sentiu falta de ar.

— Você deve estar brincando. Sei que o atentado reforçou a necessidade de ações rápidas, mas isto é...

Topol ergueu a mão.

— Um helicóptero israelense e dois pilotos ainda estão desaparecidos...

Barton viu o general baixar os olhos ao dizer isso. Será que ele sabia do encontro em Gaza? Será que sabia a respeito do pescador e dos restos recuperados do Black Hawk?

— Fontes indicam que esses pilotos podem estar envolvidos no roubo... Ter ajudado a realizá-lo — continuou Topol. — Talvez alguém de dentro os tenha abordado. Dado algum incentivo a essas pessoas.

Barton permaneceu rígido.

— Você sabe que não há como eu estar envolvido nisso.

O general tinha uma expressão pétrea.

— Eu soube que você ganhou muita fama obtendo antiguidades raras para clientes europeus.

— Museus — esclareceu o arqueólogo.

— Você oferece um serviço muito lucrativo. Não é verdade?

Barton não iria participar daquela discussão, não sem um advogado.

— Dada a natureza de seu trabalho para a AIA, você também recebeu acesso de alto nível à Cidade Velha. Tem transferido equipamento à vontade... Muitas vezes sem inspeção.

— Como poderia ter trazido explosivos para a cidade? — questionou Barton, desta vez em tom mais forte. — Há detectores por toda parte.

— Aparentemente é muito fácil. Nossos químicos analisaram os resíduos do explosivo plástico. Parece que ele não tinha o marcador químico que permitiria sua detecção: dimetil dinitrobutano. Entenda, sr. Barton, esses explosivos eram de nível militar. Talvez tenham sido dados a você por nossos pilotos desaparecidos.

Um dos policiais entrou apressado na sala, quebrando momentaneamente a tensão. Carregava algo em um grande invólucro plástico.

Barton estava confuso e olhava o pacote. O que, afinal, havia na bolsa? Parecia algo bem grande.

Ainda sentado, Topol removeu o plástico e leu em voz alta o nome do modelo no compartimento preto do motor: Flex BHI 822 VR.

— Fabricante europeu, pelo que vejo — disse Topol, passando o dedo pela comprida broca em copo presa ao mandril. A ponta circular era bem afiada. — Uma furadeira. Faz parte de sua caixa de ferramentas?

Pouco depois do roubo, quando os legistas de Topol analisaram a área da explosão, encontraram a furadeira jogada no chão. Sem digitais. Naquela manhã Topol se assegurara de que toda a documentação referente a ela fosse eliminada dos registros.

O rosto do arqueólogo ficou branco.

— Eu nunca vi essa coisa na minha vida — disse ele fracamente. As vozes estavam começando a ficar confusas, como se tudo se desenrolasse em câmera lenta. Aquilo realmente estava acontecendo?

— E o que você tem aqui? — disse Topol, inclinando-se e pegando o pergaminho da mesa, olhando curioso. — Parece um documento antigo.

Desdobrou a folha de papel contendo a cópia e a tradução correspondente.

— Não sou estudioso da Bíblia, sr. Barton, mas isto me parece algo que insinua uma câmara funerária escondida sob o

Monte Moriá. E, se não me engano, José de Arimateia não estava de algum modo ligado a Jesus Cristo? Ele não é personagem de lendas sobre o Santo Graal, uma relíquia inestimável para aqueles que acreditam?

Havia um tom sarcástico na voz de Topol, apenas confirmando a suspeita de que, de algum modo, ele já sabia sobre o pergaminho. Suor começou a brotar na testa de Barton. As paredes estavam se fechando.

— Você teve acesso à cena do crime e em troca eliminou provas fundamentais, raspando inscrições na parede, removendo os ossuários remanescentes.

— O quê? — reagiu Barton, estupefato. — Você está completamente louco!

— Você me ouviu. O Waqf insiste que os nove ossuários remanescentes desapareceram misteriosamente. Parece que o ladrão ainda está entre nós.

Que os ossuários tivessem desaparecido de repente era de fato perturbador, mas algo na primeira acusação do general o chocara ainda mais.

— Raspar inscrições da parede? O que isso significa?

Topol estava preparado para aquilo. Tirou uma fotografia do bolso do paletó e entregou-a a Barton.

— Veja você mesmo. Esta fotografia foi tirada por minha equipe de legistas um dia antes de você chegar.

Chocado, Barton viu que a imagem enquadrada era da tabuleta de pedra afixada na parede da cripta. Havia nove nomes relacionados... E o relevo absolutamente claro de um golfinho enrolado em um tridente. Ele já tinha visto aquele símbolo e conhecia bem sua origem. Suas implicações o abalaram profundamente. Mas ele não podia lidar com isso naquele momento; antes, precisava se salvar.

— Ser vítima de uma fraude não era o que eu tinha em mente quando aceitei este projeto.

Topol ignorou o comentário. O segundo policial retornou, e o general indicou Barton para eles.

46

Paris, França
18 de março de 1314

Com as mãos amarradas às costas, Jacques DeMolay foi conduzido pelos guardas degraus acima rumo à plataforma de madeira em frente à catedral de Notre Dame. Erguendo os olhos para o que um dia pareceu uma transcendental obra de engenharia grandiosa, DeMolay viu apenas o esqueleto de pedra de um enorme demônio — os arcobotantes suspensos eram costelas gigantescas, as espiras gêmeas, chifres, a rosácea, um grande olho malévolo. Ele ouviu o rumor do rio Sena correndo ao redor da Île de la Cité, isolando a pequena ilha do resto de Paris como se fosse um câncer.

Baixando os olhos para os degraus da frente da catedral, examinou os prelados papais ali sentados, e tentou achar o rosto feio de Clemente. Tendo fracassado miseravelmente em seu apelo ao rei Felipe para recriar a Ordem, o maldito traidor não teve a coragem ou a decência de aparecer. Três cardeais estavam no centro do palco para desempenhar o papel de carrascos.

Uma grande multidão se reunira a fim de acompanhar o julgamento improvisado, ansiosa para pôr os olhos em um herói caído prestes a encontrar seu trágico fim. DeMolay se sentia como um ator, só em um palco funesto, até que momentos depois três outros dignos templários foram empurrados escada acima e se juntaram a ele.

Jacques DeMolay olhou para os três com orgulho: Geoffroy DeCharnay, Hughes DePairaud e Geoffroy DeGonneville — todos eles homens honrados que haviam servido com nobreza à Ordem. Infelizmente, também eles estavam na França quase sete anos antes, quando o rei Felipe ordenara que seus exércitos prendessem os templários em segredo.

A farsa começou minutos depois, com testemunhos furiosos de padres de língua afiada incitando a multidão com sua mixórdia de acusações e falsas denúncias contra os cavaleiros templários. Foi dada ênfase especial a relatos fantásticos de homossexualismo e culto ao demônio, já que essas invenções causavam bom efeito nas emoções da massa. Depois, com DeMolay escutando assombrado, o padre leu para a multidão um documento que relacionava as confissões das acusações assinadas por DeMolay — documento que ele nunca tinha visto antes.

As mentiras queimaram os ouvidos de DeMolay como brasas, mas ele permaneceu desafiador, eventualmente erguendo os olhos para as gárgulas de pedra que espiavam da fachada da Notre Dame.

O silêncio se abateu sobre a cena de repente, quando um cardeal se levantou, apontou para o grão-mestre e gritou:

— E você, Jacques DeMolay, o próprio mal que lidera essa Ordem ímpia, o que diz das acusações apresentadas aqui? Irá de uma vez por todas confessar sua culpa, afirmando que essas confissões são seu verdadeiro testemunho, para que possa recuperar sua dignidade na presença de Deus?

DeMolay olhou para o cardeal com curiosidade, impressionado por um dia ter servido tão lealmente a homens como aquele. Tantos templários morreram em nome de Cristo na Terra Santa. Sentiu vontade de denunciar as mentiras que aqueles bastardos hipócritas haviam propagado ao longo de séculos para compensar o sacrifício. Mas ninguém acreditaria nas coisas impressionantes que ele descobrira, nem nas relíquias igualmente impressionantes que ainda estavam escondidas embaixo do local do Templo de Salomão, em Jerusalém, e que confirmavam essas verdades. Sem provas ele iria apenas abalar ainda mais sua reputação e fazer o jogo de seus carrascos. DeMolay se consolou por saber que algum dia a verdade seria descoberta... *E a desgraça se abaterá sobre todos os que tentaram negá-la*, pensou. Ele sabia que aqueles homens estavam determinados a destruí-lo. Quer isso acontecesse naquele dia ou após mais alguns anos, apodrecendo até a morte em alguma cela imunda de prisão, ele estava condenado — o alvo da malévola trama do rei.

O grão-mestre olhou fundo nos olhos dos seus três amigos e viu uma determinação comum sob um fino véu de medo. A fraternidade resistiria até o fim.

Pigarreando, DeMolay se voltou para o cardeal.

— É justo que, quando minha vida está prestes a ser tirada por aqueles a quem servi tão lealmente, torne conhecidas as mentiras aqui apresentadas e conte apenas a verdade com meus próprios lábios. Perante Deus e todos os que testemunham esta injustiça, eu admito ser culpado de uma grande iniquidade, mas não a fabricada por meus acusadores — disse, desviando os olhos da multidão para o cardeal. — Sou culpado apenas da vergonha e da desonra que suportei sob tortura e ameaça de morte para concordar com essas lamentáveis acusações feitas à Ordem dos Templários. Declaro perante vocês agora que os nobres homens que serviram a esta Igreja para proteger a cristandade foram injustamente demonizados. Portanto, eu me recuso a desgraçar meus irmãos concordando com outra mentira.

Chocado com a ousada réplica do prisioneiro, o cardeal ficou mudo por um longo momento antes de declarar:

— Ao negar sua confissão jurada você não me deixa opção que não invocar o decreto do rei Felipe para que pereçam na fogueira.

DeMolay deu um leve sorriso. Finalmente chegaria o fim.

Então o cardeal se dirigiu aos três outros templários, condenando-os à prisão perpétua. DeMolay ficou chocado quando Hughes DePairaud e Geoffroy DeGonneville se confessaram culpados das acusações.

Depois o cardeal perguntou o mesmo a Geoffroy DeCharnay.

Subitamente possuído, DeCharnay mostrou os dentes e gritou:

— Também renego todas as acusações feitas a mim! Tendo Deus por testemunha, essas mentiras servem apenas a um papa desprezível e a um rei igualmente torpe. O único homem correto aqui hoje é Jacques DeMolay. Eu o segui em batalha e o seguirei rumo a Deus.

O cardeal estava furioso.

— Seu desejo será atendido!

Jacques DeMolay e Geoffroy DeCharnay foram então levados a um barco para a rápida viagem até a Île de Javiaux, perto dali, lugar onde dezenas de templários já haviam sido queimados vivos.

O sol se punha distante, e a escuridão tomava conta de Paris.

Enquanto eram conduzidos aos dois postes, ambos já enegrecidos de carne queimada, DeMolay se voltou para seu irmão templário. Os anos de prisão e tortura transformaram DeCharnay em uma sombra do guerreiro robusto que ele conhecera na Terra Santa, mas a expressão do homem era surpreendentemente resoluta.

— Lembre-se do que deixamos para trás em Jerusalém — disse DeMolay. — Seus serviços e seu sacrifício serão recompensados por Ele. E Seu dia do julgamento logo virá, Geoffroy. Você praticou o ato mais nobre de que um homem é capaz. Você serviu a Deus. Abandone seu corpo alquebrado e não olhe para trás. Esta noite sua alma será libertada.

— Abençoado seja, Jacques — disse DeCharnay. — Foi uma honra servir ao seu lado.

DeMolay se virou para os soldados franceses que o empurravam contra a estaca.

— Não sou ameaça a vocês agora — insistiu. — Soltem minhas mãos para que eu possa rezar em meus momentos finais.

Relutantes, os guardas cortaram as cordas dos punhos do velho, mas usaram correntes pesadas para prender seu corpo à estaca. A madeira empilhada ao redor de DeMolay ainda estava verde. Por ordem expressa do rei Felipe, sua morte seria demorada, a fogo lento.

Olhando por sobre o ombro, DeMolay agradeceu pela última vez a DeCharnay, acorrentado à estaca atrás dele. Quando a pira foi acesa, os sinos da Notre Dame começaram a dobrar.

O calor subiu pelos pés e pernas do velho. Depois as línguas de fogo começaram lentamente a cozinhar a parte inferior do seu corpo. Quando o fogo aumentou, sua carne se transformou em bolhas vermelhas, enegrecendo seus pés. Com o inferno crescendo, DeMolay gritou de agonia, as chamas subindo por suas pernas. Ele mal conseguia ouvir os gritos de DeCharnay. Juntando as mãos, ele as jogou para o céu e gritou:

— Que o mal encontre aqueles que equivocadamente nos condenaram! Que Deus nos vingue e mande esses homens para o inferno!

Enquanto seu corpo era consumido, Jacques DeMolay sentiu seu espírito se levantar.

O grão-mestre templário foi engolido pelo inferno, seus restos mortais transformados em uma tocha brilhante contra o céu noturno.

SEXTA-FEIRA

47

Roma

Abrindo a porta da frente de sua casa graciosa debruçada sobre o bem cuidado parque da Villa Borghese, Giovanni Bersei, de roupão e descalço, pegou a edição matutina de *Il Messaggero* no degrau da frente. O sol começava a lançar um azul profundo em cima dos telhados próximos, e as lâmpadas nos postes da rua vazia ainda projetavam um brilho quente. Aquela era sua hora preferida do dia.

Quando se virava para entrar, parou, querendo olhar a grade de ferro ainda pendurada frouxamente na fachada de sua casa. Carmela estava insistindo com ele havia três semanas para dar um jeito ali. Naquele dia o serviço seria feito, jurou. Fechou a porta e foi direto para a cozinha.

O bule de café dotado com *timer* já estava cheio. Serviu uma xícara e ficou um bom tempo sentado, desfrutando do silêncio. Segurando a caneca de porcelana com as duas mãos, tomou o café preto lentamente, apreciando o sabor. O que diziam de uma grande xícara de café? Ele jurava não haver elixir melhor.

Bersei não dormira nada bem na noite anterior, a cabeça girando o tempo todo em torno do ossuário, o esqueleto e o símbolo chocante que acompanhava as relíquias. A simples possibilidade de que tivesse tocado os restos físicos de Jesus Cristo o deixava envergonhado e vulnerável, em busca de uma explicação. Era católico praticante — alguém que acreditava na história mais poderosa já contada. Ia à igreja todo domingo e rezava com frequência. E naquela manhã o Vaticano iria pedir que explicasse suas descobertas. Como alguém podia explicar o que ele tinha visto nos dias anteriores?

Coçando a barba grisalha por fazer, colocou os óculos de leitura e começou a examinar o jornal. Uma chamada no pé da primeira página dizia: MUÇULMANOS E JUDEUS FURIOSOS COM BOATO DE ROUBO NO MONTE DO TEMPLO. Ignorou-a, indo direto para as amenidades. Depois, quase sem pensar, voltou à primeira página.

Embora matérias abordando as delicadas dificuldades políticas na Terra Santa fossem comuns na imprensa, Bersei percebera que nos dias anteriores elas haviam merecido mais destaque que de hábito. Talvez toda a conversa de laboratório sobre a antiga Judeia, Pôncio Pilatos e crucificação o tivesse levado a prestar mais atenção. A foto que acompanhava a chamada mostrava soldados e policiais israelenses tentando conter protestos violentos junto ao famoso Muro das Lamentações — a muralha oeste do Monte do Templo.

Ele leu:

> Após a violência de sexta-feira no Monte do Templo, em Jerusalém, autoridades muçulmanas pressionam o governo israelense a dar informações sobre a misteriosa explosão que infligiu sérios danos ao local. Judeus da cidade cobram respostas para a razão da morte de treze soldados da Força de Defesa de Israel durante um tiroteio travado pouco depois da explosão. Até agora as autoridades confirmaram apenas que um helicóptero militar israelense foi usado para retirar do local os supostos atacantes (...).

— Isso não é bom — murmurou.

(...) Muitos criticaram as autoridades israelenses por ignorar boatos de que o incidente envolvia artefatos religiosos roubados do local.

— Artefatos religiosos?
— O quê, querido? — disse Carmela, saindo do corredor com um robe azul-claro sobre o pijama de seda. Ela se curvou para beijá-lo na cabeça antes de pegar uma caneca no armário, os chinelos peludos cor de rosa deslizando pelo chão.
— Provavelmente nada. Estou lendo sobre o tumulto em Israel.
— Eles nunca vão se entender — disse Carmela, colocando café em sua caneca preferida, na forma de uma caricatura de elefante, a tromba curva servindo de asa. — Eles só querem se matar uns aos outros.
— Parece que sim — concordou. Ao vê-la sem maquiagem e com os cabelos despenteados, ele sorriu por dentro. Muitos anos juntos.

Ele voltou sua atenção para o jornal. A matéria continuava, dizendo que os esforços para um acordo de paz mais formal e duradouro entre israelenses e palestinos haviam sido prejudicados mais uma vez.

— Vai voltar para casa cedo hoje?
— Espero que sim — disse, preocupado.
Carmela empurrou o jornal para conseguir a atenção dele.
— Esperava que você me levasse àquele novo bistrô do qual Claudio e Anna-Maria falaram outra noite.
— Claro, meu amor. Seria ótimo. Quer fazer uma reserva para as oito horas?
— Talvez você tenha tempo para consertar a grade antes de sairmos.

Sorrindo, Bersei respondeu:
— Verei o que posso fazer.
Bersei voltou para a matéria. Imediatamente sentiu como se tivesse levado um soco no estômago. Havia o retrato falado de um homem que parecia muito familiar.

Voltando os olhos para a legenda, leu em voz alta:
— O suspeito seria um homem caucasiano com aproximadamente 1,80m de altura e 88 quilos. As autoridades afirmam que ele usou a identidade de Daniel Marrone e buscam informações sobre o seu paradeiro.

De repente, tudo começou a se mover em câmera lenta.

A única explicação possível era que o Vaticano estava de algum modo envolvido no que acontecia em Israel. Mas isso era *impossível*. Ou não era?

Bersei tentou reconstruir os acontecimentos dos dias anteriores. Segundo o noticiário, o roubo em Jerusalém havia sido praticado na sexta-feira anterior. Uma semana antes. Ele e Charlotte foram à Cidade do Vaticano pouco depois. Ela chegara a Roma de avião na tarde de domingo. Ele, na manhã de segunda, pouco antes de o padre Donovan e Salvatore Conte voltarem com a caixa misteriosa.

Claro. Lembrando das impressões de trançado deixadas na pátina do ossuário, ele já não suspeitava de uma remoção descuidada. Suspeitava de uma remoção *apressada*. Um roubo?

Lembrou da expressão do padre Donovan quando abriu a caixa — ansiedade... E algo mais em seus olhos. O selo de transporte da Eurostar ainda estava bem vivo em sua mente. Bari, o local de descanso de São Nicolau. A vibrante cidade turística na costa oriental da Itália virada para o Adriático, com rotas marinhas ligando diretamente ao Mediterrâneo... e a Israel. Bari ficava a 500 quilômetros de Roma — provavelmente menos de cinco horas de trem, achava. Mas ficava a pelo menos 2 mil quilômetros de Israel.

Ele pensou que seria necessário um barco muito rápido para aquilo. Mas, viajando a 22 nós — pouco mais de 37 quilômetros por hora —, talvez fosse possível em dois dias. Pensando do modo mais pessimista, em dois dias e meio no mar e mais metade de um dia atravessando a Itália, o transporte se encaixava confortavelmente no cronograma.

Voltou a ler a matéria. Treze soldados israelenses mortos. Os ladrões eram sofisticados, e não foram encontradas pistas significativas.

Seria o Vaticano *realmente* capaz de montar uma operação como aquela? Mas usar um helicóptero israelense no roubo? Isso não fazia sentido. Certamente o padre Donovan — *um clérigo, Deus do céu!* — não seria capaz de tal coisa.

Mas Salvatore Conte... Ele olhou o retrato falado novamente e sentiu medo.

Bersei avaliou uma segunda teoria. Talvez o Vaticano tivesse roubado o ossuário de quem o havia roubado e acabado involuntariamente envolvido no incidente. Ainda assim, isso poderia se revelar extremamente problemático para o Vaticano. Eles podiam ser envolvidos na confusão como cúmplices. Uma coisa era certa: de algum modo, as relíquias no porão do Vaticano tinham origem muito questionável.

Tentou pensar em como lidar com aquilo. Será que devia consultar Charlotte? Ou procurar as autoridades?

Você não pode fazer acusações absurdas sem as devidas provas, disse a si mesmo.

Baixando o jornal, Giovanni pegou o telefone e pediu ao telefonista para ser transferido ao posto local dos *carabinieri* — a força policial militar da Itália, que patrulhava as ruas de Roma com submetralhadoras, como se a cidade estivesse permanentemente sob lei marcial. Uma jovem voz masculina atendeu, e Giovanni pediu para falar com o detetive de plantão. Após algumas perguntas rápidas, o jovem informou a Giovanni que ele teria de falar com o detetive Armando Perardi, que só chegaria ao escritório às nove e meia.

— Você pode me passar a caixa postal dele, por favor? — pediu Giovanni, em italiano.

A linha ficou em silêncio por alguns segundos antes de começar a mal-humorada saudação do detetive Perardi. Giovanni esperou o sinal e depois deixou uma mensagem rápida pedindo um encontro posterior para discutir uma possível ligação romana com o roubo em Jerusalém. Deu o número do seu celular. Não fez nenhuma referência ao Vaticano. Aquilo só iria embolar as coisas, já que o Vaticano era outro país. Encerrando a ligação, Bersei subiu as escadas apressado para se vestir. Teria de agir rapidamente.

Parando sua Vespa no estacionamento dos funcionários junto ao Museu do Vaticano, Giovanni entrou rapidamente pela porta de serviço nos fundos do Museu Pio-Cristão.

Quando as portas do elevador se abriram no corredor do porão, ele sentiu uma onda de pânico, esperando que mais ninguém tivesse decidido chegar cedo naquela manhã. Conferiu o relógio: 7h32.

O que ele precisava fazer teria de fazer sozinho. Charlotte Hennesey não podia ser arrastada para aquilo. Afinal, e se ele estivesse errado?

Quando saiu do elevador o corredor parecia vivo, como se fosse Jonas sendo engolido pela baleia. E encaminhou-se rapidamente ao laboratório e usou seu cartão para destrancar a porta.

Olhando por sobre o ombro para verificar se o corredor ainda estava vazio, entrou e foi diretamente à estação de trabalho.

Os pregos e as moedas estavam na bandeja. Ao lado deles, o último dos mistérios do ossuário, o cilindro com o rolo. Havia algo nele que o perturbava. Se seus pressentimentos sobre aquilo estivessem certos, não haveria outra oportunidade de ler. E algo lhe dizia que continha pistas fundamentais sobre a origem da relíquia.

O estudo cuidadoso da urna e de seu conteúdo o deixara com poucas dúvidas de que o ossuário era originário de Israel. A pedra e a pátina eram daquela região. Ele olhou para o esqueleto depositado na estação de trabalho — também os ossos confirmavam a origem da relíquia. Crucificações foram comuns na Judeia no século I. E, estudando o ossuário uma última vez, passou os dedos sobre o antigo símbolo cristão para Cristo, exatamente o que derrubava seu último muro de dúvidas.

Eram todos fatos condenatórios, apontando para o Vaticano. Bersei se puniu por não ter feito a ligação antes. Mas tudo parecera fantástico demais.

Pegou o cilindro na bandeja e tirou a tampa solta. Então retirou o rolo. Seu coração estava acelerado enquanto desenrolava cuidadosamente a pele de bezerro. Olhando rapidamente ao redor da sala, podia sentir olhos invisíveis vigiando-o.

Algumas questões o incomodavam. Como uma descoberta tão profunda poderia ter permanecido em segredo por tanto tempo? Se os ossos realmente eram de Jesus — ou mesmo de um de seus contemporâneos —, por que isso nunca havia sido documentado? E, não importava quem tinha sido aquele homem, como o Vaticano descobrira o segredo apenas naquele momento, 2 mil anos depois?

Voltando à questão imediata.

Ao alisar delicadamente o rolo de couro, Bersei sentiu uma onda de emoções conflitantes. Estava convencido de que o antigo documento poderia lhe dar a última pista — talvez até mesmo confirmar ou negar a verdadeira identidade do homem.

Assim como os ossos e as outras relíquias, Bersei viu logo que o rolo de couro estava magnificamente preservado. Havia infinitas possibilidades sobre o que aquele documento poderia conter. Os últimos desejos e o testamento do morto? Uma última oração lacrada por aqueles que enterraram o corpo? Talvez até mesmo um decreto explicando por que aquele homem fora crucificado.

Seus dedos tremiam incontrolavelmente quando o ergueu. Um texto elegante estava escrito com alguma espécie de tinta. Estudando mais atentamente, viu que era grego coiné, o dialeto algumas vezes identificado como "Grego do Novo Testamento", a língua franca não oficial do império romano até o final do século IV.

A primeira conclusão era a de que o autor recebera boa educação — talvez um romano.

Abaixo do texto havia um desenho bastante detalhado que parecia muito familiar.

Enquanto lia a antiga mensagem — clara e breve —, sua tensão extrema começou a diminuir, e por um momento ele ficou ali sentado em silêncio.

Voltando novamente a atenção para o desenho, o antropólogo mais uma vez sentiu que já vira a imagem antes. Franziu o cenho enquanto o estudava com cuidado. Pense. *Pense.*

Foi então que se lembrou. O rosto de Bersei ficou pálido. *Claro!*

Ele decididamente tinha visto aquela imagem antes, e o lugar que queria retratar ficava a poucos quilômetros dali, na periferia de Roma, bem abaixo da cidade. Soube no mesmo instante que teria de ir lá assim que tivesse terminado tudo ali.

Indo com rapidez até a copiadora que ficava no canto da sala, colocou o rolo sobre o vidro, baixou a tampa e fez uma cópia. Devolvendo o rolo ao cilindro, colocou-o ao lado das outras relíquias. Então dobrou a cópia, guardando-a no bolso.

Enquanto se concentrava em reunir provas para sustentar sua acusação ao Vaticano, logo voltou a ficar paranoico com a própria segurança. Mas precisava de informações que pudessem ser usadas pelos *carabinieri* para investigar o caso.

Com os nervos em frangalhos, Bersei ligou seu laptop ao principal terminal de computador e começou a copiar arquivos para seu disco rígido — o perfil completo do esqueleto, fotografias do ossuário e as relíquias que o acompanhavam, resultados de datação por carbono, tudo.

Conferiu o relógio novamente: 7h46. O tempo estava se esgotando.

Quando acabou de copiar o último arquivo, fechou o laptop e o colocou em sua mala. Retirar mais alguma coisa pareceria muito suspeito.

— Olá, Giovanni — chamou uma voz conhecida.

Ele se virou. Charlotte. Nem sequer a ouvira entrar.

Ao passar por ele, Charlotte viu que o colega parecia péssimo.

— Tudo bem?

Ele não soube o que dizer.

— Chegou cedo.

— Não dormi bem. Vai a algum lugar? — perguntou, achando-o assustadoramente nervoso.

— Tenho de ir a um encontro.

— Ah — disse ela, conferindo o relógio. — Voltará para a reunião, certo?

Ele se levantou e pendurou a bolsa no ombro.

— Na verdade, não sei. Apareceu algo importante.

— Mais importante que nossa apresentação?

Ele desviou os olhos.

— Há algo errado, Giovanni. Diga o que é.

Seus olhos percorreram a parede, como se estivesse ouvindo vozes.

— Não aqui — disse. — Saia comigo e eu explico.

Bersei abriu a porta principal e espiou o corredor. Tudo limpo. Acenou para que ela o seguisse.

Saiu silenciosamente e Charlotte o seguiu, fechando a porta atrás de si.

Na sala de vigilância improvisada, Salvatore Conte ficou sentado absolutamente imóvel até os passos no corredor desaparecerem. Então pegou o telefone.

Santelli respondeu no segundo toque, e Conte podia dizer pela voz pastosa que havia acordado o homem.

— Você está com um problema de verdade aqui.

O cardeal sabia o que estava por vir. Pigarreou.

— Eles descobriram?

— Apenas Bersei. E está saindo exatamente agora com cópias, a caminho dos *carabinieri*.

— Lamentável — disse Santelli, fazendo uma breve pausa e suspirando. — Você sabe o que tem de fazer.

48

Bersei não disse uma palavra até estarem em segurança fora do recinto do museu. Foi direto na direção de sua Vespa estacionada, com Charlotte andando rapidamente a fim de não ficar para trás.

— Acho que o Vaticano está envolvido em algo ruim — disse em voz baixa. — Algo a ver com o ossuário.

— Do que você está falando?

— É muita coisa para explicar agora, e não sei se estou certo quanto a tudo isso — disse, guardando a bolsa com o laptop no compartimento traseiro da Vespa e colocando o capacete.

— Certo quanto a *quê?* — perguntou Charlotte, começando a ficar assustada.

— É melhor que eu não conte. Você vai precisar confiar em mim. Estará em segurança aqui, não se preocupe.

— Giovanni, por favor.

Subindo na Vespa, ele colocou a chave na ignição e ligou o motor.

Ela agarrou o braço dele com força.

— Você não vai a lugar algum até me dizer do que está falando — disse, acima do barulho do motor.

Suspirando fundo, Bersei olhou para ela, a expressão preocupada.

— Acho que o ossuário foi roubado. Ele pode estar ligado a um roubo em Jerusalém que deixou muitas pessoas mortas. Há alguém com quem tenho de falar sobre o que descobrimos.

Ela não disse nada por um momento.

— Você tem certeza disso? Parece um pouco radical, não acha?

— Não, não tenho certeza. Por isso estou tentando deixar você fora disso. Sei que assinamos acordos de confidencialidade. Se estiver errado isso pode ser ruim para mim. Não quero que você também seja arrastada.

— Posso ajudar de alguma forma?

Bersei encolheu-se quando achou ter visto um rosto observando pelo vidro escuro da porta do museu.

— Apenas finja que não tivemos esta conversa. Tenho esperança de estar errado. Por favor, deixe-me ir — pediu, olhando para a mão dela.

Ela o soltou.

— Tome cuidado.

— Tomarei.

Charlotte viu Bersei contornar o canto do prédio.

Quando as portas do elevador se abriram, Charlotte hesitou antes de sair para o corredor do porão. Com os braços cruzados sobre o peito, ela avançou, sentindo um arrepio.

O Vaticano certamente não poderia estar envolvido em um roubo, pensou, tentando se convencer. Mas então por que havia se associado a um sicário como Salvatore Conte? Era muito claro que *ele* era capaz de praticar atos violentos e praticamente qualquer outro tipo de mau comportamento. E se Giovanni estivesse certo? E então?

Na metade do corredor ela percebeu que uma das sólidas portas de metal estava entreaberta. Não estava antes — ela tinha certeza disso. Até aquele momento, todas as portas ali haviam permanecido fechadas — presumivelmente trancadas. Haveria mais alguém ali com eles?

Curiosa, ela foi na direção da porta e bateu.

— Olá? Há alguém aí?

Nenhuma resposta.

Tentou novamente. Nada.

Estendeu a mão esquerda e empurrou, abrindo a porta suavemente, as dobradiças lubrificadas.

O que viu dentro era perturbador.

Entrando em uma pequena sala com prateleiras vazias, viu-se à frente de uma estação de trabalho muito peculiar: uma bancada de monitores, um computador, fones de ouvido. Seus olhos acompanharam um conjunto de cabos que saíam do computador, subiam pela parede e desapareciam em uma abertura escura no teto, de onde um painel fora retirado.

O sistema estava em espera. O protetor de tela mostrava uma série de fotos de mulheres nuas em várias poses pornográficas. Encantador.

Sentando-se em uma cadeira em frente ao equipamento, tentou imaginar para que aquilo tudo servia. Obviamente havia sido feito apressadamente, porque a sala parecia um depósito, não um escritório.

Finalmente, ela esticou a mão e apertou uma tecla.

Os monitores piscaram e zumbiram, o protetor de tela desapareceu e o computador acordou.

Em segundos, foi ativado o que parecia ser o último programa usado. Charlotte precisou de um momento para juntar a colagem conhecida de imagens de câmeras que surgiu à sua frente. Em uma das telas havia uma camareira limpando um pequeno quarto. Charlotte sentiu um nó no estômago ao ver ao lado da cama sua própria bagagem — uma mala retangular vermelha com rodas e protetor de roupas combinando. A empregada foi para o banheiro, que surgiu em tempo real em um segundo monitor. Um conhecido conjunto de artigos ocupava o toucador, com direito a uma enorme garrafa de vitaminas.

— Conte — disse, furiosa e horrorizada com o que estava vendo. — Aquele pervertido desgraçado.

Ela estudou uma série de câmeras ocultas transmitindo do laboratório e da sala de descanso — ao vivo, a julgar pelos contadores de tempo e data na base de cada monitor. Eles estavam assistindo e escutando o tempo todo.

Naquele momento ela soube que Giovanni estava certo.

49

No Arquivo Secreto, o padre Donovan colocou o *Ephemeris Conlusio* junto ao documento lacrado em plástico com número de referência *Achivum Arcis, Arm. D 217* — "O Pergaminho Chinon" — e fechou a porta. Houve um silvo baixo quando a bomba de vácuo extraiu todo o ar do compartimento.

Segredos. Donovan estava acostumado a eles. Talvez por isso se sentisse tão ligado a livros e solidão. Talvez aquele arquivo de algum modo espelhasse sua alma, pensou ele.

Muitos dos que eram atraídos para o sacerdócio católico atribuíam sua decisão a alguma espécie de chamado vocacional — possivelmente uma proximidade especial de Deus. Donovan se voltara para a Igreja por um motivo mais sóbrio: sobrevivência.

Ele crescera em Belfast durante os agitados anos 1960 e 1970, o auge da violência na Irlanda do Norte entre católicos nacionalistas que buscavam a independência da Grã-Bretanha e protestantes unionistas leais à coroa. Em 1969 ele viu sua casa e dezenas de outras ao redor serem incendiadas por manifestantes monarquistas. Ele também se lembrava bem da retaliação do IRA com atentados à bomba, que eram comuns — 1.300 apenas em 1972 — e tiraram a vida de centenas de civis.

Aos quinze anos, ele e seus amigos entraram em uma gangue de rua que fazia serviços para o IRA e servia de "olhos e ouvidos" do movimento. Em uma ocasião memorável, pediram-lhe que jogasse um pacote na frente de uma loja protestante. Na época ele não sabia que a bolsa continha uma bomba. Por sorte ninguém morreu na subsequente explosão, que derrubou o prédio. De algum modo ele conseguiu evitar a prisão.

Mas foi na fatal noite de aniversário de 17 anos que a vida de Donovan mudou para sempre. Estava bebendo em um *pub* da cidade com seus melhores amigos, Sean e Michael. Tiveram um bate-boca com um grupo de protestantes bêbados. O grupo de Donovan saiu uma hora mais tarde, mas os protestantes os seguiram— eram cinco no total —, recomeçando a discussão. Não demorou muito para que começasse uma luta.

Embora estivesse acostumado a brigas de rua, Donovan, com seu corpo magro e forte e suas mãos ágeis, não era páreo para os dois homens que se juntaram contra ele. Um dos protestantes o segurara no chão, enquanto o outro socava seu corpo, aparentemente disposto a espancá-lo até a morte.

Era difícil esquecer a raiva reprimida que tomou conta dele enquanto via as brasas brilhantes de sua casa. Donovan reagira instintivamente, conseguindo se levantar, abrindo um canivete e enfiando-o fundo no estômago do agressor que o jogara no chão. O homem caíra na calçada, horrorizado, tentando conter o jato de sangue que lhe saía do abdômen. Vendo a fúria nos olhos de Donovan, o segundo homem recuara.

Atordoado, Donovan se virou e viu que Sean, coberto de sangue e mostrando os dentes, também acertara um homem com sua faca. Os protestantes remanescentes ficaram congelados, sem acreditar, enquanto os católicos fugiam.

Ele se lembrava do medo terrível que sentira no dia seguinte, quando os jornais e a TV noticiaram que um protestante fora morto a facadas. Embora houvesse dúvida sobre qual dos dois protestantes atingidos sofrera o golpe fatal, Donovan logo percebeu que teria de deixar Belfast para trás antes de se tornar a próxima vítima.

O seminário havia sido para ele um porto seguro longe das ruas, oferecendo a esperança de que Deus perdoasse as coisas horríveis que fizera. Embora não se passasse um dia sem que visse as manchas de sangue em suas mãos.

A despeito do passado, ele sempre foi um bom aluno, e a solidão do sacerdócio redespertara sua paixão pela leitura. Encontrou paz na história e nas escrituras. Orientação. Vendo sua impressionante dedicação ao aprendizado, a diocese de Dublin financiara sua longa formação universitária. Talvez, pensava Donovan, tenha sido sua obsessão por livros que o ajudara a salvar-se.

Naquele momento era um livro que ameaçava tudo o que ele considerava sagrado. A própria instituição que o protegera estava ameaçada.

Ficou um bom tempo olhando para o *Ephemeris Conlusio* atrás do painel de vidro — o texto perdido que dera a partida nos acontecimentos febris que levaram ao roubo em Jerusalém. Era difícil aceitar que apenas duas semanas antes ele apresentara aquela inacreditável descoberta ao secretário de Estado do Vaticano. A lembrança da reunião era clara como o dia, como um filme projetado em sua memória.

— Não é sempre que eu recebo o pedido de um encontro urgente da Biblioteca do Vaticano — disse o cardeal Santelli, as mãos cruzadas pousadas sobre a mesa.

Sentado em frente a ele, o padre Donovan agarrava sua bolsa de couro.

— Desculpe-me pela pequena antecipação, eminência. Mas acredito que concordará que o motivo pelo qual vim merece sua atenção imediata... e justificará o motivo que me levou a não envolver o cardeal Giancome.

Vicenzo Giancome, o *Cardinale Archivista e Bibliotecario*, era o superior de Donovan e supervisor supremo do Arquivo Secreto do Vaticano. Era também o homem que recusara o pedido fervoroso de Donovan para adquirir o evangelho de Judas. Então, após muito pensar, Donovan tomara a decisão heterodoxa de não envolver Giancome naquela questão — uma ousadia que poderia ser um tiro pela culatra e custar sua carreira. Mas ele acreditava que o que estava prestes a revelar envolvia questões de segurança nacional, e não de documentos secretos. Ademais, o interlocutor misterioso escolhera especificamente Donovan para a tarefa, e não havia tempo a perder com atrasos ou disputas burocráticas internas.

— O que é? — perguntou Santelli, parecendo entediado.

Donovan não sabia exatamente por onde começar.

— Lembra-se de quando, há alguns anos, o Pergaminho Chinon foi encontrado no Arquivo Secreto?

— A secreta retirada das acusações feitas aos cavaleiros templários por Clemente?

— Exatamente. Eu vim ao senhor com outros documentos detalhando a reunião secreta entre Clemente V e Jacques DeMolay, o grão-mestre templário — disse Donovan, engolindo em seco. — O relato do papa mencionava especificamente um manuscrito chamado *Ephemeris Conlusio*, supostamente contendo informações sobre as relíquias escondidas dos templários.

— Uma tentativa de recriar a Ordem dos Templários — interrompeu Santelli. — E uma tentativa muito grosseira.

— Mas acho que deve concordar que as negociações de DeMolay teriam de ser muito convincentes para Clemente ter eximido os templários após ordenar sua dissolução.

— Uma falsificação. Jacques DeMolay jamais apresentou um livro.

— Concordo — disse Donovan, enfiando a mão na bolsa e retirando o livro. — Porque não estava com ele.

Santelli ajeitou-se na cadeira.

— O que você tem aí?

— Este é o *Ephemeris Conlusio*.

Santelli estava perplexo. Aquela era uma lenda que ele sempre esperara não passar de fantasia. Nenhum dos segredos mais obscuros do Vaticano chegava perto. Ele se aferrava à esperança de que o bibliotecário estivesse errado, mas o olhar confiante de Donovan confirmou seus piores medos.

— Você não está sugerindo...

— Sim — respondeu ele, confiante. — Deixe-me explicar.

Donovan contou a história da prisão de Jacques DeMolay, sua discussão secreta com Clemente, seu julgamento em Paris em frente à catedral de Notre Dame e sua execução na Île de Javiaux.

— Aparentemente sua maldição de moribundo funcionou — explicou Donovan. — O papa Clemente V morreu um mês depois do que, segundo muitos relatos, foi uma violenta disenteria, uma morte hedionda. Sete meses após, o rei Felipe IV morreu misteriosamente durante uma caçada. Testemunhas atribuíram o acidente a uma doença já existente, que fez com que sangrasse até a morte. Muitos levantaram a hipótese de que os cavaleiros templários tinham se vingado.

Santelli parecia assombrado.

— Envenenado?

— Talvez — disse Donovan, dando de ombros. — Enquanto isso, a Terra Santa fora totalmente conquistada pelos muçulmanos. Os países europeus e a Igreja não tinham recursos para financiar outras cruzadas a fim de retomá-la. Os documentos do papa Clemente e o pergaminho Chinon acumularam poeira no Arquivo Secreto enquanto o conclave papal se concentrava em uma luta de dois anos para restaurar o papado insolvente. O *Ephemeris Conlusio*, este livro, desapareceu na história. Até eu receber um telefonema esta semana.

Donovan resumiu sua conversa telefônica com o interlocutor misterioso, descreveu a negociação com o mensageiro do interlocutor no Caffè Greco. Santelli escutou atentamente, a mão cobrindo a boca. Quando Donovan terminou, esperou a resposta do cardeal.

— Você o leu?

Donovan anuiu. Como curador-chefe do arquivo, ele era poliglota — bom em aramaico antigo e absolutamente fluente em grego e latim.

— O que ele diz?

— Muitas coisas perturbadoras. Aparentemente este livro não é um documento templário em si. É um diário escrito por José de Arimateia.

— Não estou entendendo, Patrick.

— Os registros nestas páginas fazem uma crônica de muitos acontecimentos específicos da pregação de Cristo. Relatos de quem viu milagres, como suas curas do aleijado e de leprosos. Seus ensinamentos, suas viagens com os discípulos, tudo está relatado aqui. De fato, após estudar o idioma, estou convencido de que este livro é "Q".

Os historiadores bíblicos há muito trabalham com a hipótese de que uma fonte comum influenciou os evangelhos sinópticos — ou "de golpe de vista" — de Mateus, Marcos e Lucas, já que todos falam do Jesus histórico em com a mesma sequência e o mesmo estilo literário. Os evangelhos sinópticos, que teriam sido escritos entre 60 d.C. e 70 d.C., levam o nome dos discípulos que os inspiraram, embora não se conheça os nomes dos verdadeiros autores.

Santelli se sentiu temporariamente encorajado por isso, mas estava bem consciente de que o padre Donovan continuava perturbado.

— Contudo, há muito mais aqui — alertou Donovan. — O livro descreve os acontecimentos que levaram à prisão e crucificação de Jesus. Mais uma vez, a maior parte do relato de José está de acordo com os evangelhos sinópticos... Com pequenas discrepâncias. Segundo José de Arimateia, ele mesmo negociou em segredo com Pôncio Pilatos para retirar Cristo da cruz em troca de uma enorme quantia.

— Um suborno?

— Sim. Provavelmente um complemento à pequena pensão de Roma — disse Donovan, respirando fundo e se compondo. — Segundo o Novo Testamento o corpo de Jesus supostamente foi enterrado na cripta da família de José.

— Antes que você continue, tenho de perguntar. Essa relíquia templária... o livro. É autêntica?

— Eu datei pergaminho, couro e tinta. Inquestionavelmente a origem é o século I, mas o livro não é a relíquia a que Jacques DeMolay se referia. É apenas um meio de encontrar o verdadeiro tesouro que ele mencionou.

Santelli ficou olhando para o padre.

— José de Arimateia descreve o ritual funerário de Jesus nos mínimos detalhes. Como o corpo foi limpo, envolto em especiarias e linho e amarrado. Moedas foram colocadas sobre seus olhos — disse Donovan, a voz baixando uma oitava. — Ele diz que o corpo foi colocado na tumba de José... por doze meses.

— *Um ano?* — disse Santelli, horrorizado. — Patrick, isto não é mais uma escritura gnóstica?

No passado Donovan rotineiramente falara a ele sobre os muitos escritos pré-bíblicos que apresentavam Jesus de forma bem diferente — uma tentativa dos primeiros líderes de convencer os pagãos a adotar a fé em Cristo. Muitas dessas histórias eram extremamente exageradas, cheias de interpretações filosóficas dos ensinamentos de Jesus.

— Segundo José, o homem responsável por enterrar Jesus, nunca houve uma ressurreição física. Veja... — falou Donovan, sabendo que não havia um modo sutil de dizer o que precisava ser dito. Ele olhou o cardeal nos olhos. — Cristo teve uma "morte mortal".

Não era a primeira vez que Santelli ouvia aquele argumento.

— Mas já passamos por isso antes, afirmações sobre o fado de os primeiros cristãos considerarem a ressurreição espiritual, e não física — disse ele, gesticulando para o livro com desprezo. — Esse *Ephemeris Conlusio* está em clara contradição com as escrituras. Estou contente que o tenha encontrado. Precisamos garantir que não caia nas mãos erradas. Não precisamos de nenhum inimigo da igreja procurando a imprensa.

— Temo que haja mais.

Santelli olhou em silêncio enquanto Donovan enfiava a mão na bolsa e tirava um pergaminho amarelo enrolado. Coloco-o sobre a mesa.

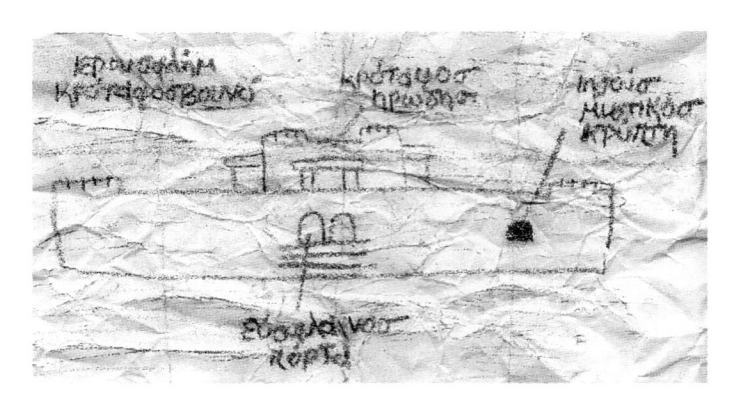

O cardeal se inclinou.

— O que é isto?

— Uma ilustração técnica; na verdade uma espécie de mapa.

Ele fez uma careta.

— Isto certamente não me parece técnico. Uma criança poderia ter desenhado isso.

Donovan concordava que o estilo bidimensional usado para produzir a imagem era simplista. Mas ilustrações tridimensionais só começaram a ser usadas na época do Renascimento, e ele não iria abordar essa questão com Santelli.

— A despeito da falta de detalhes, há algumas coisas fundamentais que podem ser vistas aqui — explicou Donovan, indicando a comprida base retangular. — Este é o Monte do Templo, em Jerusalém.

Ele depois apontou para a imagem desenhada acima do templo.

— Este é o Templo Judaico construído por Herodes, o Grande, posteriormente destruído pelos romanos em 70 d.C. Como sabe, agora ali está a mesquita do Domo da Rocha.

Santelli olhou atentamente.

— Monte do Templo?

— Sim — confirmou Donovan. — Esta é a representação de José de Arimateia de como ele era em 30 d.C., na época de Cristo.

Donovan explicou que os escritos de José descreviam detalhadamente a aparência do templo — seus pátios retangulares e o sagrado tabernáculo; as casas para estocar óleo e madeira; as bacias de água para oferendas sacrificiais e as piras de madeira para queimar animais sagrados na Páscoa. Disse que José havia até mesmo descrito o limite sagrado do templo que os gentios não podiam cruzar — um perímetro externo gradeado chamado de *"Chell"*. E havia um relato sobre a guarnição romana junto ao Monte do Templo — o lugar para onde Jesus foi levado perante Pôncio Pilatos.

— Mas este é o ponto importante — disse Donovan, apontando para um pequeno quadrado escuro que José desenhara no interior da plataforma. — Isso mostra a localização da cripta de Jesus. No texto José inclui medidas precisas de sua proximidade das muralhas externas do Monte do Templo.

A mão de Santelli estava novamente sobre a boca. Ele permaneceu absolutamente imóvel por alguns segundos.

Do lado de fora da janela, nuvens negras ameaçadoras se adensavam.

— Após obter o *Ephemeris Conlusio* — continuou Donovan —, pesquisei o local em detalhes. Estou absolutamente certo de que a cripta secreta ainda está lá. Acredito que os cruzados, na verdade os cavaleiros templários, podem ter descoberto a cripta e a protegido.

— Como pode estar tão certo?

Donovan se esticou sobre a mesa e virou cuidadosamente as páginas antigas, parando em um conjunto de esboços.

— Por isto.

O cardeal teve dificuldade de entender o que parecia ser uma coleção catalogada — o desenho igualmente tosco.

— Estes itens são as relíquias que José de Arimateia enterrou na cripta — continuou Donovan. — Os ossos, moedas e pregos. Além do ossuário, claro. Era a essas coisas que Jacques DeMolay se referia.

Santelli estava arrasado. Lentamente, seus olhos pousaram na imagem de um golfinho enrolado em um tridente.

— Este símbolo aqui. O que significa?

— Esta é a razão pela qual estou certo de que esses itens ainda estão em segurança — afirmou, explicando seu significado a seguir.

Santelli se persignou e o pousou.

— Se essas relíquias tivessem sido descobertas, sem dúvida haveria uma referência em algum lugar. Na verdade, se isso houvesse acontecido, provavelmente nem estaríamos sentados aqui tendo esta conversa — disse Donovan, em seguida retirando outro documento da bolsa. — E há esta matéria recente do *Jerusalem Post* que nosso misterioso benfeitor enviou com o livro.

Santelli o pegou e leu em voz alta a manchete:

— ARQUEÓLOGOS JUDEUS E MUÇULMANOS AUTORIZADOS A ESCAVAR SOB O MONTE DO TEMPLO.

Donovan deu a Santelli tempo para absorver o resto da matéria, depois falou.

— Como os acordos de paz israelenses não permitem escavações no local, os cavaleiros templários são os últimos escavadores conhecidos do Monte do Templo. Mas em 1996 o órgão islâmico que supervisiona o local foi autorizado a retirar entulho de uma grande câmara abaixo da plataforma, espaço que um dia foi usado como estábulo pelos templários e bloqueado inteiramente desde sua ocupação no século XII. O mensageiro que entregou isto era árabe. Portanto, estou bastante seguro de que o *Ephemeris Conlusio* deve ter sido descoberto pelos muçulmanos durante suas escavações.

— Mas por que eles esperaram até agora para apresentá-lo?

— Inicialmente eu também suspeitei — confessou Donovan. — Mas agora tenho uma boa ideia do motivo.

Tirou da bolsa um desenho moderno, dele mesmo. O último elemento da apresentação.

— Quando a área foi limpa, os muçulmanos transformaram aquele espaço no que é agora chamado de mesquita Marwani. Eis uma vista aérea do Monte do Templo como é atualmente. Usando as medidas de José, calculei a localização precisa da cripta.

Na planta, Donovan convertera as antigas unidades de medida romanas *gradii* — com um *gradus* correspondendo a quase três quartos de metro — no correspondente métrico.

— Marquei em vermelho a área onde fica a mesquita Marwani hoje, localizada cerca de onze metros abaixo da superfície da esplanada.

A forma da mesquita subterrânea parecia um gráfico de colunas.

Santelli entendeu o que Donovan queria dizer.

— Deus do céu, é colada à câmara secreta.

— Diretamente colada à parede dos fundos da mesquita. Arqueólogos muçulmanos e judeus já suspeitam que haja câmaras abaixo do Monte do Templo e farão exames de superfície para identificá-las.

O rosto de Santelli perdeu a cor.

— Então eles irão encontrar esse lugar.

— Seria impossível não perceber — confirmou Donovan, soturno. — Se as relíquias descritas no *Ephemeris Conlusio* são reais, há uma boa chance de os restos físicos de Cristo serem desenterrados em algumas semanas. Por isso vim hoje aqui. Para perguntar... O que podemos fazer?

— Acho que está bastante claro, Patrick — disse Santelli secamente. — Temos de retirar aquelas relíquias de sob o Monte do Templo. Mais de 1 bilhão de cristãos dependem dos evangelhos de Jesus Cristo. Destruir sua fé é destruir a ordem social. Temos uma responsabilidade bastante real. Não é apenas uma questão de teologia.

— Mas não há nenhuma forma diplomática de obtê-las — lembrou Donovan ao cardeal. — A situação política em Israel é complicada demais.

— E quem falou em diplomacia? — perguntou Santelli, apertando o botão do interfone em sua mesa. — Padre Martin? Em minha agenda telefônica você encontrará o número de um "Salvatore Conte". Por favor, chame-o ao meu escritório imediatamente.

50

Saindo da engarrafada Via Nomentana pela entrada do parque da Villa Torlonia, Giovanni Bersei seguiu devagar por uma estreita ciclovia, o motor da Vespa ronronando suavemente.

Ali, abaixo dos extensos jardins ingleses onde um fluxo de corredores e ciclistas fazia seus exercícios diários, um labirinto de criptas judaicas formava nove quilômetros do que pouco antes se revelara as mais velhas catacumbas de Roma — o campo fúnebre que a antiga Roma insistia em manter bem distante das muralhas da cidade. E ele estava certo de que, em algum ponto daquele reino subterrâneo, estava parte de um segredo ligado a Jesus Cristo.

Olhando para o castigado prédio neoclássico que tornara o lugar famoso — o palácio onde Benito Mussolini havia morado —, seguiu na direção de um conjunto de prédios baixos adjacentes ao pátio atrás do edifício. Lá ficavam os estábulos cujas escavações, em 1918, revelaram acidentalmente as primeiras câmaras funerárias.

Do lado de fora da passagem para as catacumbas de Villa Torlonia, Bersei desligou o motor da Vespa, saltou e colocou a *scooter* sobre o apoio. Abrindo o compartimento de carga traseiro, tirou a bolsa do laptop e uma grande lanterna, guardando o capacete a seguir.

Embora tivesse passado os quarenta minutos anteriores preso no trânsito da hora do *rush*, faltavam dez minutos para as nove horas. O lugar provavelmente ainda estaria trancado.

Bersei tentou a porta. Ela abriu.

Dentro do saguão vazio um docente idoso estava sentado a uma escrivaninha, lendo um romance de Clive Cussler. A capa tinha um grande barco sendo tragado para o vórtex de um redemoinho. Os olhos profundos castanhos do velho se ergueram, apertados acima dos grossos bifocais. Um sorriso brotou em seu rosto — um exterior tão gasto e complexo quando a vila de Mussolini.

— *Ah, signore Bersei* — disse, pousando o livro e abrindo as mãos. — *Come sta?*

— *Bene, grazi, Mario. E lei?*

— Melhor a cada dia — disse orgulhoso o velho, em um italiano copioso. — Já faz tempo.

— Bastante. Fico feliz por você ser um madrugador. Pensei que teria de esperar um tempo lá fora.

— Hoje querem que eu chegue aqui às oito horas, para o caso de alguém se sentir motivado a trabalhar. Estão tentando acelerar a restauração.

A Soprintendenza Archeologica di Roma ainda negava aos turistas acesso às catacumbas judaicas em função dos grandes esforços de restauração que estavam sendo feitos — um projeto que já durava uma década. Gases nocivos presentes nos recessos mais profundos do labirinto subterrâneo de criptas só aumentavam o atraso.

Bersei apontou para o livro.

— Vejo que está se mantendo ocupado.

O docente deu de ombros.

— Atualizando a leitura. Ainda não disseram quando iremos abrir. Preciso achar ação em outro lugar.

Bersei riu.

— O que o traz de volta? — perguntou o velho, levantando-se e enfiando as mãos frágeis nos bolsos. Mario era praticamente pele e ossos, abalado de forma dramática pela idade.

Já se passara um bom tempo desde a última visita de Bersei. Na verdade, dois anos. Aquele era apenas um dos mais de sessenta sítios funerários que ele pesquisara para a Comissão Pontifícia ao longo dos anos.

— Os últimos resultados de datação por carbono me levaram a repensar algumas de minhas suposições originais. Queria dar uma olhada em algumas das *hypogea*.

O pretexto era bom. Alguns meses antes uma equipe de arqueólogos fizera a datação por carbono de fragmentos de carvão e madeira presentes em algumas amostras de estuque da cripta. O resultado, impressionante, datou o sítio de até 50 a.C., mais de um século antes das primeiras catacumbas cristãs da cidade. Tal descoberta tinha profundas implicações, confirmando solidamente teorias anteriores sobre a influência judaica nos rituais funerários cristãos. Porém, o mais fascinante era que, misturados aos motivos judaicos, havia símbolos intimamente ligados ao movimento cristão inicial. E essas vagas lembranças haviam levado Bersei de volta ao lugar.

— Vejo que trouxe sua lanterna.

O antropólogo a ergueu, orgulhoso.

— Sempre preparado. Precisa do meu cartão? — disse Bersei, tirando a carteira e abrindo-a em um crachá de identificação que lhe dava livre acesso à maioria dos locais históricos da cidade. Poucos acadêmicos conseguiram esse *status*.

Mario o dispensou.

— Vou registrar você — disse, apontando para uma prancheta ao lado.

— Mais ninguém lá embaixo?

— É todo seu.

De alguma forma, não estava gostando daquilo. Sorriu, desconfortável.

O docente deu um papel a ele.

— Eis um mapa atualizado.

Bersei examinou o mapa revisado dos túneis e galerias. Estava ainda mais claro que as passagens evoluíram aleatoriamente ao longo dos séculos de expansão. A representação complicada parecia mais um padrão de rachaduras em uma cerâmica trincada. Uma teia.

— Não vou demorar. Algum problema se eu deixasse minha bolsa com você um pouquinho? — perguntou, levantando a bolsa do laptop.

— Sem problemas. Eu guardo atrás da escrivaninha.

Entregando-a, ele cruzou o saguão e acendeu a lanterna, apontando para baixo de modo a iluminar os degraus de pedra que mergulhavam na completa escuridão.

Ao pé da escadaria Bersei sentiu um arrepio e parou para ajustar sua respiração ao ar frio e úmido — as terríveis condições que dificultavam a restauração. Era impressionante que tantos afrescos e gravações tivessem sido preservados ali, em um ambiente implacável, que destruíra completamente os cadáveres que um dia ocuparam seus milhares de nichos. Pouquíssimos ossos haviam sido descobertos durante as escavações naquelas tumbas, a maioria roubada séculos antes por charlatães inescrupulosos que lucravam vendendo tudo como relíquias de mártires e santos. Irônico, pensou ele, vendo como o lugar fora construído na forma de labirinto exatamente para evitar saques. No dia do Juízo Final haveria muitas almas desapontadas.

Ele direcionou a luz para a passagem estreita — menos de um metro de largura e menos de três metros de altura — no ponto em que ela se fundia em completa escuridão alguns metros à frente. Quase 2 mil anos antes, os *fossores*, uma guilda de cavadores, abriram à mão aquele labirinto de tumbas na macia rocha vulcânica, ou *tufa*, que compunha a base de Roma. Aberturas funerárias chamadas *loculi* tomavam as paredes dos dois lados. Na Antiguidade os corpos eram embrulhados e colocados naquelas prateleiras para se decomporem na *excarnação* — a decomposição ritual da carne, que expiava os pecados terrenos. No momento, todas estavam vazias.

Aquelas galerias subterrâneas foram abertas na terra em camadas, com três níveis de túneis similares correndo abaixo daquele. Com sorte, a câmara que ele pretendia ver estaria na galeria superior da catacumba.

A necrópole, pensou. A "Cidade dos Mortos". Ele protegeu o nariz do cheiro de mofo e esperou que não houvesse ninguém ali. Engolindo em seco, Giovanni Bersei avançou.

— *Desidera qualcosa?* — perguntou Mario, baixando o livro pela segunda vez e estudando o homem de aparência dura em frente à sua escrivaninha. O homem parecia preocupado. Mario tentou o inglês. — Posso ajudá-lo?

Irritado com a formalidade, Conte não respondeu. Tendo seguido Bersei até ali, estava pensando por que afinal o cientista havia entrado no parque. Naquele momento, lendo as placas penduradas atrás da mesa do velho, ele começava a compreender. Catacumbas judaicas? Seus olhos se voltaram para a outra passagem, que levava a uma escadaria escura. Provavelmente também era uma saída. Gostou daquilo.

— Nada de luzes? — perguntou Conte, em italiano.

— Você precisa de uma lanterna lá embaixo — respondeu o homem.

Mais uma vez, Conte ficou satisfeito.

— Mas a exposição não está aberta ao público — continuou o docente, sorrindo com ironia. — E, a não ser que tenha a devida identificação, terei de pedir que saia.

O poder exercido pelos sem-poder. Conte ignorou o pedido, lançando os olhos para uma prancheta na escrivaninha. Um registro de visitantes. E havia um único nome; o único importante. Ficava claro que, afora sua presa, o lugar estava vazio. Seria ainda mais fácil do que imaginara. Deslizou a mão esquerda para o bolso do casaco e calmamente tirou uma pequena seringa.

Com a figura ameaçadora contornando a escrivaninha em três passos rápidos, Mario Beneditti começou a se dar conta de que corria perigo. Encurralado, o homem ficou paralisado.

— Patético — murmurou Conte.

Ele esticou a mão direita, agarrando o docente pela nuca, enquanto a mão esquerda descrevia um arco no ar, enfiando a agulha fundo no músculo do pescoço e apertando o êmbolo para injetar um concentrado de tubocurarina — droga usada em cirurgias cardíacas para paralisar o músculo cardíaco. Sem imaginar quando seria necessário, Conte sempre carregava uma dose letal.

O velho caiu no chão e Conte se afastou.

As toxinas instantaneamente invadiram a corrente sanguínea de Mario Beneditti, e ele agarrou o peito, apertando-o com dedos pesados. O rosto se contorceu de agonia, enquanto o coração parava como um motor explodido. Seu corpo teve uma última convulsão e ficou imóvel.

Salvatore Conte sempre ficava encantado com a eficiência limpa daquele método. Quem encontrasse o velho imaginaria que ele tivera um ataque cardíaco. Qualquer autópsia básica chegaria à mesma conclusão.

Limpo. *Muito limpo.*

Após trancar por dentro a porta de entrada e guardar a seringa vazia, Conte vasculhou as gavetas da escrivaninha até encontrar a lanterna do docente. Percebeu a bolsa de Bersei com o laptop ao lado e fez uma anotação mental para levá-la consigo ao sair. Então se esticou na direção do corpo e pegou um chaveiro.

De sob o casaco tirou sua Glock 9mm. Faria o máximo para não atirar em Bersei. Isso não seria limpo, e ele não queria complicações.

Acendendo a lanterna, desceu para a escuridão e fechou a porta atrás de si, colocando o trinco.

51

Durante quinze minutos Giovanni Bersei mergulhou cada vez mais fundo na catacumba de Villa Torlonia, parando a intervalos para conferir o mapa. Não conseguia se livrar do arrepio em seus ossos, e o silêncio absoluto era ensurdecedor. A cada curva, o longo legado de morte da história girava ao seu redor. *Não eram exatamente condições de trabalho ideais*, refletiu ele.

Sem o mapa, teria sido impossível percorrer aquele ziguezague de túneis. Muitas das passagens — a maioria das quais sem saída — pareciam iguais, e, por estar sob o solo, ele tinha pouca noção de direção. Bersei não era absolutamente claustrofóbico, e havia estado em covas mais assustadoras que aquela. Mas nunca estivera sozinho... em uma tumba gigante.

A julgar pela escala do mapa, avaliou que havia andado quase quinhentos metros desde a entrada. Seu destino estava bem perto.

À frente, a parede da esquerda dava lugar a um arco — entrada para uma câmara chamada *cubiculum*. Bersei parou junto à abertura e estudou o mapa de novo para confirmar que encontrara o espaço certo. Guardando o mapa no bolso, suspirou e entrou no espaço.

Passando a luz pelas paredes, examinou a espaçosa câmara quadrada, cavada na *tufa* porosa. Ali não havia *loculi*, apenas locais de trabalho onde os corpos eram preparados para o enterro. Em um canto havia duas *amphoras* antigas, que provavelmente guardaram óleos perfumados e especiarias.

O piso tinha ladrilhos decorados, as paredes eram emassadas e cobertas com mais motivos judaicos, principalmente menorás e até mesmo grandes imagens do Segundo Tempo e da Arca do Testemunho.

No centro do piso, Bersei curvou a cabeça e apontou a lanterna para o alto. Se ele bem se lembrava, o que desejava ver estaria ali. Ficou sem fôlego no momento em que seus olhos se ajustaram ao impressionante afresco que cobria a grande abóbada.

Com sua lanterna momentaneamente desligada, Salvatore Conte prestou atenção nos sons distantes que ecoavam pelo labirinto de pedra. Estranhamente confortável no escuro, não tinha sua determinação abalada pelo fato de estar em uma tumba pela segunda vez em uma semana.

Ignorando completamente seu perseguidor, o antropólogo não se preocupava em disfarçar o som de seus passos no piso áspero do túnel. E parar às vezes para estudar o mapa só piorava sua situação.

Conte estava perto, muito perto.

Ele enfiou a cabeça na esquina da parede. A cerca de 40 metros à frente da passagem estreita, um brilho fraco saía de uma abertura em arco.

Levando a mão às costas, enfiou a Glock na cintura. Ainda com a lanterna apagada, tirou silenciosamente o casaco e os sapatos, colocando-os junto à parede ao lado da lanterna. O Minotauro iria se mover de novo.

Os olhos de Giovanni estavam grudados na imagem que flutuava acima dele.

No centro havia uma menorá dentro de círculos concêntricos como um sol, no meio de uma grande cruz cercada por ramos de parreira.

Nas extremidades da cruz havia formas circulares contendo outros símbolos — dois *shofar*, a trombeta ritual usada para anunciar o Ano-Novo judaico e *etrogs*, a fruta em forma de limão usada pelos judeus durante o *sukkot*, festa do tabernáculo sagrado —, todas imagens homenageando o templo perdido.

Entre os braços de mesmas dimensões da cruz havia quatro semicírculos que ele podia jurar corresponderem aos quatro pontos de uma bússola. Cada um continha o símbolo gravado na lateral do ossuário — um golfinho enrolado em um tridente; o antigo símbolo cristão para Jesus Cristo, o Salvador —, o golfinho que levava os espíritos para a outra vida superposto à representação física da Trindade.

Tremendo, Bersei colocou a lanterna sob a axila e pegou a cópia do rolo no bolso da camisa.

— Deus do céu — murmurou.

Exatamente a mesma imagem — uma verdadeira reprodução do afresco do teto — estava desenhada sob o texto grego escrito quase dois milênios antes por José de Arimateia. Era a imagem que o levara até lá. Pelo que Bersei sabia, aquele afresco era único. *Impossível.*

A fusão de motivos judaicos e cristãos já era suficientemente forte, mas o fato de José estar de algum modo ligado àquele lugar era perturbador. Bersei baixou a luz até um afresco da Arca do Testemunho. Certamente todas aquelas imagens estavam relacionadas. José deixara ali uma mensagem clara. Mas o que ele e Jesus tinham em comum com o Tabernáculo e a Arca do Testemunho? As possibilidades eram uma tortura.

Voltando sua atenção para uma abertura na parede dos fundos do *cubiculum*, ele seguiu para outra câmara. Se aquele lugar seguisse o padrão das criptas, a sala de preparação funerária seria adjacente a uma sala funerária, ou *cella*. Portanto, era razoável imaginar que os corpos das famílias donas do *cubiculum* também teriam ocupado a *cella*.

Bersei mal conseguia conter sua excitação. Será que encontrara a cripta de José de Arimateia?

Avançou então para a câmara dos fundos. Como imaginara, as paredes do espaço foram claramente escavadas para criar *loculi*.

Impressionante.

O facho da lanterna percorreu a parede enquanto ele contava os nichos. *Dez.*

Nove das prateleiras eram bastante simples, com molduras de pedra decoradas. Mas na parede dos fundos um *loculus* se destacava. A maioria dos antropólogos suporia imediatamente ser o local de enterro do patriarca da família. Mas, tendo visto de perto o ossuário de Jesus, Bersei percebeu de imediato as rosetas intrincadas e as hachuras que emolduravam aquele nicho em especial. Sem dúvida, era trabalho do mesmo artesão de cantaria que decorara o ossuário.

Impressionado, ele avançou, de queixo caído. Com a cabeça girando, apontou a luz para a gruta escavada, com largura suficiente apenas para abrigar um corpo prostrado. Vazia, claro. A luz revelou um símbolo gravado na parte de cima da moldura. Um golfinho enrolado em um tridente.

Extraordinário.

Será que José de Arimateia teria transportado o corpo de Cristo para Roma após a crucificação?

Se assim foi, por quê? Bersei tentou conceber aquela ideia grandiosa. Talvez por proteção? Mas não havia uma tumba vazia perto de Gólgota, em Jerusalém? Talvez isso explicasse por que os evangelhos diziam que ela foi encontrada vazia.

De fato, aquilo parecia fazer algum sentido. Se a família de José vivia no gueto judaico de Roma, certamente seria muito mais seguro esconder o corpo de Cristo ali, longe dos olhos atentos do conselho judaico e de Pôncio Pilatos. Especialmente se fossem realizados os rituais fúnebres costumeiros, rituais que envolviam guardar o corpo por até um ano.

— Dr. Bersei.

Uma voz aguda de repente rompeu o silêncio mortal.

Chocado, Bersei deu um pulo e se virou, girando a luz atrás de si. Meio que esperando ver uma aparição fantasmagórica querendo puni-lo pela invasão da tumba, ficou ainda mais aterrorizado quando o facho de luz revelou os traços duros de Salvatore Conte. Tendo surgido em silêncio absoluto, e todo vestido de preto, era como se Conte tivesse se materializado da parede da cripta.

— Você se incomodaria? — perguntou Conte, apertando os olhos e apontando para a lanterna.

Com o coração disparado, Bersei baixou o facho para o chão. Ele percebeu que Conte não calçava sapatos. À primeira vista ele também não parecia estar armado.

— Como você chegou aqui? — perguntou, temendo já saber qual seria a resposta.

Conte ignorou a pergunta.

— O que está procurando, doutor?

Bersei não respondeu.

Conte foi na direção do antropólogo e arrancou a cópia de sua mão.

— Não passa de pesquisa. Nada além — disse Bersei, amaldiçoando o fato de ser um péssimo mentiroso e recuando um passo, as costas coladas na parede da cripta.

— Você deve achar que sou idiota. Sei que tirou arquivos do laboratório. Também pretende dá-los ao detetive Perardi?

Bersei ficou mudo. Como Conte poderia saber sobre Perardi? O telefonema foi dado de casa. Ele se sentiu afundando. Será que o Vaticano teria sido grosseiro a ponto de grampear seu telefone?

— Roubar é uma coisa. Roubar do Vaticano... Isso é não cristão. Você me surpreende, dr. Bersei. Mas é um homem esperto. Tenho de admitir.

Conte se virou e caminhou para o centro da câmara, intencionalmente exibindo a Glock enfiada no cinto para criar um efeito dramático.

— Venha aqui e me dê uma luz — disse, indo para o centro do *cubiculum*.

Relutante, Giovanni Bersei foi para a antecâmara e lançou a luz para o teto. O facho balançava em sua mão trêmula.

Conte observou a complexa imagem do afresco por alguns segundos e depois comparou-a com a imagem no papel.

— Então isso foi o que você encontrou — disse, impressionado. — Bom trabalho. Quem imaginaria que aquela urna tinha sua origem aqui? Acho que afinal José de Arimateia era bastante terreno.

Bersei franziu o cenho.

— Entendo você pensar que ele primeiramente trouxe o corpo de Jesus para cá — continuou Conte — antes de encaixotar os ossos e mandá-los de volta para aquele buraco na areia na Terra Santa. Acho que nem mesmo o bibliotecário ou os amiguinhos do papa conseguiriam imaginar isso.

Bersei estava estupefato com a sinceridade de Conte, e seu desinteresse pelo que tudo aquilo realmente significava. Mais que isso, estava horrorizado com o fato de Conte ter acabado de confirmar suas suspeitas de que o Vaticano tinha conhecimento do roubo. Agora o antropólogo tinha certeza de que estavam envolvidos diretamente naquilo e que de algum modo Salvatore Conte havia viabilizado tudo. O ladrão-mor. O caçador sorrateiro. O número de israelenses mortos passou pela sua cabeça. Treze. O que era mais uma vida para um homem como aquele? Especialmente após a confissão de seu jogo sujo. Ele imediatamente pensou em sua esposa e nas três filhas. Sua boca ficou seca.

Calmamente, Conte dobrou o papel e o colocou no bolso da calça. Depois, com serenidade, começou a levar a mão às costas para pegar a Glock.

Antecipando corretamente o que aconteceria, Bersei reagiu por instinto de sobrevivência, batendo a lanterna na parede de pedra atrás de si. Houve um barulho alto de metal e vidro quebrado, mergulhando o *cubiculum* na completa escuridão.

Logo depois, Conte disparou um tiro, o brilho do cano cortando a escuridão apenas o suficiente para revelar que o cientista já engatinhara para longe. Conte parou rapidamente para avaliar o barulho dos movimentos antes de disparar outra vez — novo brilho, seguido por um perigoso ricochete próximo que quase acertou sua orelha. Embora a intenção fosse apenas assustar o cientista, e não acertá-lo, seria preciso apontar com mais cuidado.

— Merda! — gritou Conte. — Odeio esse joguinho.

O jogo, claro, era a tentativa vã de qualquer presa sobreviver a caçadores experientes como Salvatore Conte. Novamente parou para escutar, esperando que Bersei retornasse à entrada da catacumba. Mas, para sua surpresa, uma queda desajeitada e pés rápidos confirmaram que o antropólogo fora na direção oposta, mais para o fundo do labirinto.

Antes de começar a perseguição, Conte retornou alguns metros a fim de pegar sua lanterna e os sapatos. Ele os calçou, ligou a lanterna e disparou pelo túnel estreito, o brilho âmbar da luz balançando a cada movimento dos braços.

Giovanni Bersei tinha uma boa vantagem inicial, mas a incerteza sobre a forma da catacumba, cheia de túneis compridos que seguiam centenas de metros e terminavam em becos sem saída, o deixava em pânico. Ele precisava permanecer alerta, e acima de tudo lembrar do mapa... ou estaria perdido. Afastou o pensamento.

Disparando por corredores de pedra irregulares, cada passo ecoava alto atrás dele, uma trilha sonora para Conte.

Havia algo de sobrenatural em se mover tão rapidamente pela escuridão absoluta; desorientador. Sem ter nada em que fixar os olhos, Bersei corria com um dos braços esticado, como se fosse fazer um *touchdown* no futebol americano, o tempo todo rezando para não bater de cara em uma parede.

Para piorar as coisas, à medida que mergulhava mais fundo, o ar se tornava mais difícil de respirar, pútrido com o cheiro de terra molhada e substâncias químicas que ele não conseguia identificar — provavelmente os gases tóxicos, maior perigo natural da catacumba.

Seu ombro direito bateu na parede e ele girou levemente, quase tropeçando nos próprios pés. Reduzindo a velocidade por um momento no intuito de recuperar o equilíbrio, começou a se mover outra vez, apenas para bater de cara em uma parede. Ofegante, esticou os braços para a direita, tateando, buscando uma abertura, rezando para que não fosse um beco sem saída. Nada, exceto os nichos vazios de *loculi*. Por uma fração de segundo ele pensou em se esconder em um deles, mas sabia que sua respiração pesada o denunciaria. Deu meia-volta e andou até a parede oposta. Mais pedra.

Cristo, não faça isso comigo.

Tateando ao longo da parede para a direita, suas mãos acharam um vazio. A passagem não havia terminado, simplesmente fazia uma curva acentuada à esquerda.

Assim que virou a esquina, Bersei jurou ter tido o vislumbre de uma luz distante que parecia uma estrela no céu noturno. Ele ouviu as batidas regulares de Conte correndo, cada vez mais altas.

Bersei disparou pela escuridão, correndo apenas com a fé de que não iria bater de novo. Segundos depois, seus pés tropeçaram em algo no chão. As pernas se curvaram e ele caiu pesadamente contra o chão de pedra. Pousou sobre o que pareciam ser latas de tinta, a cabeça batendo de modo estridente em uma espécie de caixa de metal.

Uma luz ofuscante tomou conta de seus olhos, enquanto uma dor intensa sacudia seu crânio. Ele praguejou, pensando que a luz era consequência da pancada na cabeça. Mas, abrindo os olhos, viu-se olhando diretamente para uma luz de trabalho acesa. Piscando, viu que fora direto para um trecho do túnel em que a restauração ainda estava em andamento. Havia ferramentas, pincéis e latas espalhados pela passagem. Um cabo grosso se enrolara em seus tornozelos e derrubara o poste de luz sobre o interruptor. Ele se livrou da confusão erguendo-se, mal vendo os afrescos magníficos que estavam sendo restaurados.

Os passos atrás dele eram mais rápidos e se aproximavam.

A caixa de ferramentas na qual ele batera estava aberta, com um martelo de ponta redonda na bandeja de cima. Ele o agarrou e correu.

Virou a esquina onde uma luz misteriosa iluminava o túnel. Ele estava começando a se sentir levemente tonto, não da corrida, mas do ar acre que enchia seus pulmões. Reduzindo a velocidade para passar pela bagunça de ferramentas que bloqueava a passagem, deu um forte chute na luz de trabalho, que se apagou.

À frente, a passagem se abria em três direções diferentes. Correndo até a interseção, ele parou, tentando controlar a respiração e escutando.

Conte apontou a lanterna a para frente. Parecia ser um beco sem saída. Então se virou para a direita e projetou o facho pela passagem, que sumia em uma curva leve. O túnel da esquerda também era curvo.

Mais uma vez parou na tentativa de escutar Bersei. Nada. Finalmente, fez sua escolha.

52

Jerusalém

Dentro da cela de apertada detenção da delegacia de Zion, Graham Barton olhava desesperançado para a sólida porta de metal. De algum modo haviam forjado uma situação em que ele era o cérebro por trás do roubo no Monte do Templo. No fundo sabia que os poderosos estavam unidos contra ele por alguma razão — talvez conveniência política.

Cedo naquela manhã a polícia israelense finalmente permitiu que ele telefonasse para a esposa. Considerando o fuso de sete horas, ela ficou agitada ao ser despertada de um sono profundo. Mas, após explicar seus apuros, ela se acalmou.

Barton sentiu na voz de Jenny algo que achava ter desaparecido há muito tempo: preocupação. Ela acreditou imediatamente quando o marido garantiu ser inocente.

— Vamos lá, Graham, eu sei que você nunca faria nada parecido com isso — disse, afirmando que iria conceber um plano e terminando a ligação: — Eu te amo, querido. Vou cuidar de você.

As palavras quase o levaram às lágrimas e, num momento em que tudo parecia ruim e incerto, recuperaram algo mais precioso que sua liberdade.

A porta se abriu e ele viu uma figura conhecida.

Razak.

Claramente aborrecido, o muçulmano foi na direção da outra cadeira enquanto a porta se fechava atrás dele e era trancada por fora.

— Você está com um grande problema, Graham — afirmou, em tom desapontado.

Razak sempre fora bom em avaliar o caráter de alguém. Mas a polícia apresentara provas sólidas contra o arqueólogo, e ele não podia deixar de pensar que havia sido feito de tolo.

— É uma armação — insistiu Barton. — Não tive nada a ver com esse crime. Você deveria saber disso melhor do que ninguém.

— Eu gosto de você. Você parece ser um bom homem, mas realmente não sei o que pensar. Eles disseram ter encontrado fortes evidências em seu apartamento. Coisas que só os ladrões poderiam ter.

— Alguém plantou aquela furadeira. E você sabe tão bem quanto eu que aquele pergaminho estava no ossuário — protestou Barton, vendo a incredulidade no rosto do muçulmano. — Deus do céu, Razak. Você tem de dizer a eles que o pergaminho estava no ossuário.

Razak estendeu as mãos.

— Eu estava de costas — lembrou-lhe.

Ele não podia descartar a possibilidade de que Barton tivesse intencionalmente feito o teatro de abrir os ossuários remanescentes para legitimar o pergaminho que estava com ele. Mas por quê? Por fama? Para desacreditar a reivindicação islâmica ao Monte do Templo, ligando a investigação a uma disputa territorial? Talvez a fim de desviar a culpa para um cristão fanático?

— Certo. Entendo. Você também faz parte disso — concluiu o arqueólogo, o desapontamento tomando seu rosto.

— E quanto aos outros ossuários?

Barton ficou exasperado.

— Como um homem do meu tamanho poderia tirar nove ossuários pesando 33 quilos cada sob os olhos do Waqf e da polícia? Não é o tipo de coisa que alguém possa colocar no bolso — falou, sarcástico. — Você reparou nesta cidade nos últimos dias? Há equipamentos de vigilância por toda parte. Tudo o que eles precisam é passar algumas gravações em vídeo para ver que eu nunca estive lá sem você.

Razak ficou em silêncio, os olhos baixos.

— Mesmo que eu fosse capaz de pegá-los, onde os esconderia? No meu apartamento? Eles já vasculharam lá. Depois você vai supor que eu raspei a tabuleta na parede da cripta porque a vi antes de você.

O muçulmano ergueu os olhos de repente.

— O que quer dizer com isso?

— A décima entrada na tabuleta. Lembra que ela estava raspada?

Razak entendeu o que ele dizia.

— Sim.

— Bem, esta noite o general Topol, convenientemente, mostrou uma fotografia tirada antes do meu envolvimento, com o símbolo que estava ali originalmente.

Razak não gostou daquilo.

— E o que era?

Barton não estava com disposição para outra aula de história.

— Um símbolo pagão. Um golfinho enrolado em um tridente.

Razak tentou entender o que aquilo significava.

— Um antigo símbolo para Jesus, representando a crucificação e a ressurreição.

Razak não sabia o que dizer. Se aquilo fosse verdade, certamente fortaleceria as afirmações de Barton sobre o dono da cripta e o suposto conteúdo do ossuário roubado. Balançou a cabeça em sinal negativo.

— Não sei no que acreditar.

— Você precisa me ajudar, Razak. Você é o único que sabe a verdade.

— Verdade é uma mercadoria rara nesta parte do mundo — disse o muçulmano, desviando os olhos. — Mesmo se ela existisse, não sei se conseguiria reconhecer.

Ele começou a sentir uma grande responsabilidade pelo inglês. A intuição de Barton sobre o roubo fora virtualmente impecável, e ele havia percebido coisas que ninguém mais notara. Mas ali estava ele, esperando uma acusação formal. Muitas vezes no passado Razak vira essas táticas serem usadas pelas autoridades israelenses. Mas será que Barton era de fato apenas um otário conveniente para os israelenses? Essa possibilidade apresentava um desafio completamente diferente.

— Há alguma esperança para mim?

Razak abriu as mãos.

— Sempre há esperança — afirmou, no fundo sabendo que não seria fácil escapar daquilo.

— Você não vai fazer essa investigação, vai?

— Você tem de entender nossa posição — disse Razak, começando a pensar se ele mesmo entendia.

— Exatamente qual posição?

— Paz. Estabilidade. Você sabe o que aconteceu ontem — lembrou-lhe, referindo-se ao atentado. — Se algo não mudar, isso será apenas o começo. A notícia de sua prisão já começou a reduzir as tensões. Conversas estão sendo retomadas. As pessoas têm alguém para culpar, e um homem que não é judeu nem muçulmano.

— Muito conveniente — disse o arqueólogo, sabendo que nada mais poderia ser feito.

— O verdadeiro problema que enfrentamos é político — comentou Razak, inclinando-se para a frente. — Sei que é terrível, mas, se não houver culpa, não haverá solução. Culpe um homem e ele cai. Culpe um país e o problema não é singular.

— Você vai permitir que tudo acabe assim?

— Isso nunca vai acabar — disse Razak, levantando-se e batendo na porta. Antes de sair, ele parou e se virou para o inglês. — Preciso digerir tudo, Barton. Farei o possível para ajudar. Mas não posso afirmar coisas das quais não tenho certeza. Sei que você é capaz de respeitar isso — falou e saiu, sentindo-se esmagado.

Quando Razak entrara na delegacia Zion alguns minutos antes, a calçada estava vazia. Mas, ao sair para a dura luz do sol, seus olhos se ajustaram a uma cena muito diferente.

Mais de uma dúzia de repórteres se materializara. E, a julgar pela reação frenética ao vê-lo, Razak soube que *ele* era o motivo para estarem lá. As câmeras se viraram para ele, os repórteres avançando como um enxame, enfiando seus microfones como floretes.

— Sr. al-Tahini! — gritou um repórter, conseguindo avançar e atrair sua atenção.

Razak se deteve, sabendo que o confronto era inevitável e de algum modo necessário. Afinal, ele era o porta-voz escolhido pelo Waqf.

— Sim.

— É verdade que a polícia prendeu o homem responsável pelo roubo no Monte do Templo?

Como em um acordo tácito, todos os representantes da imprensa fizeram silêncio ao mesmo tempo, esperando ansiosamente a resposta.

Razak pigarreou.

— Isso ainda não está claro. Pelo que sabemos até agora, a polícia está investigando os fatos.

Outro repórter gritou:

— Mas o senhor não estava trabalhando com esse homem? O arqueólogo inglês Graham Barton?

— É verdade que fui convocado para a investigação, assim como o sr. Barton, cujas impressionantes credenciais foram consideradas vitais para compreender a motivação dos ladrões.

O primeiro repórter voltou ao ataque.

— E como se sente agora que ele foi identificado como o homem por trás de tudo isso?

Cuidado, disse Razak a si mesmo. *Não piore as coisas para Graham. E também não piore as coisas para os muçulmanos e palestinos.*

— Embora eu esteja ansioso para chegar a uma solução, sinto que há muito mais perguntas que precisam ser respondidas antes que alguém possa fazer acusações a esse homem — ressalvou, olhando para o repórter. — Agora, se me dão licença — disse, avançando pelo meio da multidão.

53

Roma

Encolhido dentro de um *loculus* no alto da parede da passagem, Giovanni Bersei respirava em inspirações curtas, desesperado para se acalmar, esperando que Conte escolhesse o túnel errado e vagasse sem rumo pela catacumba. Se tivesse sorte, o assassino poderia sucumbir aos vapores e desmaiar. Bersei só esperava que isso não acontecesse antes com ele próprio. Agarrou com mais força o cabo do martelo. *Como se isso fosse páreo para uma pistola.*

Minutos se passaram. O silêncio voltou.

Um pouco mais de tempo e ele pensaria em sair do túnel. Mas a ideia durou pouco, porque uma luz fraca percorreu a parede irregular em frente ao nicho. Conte estava chegando.

Tendo vasculhado dois túneis sem sucesso, Conte retornara à área em que Bersei tropeçara nas ferramentas. Certamente sua presa não havia voltado por ali. Bersei não conseguiria superar a confusão sem produzir barulho.

Caminhando pela terceira passagem, Conte sentiu uma brisa leve. O ar ali era menos pútrido. Talvez houvesse um túnel de ventilação por perto.

Ele estava começando a considerar a possibilidade remota de que Bersei o tivesse enganado. Contudo, isso era temporário, já que a única porta daquele lugar estava trancada.

Movendo-se lentamente, ele detectou uma luz fraca bem à frente. Luz do dia?

Ficou em pânico. Talvez fosse um túnel de ventilação, mas certamente parecia largo o bastante para servir de rota de fuga. Conte começou a correr.

Cerca de dez metros à frente uma forma escura de repente surgiu do alto da parede, rápido demais para que até mesmo o mercenário reagisse. Ela o acertou com força na têmpora direita, derrubando-o de costas, a cabeça batendo duramente no chão com um baque oco.

A lanterna escorregou pelo chão do corredor. A Glock, porém, continuou empunhada com firmeza. Para ele era puro instinto.

Atordoado, Conte mal conseguiu discernir uma figura se arrastando para fora da parede como um cadáver reanimado. Caindo no chão, Bersei saiu tropeçando na direção da luz.

De repente, embora com a visão desfocada, Conte viu algo rodopiando pelo ar. Acertou-o com força no peito. Um martelo? Erguendo a Glock, disparou um tiro às cegas, apenas para o caso de Bersei querer tentar outro golpe.

A luz desapareceu pela passagem enquanto Conte tentava se levantar.

Correndo na direção da luz no final da passagem, Bersei se sentiu grato pelos tiros de Conte não o terem acertado. Angustiado com a possibilidade de aquele ser um beco sem saída, concentrou-se no cone de luz do sol no final do túnel, uma esperança de fuga. A brisa soprava com mais força. Talvez, apenas talvez, ele conseguisse sair vivo daquele lugar assustador.

Mas apenas a dois metros do túnel Bersei parou, bem em frente à abertura no piso pela qual a luz do sol atravessava uma larga passagem irregular. Ele olhou garganta abaixo, vendo quatro ou talvez cinco andares que terminavam em uma base de rocha.

As galerias inferiores. Ele se lembrou de que havia mais três níveis. Os restauradores deveriam ter aberto aquele túnel de ventilação para ajudar a eliminar os gases subterrâneos.

Que Deus me ajude.

Seus olhos se voltaram para a origem da luz. O túnel era largo demais para ser escalado. Pior ainda, uma pesada grade de ferro fechava a abertura bem no alto. O desespero se abateu sobre ele.

De repente o antropólogo ouviu um barulho baixo atrás de si.

Bersei se virou a tempo de ver o corpo de Conte na horizontal, disparando pelo ar como um projétil. Os pés do assassino acertaram Bersei no peito, jogando-o violentamente para trás por sobre a abertura do túnel, fazendo seu corpo se chocar contra a parede do outro lado.

A lanterna caiu rodopiando até se quebrar nas rochas.

Por uma fração de segundo Bersei ficou suspenso na parede, os pés na pequena beirada que formava uma borda ao redor da abertura. Mas a força do impacto o jogou para a frente, sem controle. Ele saltou da parede por reflexo, da direção do outro lado da abertura, com uma descarga de adrenalina. Dedos agarraram a terra e apertaram. Mas não havia no que segurar.

As rochas pontudas giraram ao redor dele enquanto despencava até cair de cabeça na *tufa* na base do poço.

Conte olhou para o abismo. Espalhado sobre a base rochosa do túnel, Giovanni Bersei estava curvado de forma antinatural, sangue escorrendo de seu crânio rachado, ossos quebrados se projetando através da pele.

O caçador sorriu. Uma morte limpa, que iria parecer um infeliz acidente. Provavelmente demoraria dias, talvez semanas, antes que o corpo fosse encontrado. Mesmo o cheiro horrível de carne apodrecida poderia ser ignorado ali. Afinal, era para isso que aquele lugar fora projetado.

Retornando pelos túneis, Conte pegou seus sapatos, arma e casaco. Conseguiu até mesmo encontrar as cápsulas da Glock. Era uma regra nunca deixar para trás boas provas de balística. Por isso ele havia usado os XM8 no trabalho de Jerusalém. Naquele momento, os idiotas estariam andando em círculos, tentando descobrir como o protótipo de uma arma que deveria estar guardada em um *bunker* militar dos Estados Unidos aparecera nas mãos de mercenários sem nome.

Destrancando a porta, passou para o saguão. Devolvendo as chaves ao docente rígido, agarrou a bolsa do laptop, abriu a entrada e saiu, fechando a porta atrás de si. Esperando um momento para deixar os olhos se acostumarem ao sol brilhante, Conte empurrou a Vespa de Bersei até sua van Fiat alugada. Abrindo as portas de trás, subiu a *scooter* para o compartimento de carga, fechou as portas e foi para trás do volante. Ele se olhou por um momento no retrovisor. Um inchaço roxo do tamanho de uma castanha surgira na sua têmpora direita. Por sorte o golpe de Bersei não fora perfeito, do contrário ele poderia ter ficado inconsciente.

No cômputo geral, tinha sido um bom trabalho.

54

Cidade do Vaticano

Faltando dez minutos para as dez horas, o padre Patrick Donovan entrou no laboratório com a aparência de quem não dormia havia dias. Levava uma bolsa de couro pendurada no ombro.

— Bom-dia, dra. Hennesey.

Sentada ao lado do ossuário, Charlotte se obrigou a desviar os olhos da relíquia.

Donovan examinou o laboratório, procurando o antropólogo.

— O dr. Bersei está aqui?

— Eu ia ligar para o senhor — disse ela. — Ele ainda não apareceu.

Ela não era boa em distorcer a verdade. Mas, pelo bem de Giovanni, se viu fazendo um grande esforço a fim de ser convincente.

— Isso é estranho.

De imediato ele suspeitou que Conte não estava fazendo boa coisa, porque quando Donovan seguia pelo corredor percebeu que a sala de vigilância improvisada estava destrancada e vazia. Aparentemente Conte saíra com pressa.

— Espero que esteja tudo bem.

— Entendo o que quer dizer. Ele não costuma se atrasar.

— Especialmente para algo tão importante — acrescentou Donovan. — Bem, de fato eu esperava encontrá-lo aqui para a apresentação. Acha que pode dar conta disso sem ele?

— Certamente — respondeu ela.

Como poderia ela passar por aquilo sozinha? E se Bersei estivesse certo? E se ela *não* estivesse segura na Cidade do Vaticano?

Seu único consolo era o instinto de que aquele padre cuidaria dela. Charlotte raramente se enganava sobre o caráter de alguém.

Donovan conferiu seu relógio.

— Podemos ir. Não quero me atrasar.

Obrigando-se a sorrir, a geneticista pendurou no ombro a bolsa com o computador, pegou o grande portfólio de apresentação e seguiu Donovan para o corredor.

— Exatamente para onde vamos?

Ele olhou para a moça.

— Ao escritório do secretário de Estado, cardeal Antonio Carlo Santelli.

55

Atravessando o grandioso corredor do Palácio Apostólico, Donovan deu uma espiada em Charlotte, que caminhava a seu lado, vendo em seus olhos o mesmo espanto que experimentara na primeira vez em que vira aquele lugar.

— Espetacular, não é?

— Sim — disse ela, tentando se acalmar enquanto via os guardas suíços fortemente armados ao longo do corredor. — Impressionantemente grandioso.

Ele apontou para o teto alto.

— O papa vive no andar de cima.

Na entrada protegida do escritório do cardeal Santelli, Donovan e Charlotte foram rapidamente liberados e acompanhados por um guarda suíço até a antecâmara, onde o padre Martin se levantou da escrivaninha para cumprimentá-los.

Ele não havia ficado empolgado com a decisão do cardeal de fazer a reunião ali. Qual seria o motivo de Santelli? Ilustrar o que estava em jogo caso ela realmente suspeitasse de algo?

— É bom vê-lo novamente, James.

Donovan apertou a mão do jovem padre, tentando não se concentrar nas olheiras dele. Apresentou Charlotte e perguntou se Martin poderia ligar para o laboratório e ver se o dr. Bersei havia chegado.

Martin concordou e deu a volta na mesa para fazer a ligação. O aparelho chamou durante quinze segundos, sem resposta. Em sinal negativo, ele balançou a cabeça.

— Lamento. Ninguém atende.

Donovan se voltou para Charlotte.

— Acho que você está por conta própria — disse, em tom de desculpas.

O interfone na mesa de Martin tocou de repente.

— James — disse uma voz áspera pelo pequeno alto-falante. — Eu lhe pedi aquele relatório há dez minutos. Que inferno, o que você está esperando?

O padre ergueu os olhos para o teto e deu um pequeno sorriso.

— Desculpem-me, um momento — disse, inclinando-se e apertando o botão do aparelho. — Ele está bem aqui, eminência. Desculpe pela demora. E o padre Donovan e a dra. Hennesey chegaram.

— Bem, o que está esperando? Mande-os entrar.

Pegando uma pasta na mesa com raiva, o padre Martin conduziu-os ao escritório de Santelli.

Lá dentro, o cardeal estava sentado à sua escrivaninha, terminando uma ligação. Cumprimentou os visitantes com um gesto de cabeça e apontou para a pasta na mão de Martin. Depois que o padre a entregou, foi dispensado como se fosse um mosquito.

— Ele é todo seu — sussurrou Martin a Donovan ao retornar à antecâmara.

Vendo a figura intimidadora de Santelli atrás da mesa, Charlotte de repente se deu conta de que estivera tão preocupada com as suposições de Bersei e com a assustadora sala de espionagem de Conte que não discutira a etiqueta com Donovan. Concluindo o telefonema, o cardeal se ergueu, alto e empertigado, o rosto agradável, mas firme. Enquanto contornava a mesa enorme, Charlotte podia jurar que o cardeal apresentava os claros sinais de alguém que parara de beber recentemente, mas não podia negar ser uma presença imponente.

— Bom-dia, padre Donovan — saudou o cardeal, esticando a mão direita como se fosse pegar uma bengala invisível.

— Eminência — disse Donovan, avançando e fazendo uma leve mesura para beijar o anel sagrado de Santelli, escondendo seu desprezo pelo gesto do superior. — Eminência Antonio Carlo Santelli, deixe-me apresentar a dra. Charlotte Hennesey, renomada geneticista de Phoenix, Arizona.

— Ah, sim — falou Santelli, dando um grande sorriso. — Ouvi falar muito da senhora, dra. Hennesey.

Charlotte fez uma expressão de pânico quando ele se aproximou para cumprimentá-la. Talvez sentindo isso, ele lhe oferecera um aperto de mão comum. Aliviada, a moça apertou a manopla de Santelli, sentindo um cheiro almiscarado de colônia.

— Uma honra conhecê-lo, eminência.

— Obrigado, minha querida. Gentileza sua — disse ele, momentaneamente distraído por sua beleza e segurando sua mão por um bom tempo antes de soltá-la. — Vamos nos sentar.

Colocando sua mão no ombro de Charlotte, apontou para uma mesa redonda de mogno do outro lado do escritório.

Santelli acompanhou o ritmo da geneticista, a mão ainda sobre o ombro, com o padre Donovan atrás.

Donovan estava impressionado: como Santelli era capaz de ser encantador quando necessário... Um lobo em pele de cordeiro.

— Estou ansioso para discutir o grandioso projeto no qual vocês têm trabalhado — entusiasmou-se Santelli, exuberante. — O padre Donovan me contou muitas coisas excitantes sobre suas descobertas.

Quando estavam todos acomodados nas poltronas de couro, Donovan fez um rápido retrospecto para atualizar Santelli sobre as relíquias que apresentara aos cientistas. A seguir se desculpou pelo dr. Bersei, que não pôde participar da reunião por causa de problemas pessoais.

O cardeal pareceu assustado.

— Nada sério, espero.

O bibliotecário esperava a mesma coisa.

— Estou certo de que ele está bem.

— O que significa que o palco é seu, dra. Hennesey.

Charlotte deu a Santelli um relatório bem encadernado e a Donovan uma segunda cópia. Abrindo seu laptop, ela esperou o início do programa.

— Nosso primeiro trabalho foi uma análise patológica do esqueleto — começou ela, permitindo que sua *persona* profissional assumisse o comando.

Conduziu os dois homens passo a passo por uma apresentação PowerPoint com fotografias ampliadas das aberrações no esqueleto: incisões, ossos fraturados, pulsos e pés danificados.

— Com base no que estão vendo, dr. Bersei e eu concluímos que esse sujeito do sexo masculino enterrado no ossuário, que afora isso estava em perfeita saúde, morreu com trinta e poucos anos, como resultado de uma... execução.

Santelli tentou parecer surpreso.

— Execução?

Ela olhou para Donovan, que parecia igualmente intrigado, mas anuiu para que prosseguisse. Voltando seus olhos ao cardeal, ela foi direto ao ponto.

— Ele foi crucificado.

As palavras pairaram no ar por um longo momento.

Santelli inclinou-se, colocou os cotovelos na mesa e olhou nos olhos da geneticista.

— Entendo.

— E as evidências forenses sustentam isso claramente — continuou ela. — Ademais, também encontramos estes objetos em um compartimento escondido dentro do ossuário.

Determinada a manter as mãos firmes, ela tirou de sua bolsa os três sacos plásticos. Pousando o primeiro deles, tentou não deixar que os pregos batessem com força no tampo envernizado. Depois foi o saco lacrado com as duas moedas. O terceiro continha o cilindro de metal.

Santelli e Donovan examinaram cada objeto com atenção.

Os pregos chamavam mais atenção, mas exigiam pouca explicação. Os dois homens deviam pensar exatamente o mesmo que ela pensara ao vê-los pela primeira vez: como era ser pregado com um deles.

Charlotte se estendeu sobre o significado das moedas. Surpreendentemente, nem Santelli nem Donovan haviam feito nenhuma pergunta. Será que já sabiam sobre aquelas coisas? Será que aquele desgraçado do Conte os estava atualizando com as descobertas de sua vigilância? Tentando ignorar suas suspeitas, informou-lhes que o cilindro continha um rolo ainda precisando de estudo. Aquela relíquia em especial mais uma vez conseguira prender a atenção do padre Donovan por algum tempo.

— Fizemos um exame de datação por carbono em uma amostra de osso e em fragmentos de madeira — comentou, passando aos dois cópias dos certificados de datação enviados por Ciardini. — Como podem ver, as duas amostras datam do início do século I. A madeira é de uma nogueira rara nativa da antiga Judeia. Também foram encontrados restos de flores usadas no ritual de sepultamento e de linho. Mais uma vez, ambos eram específicos da Judeia — afirmou, apresentando mais imagens e dados.

— Por que linho, dra. Hennesey? — perguntou Donovan.

— Provavelmente das faixas de linho e do sudário usado para enrolar o corpo durante o ritual fúnebre — explicou, fazendo uma pausa e prosseguindo. — O dr. Bersei fez uma análise microscópica da pátina do ossuário.

Ela passou para imagens com vários graus de ampliação da superfície da pedra.

— E a composição biológica era uniforme em todo o conjunto de amostras. Além disso, o conteúdo mineral da pátina é coerente com relíquias similares encontradas em cavernas da região. Mais importante ainda, não foi encontrado nenhum sinal de manipulação.

— Lamento, mas o que significa esse último ponto? — perguntou o cardeal.

— Simplesmente que não é uma falsificação. A pátina não foi criada artificialmente por métodos químicos modernos. E isso significa que o ossuário e suas marcas são autênticos. — disse.

Mas vocês provavelmente já sabiam disso, pensou. Ela mostrou a imagem em 3D do esqueleto, e virou o laptop para eles.

— Escaneando o esqueleto, estimamos a massa muscular do espécime.

Com o *mouse*, Charlotte exibiu a musculatura digital em vermelho-sangue, dando-lhes alguns segundos para absorver a imagem e clicando, em seguida, um comando para acrescentar a "pele" monocromática.

— Incorporando o perfil genético básico encontrado no DNA do espécime, reconstruímos a aparência desse homem no momento da morte. Aqui está.

Apertou o botão do *mouse* e a tela foi atualizada — pele pigmentada, olhos vivos com cor, cabelo escuro e denso.

Os dois homens ficaram chocados.

— Isso é absolutamente... extraordinário — murmurou Santelli.

Até aquele momento nem o cardeal nem o padre revelavam saber antecipadamente da identidade do esqueleto ou da origem do ossuário. Enquanto estudavam a imagem, ela os examinava, alternando entre um e outro. Será que aqueles dois religiosos estariam envolvidos em um roubo que deixara pessoas mortas?

— Finalmente, o dr. Bersei conseguiu decifrar o significado do símbolo gravado na lateral da caixa.

Ela acreditva que aquela demonstração produziria uma reação. Exibiu uma foto em close mostrando claramente o golfinho enrolado em um tridente e explicou o significado de cada símbolo isolado.

— A fusão desses dois símbolos pagãos era o modo pelo qual os cristãos do século I representavam... Jesus Cristo.

Santelli e Donovan trocaram olhares desconfortáveis.

Missão cumprida, pensou Charlotte.

Um silêncio se abateu sobre a sala.

56

O cardeal Santelli foi o primeiro a quebrar o clima.

— A senhora está nos dizendo, dra. Hennesey, que acredita serem estes os restos mortais de Jesus Cristo?

Embora ela instintivamente gostasse de pessoas diretas, aquilo era mais do que queria. Engolindo em seco, Charlotte sentiu um surto de energia percorrer seu corpo — lutar ou fugir. Na verdade teve de controlar o anseio de olhar para a porta aberta.

Ela estava contente por, antes de deixar o Domus naquela manhã, ter passado uma hora lendo um livro sempre disponível na gaveta da mesinha de cabeceira. Se o relatório iria, ainda que remotamente, sugerir que aqueles ossos seriam os de Jesus Cristo, era prudente conferir os trechos do Novo Testamento a respeito.

— À primeira vista as evidências são grandes — começou ela. — Mas há discrepâncias no relatório da patologia e contradições em relação à Bíblia. Nós, por exemplo, não encontramos provas de que uma lança foi enfiada na cavidade torácica, como afirma a Bíblia. E os joelhos deste homem foram quebrados — afirmou, detalhando como os romanos aceleravam a morte usando uma marreta de metal.

A atenção do padre Donovan desviou-se momentaneamente enquanto pensava naquela incoerência antecipada. Ele sabia que Charlotte estava se referindo ao Evangelho de João, versículo 19, segundo o qual um soldado romano perfurara a lateral do corpo de Jesus com uma lança no intuito de acelerar sua morte em agonia:

Vieram então os soldados e quebraram as pernas do primeiro e depois do outro que fora crucificado com ele. Chegando a Jesus e o vendo já morto, não lhe quebraram as pernas.

Donovan também pensou que duas linhas incluídas naquela passagem — 36 e 37 — de fato explicavam de forma concisa o relato incongruente:

Pois isso aconteceu para que se cumprisse a escritura: "Nenhum osso lhe será quebrado". E outra escritura diz ainda: "Olharão para aquele que trespassaram".

Curiosamente, nenhum dos evangelhos sinópticos — Mateus, Marcos ou Lucas — mencionava esse acontecimento. Donovan só era capaz de supor que o Evangelho de João incluíra esse relato embelezado para convencer os judeus de que Jesus fora o verdadeiro messias previsto pelos profetas do Velho Testamento — *"para que se cumprisse a profecia"*. Ele tinha certeza de o esqueleto no Museu do Vaticano estar dizendo a verdade: Pôncio Pilatos e os romanos trataram Jesus como qualquer outro criminoso sem rosto que ameaçasse a ordem social do império. Tinham-no aniquilado sem piedade, e, como ele não estava morrendo suficientemente rápido, esmagaram seus joelhos para acelerar o processo.

Charlotte continuou.

— Estou certa de que vocês estão muito mais informados que eu sobre a ocupação de Jesus antes de sua pregação relatada na Bíblia.

Donovan aproveitou essa deixa.

— Ele foi carpinteiro desde a infância.

Na verdade, a Bíblia nunca fez referência explícita à ocupação de Cristo. *Acreditava-se* que Jesus teria sido carpinteiro porque o Evangelho de Mateus referia-se a ele como "o filho do carpinteiro". Imaginava-se que tivesse trabalhado no negócio da família, embora a palavra grega usada por Mateus, "*tektonov*" — traduzida simplistamente como "carpinteiro" — fosse aplicada a qualquer um que trabalhasse com as mãos, de construtores a fazendeiros, passando por empregados braçais.

Charlotte anuiu.

— Todos aqueles anos de trabalho braçal teriam provocado mudanças visíveis nas articulações dos dedos e dos pulsos, onde os ossos e os tecidos circundantes teriam engrossado para corresponder à exigência aumentada. As articulações deveriam apresentar sinais de desgaste precoce em pelo menos uma das mãos — disse, passando para closes das mãos. — Mas este homem não mostra alterações óbvias.

— Isso é fascinante — exclamou Donovan, quase parecendo sincero.

— Mas, ainda mais importante — disse ela, apontando para o monitor —, essa simulação genética não é o que se esperaria de alguém nascido na antiga Judeia. Revisei cuidadosamente a sequência genética, e não corresponde a nenhum perfil documentado do Oriente Médio para judeus ou árabes. A Bíblia afirma que Jesus era descendente de uma longa linhagem de judeus. Como sabem, o evangelho de Mateus começa recuando a linhagem de Jesus — quarenta e duas gerações —, e todos são judeus. Recuando até Abraão, essa linhagem teria de ser impecavelmente judaica. Mas o DNA deste homem não tem genealogia identificável.

Naquele instante, Santelli e Donovan pareceram perplexos. Santelli inclinou a cabeça.

— Então, dra. Hennesey, está nos dizendo que *não* acredita que estes sejam de fato os restos de Jesus?

Os olhos de ambos se encontraram em um impasse silencioso.

Por um instante ela recordou sua conversa com Bersei — ele dissera que as pessoas teriam matado por aquelas relíquias. Diferentemente de Donovan, o olhar evasivo do cardeal estava começando a convencê-la de que as suspeitas de Giovanni podiam estar certas.

— Pelo que vi aqui, afirmar que estes são os verdadeiros restos de Jesus Cristo seria um exagero. Os métodos científicos usados hoje levantam questões demais. Continua a existir uma possibilidade muito real de que isto seja uma espécie de fraude do século I.

— Isso é um alívio — disse Donovan.

Chocada, Charlotte olhou para ele duramente.

— Por que isso?

Abrindo a bolsa, ele tirou o *Ephemeris Conlusio*.

— Deixe-me explicar.

57

Apoiando cuidadosamente o antigo e maltratado manuscrito no tampo brilhante da mesa de mogno, o padre Donovan virou-se para Charlotte.

— Você sabe, claro, que o Vaticano anda extremamente preocupado com a origem do ossuário.

O cardeal Santelli recostou em sua cadeira, mãos cruzadas sobre o peito.

Charlotte olhou curiosa para o livro.

— E havia uma ótima razão para isso — explicou ele. — Ninguém fora de um pequeno círculo no alto da hierarquia da Igreja ouviu o que estou prestes a lhe contar.

A julgar pela linguagem corporal do cardeal, ela duvidou muito disso.

— Certo.

— Para começar, preciso lhe dar um histórico — começou Donovan. — Muitos judeus, em particular aqueles que viviam na antiga Judeia, sustentavam que Jesus, o autoproclamado Filho de Deus, não atendia aos critérios messiânicos previstos no Velho Testamento. E eles estavam certos.

Ela pensou ser uma admissão estranha.

— O Messias previsto pelos profetas deveria ser um guerreiro, descendente direto do rei Davi, fortalecido por Deus para reunir militarmente as tribos de Israel, libertando a Terra Prometida da tirania e da opressão — disse Donovan, falando de modo rápido, gesticulando e com o rosto empolgado.

— O Messias deveria reconstruir o Templo Sagrado. Deveria conquistar Roma. Os judeus foram derrotados durante séculos e subjugados por todos os grandes impérios, persas, gregos e romanos. Nos primeiros mil anos de sua existência, Jerusalém só conhecera derramamento de sangue.

Imagens dos soldados israelenses mortos há poucos dias o fizeram pensar quão pouco as coisas haviam mudado.

— Mas ao ler as escrituras você encontra Cristo defendendo a paz. Ali estava um homem dizendo aos judeus para pagar seus impostos e aceitar a vida que tinham. Em troca prometia a eternidade com Deus. Ele acreditava que usar o mal para derrotar o mal apenas prolongava um ciclo perpétuo.

Charlotte se deu conta de que Donovan precisava contar aquela história, e ela precisava encorajá-lo.

— Viva pela espada, morra pela espada?

— Exatamente. Jesus sabia que Roma não podia ser derrotada. Ele tentava impedir uma grande rebelião judia, que provocaria um massacre pelos romanos. Mas muitos preferiram não escutar — disse Donovan em tom solene. — Menos de trinta anos após a morte de Cristo os judeus finalmente se rebelaram. A resposta romana foi rápida e brutal. Sitiaram Jerusalém e, após terem tomado a cidade, mataram cada homem, mulher e criança. Milhares foram crucificados, queimados ou simplesmente feitos em pedaços. Jerusalém e o segundo templo foram arrasados. Assim como Jesus previra. Dra. Hennesey, sabe que a maioria dos teólogos estima que a pregação de Jesus durou apenas um ano?

Ela sabia que Cristo estava com trinta e poucos anos ao morrer.

— Nunca me dei conta disso.

Donovan se inclinou para perto dela.

— Deve concordar que, a despeito da fé de cada um, ou mesmo do grau de fé da pessoa, Jesus foi um ser humano notável, filósofo e professor, alguém que saiu da relativa obscuridade para oferecer uma mensagem duradoura de esperança, bondade e fé que ainda ecoa, mais de 2 mil anos depois. Nenhum outro personagem na história teve tal impacto.

Olhando nos olhos da moça, as mãos de Donovan foram para o *Ephemeris Conlusio* e repousaram sobre sua capa, como se o protegesse.

— Esse livro tem alguma coisa a ver com tudo isso? — perguntou Charlotte, percebendo que Donovan olhou para Santelli, deixando claro que aquela parte da discussão fora ensaiada pelos dois homens. Donovan respondeu com uma pergunta.

— Conhece a história da ressurreição de Cristo, a tumba vazia?
— Claro.

Tendo feito aulas de catecismo na escola primária e frequentado uma escola secundária católica exclusivamente feminina, ela sabia muito sobre as Escrituras — mais do que gostaria. Ela deu a Donovan a resposta direta que ele esperava — aquela que ignorava as inconsistências dos Evangelhos:

— Jesus foi crucificado e enterrado. Três dias depois ele levantou dos mortos e reapareceu a seus discípulos — *ninguém sabe em que forma* — antes de ascender aos céus.

Ela pensou que aquilo resumia tudo belamente.

— Exatamente — concordou Donovan, satisfeito, dando um tapinha na capa do livro. — O que nos traz a essa história impressionante. Este é um diário escrito por José de Arimateia, personagem bíblico intimamente ligado à morte e ressurreição de Jesus.

Charlotte ficou impressionada com o tesouro secreto do Vaticano. Será que aquele livro também fora roubado?

— O José de Arimateia?

— Sim. O homem que enterrou Cristo — disse o padre Donovan, revelando as páginas em grego do livro e erguendo os olhos. — Durante séculos o Vaticano temeu que o papel de Cristo como o Messias fosse contestado. E este livro oferece muitas razões para isso.

Dando uma rápida olhada para Santelli, Donovan se esforçou para não vacilar ou deixar sua voz falhar. Até o momento parecia que o cardeal estava satisfeito com seu desempenho.

— Embora retratado como defensor de Cristo no Novo Testamento, José de Arimateia na verdade estava trabalhando em segredo para prejudicar a pregação de Jesus. Sabe, Jesus representava um grande risco para a elite judaica. Embora ele, com astúcia, evitasse abordar as questões da ocupação romana, atacava duramente a autoridade judaica, em especial aqueles sacerdotes que haviam transformado a casa de Deus em uma caricatura. Em troca de doações, os sacerdotes judeus permitiam que pagãos fizessem sacrifícios nos altares sagrados do templo. Eles transformaram os jardins sagrados do templo em um mercado. O templo era a encarnação da fé judaica. Portanto, para judeus devotos como Jesus, seu declínio constante era a morte lenta da tradição religiosa.

Charlotte se lembrou da descrição, em Mateus, de Jesus entrando no templo, derrubando as mesas dos mercadores e cambistas. Compreensivelmente, Jesus não gostara de ver o lugar sagrado sendo usado como mercado.

— Por certo, Jesus via falhas na classe governante judaica — continuou Donovan —, e não temeu dizer isso a ela. Não surpreende que os sacerdotes judeus tenham sido os mandantes de sua prisão. Após a execução de Jesus, José de Arimateia foi escolhido pelo Sinédrio para procurar Pôncio Pilatos e negociar a entrega do corpo. Convencido por José de que isso impediria os fanáticos seguidores de Jesus de retirar o corpo da cruz, Pilatos atendeu ao pedido.

Charlotte conhecia linguagem corporal. Embora Donovan estivesse contando a história com confiança, seus olhos se desviavam. Ela lembrou de Giovanni observando que retirar um criminoso de uma cruz era algo sem precedentes. Nenhum corpo crucificado havia sido recuperado. Mas, considerando a ameaça que Jesus representava à aristocracia judaica — aparentemente a maior prejudicada com o desafio ao sistema —, a explicação de Donovan parecia plausível.

— Mas por que os seguidores de Jesus iriam querer roubar seu corpo?

— De modo a anunciar uma ressurreição e retratar Jesus como divino.

— Então José de Arimateia obteve o corpo a fim de protegê-lo?

— Isso mesmo — concordou Donovan, forçando-se a olhar para Charlotte.

Ela estava em uma encruzilhada. Havia uma pergunta óbvia que precisava ser feita naquele momento. Seus olhos se voltaram para a tela do laptop, onde a imagem reconstruída do homem crucificado parecia velar a conversa.

— E a ressurreição? — perguntou a geneticista, engolindo em seco. — Ela realmente aconteceu?

Donovan sorriu.

— Claro — respondeu. — O corpo foi colocado em segredo na tumba de José, um local desconhecido dos seguidores de Jesus. Mas desaparecera três dias depois.

— Foi roubado?

Donovan sentiu os olhos críticos de Santelli cravados nele.

— É o ponto em que a Bíblia está correta, dra. Hennesey. Quatro diferentes relatos do Novo Testamento nos dizem que três dias depois Jesus se ergueu da tumba. Então reapareceu a seus seguidores e ascendeu aos céus.

Charlotte não sabia em que pensar. Certamente não acreditava em tudo na Bíblia, e sua leitura matinal lhe fazia relembrar o motivo. Uma passagem em especial, que descrevia a morte física de Jesus na cruz, fora significativa. Começava com Mateus 27:50.

> Jesus, porém, tornando a dar um grande grito, rendeu o espírito. Nisso, o véu do Santuário se rasgou em duas partes, de cima a baixo, a terra tremeu e as rochas se fenderam. Abriram-se os túmulos e muitos corpos dos santos falecidos ressuscitaram. E, saindo dos túmulos após a ressurreição de Jesus, entraram na Cidade Santa e foram vistos por muitos.

Ao refletir sobre isso, ela viu algo perturbadoramente contraditório na história da Páscoa. Era essa passagem que mencionava pela primeira vez "Sua ressurreição" — sem que houvesse transcorrido o intervalo de três dias e o enterro. Isso a fez pensar: se o espírito de Jesus já havia ascendido no momento da morte na cruz, então qual parte dele poderia ter emergido da tumba três dias depois? Uma concha sem vida e espírito? Se realmente ossos foram deixados para trás, isso deveria surpreender alguém? E quanto a todos aqueles outros corpos santificados reanimados? Por que nenhum outro relato histórico fazia referência a tantos *corpos* ressuscitados? Ela achou que sabia a resposta. *Porque não era uma ressurreição física.* As palavras dos evangelhos estavam sendo distorcidas. Olhando para o segundo em comando do Vaticano, ela viu um burocrata experiente que não aceitaria nenhuma interpretação. Embora precisasse se manter cautelosa, ainda tinha de dizer o óbvio.

— Mas, e quanto a este ossuário, o cadáver crucificado... E este símbolo de Cristo? O livro diz o que isso realmente significa?

Recomposto, Donovan folheou o *Ephemeris Conlusio* quase até o fim, colocando-o cuidadosamente na frente de Charlotte.

Estudando as páginas, ela viu desenhos detalhados do ossuário e de seu conteúdo.

— Após o acordo secreto entre José e Pilatos — explicou Donovan com calma —, os discípulos causaram grande agitação em Jerusalém ao descobrir que o corpo de Jesus havia sumido. O desaparecimento do corpo lhes permitiu alegar que houvera uma ressurreição. Naturalmente, Pilatos se lançou contra José de Arimateia, insistindo para que ele resolvesse o problema. Foi quando José teve essa ideia — concluiu, apontando para o ossuário.

Charlotte tentou entender o que aquilo significava.

— Se estes ossos não são de Jesus...

Sorrindo, Donovan virou as palmas das mãos para cima, encorajando-a a concluir.

— Isso significa que José de Arimateia teria *substituído* o corpo?

— Exatamente.

Ela pensou ter ouvido Santelli suspirar de alívio.

— Segundo o relato de José, ele obteve outro *corpo* crucificado, um dos dois corpos que permaneciam em uma cruz no alto do Gólgota... Um criminoso morto no mesmo dia que Jesus. O corpo foi submetido aos rituais funerários judaicos habituais e colocado para se decompor por um ano.

— Dessa forma apagando a identidade do segundo homem — emendou ela, enquanto pensava na possibilidade de Donovan estar inventando aquilo, fazendo um senhor trabalho.

— Sim. Uma falsificação brilhante com o objetivo de provar que Jesus nunca deixou a tumba. Uma tentativa desesperada de desacreditar o cristianismo inicial de modo a preservar a aristocracia judaica.

Ela absorveu aquilo. O raciocínio do padre Donovan era bastante bom, além do que ele tinha o que afirmava ser um documento real para sustentar sua história. E isso era coerente com as inconsistências que havia citado antes, em especial o estranho perfil genético e os joelhos quebrados. O esqueleto poderia ter pertencido a algum criminoso condenado oriundo de uma distante província romana. Mas havia o fato de os textos naquele livro antigo serem, literalmente, grego para ela. A interpretação do padre era a única coisa que tinha. Talvez fosse o planejado por ele. Mas por quê? Ela olhou friamente para Donovan.

— É óbvio que o plano de José falhou. Então, por que ninguém descobriu isso antes? — perguntou, ficando tensa a seguir. Será que ela estava forçando demais?

Donovan deu de ombros.

— Acredito que José de Arimateia morreu ou foi morto durante aqueles doze meses, antes de o corpo estar pronto. Talvez o Sinédrio ou os romanos o tenham assassinado. Nunca saberemos. Vamos apenas ser gratos por essa fraude nunca ter funcionado. Porque, diferentemente de hoje, quando cientistas capazes como você podem identificar um jogo sujo, na Antiguidade um corpo físico teria sido bastante problemático.

— E o ossuário só foi encontrado recentemente? — perguntou, preparando-se para a resposta.

— O *Ephemeris Conlusio* foi obtido pelo Vaticano no início do século XIV. Mas não foi levado a sério até um arqueólogo independente desenterrar uma tumba ao norte de Jerusalém, algumas semanas atrás. Por sorte ele era esperto o bastante para saber que se nos procurasse discretamente pagaríamos muito bem por ele.

Perplexa por um momento, Charlotte deixou que a explicação girasse em sua cabeça. Se Donovan estava dizendo a verdade, isso significaria que esse arqueólogo anônimo poderia ter matado pessoas para conseguir o ossuário e que o Vaticano talvez tivesse sido negligente na sua obtenção. Era possível Bersei haver chegado à conclusão errada. Mas ele era um homem inteligente — um homem *muito* inteligente. Ela vira pessoalmente que ele não era o tipo que chegava a conclusões apressadas sobre nada. O que teria descoberto para deixá-lo tão seguro das acusações?

— Uma relíquia do século I de um homem crucificado contendo o símbolo de Cristo — murmurou ela. — Um objeto inestimável... Por todos os motivos errados.

— Exatamente. Essa era uma descoberta aparentemente autêntica que, sem a explicação adequada, poderia ter causado um sofrimento desnecessário à fé cristã. Precisávamos estar certos de que correspondia a todos os relatos no diário de José antes de concluirmos qualquer transação. E, graças ao seu trabalho duro, estou certo de que encerramos o caso.

Os olhos de Charlotte retornaram ao manuscrito aberto, no qual os desenhos de José relacionavam o ossuário e seu conteúdo. Então percebeu uma coisa. O cilindro com o rolo não estava incluído nele. Ela franziu o cenho.

— Há algo errado? — perguntou Donovan.

Pegando o cilindro embalado em plástico, ela disse:

— Por que isto não é mostrado aqui? — perguntou, apontando para os desenhos.

Donovan de repente pareceu nervoso.

— Não estou certo — disse, balançando a cabeça.

Ele olhou para Santelli, incerto. Tentara evitar aquilo, sem saber o que poderia dizer o pergaminho dentro.

— Por que não o abre? — sugeriu Santelli, corajosamente.

Surpresa, Charlotte disse:

— Eu na verdade nunca lidei com documentos antigos. Nós estávamos esperando para...

— Não há com o que se preocupar, dra. Hennesey — cortou Santelli. — O padre Donovan tem experiência em lidar com documentos antigos. Ademais, duvido que pretendamos exibi-lo no Museu do Vaticano.

— Certo — disse, entregando o cilindro embalado ao bibliotecário pálido.

— Vá em frente, Patrick — estimulou Santelli. — Abra isso.

Impressionado com a ousadia do cardeal, Donovan começou a abrir a bolsa. Retirando o cilindro, soltou a tampa e deslizou o rolo para a mesa. Trocou olhares ansiosos com Santelli e Hennesey.

— Aí vamos nós.

Com absoluto cuidado, desenrolou o documento sobre o plástico e o segurou aberto com as duas mãos. Vendo o que havia nele, sentiu um alívio imediato e o empurrou pela mesa para que os outros pudessem ver.

Todos os olhos viram o que estava gravado a tinta na pele antiga. Era um desenho incomum que fundia todo tipo de imagens. O ponto focal era uma menorá judaica superposta a uma cruz cercada por ramos de folhas. O símbolo gravado na lateral do ossuário era repetido ali quatro vezes, na extremidade de cada braço da cruz.

— O que tudo isto significa? — perguntou Santelli a Donovan.

— Não estou certo — admitiu ele.

Tentou esconder que percebera que a borda do rolo virada para ela parecia ter sido cortada recentemente. Talvez alguém houvesse intencionalmente retirado uma parte do rolo. Ele pousou os polegares sobre a beirada para esconder as marcas.

— Seja lá o que for que represente, é bonito — disse Charlotte.

— Sim, é — concordou Donovan, sorrindo.

— Então, dra. Hennesey — falou Santelli. — A senhora fez um trabalho brilhante. Não temos como agradecer, e o Santo Padre também apresenta seus agradecimentos. Por favor, apenas busque atender ao nosso pedido de não discutir isso com ninguém, nem mesmo membros de sua família, bem como com a imprensa.

— Tem minha palavra — prometeu ela.

— Excelente. Se não se importa, pedirei ao padre Martin para acompanhá-la. Tenho mais algumas coisas para discutir com o padre Donovan. E, embora seu trabalho esteja concluído, por favor, sinta-se à vontade para permanecer conosco o quanto desejar.

58

Deixando o Palácio Apostólico, Charlotte foi diretamente ao laboratório ver se Bersei retornara.

Caminhando pelo corredor do subsolo, foi atraída pela porta da sala de vigilância. Ainda estava entreaberta. Desobedecendo ao bom senso, ela bateu.

— Sr. Conte. Posso ter uma palavrinha com o senhor?

Nenhuma resposta.

Ela abriu a porta e enfiou a cabeça para dentro. Estava vazia — nada além de estantes vazias nas paredes. Até mesmo o painel do teto havia sido recolocado no lugar.

— Mas que...

Fechando a porta, Charlotte seguiu com cautela pelo espaço assustadoramente silencioso. Deslizou o cartão pela leitora na porta do laboratório, esperando que não funcionasse. Mas a porta destrancou com um barulho eletromecânico, e ela entrou.

Pela primeira vez desde que estava ali, as luzes e o ar condicionado do laboratório estavam desligados. Tateando a parede em busca do painel de controle, ligou alguns interruptores.

Quando as luzes se acenderam, não conseguiu acreditar no que via. Todo o laboratório estava vazio — o ossuário, os ossos, as relíquias, tudo havia desaparecido. Até mesmo as CPUs dos computadores foram retiradas.

Temendo o pior, ela não entrou na sala — apenas desligou as luzes e foi em direção à porta. Então ouviu passos no corredor, mais altos à medida que se aproximavam.

E agora? Não havia janela na porta, então não podia ver quem vinha. Padre Donovan? Bersei? Prestou mais atenção. Ela andara pelo corredor com ambos, mas não conseguia se lembrar daquele ritmo — os passos macios que estava ouvindo.

E se fosse Conte?

Tendo visto o depósito e o laboratório vazios, o laptop que trazia consigo — a única prova remanescente do projeto secreto do Vaticano — parecia carne crua na cova do leão. Seu corpo ficou rígido, e ela rezou para ouvir outra porta se abrir, ou para os passos recuarem pelo corredor.

Os passos pararam, e ela viu uma sombra se movendo na luz que penetrava por baixo da porta.

Recuando para o laboratório escuro, ela silenciosamente passou pela primeira estação de trabalho e se agachou no chão assim que a porta foi destravada.

Os pelos da nuca se eriçaram quando a porta se abriu, a luz do corredor penetrando na sala. Estava certa de que quem quer que fosse não poderia vê-la debaixo da mesa. O intruso parou. Escutando?

Charlotte prendeu a respiração e firmou a bolsa do laptop com as duas mãos, permanecendo absolutamente imóvel. Um longo tempo se passou. Então houve o ruído de interruptores sendo ligados, e as luzes do teto instantaneamente eliminaram a escuridão.

Nenhum movimento.

Suas pernas estavam começando a ficar com cãibra.

Fechando a porta, o intruso se moveu lentamente pela sala, olhou entre as estações de trabalho e na sala de descanso.

Embora não pudesse ver o que estava acontecendo, ao perceber que o intruso havia ido para a sala de descanso ela se levantou de um salto e disparou para a porta. Assim que sua mão virou a maçaneta, ela viu Conte retornar ao laboratório... E ele mostrou os dentes.

59

Charlotte disparou pelo corredor, as solas de borracha de seus sapatos guinchando sobre as placas vinílicas enceradas. Sem olhar para trás, conseguia ouvir Conte perseguindo-a.

À frente, a porta do elevador estava fechada. Sabendo que não poderia correr o risco de uma demora, foi logo para a saída de incêndio, abrindo a porta com força. Praticamente voou escada acima, três degraus por vez, prendendo o laptop ao lado do corpo com força. Na metade do segundo lance o som de Conte batendo na porta do subsolo chegou até ela. Subindo mais, teve um vislumbre da silhueta dele subindo em espirais.

No patamar de cima, Charlotte sabia que tinha duas opções: a porta de serviço que levava para fora ou a entrada de funcionários para a galeria do museu. Assim que chegou, abriu a porta de serviço para que ficasse escancarada. Mas, em vez de sair, foi para a porta de funcionários e entrou no museu em silêncio, fechando a porta atrás de si.

Subindo o último lance de escadas, Conte ouviu o trinco da porta de serviço se encaixar ao ser fechada. Devorando os últimos degraus, abriu a porta e correu para fora.

A geneticista não estava à vista — não corria pelas calçadas do jardim, não fugia contornando o prédio. E não havia nenhum esconderijo por perto. Ele deu meia-volta.

Seguindo rapidamente pelo Museu Pio-Cristão, Charlotte estava determinada a deixar a Cidade do Vaticano. Isso significava ir diretamente ao portão de Sant'Anna. Com o cinto de dinheiro contendo numerário, cartões de crédito e passaporte bem preso na cintura, ela podia sacrificar tudo em seu quarto.

Sentindo tontura — não pela corrida, mas por causa do Melphalan circulando em seu sangue —, respirou fundo para se acalmar. Um rápido surto de náusea passou. Sabendo que Conte só seria desviado brevemente, ela pensou no que fazer. Será que poderia se perder nas enormes galerias do prédio? Sem dúvida havia muito espaço ali. Mas, com câmeras de vigilância em todas as salas, não queria dar ao criminoso a chance de chamar a segurança do museu. Ademais, nas compridas galerias que percorriam toda a distância do enorme prédio, seria fácil identificá-la — a turista solitária de cabelos castanhos encaracolados com uma blusa rosa brilhante e bolsa de computador que não via as exposições.

Por sorte, o Museu Pio-Cristão ficava perto da entrada principal do prédio. Ela estudou a área além das portas de vidro e saiu.

Abrindo caminho em meio à multidão que passeava pelo jardim, contornou o prédio, seguindo apressada pela calçada que acompanhava a parede leste do museu. Conte ainda estava fora da vista. Mas isso não diminuía sua preocupação, porque sabia muito bem que ele não desistiria.

Ela atravessou um pequeno túnel que passava sob as antigas muralhas da cidade e saiu na pequena aldeia erguida à sombra dos fundos do Palácio Apostólico. Por um momento pensou se o padre Donovan ainda estaria lá dentro em colóquio com seu mestre titereiro Santelli. Como um homem tão agradável podia estar envolvido em tudo aquilo?

Chegando à Borgo Pio, seus olhos procuraram o portão aberto e os guardas suíços que tomavam conta dele. Será que tentariam detê-la? Ela avançou, sabendo que teria de correr o risco.

Então, a vinte metros do portão, ela o viu. Embora não tivesse percebido antes, poderia jurar que ele tinha algum tipo de ferimento na lateral da cabeça.

Com as mãos na cabeça e ofegante, Conte se colocara entre ela e o portão, desafiando-a a dar outro passo.

Mas ela fez exatamente isso. Estando determinada a não recuar, sua única esperança era seguir em frente. Aquele era um lugar público. Os guardas estavam perto. Por certo não iriam tolerar uma altercação ali, mesmo que estivessem do lado dele.

Então começou a correr, olhos fixos no portão.

Conte reagiu instantaneamente, disparando para a rua, escapando por pouco de uma van de entregas que entrava na cidade. Uma buzina soou, mas ele a ignorou — os olhos fixos em sua presa.

Ela conseguiu avançar mais dez metros antes de Conte chegar perigosamente perto. Não havia como passar.

Conte parou ofegante na frente de Charlotte, fazendo com que se imobilizasse.

— Você não vai a lugar algum com isso — rosnou ele, olhando para a bolsa do laptop.

Por alguma razão, a geneticista não parecia com medo. Ele percebeu que ela continuava olhando para o grande inchaço roxo em sua têmpora, depois por cima do seu ombro, na direção do portão.

Então ela fez algo que ele não esperava. Ela gritou.

Conte ficou paralisado por um momento.

— Socorro! — gritou Charlotte, dessa vez mais alto.

Os guardas no portão a ouviram. Dois deles, vestindo macacões azuis e boinas pretas, corriam na sua direção, sacando suas Berettas e passando pela multidão de turistas chocados.

Conte pensou em agarrar a bolsa. Mas para onde iria? Criticou-se por não ter uma arma.

— Lembre-se de seu acordo de confidencialidade, dra. Hennesey — disse ele, calmamente. — Ou terei de ir atrás de você.

Quando viu que havia desviado a atenção dele momentaneamente para os guardas que se aproximavam, aproveitou a oportunidade para fazer algo que estava querendo desde o momento em que conhecera aquele homem desagradável. Dobrando levemente os joelhos, deu um forte chute de esquerda em sua virilha, acertando-a em cheio.

Conte se curvou. Sofrendo, teve de apoiar as mãos no chão para não cair de cara.

— Piranha desgraçada! — disse, as veias em seu rosto vermelho latejando enquanto olhava maldosamente para a americana.

Os dois guardas chegaram e se colocaram em lados opostos, as armas apontadas para a cabeça dele.

— Não se mexa! — ordenou um deles, primeiro em inglês, depois em italiano.

Engasgando, Conte o reconheceu imediatamente como o *cacasenno*, ou sabichão, que tomava conta do portão no dia em que chegou à Cidade do Vaticano com Donovan. O guarda também havia feito a ligação e dera um sorriso satisfeito.

— O que está acontecendo aqui? — perguntou o segundo a Charlotte, em inglês.

— Este homem estava me ameaçando, tentando pegar minha bolsa — disse ela em tom de urgência.

O primeiro guarda estava pedindo a identificação de Conte.

— Eu não... — disse, cuspindo vômito e bile e continuando — estou com ela.

Ele estava certo de que Santelli não aprovaria que seu nome fosse citado naquela situação. Depois insistiria em um telefonema para o secretário. Também decidiu não contar aos guardas que o laptop continha informações sigilosas, já que isso apenas causaria mais problemas caso insistissem em detalhes. No momento ele teria de jogar aquele jogo.

O segundo guarda também pediu uma identificação a Charlotte, que a forneceu imediatamente. O elaborado selo papal em seu crachá mostrava que era convidada do secretariado.

— A senhora pode ir, dra. Hennesey.

Ele então se virou para Conte.

— Terá de ir conosco, *signore*.

Conte não tinha opção senão obedecer.

Os guardas o ajudaram a se levantar e permaneceram a seu lado, Berettas sacadas.

Dando um suspiro de alívio, Charlotte seguiu para o portão. Assim que estava em segurança fora da Cidade do Vaticano, foi para a Via Della Conciliazione, fez sinal para um táxi e mandou o motorista levá-la direto ao aeroporto de Fiumicino. *Rapidamente!* O carro arrancou, com o motorista pisando fundo no acelerador, mas daquela vez ela não iria se queixar dos motoristas loucos de Roma. Queria sair daquele lugar o mais rápido possível.

Só então se deu conta de que todo o seu corpo tremia.

Olhando pelo vidro traseiro, viu o domo da basílica de São Pedro diminuir de tamanho, enquanto continuava a agarrar a bolsa do laptop com os dedos.

O taxista pegou a autoestrada, e Charlotte viu a agulha do velocímetro chegar a 160 quilômetros por hora. Ela recostou e colocou o cinto de segurança. Com Roma ficando a uma distância segura, tirou seu celular e ligou para Evan Aldrich. E se ainda fosse de madrugada em Phoenix? Ele atendeu quase que instantaneamente.

— Evan?

— Oi, Charlie. Estava pensando em você.

Ouvir a voz dele a acalmou instantaneamente.

— Oi — disse, com voz trêmula.

— Está tudo bem?

— Não. Nem um pouco — afirmou. Baixando a voz e desviando o rosto do motorista, deu a ele um breve resumo do que havia passado. — Estou indo para o aeroporto agora.

— Eu queria fazer uma surpresa, mas... Estava indo me encontrar com você. Na verdade, meu voo chegou a Fiumicino há alguns minutos.

— O quê? Está brincando? — ela não acreditava, os ombros relaxando.

— Estou na esteira de bagagens agora. Vou dizer onde me encontrar.

60

Abruzzo, Itália

Uma hora a nordeste de Roma, o Alfa Romeo sedã preto alugado de Salvatore Conte subia a autoestrada SS5 pelos Apeninos até o monte Scuncole. O céu da tarde era um cinza fosco que reduzia o sol a um branco pálido. Uma chuva fina batia no parabrisa.

Tentando organizar os pensamentos, Patrick Donovan ficou olhando através da janela embaçada para a colcha de retalhos de vinhedos no vale abaixo.

Depois da partida imprevista e apressada de Charlotte Hennesey naquela manhã e da libertação constrangedora de Conte do centro de detenção da guarda suíça, um cardeal Santelli extremamente ansioso lhe dera instruções específicas sobre o que fazer: *"Você precisa garantir que este capítulo da história da Igreja desapareça sem deixar vestígios — quaisquer que sejam os meios necessários, Patrick. Farei com que Conte o ajude na destruição do ossuário e de tudo o que ele contém... também o manuscrito. Sem as provas físicas, só restará uma lenda. Compreendeu?"*.

As relíquias e o livro podiam ser facilmente destruídos no laboratório do Vaticano, então ele intuía que aquela viagem não dizia respeito simplesmente a se livrar do ossuário. Olhando para Conte, soube que o misterioso desaparecimento do dr. Bersei coincidia demais com o não explicado ferimento na cabeça do mercenário.

Conte reduziu a velocidade do sedã e entrou à direita em uma estrada de terra estreita. Grama e arbustos baixos raspavam no assoalho do carro. Seguiram em silêncio até a trilha se abrir em um pequeno grupo de faias. Conte freou e desligou o motor, deixando as chaves na ignição. Apertou a trava da tampa do porta-malas.

Os dois homens saíram do carro e foram para a traseira. Pás e picaretas haviam sido colocadas na diagonal, atrás do ossuário. Conte as pegou e enfiou uma pá nas mãos de Donovan.

— Vamos ter de cavar fundo.

— Agora que essa coisa toda acabou — disse Conte, enxugando o suor da testa com as costas da mão enlameada —, tenho umas perguntinhas para você.

Ele enfiou a pá na terra e se apoiou nela. O cheiro de terra tomava o ar úmido. A chuva leve recomeçara.

Donovan olhou para ele através de óculos embaçados.

— Você já não viu o bastante para responder a suas perguntas?

O mercenário negou com a cabeça.

— De quem você realmente acredita que são os ossos naquele ossuário?

Salvatore Conte não estava questionando a própria fé. Era algo que ele havia abandonado muito tempo antes. Mas o roubo do ossuário, sua análise científica e as descobertas de Bersei nas catacumbas de Torlonia despertaram sua curiosidade.

— Você viu as mesmas evidências que eu — disse Donovan, esticando os braços. — O que pensa?

Conte sorriu.

— Meu trabalho não é pensar.

— Honestamente, não sei.

— Então por que ter todo este trabalho?

Donovan pensou naquilo.

— As evidências são fortes. Pelo que sabemos, aqueles são os ossos de Jesus Cristo. Nosso dever é proteger a Igreja. Você certamente entende que isto tem de ser feito.

— Bem, se é Jesus quem está lá — disse o mercenário, apontando para a mala do carro —, eu diria que você está protegendo uma enorme mentira.

Donovan não esperava que um homem como Salvatore Conte compreendesse as implicações mais profundas de tudo aquilo. Dois milênios de história humana seriam profundamente afetados pelo ossuário e seu conteúdo. A humanidade precisava de verdades para unir as pessoas, não de controvérsias. Ele aprendera isso nas ruas de Belfast. Patrick Donovan tinha um conhecimento profundo da história católica, mas o que defendia tinha pouca relação com velhos livros. Havia um imperativo moral que precisava ser preservado a fim de que a fé permanecesse forte naquele caótico mundo materialista.

— Estou surpreso. Pensei que você estivesse cagando para isso.

Surpreso com a linguagem do padre, Conte olhou para ele. De repente, sua tarefa pareceu mais fácil.

— Na verdade eu cago. Ademais, se Deus existisse — disse, sarcasticamente —, homens como você e eu não existiríam — concluiu, voltando a cavar.

Donovan se incomodava com a ideia de que os dois tivessem algo em comum, mas sabia que o mercenário talvez estivesse certo. *Eu sou parte disto*. E afinal Conte não estava agindo por conta própria — não passava de um agente. Também não foi Conte quem convenceu Santelli a agir na tentativa de recuperar o ossuário — havia sido ele. Era verdade que Donovan nunca imaginara as medidas radicais que Santelli adotaria, mas não interviera para impedir.

— O que realmente aconteceu ao dr. Bersei? — perguntou Donovan, em tom forçado. De algum modo ele sabia que seu próprio destino estava ligado a essa resposta.

— Não se preocupe com ele — respondeu Conte, com expressão debochada. — Ele teve o que merecia e eu os poupei do trabalho sujo. É só o que você precisa saber.

— Por que ele estava nas catacumbas? — continuou Donovan, sentindo uma onda de raiva.

Conte pensou em ignorar a pergunta, mas sabia que àquela altura Donovan não era uma ameaça.

— O rolo que Bersei encontrou no ossuário tinha uma imagem, e ele descobriu que correspondia a um afresco nas catacumbas de Torlonia. Aparentemente esse tal José de Arimateia tinha uma cripta em Roma. Bersei pensou que Jesus poderia ter sido deixado para se decompor lá. Quem imaginaria?

Donovan arregalou os olhos. Seria possível? Será que ele havia encontrado a tumba de verdade?

— Deixe-me dar um conselho — acrescentou Conte. — Também não se ligue demais à garota. Ela só está na condicional — avisou, gostando do fato de cada revelação diminuir a disposição do padre.

— O que quer dizer com isso?

— Santelli me contou todos os absurdos que vocês falaram a ela sobre o manuscrito. Uma bela história. Mas vocês não entendem que já deram à moça informação demais. O cardeal contou que Charlotte fugiu com o laptop... com todos aqueles dados?

— Não, não contou.

Não espantava que Santelli estivesse com os nervos à flor da pele com tudo aquilo — a coisa toda estava prestes a desandar. Conte havia sido descuidado — as matérias de Jerusalém passaram a incluir um retrato falado por computador que tinha uma assustadora semelhança com ele. Giovanni Bersei estava morto. E Hennesey conseguira sair com todas as provas de que precisava para responsabilizar o Vaticano.

— Isso não é bom. Vou ter de dar um jeito nisso, e o sangue dela estará em suas mãos.

O ódio brilhou nos olhos do padre.

— Não me olhe assim, Donovan. Foi você que insistiu em usar gente de fora.

— Não tínhamos escolha.

— Exatamente.

— O que você vai fazer com ela?

Sorrindo perversamente, Conte esperou antes de responder.

— Você não vai querer saber. Deus do céu, você parece um amante apaixonado. Santelli acha que duas mortes tão claramente ligadas ao Vaticano levantariam suspeitas demais. Mas se por acaso um terrível acidente acontecer com a adorável geneticista nos Estados Unidos as autoridades não vão estabelecer a relação. Claro que vou me assegurar de dar a ela bons momentos antes de partir — disse Conte, pensando que então ela veria quem iria rir por último. Ele suspirou, como se entediado, e ordenou: — Continue a cavar.

Donovan cerrou os dentes enquanto enfiava a pá no solo, a raiva latente enterrada fundo em sua alma, lutando para chegar à superfície.

Precisaram de quase três horas para abrir o buraco retangular de um metro e meio de profundidade.

Aquele buraco podia facilmente acomodar o ossuário *e* um corpo, pensou Donovan.

Enfim, Conte jogou sua pá no chão. Os dois homens estavam cobertos de terra e suor.

— Parece bom. Vamos pegar o ossuário.

Retornaram ao sedã.

Donovan se voltou para Conte.

— Por que estamos enterrando isto? Não podemos simplesmente destruí-lo aqui?

Sem responder, Conte inclinou-se dentro da mala e levantou a tampa do ossuário. O *Ephemeris Conlusio* estava colocado sobre os ossos, juntamente com dois grossos blocos cinzentos que pareciam argila modelada.

Donovan apontou para o C-4.

— Isso é...

— Ah, acho que um homem com o seu histórico deveria saber. Ou o IRA não usava essa coisa para explodir fachadas de lojas protestantes em Belfast? Bum! — disse Conte, arregalando os olhos e esticando as mãos como numa simulação de espanto.

Como ele sabia daquilo? Havia sido anos antes, em outra vida.

— Portanto, é melhor explodir em pedaços quando enterrado, não concorda?

Donovan ficou pensando na possibilidade de Conte o acertar na cabeça com uma pá e depois o empurrar para o buraco e detonar explosivos. Ou será que ele escondia uma arma? Talvez o mercenário preferisse matá-lo com as próprias mãos.

Conte se empertigou e olhou para o padre.

— Você pega aquela ponta.

Ele foi para um dos lados, colocando as mãos ao redor da base do ossuário, enquanto Donovan avançava a fim de pegar a outra ponta.

Eles tiraram a urna da mala, levando-a até a beirada do buraco.

— Jogue no três — ordenou Conte, começando a contar.

O padre Donovan sentiu um pavor repentino quando viu o ossuário cair na terra com um baque surdo. A tampa escorregou para a base, causando uma rachadura nas gravações. Pensou em Santelli sentado em seu escritório, trabalhando diligentemente para preservar a enorme instituição criada pelo homem a quem aqueles ossos inocentes poderiam ter pertencido. Pensou em seu encontro com Santelli semanas antes, quando o plano de batalha foi concebido. Mais uma vez, o Vaticano parecia sair vitorioso.

Conte virou-se à procura de sua pá. Agarrando o cabo com as mãos, examinou as beiradas afiadas. Um golpe forte no crânio de Donovan deveria resolver. Jogaria o corpo para dentro com a urna. Coberto de terra, o C-4 faria o resto. Com o canto do olho, viu que o padre estava se agachando como que para amarrar o sapato.

Um homem muito diferente se levantou e o encarou. O padre apontava uma pistola prateada diretamente para seu peito. Encarando-o com desdém, como se o curador armado fosse quase cômico, Conte examinou a arma — uma Beretta-padrão, provavelmente retirada dos alojamentos da guarda suíça. A trava estava solta.

Donovan estava determinado a sobreviver, não apenas por si mesmo, mas sobretudo para preservar a vida inocente de Charlotte Hennesey e quem mais ele houvesse inadvertidamente envolvido naquele fiasco.

— Solte a pá — ordenou.

Balançando a cabeça em censura, Conte se agachou para apoiar a pá na grama macia e rapidamente buscou a Glock presa no tornozelo direito, sob a perna da calça.

De modo inesperado, o primeiro tiro foi alto, acertando Conte na mão direita com uma força chocante. O projétil atravessou carne e osso, raspando no tornozelo do mercenário ao sair. Conte se encolheu, mas não gritou. Sangue borbulhou do buraco, e a mão ferida se curvou em uma garra apertada. Ele ergueu os olhos para Donovan.

— Filho da mãe. Você vai pagar por isso.

— Levante — ordenou Donovan, ousando se aproximar um pouco mais e apontando a arma para a cabeça de Conte. Matar o filho da puta não seria de modo algum tão difícil quanto ele imaginara. *Dê-me forças, Senhor. Ajude-me a fazer isso direito.*

No início parecia que o criminoso iria obedecer. Mas o que aconteceu a seguir foi rápido demais para o padre. Conte saltou para a frente, enfiando um cotovelo no peito de Donovan, empurrando-o para trás e para baixo.

De modo impressionante, o padre continuou segurando sua Beretta. Conte se esticou na direção dela com a mão esquerda, mas calculou errado e segurou o cano. Um segundo tiro cortou o ar, e Conte gritou de frustração. Sua mão boa também fora danificada.

Bastante ferido, Conte ainda conseguiu forçar a arma de Donovan para o chão. Recolhendo o cotovelo, acertou logo abaixo do pulso do seu oponente, arrancando-lhe a Beretta. Depois acertou o cotovelo com força no rosto de Donovan, esmagando osso e cartilagem. O nariz do padre começou a sangrar imediatamente, e ele gritou de dor.

Agitando-se violentamente, Donovan tentou sair debaixo do assassino, mas sem conseguir. Conte soltou o braço do padre para preparar outra cotovelada. Donovan teve então uma fração de segundo para acertar o único ponto vulnerável que podia ver através de seus bifocais sujos de sangue. Acertou o punho com força no machucado roxo do lado da cabeça de Conte.

Funcionou. Momentaneamente tonto, Conte inclinou-se para o lado, permitindo ao padre se colocar de pé. Vendo que não havia como pegar a Beretta, ele correu.

Após alguns segundos, a dor excruciante diminuiu, mas Conte ainda estava vendo estrelas em meio a uma névoa vermelha que cobria seu olho direito. Sangue escorria pelo rosto, de onde o anel de Donovan abrira o ferimento do martelo. Sacudindo a cabeça, ele viu o padre se afastando pela trilha na direção da autoestrada.

A Beretta perdida estava debaixo do ombro de Conte. Ele tentou pegá-la, mas nenhuma de suas mãos aleijadas obedeceu. Se pegar a maldita coisa era um problema, disparar seria impossível. "*Affanculo! Sticchiu!*". Abandonando a arma, Conte se levantou e começou a perseguição.

A meio caminho para a autoestrada, Donovan corria freneticamente, espiando por sobre o ombro. Não apenas Conte estava de pé outra vez como corria com toda força, reduzindo com rapidez a distância. Seria apenas uma questão de tempo até alcançá-lo. Desarmado, Donovan sabia que não era páreo para o assassino profissional, ferido ou não. *Por favor, Senhor, ajude-me a passar por isto.* Donovan ouviu os passos pesados de Conte. Ele estava apenas a dois passos atrás dele, pronto para pegá-lo. Usando sua reserva de energia, Donovan levou seu corpo aos limites.

Cinco metros.

Dois metros.

Quando o pé de Donovan tocou o asfalto da autoestrada, mal notou com a visão periférica um veículo se aproximando em alta velocidade. Uma buzina alta. Faróis perigosamente próximos. Pneus cantando. Ele mal viu a linha amarela que dividia a estrada. Por algum milagre, o carro passou por trás dele... No momento em que os pés de Conte tocaram a estrada.

Caindo no asfalto, ele viu as pernas do criminoso se curvarem e quebrarem na direção errada contra a frente do carro, o corpo encolhido sobre o capô, acertando o vidro dianteiro, rolando pelo teto e caindo na estrada.

Tentando compensar a manobra repentina, o ABS e o sistema de controle de tração do Mercedes entraram em ação ao mesmo tempo. Mas o sedã não podia dar conta da combinação velocidade excessiva, curva repentina e piso molhado. Bateu em um grande pinheiro, a carroceria se curvando ao redor do tronco em uma horrenda cacofonia de metal retorcendo e vidro quebrando. A motorista — uma jovem de cabelos louros compridos que aparentemente não usava cinto de segurança — foi arremessada pelo vidro dianteiro e caiu, flácida, sobre o capô do carro, o pescoço partido, sangue por toda parte. O som do pneu traseiro do Mercedes girando e o silvo do radiador quebrado se somaram ao rádio do carro, ainda tocando em alto volume uma música techno.

Não havia nada que Donovan pudesse fazer por ela.

Conte estava caído, mas, de modo impressionante, ainda se mexendo.

O padre cambaleou até o assassino retorcido, convencido de que ainda havia uma ameaça. De modo algum ele permitiria que Salvatore Conte tivesse a mínima chance de sair dali vivo. Olhando para os dois lados da estrada silenciosa, agarrou a pistola no tornozelo direito de Conte, soltando-a. A câmara estava carregada, a trava solta. Enquanto a colava na têmpora direita inchada de seu adversário, jurou que podia ouvir os sinos das igrejas tocando em Belfast.

— Que Deus me perdoe.

O padre Patrick Donovan puxou o gatilho.

61

Donovan arrastou o corpo quebrado de Conte para uma touceira de arbustos ao lado da estrada e o escondeu sob folhas e galhos. Ao tirar a carteira do mercenário, encontrou uma seringa e um frasco com um líquido claro, e também os guardou.

Depois retornou pela trilha até o buraco e entrou nele. Donovan colocou as duas metades quebradas da tampa no chão e tirou cuidadosamente os dois tijolos de C-4 da urna, deixando-os no buraco.

Fincando os pés ao lado do ossuário, agachou-se e o agarrou no sentido do comprimento. Com pouco espaço para se movimentar, levou algum tempo para erguê-lo junto à parede de terra, sendo o peso um problema menor que as dimensões desajeitadas. Ele conseguiu levantá-lo, até apoiá-lo na beirada do buraco. Ofegante e suando profusamente, ele saiu.

Aproximando o Alfa Romeo, Donovan fez um último esforço para colocar o ossuário no porta-mala e guardou as pás atrás da caixa. Batendo a tampa, sentou no banco do motorista, coberto de terra e sangue. A fadiga tomou conta dele. Seus músculos doíam, e o nariz quebrado latejava dolorosamente. Mas, considerando tudo, ele se sentia bem, o resto de adrenalina ainda proporcionando quase uma viagem eufórica. No conjunto, ele estava satisfeito com seu desempenho. Já se passara muito tempo desde que empunhara uma arma e lutara para se defender. Mas, como seu pai costumava dizer: *"Os irlandeses só perdoam seus grandes homens quando eles estão enterrados em segurança"*.

Deus o protegera... E ele sabia por quê. Aquela injustiça precisava ser desfeita. Limpou o sangue e as digitais da Beretta e da Glock de Conte, ambas cheirando a pólvora, e as colocou no porta-luvas. Jogaria a Glock no primeiro rio que encontrasse, mas ainda ficaria com a Beretta. Ligou o motor e colocou o sedã na trilha.

Ao chegar à autoestrada, Donovan parou, surpreso por ainda não haver ninguém no local. Nem sequer passara outro carro.

Olhando o cadáver coberto pelos arbustos ao lado da estrada, Donovan sabia que quando fosse descoberto seria difícil, se não impossível, identificar o mercenário destroçado. Digitais, registros dentários e qualquer outra técnica de identificação de medicina legal por certo dariam em nada. Igualmente certo era o fato de Conte não poder ser de modo algum vinculado ao Vaticano. Ele era pura e simplesmente um nômade — um homem da obscuridade de volta à obscuridade.

O padre imaginou para onde iria.

Impulsivamente, Patrick Donovan virou à direita, seguindo na direção sudoeste. Enquanto a cena desaparecia em seu retrovisor, fez uma prece silenciosa pela alma da motorista.

62

Jerusalém

Sentado à mesa da cozinha, tomando um chá no final da tarde, Razak foi interrompido pelo toque do celular. Conferindo a tela, viu o aviso de "NÚMERO DESCONHECIDO". Confuso, atendeu.

— *As-Salaam?*
— Eu o vi na televisão.

O homem falava em inglês, e a voz era vagamente familiar.

— Quem fala?
— Um amigo.

Razak pousou o copo. Pensou que pudesse ser um repórter. Ou talvez alguém com informações. Mas ele jurava já ter escutado o sotaque melodioso em algum lugar antes.

— Sei quem roubou o ossuário — afirmou a voz secamente.

Razak se ajeitou na cadeira.

— Não sei do que você está falando.

O interlocutor teria de ser mais específico antes de ele confirmar o que havia sido levado.

— Sim, você sabe. Eu me encontrei com você há algumas semanas em Roma. Você me entregou um pacote no Caffè Greco. Também me deu seu cartão e disse para telefonar caso houvesse problemas.

Razak lembrou do homem careca, de óculos, sentado à mesa com os dedos apertando uma caneca de chope. Estava vestido de preto, usando um colarinho branco — um religioso cristão. Razak se lembrava do fato de a bolsa de couro que havia dado ao padre conter um dossiê confidencial, mas estava tentando entender como aquilo tinha relação com o ossuário.

— Sei — respondeu cautelosamente. — Estou ouvindo.

— O livro tinha informações muito detalhadas sobre um ossuário enterrado bem abaixo do Monte do Templo, em uma câmara secreta.

— Qual livro?

— Também havia nove outros ossuários lá. Não estou certo?

— Continue — encorajou Razak. Não era exatamente uma admissão.

— Eu tenho o décimo ossuário.

Desejando poder gravar aquela conversa, Razak parou, estupefato.

— Você matou treze homens. Você violou um lugar muito sagrado — disse ele, levantando-se e começando a andar pelo apartamento.

— Não — cortou o interlocutor, com firmeza. — Não fui eu.

Razak sentiu a sinceridade do homem.

— Mas sei quem fez — acrescentou a voz.

— E como posso saber que está dizendo a verdade?

— Porque vou devolver o ossuário a você... Para que possa acabar com isso, a achar adequado.

De início Razak não soube o que dizer.

— E por que faria isso?

— Eu sei o que está acontecendo aí em Jerusalém — continuou o homem. — Pessoas inocentes sofrendo demais. Sei que concorda. Você é um homem justo. Soube disso no momento em que o conheci.

Era mais do que Razak podia compreender.

— Imagino que não fará a entrega pessoalmente.

— Infelizmente, há outras coisas que preciso fazer. Estou certo de que compreende... não posso correr o risco.

— Entendo.

Uma pausa.

Razak não conseguiu evitar a pergunta:

— O que havia dentro do ossuário que o tornava tão valioso?

— Algo muito profundo.

Razak estremeceu ao pensar na teoria alucinada de Barton sobre cristãos fanáticos. Será que os restos de Jesus estariam de fato no ossuário desaparecido? Será que aquele livro misterioso contava as origens da antiga relíquia?

— O conteúdo será devolvido com a urna?

— Infelizmente, não posso permitir isso.

Razak arriscou outra pergunta.

— Eram mesmo os restos *dele* dentro da urna? — perguntou, tentando se preparar para a resposta.

O interlocutor hesitou, claramente sabendo a que Razak se referia.

— Não há como ter certeza. Para sua própria segurança, por favor, não pergunte mais sobre isso. Apenas diga para onde quer que seja enviado.

Razak pensou naquilo. Imaginou Barton sentado em uma cela de prisão israelense aguardando julgamento. Então pensou como Farouq — a força por trás da entrega do livro, que colocara tudo em movimento — provavelmente o havia feito de bobo, colocando em risco a paz e a vida das pessoas. Razak decidiu dar ao interlocutor um nome e um endereço de entrega.

— Quando devo esperar que chegue?

— Será mandado hoje, asseguro. Não pouparei despesas para que chegue o mais rápido possível.

— E o livro? — perguntou Razak.

— Certamente incluirei isso também.
— Pode mandá-lo para um endereço diferente?
— Claro.

Razak passou o segundo endereço.

— Só para registrar — acrescentou o interlocutor: — Aquele arqueólogo inglês detido pela polícia israelense não teve nada a ver com tudo isso.

— Eu suspeitava— retrucou Razak. — E os verdadeiros ladrões? O que acontecerá com eles?

Outra pausa.

— A justiça tem seu próprio modo de encontrar os culpados, você deve concordar.

A linha ficou muda.

SÁBADO

63

Monte do templo

Após a oração do amanhecer, Razak foi à mesquita de Al-Aqsa. Passara a noite em claro, pensando no telefonema chocante do padre que havia conhecido em Roma três semanas antes. A polícia israelense estava certa. Apenas alguém de dentro poderia ter favorecido os ladrões. Estava claro que Graham Barton não era essa pessoa.

Nos fundos do prédio, tomou um corredor de serviço que terminava em uma porta de incêndio recém-instalada. Acima dela, uma placa em árabe dizia: "Abrir apenas em caso de emergência".

Ele esticou a mão e girou a maçaneta.

Atrás da porta, uma escada em espiral pintada há pouco descia doze metros, levando direto à subterrânea mesquita Marwani. Uma passagem secreta? Seria o equivalente moderno da usada 2 mil anos antes por José de Arimateia?

Voltando sua atenção outra vez para o corredor, deixou a porta se fechar. As salas de depósito da mesquita ficavam dos dois lados daquela passagem. Seu coração acelerou quando ele foi até a primeira porta e a abriu. Dentro havia caixas de papelão empilhadas junto a uma parede e uma prateleira com material de limpeza. Outra prateleira tinha exemplares novos do Corão, prontos para dar iluminação espiritual a novos recrutas muçulmanos. Razak fechou a porta e seguiu para a sala seguinte.

Atrás da segunda porta havia cadeiras empilhadas, uma escrivaninha sem uso e rolos de tapetes orientais de reserva embalados em plástico e apoiados em uma parede lateral. Na parede dos fundos estavam os restos calcinados do *mihrab* que havia sido incendiado por um jovem judeu australiano, Michael Rohan, em 21 de agosto de 1969. Razak se lembrava de ter ouvido que o fanático informara às autoridades israelenses ter sido mandado por Deus para acelerar a vinda do Messias e a reconstrução do terceiro Templo judaico.

Fechando a porta, Razak pensou que sua teoria poderia estar equivocada. Ele queria que estivesse.

Seguiu pelo corredor até a porta do último depósito. Pegando a maçaneta, ficou surpreso ao descobrir que estava trancada. Tentou mais uma vez. Nada.

Intrigado, retornou até o espaçoso salão de orações da mesquita, saiu para o brilhante sol da manhã e atravessou a esplanada na direção da escola corânica. Se encontrasse o guardião ali, insistiria para que a porta fosse aberta.

Mas o escritório de Farouq no segundo andar estava vazio.

Razak permaneceu imóvel por um momento, angustiado em relação ao que pretendia fazer. Então, relutante, contornou a escrivaninha e vasculhou as quatro gavetas.

Dentro descobriu um estranho conjunto de objetos, incluindo uma pequena pistola e um litro de bourbon Wild Turkey que Razak esperava com ardor ter sido confiscado por Farouq de alguém, já que o Corão proibia estritamente o consumo de álcool. Havia uma caixa de bronze decorada no fundo da gaveta da esquerda, mas estava trancada. Por fim, encontrou o que estava procurando: um chaveiro. Ele o pegou, desceu as escadas e saiu do prédio. Atravessando a esplanada, Razak não notou o guardião seguindo-o com discrição.

Passando pelo salão de orações da Al-Aqsa, Razak tirou o chaveiro e parou em frente à porta fechada nos fundos do corredor. Experimentou as chaves uma a uma. Ao passar por uma pequena chave mestra, pensou se ela abriria a caixa encontrada na escrivaninha de Farouq. Continuou a testar as chaves. Finalmente, quando faltavam apenas duas delas e já estava perdendo a esperança, uma chave prateada entrou facilmente na fechadura. Rezando em silêncio e prendendo a respiração, Razak virou-a.

A fechadura se abriu com um clique.

Ele virou a maçaneta. Além do batente, a sala sem janelas estava escura. Entrando, tateou em busca do interruptor, deixando a porta aberta. A sala parecia vazia.

As luzes fluorescentes do teto zumbiram e se acenderam lentamente, iluminando a sala com flashes rápidos que irritaram seus olhos.

Então a sala se iluminou.

De imediato, o rosto de Razak revelou sua perturbação.

Ao longo da parede dos fundos, os nove ossuários, todos gravados em hebraico com os nomes de José e seus parentes, haviam sido arrumados cuidadosamente sobre o piso de placas vinílicas.

— Que Alá nos salve — murmurou Razak em árabe.

Com o canto do olho ele identificou uma figura junto à porta e se virou.

Farouq.

— Muito bem, Razak — disse Farouq, cruzando os braços e enfiando as mãos nas mangas largas de sua túnica preta.

— Você não precisa ficar perturbado com isso. Eles desaparecerão em breve.

O talento do guardião para fazer coisas desaparecerem estava começando a deixá-lo nauseado.

— O que você fez?

— Um gesto nobre para ajudar nosso povo — afirmou o guardião, secamente. — Não se preocupe com os pequenos sacrifícios que precisam ser feitos.

— Pequenos sacrifícios? — questionou Razak, olhando para os ossuários. — Você incriminou um homem inocente.

— Barton? Inocente? Nenhum *deles* é inocente, Razak. Não quando o objetivo deles é ameaçar Alá.

— Os outros membros do conselho sabem disso?

O guardião fez um gesto de desprezo.

— Importa?

— Você me enviou a Roma para entregar um pacote ao Vaticano; um livro que os levou a perpetrar esse crime inimaginável. Acho que mereço uma explicação. Muitos homens morreram por causa disso, e um homem inocente está sendo mantido preso pela polícia. E o quê você conseguiu de fato?

— Razak — disse Farouq desapontado, balançando a cabeça. — Você ainda não compreendeu a seriedade de nossa situação aqui. Conseguimos solidariedade e unidade. Nosso povo confia em nós para proteger a eles e à sua fé. E uma fé como a nossa precisa permanecer forte. Aqui em Jerusalém o que estamos protegendo não é apenas um pedaço de terra ou um santuário sagrado. O islamismo é tudo. Abalar seus ensinamentos é roubar a alma do muçulmano. Você não compreende?

— Mas isso não é uma guerra.

— Tem sido uma guerra desde o início. Desde que cristãos e judeus decidiram cobiçar esta terra esquecida, tornada sagrada pelo grande profeta Maomé, que ele esteja na paz de Alá. Eu preciso lembrá-lo de que derramei meu próprio sangue para proteger nosso povo e este lugar? Muitas pessoas deram a vida para que homens como você — disse, apontando um dedo — pudessem ter seus lares aqui.

Razak preferiu ficar calado. Era inegável haver uma dívida para com homens como Farouq, que haviam se oposto com veemência à ocupação israelense. Mas ele estava cansado da retórica, cansado do ódio perpétuo que assolava o lugar. Queria respostas. E Razak tinha certeza de que essas respostas começariam com a revelação de como exatamente um livro mandado a Roma dera a precisa localização de uma antiga cripta escondida sob o Monte do Templo durante séculos.

— O que eu entreguei em Roma para você?

Farouq pensou na pergunta.

— Se eu disser você ficará em paz com o que aconteceu?

— Talvez.

— Venha comigo — solicitou Farouq, virando-se para a porta.

64

Do lado de dentro do escritório de Farouq, Razak se sentou, esperando ansioso pela explicação do guardião para ter permitido que cristãos violassem o Monte do Templo — algo tão vil e desprezível que nenhum motivo parecia bom o suficiente.

O ancião estendeu a mão.

— Minhas chaves, por favor.

Razak tirou o chaveiro do bolso e lhe entregou.

Farouq abriu a gaveta e tirou a pequena caixa retangular, apoiando-a no colo.

— Quando começamos a escavar a mesquita Marwani em 1996, toneladas de entulho foram transferidas para covas no vale Kidron, tudo vasculhado e examinado. A última coisa de que precisávamos era que uma relíquia qualquer fosse apontada como pertencendo ao templo judeu.

— Você se refere ao Templo de Salomão?

Ele anuiu.

— Ainda não surgiram evidências arqueológicas precisas confirmando as alegação deles, e isso fortalece nossa posição aqui — disse Farouq, sua voz rouca se elevando ligeiramente. — Mas, como você sabe, os judeus conseguiram convencer o governo israelense e alguns arqueólogos muçulmanos a estudar a integridade estrutural da plataforma, citando uma deformação na parede externa surgida durante nosso trabalho, sinal de que as fundações poderiam estar se deslocando.

Farouq se ajeitou na cadeira.

— Eu mesmo e outros membros do conselho tentamos impedi-los. Mas a Autoridade Israelense de Antiguidades convenceu muitas pessoas, inclusive alguns dos nossos, de que esse trabalho era fundamental. Os estudos devem começar em alguns dias.

Fora difícil ignorar a polêmica acirrada. Razak sabia aonde ele queria chegar.

— Então você sabia que a cripta escondida seria descoberta?

Farouq concordou.

— Mas como sabia que ela existia?

Ele deu um tapinha na caixa.

— Esta extraordinária descoberta foi desenterrada há alguns anos. Bem no início das escavações.

Os olhos de Razak examinaram seu exterior de bronze. A decoração parecia islâmica, mas a um exame mais atento os símbolos — em sua maioria crucifixos ornamentados — eram indubitavelmente cristãos. Uma única imagem adornava a tampa, e ele soube de imediato, por seu retrato blasfemo de criaturas vivas, que ela também não era islâmica.

— O que o selo significa?

— Dois cavaleiros medievais em armaduras completas, com escudos, dividindo uma única lança, e um cavalo a galope simbolizam aqueles que juraram livrar esta terra da influência muçulmana. Os cavaleiros cristãos do Templo de Salomão. Os cavaleiros templários.

Razak olhou duramente.

— Então Barton estava certo?

— Sim. Este era o selo dos templários quando os infiéis ocuparam o Monte do Templo em 1099. Você pode imaginar minha surpresa quando o encontrei. Fiquei ainda mais surpreso quando tomei conhecimento de sua origem.

— Onde exatamente você encontrou essa caixa?
— Enterrada sob o piso da mesquita Marwani. Uma máquina quebrou uma laje de pedra; uma descoberta assustadora.
— E o que havia dentro?
Farouq deu um tapinha na tampa.
— Entre outras coisas, um manuscrito antigo chamado *Ephemeris Conlusio*. Mas você o levou a Roma três semanas atrás.
Razak se lembrou de que o padre careca que encontrara no Caffè Greco tinha com ele uma pasta de couro com o símbolo de duas chaves cruzadas e uma mitra papal — o selo real da Igreja católica. Cidade do Vaticano. *Cristãos fanáticos*.
— Precisávamos da ajuda dos católicos.
Razak cruzou os braços.
— Suponho que esse livro indicava a localização precisa da câmara.
— Entre outras coisas, havia um desenho acompanhado de medidas precisas.
— E o resto do manuscrito?
Farouq resumiu o relato de José de Arimateia. A testemunha contando a captura de Jesus, sua crucificação e posterior enterro. A revelação do ossuário e de suas relíquias afirmava a crucificação e morte humana de Jesus. Farouq esperou que Razak absorvesse aquilo.
Razak pensou em como Barton havia sido intuitivo.
— Se isso fosse verdade, violaria os ensinamentos do Corão.
— Precisamente. Você sabe qual é nossa posição no que diz respeito a Jesus. Alá o ergueu aos céus antes de seus inimigos poderem fazer mal a ele; nada de prisão, julgamento, crucificação... E nada de enterro. Agora você entende a necessidade de eliminar essa ameaça.

Razak percebera que não era apenas o Monte do Templo que Farouq quisera proteger. As implicações eram muito mais profundas.

— Você não poderia ter ido à cripta e destruído aquelas coisas sem envolver os católicos? Sem matar homens inocentes?

— Os riscos teriam sido grandes demais — comentou Farouq descartando a ideia. — Ambos sabemos que a AIA emprega muita gente nossa. Pessoas que, devo acrescentar, vão às orações na mesquita Marwani com regularidade. Táticas ardilosas deles, estou certo. Não podemos escavar sem autorização israelense explícita. Se tivéssemos feito isso, o número de mortos nos protestos teria sido muito maior do que o registrado.

— Então deixou os católicos fazerem o trabalho sujo por você. E isso lhe permitiu negar.

Cada nova revelação abalava o espírito de Razak; tudo que ele considerava verdade era virado de cabeça para baixo. Mais uma vez, religião e política se mostravam inseparáveis.

— Era a única forma de atingir nossos objetivos — continuou Farouq, serenamente. — E, como a ameaça era muito maior para eles, sabia que os católicos agiriam com rapidez para extrair essa relíquia. Isso lhes permitiria preservar sua instituição. Em troca, fortaleceria nossa própria posição aqui, eliminando uma ameaça contraditória aos ensinamentos do profeta.

— Deveria haver um modo melhor... — disse Razak, a voz morrendo.

— Você está pensando naquele arqueólogo, não é? — disse Farouq, parecendo desapontado. — Razak, todos sabemos que em Israel, independentemente de filiação religiosa, só há dois lados. E Barton não está do nosso. Lembre-se apenas de qual é o *seu* lado — alertou, esfregando as mãos e continuando. — E, antes que você me julgue, quero mostrar mais uma coisa.

Abriu a gaveta da escrivaninha e tirou uma resma de papel. Pegou a página de cima e entregou-a a Razak.

— Dê uma boa olhada nisto.

Razak estudou o desenho tosco de retângulos acompanhado de um texto que parecia grego. Balançou a cabeça em sinal negativo, sem entender.

— O que é isto?

— O mapa de José, do Monte do Templo, o mesmo mapa que os ladrões usaram para determinar a exata localização do ossuário. Percebeu a estrutura no alto?

Razak assentiu, chocado.

A voz de Farouq de repente pareceu frágil.

— É o templo judaico que José descreve tão ricamente nestas páginas — comentou, dando um tapinha na pilha de papéis.

— Então ele existiu, afinal — concluiu Razak, sentindo-se sem ar.

Farouq sorriu.

— Talvez. É possível argumentar, como os judeus fazem, que aquele entulho no vale Kidron contém sua estrutura. Talvez agora você compreenda meu desejo de evitar novas escavações. Após o roubo todas as discussões sobre escavações sob o Monte do Templo foram suspensas por tempo indefinido.

— E todas as evidências arqueológicas removidas.

— Assim que eliminarmos de modo permanente os nove ossuários remanescentes, não restará nada.

Razak estava perdido. Se era verdade que o Muro Ocidental havia sustentado um templo algum dia, isso legitimava a reivindicação da plataforma pelos judeus. O interminável lamento dos judeus não teria sido em vão. Mas eles nunca saberiam. E, inadvertidamente, ele ajudara a tornar aquilo possível.

Farouq esticou a mão outra vez e apresentou um documento grosso.

— Traduzi em segredo todo o texto do *Ephemeris Conlusio*. Leia à vontade e me diga o que você teria feito — sugeriu, colocando a tradução na frente de Razak. — Queime estas páginas quando terminar.

Razak não sabia se suportaria mais.

— Há uma coisa que você não levou a Roma. Algo que precisa saber — disse Farouq, abrindo a tampa da caixa. —Encontrei outro documento nesta caixa templária. Outro diário, mas não escrito por José de Arimateia.

Razak começava a se dar conta de que os motivos do ancião eram complexos, não motivados apenas pelo ódio. Isso só confirmava que as circunstâncias tinham um modo cruel de brincar com o destino de um homem.

— Então de quem é o diário?

O guardião tirou da caixa um pergaminho de aparência frágil.

— Do cavaleiro templário que primeiro descobriu os ossuários.

65

Roma

Em uma suíte no Hilton Fiumicino, Evan e Charlotte tomavam café relaxados em poltronas voltadas à janela ensolarada, que dava para as pistas movimentadas do aeroporto. Não era exatamente o ambiente italiano tradicional para um encontro surpresa, mas Charlotte garantiu que não se sentiria segura de novo em Roma.

Com um roupão confortável, ela olhava afetuosamente para Evan, uma brisa leve agitando seus cabelos. Finalmente tivera uma boa noite de sono. Só foram necessários duas taças de vinho e um remédio para dormir. O sexo inesperado e muito prazeroso também não atrapalhara. Tendo contado a Evan tudo sobre os acontecimentos inacreditáveis dos dias anteriores, mostrara-lhe a impressionante apresentação arquivada em seu laptop. Ele a convencera de que tudo ficaria bem, a despeito de qualquer documento de confidencialidade que tivesse assinado. Ainda assim, registrara o quarto no seu nome, apenas por garantia.

Dado o envolvimento da BMS na análise, era preciso tomar muito cuidado, Evan lembrou a Charlotte. Ele sugeriu esperar para ver o que aconteceria com as acusações do dr. Bersei ao Vaticano, sentindo que era cedo demais para supor que algo fatal tivesse acontecido a ele.

Ela olhou Evan com ar apaixonado.

— Senti muito sua falta, Evan. E lamento pelo modo como me comportei.

— Não posso dizer que meu comportamento fosse dos melhores — respondeu, sorrindo. — Ei, eu sabia que ontem não era o melhor momento para isso, mas estou louco para mostrar uma coisa, Charlie. Você não tem ideia.

Ela o achou assustadoramente excitado.

Evan levantou-se, desviou do carrinho de serviço de quarto e foi até sua mala. Abrindo o zíper do bolso lateral, tirou uma pequena caixa, um chaveiro e o que parecia ser um tubo de ensaio. Pegou o laptop na mesinha de cabeceira e se sentou ao lado dela, colocando os objetos na mesa redonda em frente à janela.

Ela olhou para ele.

— O que está acontecendo?

— Eu ia telefonar, mas sabia que devíamos conversar pessoalmente. Para começar, isto é seu. É a verdadeira razão pela qual eu vim — confessou, sorrindo e segurando a caixinha na palma da mão.

Ao vê-la, o coração de Charlotte falhou. Parecia uma caixa de joias — do tamanho perfeito para... *Será que ele veio aqui fazer uma proposta?* Ela pegou a caixa e se ajeitou na cadeira.

— Vamos lá. Abra.

Charlotte olhou para ele. Não era exatamente a postura mais romântica.

— É a amostra de osso que você me mandou.

— Ah — suspirou ela, sentindo-se ao mesmo tempo aliviada e desapontada.

Abrindo a tampa, ela ficou olhando para o velho metatarso, que poderia facilmente ser confundido com um fóssil. Apoiado em um pedaço de gaze branca, tinha no centro um buraco perfeito, de onde Evan extraíra o DNA. Ela o tocou gentilmente com o indicador.

— Você se lembra da anomalia que discutimos?

— Claro — respondeu, pensando no que ele poderia ter descoberto para fazer com que viesse para o outro lado do mundo.
— O que era?

— Antes disso, mais alguém fez uma análise dos ossos?

Ela negou com a cabeça.

— Apenas datação por carbono em um laboratório de espectrometria de massa em Roma, e aquela amostra foi incinerada.

— E quanto ao resto do esqueleto?

Ela viu os ossos antigos remontados sobre o tapete de borracha preto. Na manhã do dia anterior eles haviam desaparecido, assim como o ossuário e suas relíquias.

— O Vaticano ainda está com ele.

Ou não?

— Bom — concluiu Evan, claramente aliviado. — Porque o que tenho para lhe mostrar...

Aldrich destampou o pequeno *pen drive* pendurado em seu chaveiro e o encaixou no laptop. Levantando a tela, abriu uma janela de mídia e um arquivo. Um vídeo começou a carregar.

— Achei que o escâner estivesse funcionando mal quando vi isto — explicou ele. — Quase tive um infarto. Mas estava funcionando bem. A amostra é que não pode estar certa.

O vídeo acabou de carregar. Ela se inclinou para perto.

— Lá vamos nós. A primeira coisa que você vai ver é o cariótipo. Vou parar quando ele aparecer — disse Aldrich, congelando a imagem quando ela surgiu.

Os olhos de Charlotte estudaram os cromossomos em forma de minhoca, colocados lado a lado por ordem de tamanho. Tinturas fluorescentes atribuíam cores diferentes a cada par, identificados de 1 a 23, X e Y.

— Até mesmo aqui a mutação é evidente.

— Qual par é anômalo?

— Examine melhor. Me diga você — orientou Aldrich.

Ela estudou a imagem. Assim que seus olhou pousaram no 23º conjunto de cromossomos, ela viu algo estranho. Esperava-se que sob o microscópio cada par apresentasse faixas visíveis ao longo do comprimento. O par 23 não tinha faixa alguma.

— O que há com o 23?

— Exatamente. Vamos continuar, e com sorte isso começará a fazer algum sentido.

Aldrich exibiu outra tela mostrando a enorme ampliação do núcleo de uma célula, como apareceria em um microscópio. Os cromossomos e os nucleotídeos estavam presentes em seu estado desorganizado natural. A membrana celular mal era visível na periferia da tela.

— Marquei o par 23. Está vendo? — perguntou Aldrich, apontando.

Círculos amarelos brilhantes foram desenhados ao redor dos dois cromossomos anômalos.

— Vi.

— Preste atenção, Charlie. Hora da extração.

— O quê?

— Já explico.

Ela percebeu que Aldrich estava balançando a perna esquerda para cima e para baixo.

Na tela, uma agulha de vidro oca penetrou na membrana nuclear, sua forma angulosa contrastando com as formas celulares naturais. Depois, alguns pares de cromossomos foram extraídos — mas não o par 23.

— Eu estava removendo os cromossomos para o cariótipo.

No alto da tela, os cromossomos extraídos apareciam em uma barra preta, por ordem de tamanho, e Evan os apontou.

— Aí estão os pares extraídos. Tudo certo até aqui?

— Tudo.

Na tela, a agulha se retirou do núcleo, e a membrana fechou a abertura.

— Agora veja isto.

Foi quando ela viu algo impressionante acontecer. Os cromossomos gêmeos sem faixas — ainda dentro do núcleo da célula — começaram instantaneamente a se dividir, produzindo novos pares de cromossomos a fim de substituir o material extraído. A regeneração espontânea parou assim que o núcleo atingiu seu estranho equilíbrio, quarenta e oito cromossomos.

— O que foi isso que vi? — perguntou ela, desviando os olhos da tela. — *Evan?*

Ele olhou nos olhos de Charlotte.

— Uma gigantesca descoberta biológica. Foi o que você acabou de ver. Vou passar outra vez.

A reprodução começou no ponto em que a agulha foi retirada. A barra reta com os cromossomos faltantes estava de novo no alto da tela. E ali estava, como Evan dissera, o processo biológico mais impressionante que ela tinha visto, regeneração genética espontânea.

Charlotte cobriu a boca com as mãos.

— Mas isso é absolutamente impossível.

— Eu sei.

Nada na Terra explicava o que ela acabara de ver.

— É cientificamente impossível um cromossomo humano reproduzir cópias exatas de outros conjuntos. Há o DNA da mãe, do pai... Um código genético complexo.

— Contradiz tudo o que sabemos como cientistas — afirmou ele secamente. — Eu mesmo tive muita dificuldade para lidar com isso.

Silêncio.

— Quer ouvir mais? — perguntou ele, piscando os olhos, que brilhavam outra vez.

— Quer dizer que fica ainda melhor?

— Muito — disse Aldrich, contendo-se. — Fiz uma análise completa usando o novo escâner de genes e mapeei o código do DNA, comparando-o com os mapas de genoma publicados. Sabe o que eu estava procurando?

— Anomalias nos três bilhões de pares basais — respondeu ela.

O diagrama molecular de genoma típico parecia uma escada circular ou uma hélice dupla com "raios" horizontais formados por pares de adenina e timina ou guanina e citosina — conhecidos como os elementos constituintes da vida. Três bilhões desses raios se espalhavam pelos feixes de cromossomos bem apertados, formando "genes" — segmentos de DNA únicos, específicos para órgãos e funções do corpo. Com o escâner a *laser*, sequências de genes podiam ser analisadas no intuito de identificar códigos corrompidos que provocavam mutações.

Aldrich levantou-se e começou a andar.

— Bem, descobri que a amostra que você me mandou registrava menos de 10% de todo o material genético que se espera encontrar no genoma humano comum.

Charlotte reclinou em sua poltrona, sacudindo a cabeça, incrédula.

— Não entendo.

— Nem eu — retrucou Aldrich. — Então fiz muitos outros exames. Usando nosso novo sistema para comparar o genoma com todas as anomalias conhecidas eu cheguei a... Pronta para isso? *Nenhuma coincidência*. Nada! Nem uma só!

Por um momento, sua mente racional apagou. Não havia nenhuma explicação.

— O que isso significa?

— Esta amostra não tem DNA lixo! — gritou Aldrich.

Antes da conclusão do Projeto Genoma Humano, em 2003, os cientistas acreditavam que a superioridade humana sobre outros organismos — especialmente em relação à inteligência — corresponderia a um código genético substancialmente maior e mais complexo. Mas o genoma humano frustrara as expectativas, tendo apenas um doze avos do conteúdo genético de uma cebola comum. Os geneticistas atribuíram a diferença ao DNA lixo — pilhas de genes defuntos ao longo das fitas de DNA que foram tornados obsoletos pela evolução.

Parecia um conto de fadas científico. Mas, lembrando do impecável perfil físico em 3D sugerido pela amostra de DNA — a falta de uma etnia conhecida, a androginia, a cor e os traços únicos —, aquilo fazia sentido.

— Evan, você está me dizendo seriamente que esta amostra tem um DNA com estrutura genética perfeita?

Ele assentiu.

— Sei que parece bom demais para ser verdade.

Um genoma impecável implicava a ausência de um processo evolucionário. Um organismo em sua forma mais pura, não adulterada.

Perfeição, pensou ela. Mas como um *ser humano* poderia apresentar esse tipo de perfil? Isso certamente não combinava com o que Darwin ou a ciência moderna ofereciam como explicação para o desenvolvimento humano a partir dos primatas.

Evan Aldrich apontou uma mão trêmula para a tela.

— Este DNA potencialmente pode ser usado como um gabarito para identificar anomalias em amostras. E poderia ser reproduzido usando plasma bacteriano.

Charlotte olhou para ele.

— Você não está indo rápido demais?

— Isso levaria a pesquisa com células-tronco a um patamar inteiramente novo. Quero dizer, este é um DNA *perfeito* em uma forma viral! Inimaginável — afirmou, passando a falar mais devagar. — Na verdade, um milagre. Eu comecei a pensar nas consequências de tornar isso público, em como o mundo iria reagir. No início pensei em quantas vidas poderiam ser salvas, o efeito sobre as doenças. Depois imaginei empresas de biotecnologia correndo para padronizar curas para os ricos. E projetistas de bebês. E assistência médica gratuita reduzida. Elitismo biológico. Só beneficiaria os ricos; os pobres não teriam nada. Mesmo se tivessem, usar tal ferramenta para eliminar a doença seria devastador. A longevidade disseminada iria levar a um aumento populacional sem precedentes que acabaria com todos os recursos do mundo.

Ela se sentiu esmagada.

— Entendo o que você quer dizer, mas...

— Espere eu terminar. Há uma razão para tudo isso — pediu ele, esticando a mão direita e segurando o tubo entre os dedos, na frente dela. — Isto.

66

Cidade do Vaticano

O cardeal Antonio Carlo Santelli olhou desanimado, pela janela do seu escritório, em direção à grande Piazza San Pietro e ao enorme obelisco no centro dela, com um brilho branco puro ao sol da manhã. Virou-se para a basílica e para as estátuas de santos alinhadas no teto. Se os católicos soubessem de suas nobres intenções — proteger os fiéis como um verdadeiro servo de Deus —, também a sua imagem seria imortalizada e adorada ali um dia? Ele se tornaria um mártir moderno? Um santo?

Não havia sido apenas o drama das semanas anteriores. Desde o escândalo do Banco Ambrosiano, as revelações que testemunhara em seu período no Vaticano paulatinamente o levaram a questionar sua devoção à Igreja. Pensava se, de fato, sua vida estivera a serviço de um bem maior ou se ele estava se tornando tudo o que odiava quando era um padre jovem e idealista.

No final da manhã do dia anterior, após garantir pessoalmente a libertação de Conte da cela de detenção da guarda suíça, autorizara o inconsequente mercenário a eliminar as últimas complicações potenciais que poderiam envolver o Vaticano no problema em Jerusalém: o ossuário e seu conteúdo, claro; depois, o padre Patrick Donovan; em seguida, a dra. Charlotte Hennesey e, finalmente, seu amante americano, Evan Aldrich.

Ainda mais sangue em suas mãos.

Na noite passada ele ficara esperando uma atualização de Conte para confirmar a eliminação das duas relíquias. Não houvera um telefonema. Estava começando a temer que o mercenário o tivesse enganado, convencido de que o próximo telefonema dele envolveria mais dinheiro — chantagem.

Pior ainda, minutos antes ele ouvira a notícia da morte de um docente nas catacumbas de Torlonia — que não era bem o tipo de coisa que virava manchete. Mas o incidente aparentemente banal gerara uma investigação policial de rotina sobre o único nome registrado na lista de visitantes encontrada no escritório do docente, levando os investigadores à perturbada esposa desse visitante, que acabara de entrar em contato com a polícia para dizer que o marido não voltara para casa na noite anterior. Seguiu-se uma busca nas catacumbas. As autoridades não demoraram a encontrar o corpo quebrado de Giovanni Bersei na base de um poço.

Talvez em melhores circunstâncias o incidente pudesse ser classificado como acidente — um estranho infortúnio para dois homens que por acaso estavam no mesmo lugar. Contudo, a polícia falara com uma testemunha — uma corredora — que dissera ter visto um estranho saindo do local e colocando a *scooter* do antropólogo em uma van. O retrato falado que ela ajudara a fazer por acaso tinha uma impressionante semelhança com outro desenho mandado de Jerusalém.

A imprensa estava adorando.

Santelli esperava receber a qualquer minuto um telefonema dos investigadores.

Outro escândalo.

Santelli tinha nas mãos as duas metades do rolo que os cientistas haviam encontrado no ossuário de Cristo. Na mão esquerda estava o desenho do afresco na cripta de José nas catacumbas de Torlonia. Na mão direita, o texto em grego antigo que antecedia o desenho e que ele pedira a Conte para separar da imagem, temendo que pudesse conter uma mensagem clara. Antes de mandar o padre Donovan acompanhar Conte em sua viagem fatal, pedira ao padre para traduzir a mensagem em grego — o último vestígio da ameaça de séculos ao cristianismo.

A transcrição estava em uma folha áspera com o timbre do Vaticano. Inclinando-se sobre a mesa, Santelli juntou as metades do rolo ao lado dela.

Pensara em destruir o rolo, queimando-o. Mas naquele momento rezava para que algo ali o aplacasse. Respirando fundo, estudou o couro mais uma vez, depois desviou os olhos para ler a tradução do padre Donovan:

> Que a fé nos guie em nosso voto solene de proteger a santidade de Deus. Aqui repousa seu filho, esperando a ressurreição final para que seus princípios sejam restaurados e as almas de todos os homens sejam julgadas. Que estes ossos não desanimem os fiéis, pois histórias não passam de palavras escritas por homens equivocados. O espírito é a verdade eterna.
>
> Que Deus tenha misericórdia de todos nós.
> Seu servo leal,
> José de Arimateia.

O interfone tocou, arrancando o cardeal de seus pensamentos.

— Eminência, lamento incomodar, mas...

— O que é, padre Martin?

O jovem padre parecia agitado.

— O padre Donovan está aqui para vê-lo. Eu disse que o senhor não estava disponível, mas ele se recusa a partir.

Alarmado, o cardeal se jogou em sua cadeira, as mãos agarrando os braços. *Donovan?* Impossível. Santelli abriu a gaveta de cima da escrivaninha e confirmou que a Beretta ainda estava lá.

— Mande-o entrar.

Segundos depois a porta do escritório se abriu.

Enquanto Patrick Donovan entrava na sala, Santelli percebeu escoriações sobre os olhos dele. O nariz do padre estava torto e inchado, parecendo ter sido remontado. Ele usava o que parecia ser um antigo par de óculos com moldura plástica grossa, em vez de seus bifocais de armação metálica normais. Santelli viu a grande bolsa de couro que o padre agarrava com a mão esquerda.

Donovan se sentou na cadeira de couro em frente ao cardeal e colocou a bolsa no colo.

Santelli não ofereceu nem o anel nem um aperto de mão.

Donovan não perdeu tempo.

— Vim mostrar algo a você — disse, batendo na bolsa.

Se Santelli não estivesse sentado em uma das salas mais seguras da Cidade do Vaticano, protegida por detectores de metal e explosivos, pensaria que dentro da bolsa havia algum tipo de arma ou bomba. Mas nada assim teria chegado até ali. Ele pessoalmente se assegurara disso depois da inesperada e chocante entrada de Conte anos antes.

— Mas primeiro preciso perguntar por que tentou me matar.

— Essa é uma acusação muito séria, Patrick — disse Santelli, olhando para a gaveta de cima da escrivaninha.

— Certamente é.

— Você está usando uma escuta? Um gravador. É isso?

Donovan balançou a cabeça negativamente.

— Você sabe que isso teria sido detectado antes que eu passasse pela porta.

O padre estava certo. O recinto era projetado para ser absolutamente seguro. As conversas por trás daquelas portas eram importantes demais para correrem o risco de indiscrições.

— Você está querendo vingança? Por isso veio aqui? Veio aqui para me matar, padre Donovan?

— Vamos deixar este trabalho para Deus, certo? — retrucou Donovan, com uma expressão pétrea.

Um momento desconfortável transcorreu antes que Santelli apontasse para a bolsa, que parecia feita para conter uma bola de boliche gigante. Ele imaginava a cabeça de Salvatore Conte ali. Mas sabia que Donovan era incapaz de violência. Embora isso o fizesse pensar no motivo para o assassino não completar sua missão e por que o padre parecia ter lutado dez assaltos de boxe. Será que participava da armação de Conte? Será que fora mandado pelo mercenário para extorqui-lo?

— Então, o que você trouxe para mim?

— Algo que você precisa ver com os próprios olhos — respondeu Donovan, levantando-se e colocando a bolsa sobre a mesa inacreditavelmente arrumada de Santelli.

Quando a bolsa assentou, algo dentro dela tilintou, parecendo pedaços de madeira. Ele percebeu que o monitor de plasma exibia um novo protetor de tela. As palavras *Sua fé é aquilo no que acredita, não o que sabe... Mark Twain* percorriam a tela. Donovan permaneceu de pé, olhando para Santelli.

Houve um rápido impasse, com os dois homens olhando um nos olhos do outro.

Por fim, Santelli levantou-se da cadeira, ofendido.

— Certo, Patrick. Se olhar sua bolsa vai fazer você ir embora... que seja.

Irritado, o cardeal se curvou sobre a bolsa, hesitou, depois lentamente abriu o zíper. Mais barulho quando ele abriu as laterais para ver o conteúdo.

O rosto dele ficou branco enquanto olhava o crânio e os ossos humanos, a maior de todas as relíquias. Quando levantou a cabeça, seus olhos haviam perdido o brilho feroz.

— Seu desgraçado hipócrita. Você irá para o inferno por causa disso.

— Eu queria que você fizesse as pazes com ele antes de fazer um enterro adequado — disse Donovan.

Ele se sentira péssimo carregando os ossos sagrados no que era pouco mais que uma bolsa de viagem. Mas na noite anterior havia parado em uma loja da DHL para que o ossuário fosse enviado imediatamente a Jerusalém de avião. O manuscrito fora mandado para Razak, o mensageiro muçulmano que conhecera em Roma, separadamente. Os pregos e as moedas estavam guardados no porta-luvas do carro alugado, junto à Beretta.

— Filho da puta — disse Santelli, com uma voz estranhamente calma.

O que aconteceu a seguir foi rápido.

Tirando as mãos do bolso, Donovan agarrou o pulso do velho com a mão direita, ao mesmo tempo exibindo a pequena seringa plástica na esquerda. Ao cravá-la fundo no braço do cardeal, ele apertou o êmbolo.

Com uma expressão de absoluta descrença, Santelli se soltou, caiu em sua cadeira e agarrou o ponto da injeção. Antes que pudesse chamar o padre Martin, a tubocurarina chegara ao coração, fazendo com que este parasse. Retorcidas de agonia, as mãos dele tentaram agarrar a dor, arrancando-a do peito.

Patrick Donovan viu o corpo ter uma última convulsão.

— A vontade de Deus — disse, em voz baixa.

Não sabia bem qual era o conteúdo da seringa, mas estava bastante certo de que fora o método de Conte para matar o docente encontrado na mesa da frente da catacumba de Torlonia. Do lado de dentro daquelas paredes não havia muitas opções de armas letais. Então Donovan se arriscara com a agulha.

Assassinato era a violação de tudo o que ele considerava sagrado, quebrando seus votos a Deus, que haviam deixado para trás seu passado horrível. Mas, a não ser que Santelli fosse detido, Charlotte Hennesey morreria, e também ele. Os israelenses nunca conheceriam a verdade, e um arqueólogo inocente ficaria com a culpa por um crime que não cometera.

Pegando a bolsa com cuidado, Donovan foi para a antecâmara, avisando ao padre Martin que o cardeal não queria ser perturbado, e que não era para transferir ligações.

O padre Martin anuiu e olhou com curiosidade para Donovan, que passava com pressa pelos guardas suíços na direção do corredor principal. Assim que Donovan desapareceu de vista, ele foi ao escritório de Santelli. Lá viu o solidéu púrpura se projetando acima da cadeira virada para a janela. Ele chamou o nome do cardeal duas vezes, e contornou a escrivaninha devagar.

67

Jerusalém

Razak esperou que Farouq colocasse seus óculos de leitura, o tempo todo olhando em silêncio para o antigo pergaminho. Pigarreando, o guardião começou a ler em voz alta.

12 de dezembro, Anno Dominae 1133

Foi Santa Helena a primeira a descobrir a verdadeira origem de Jesus Cristo. Ela veio à Terra Santa em busca de provas históricas de que Cristo não era uma invenção, uma lenda ou doutrina. Durante sua peregrinação encontrou o que pensou ser a tumba vazia de Cristo, e descobriu a cruz de madeira na qual Jesus sofreu e morreu enterrada bem abaixo do Santo Sepulcro. Hoje carregamos a verdadeira cruz em batalha para defender nossa fé em Deus. Há o boato de que temos muitas relíquias semelhantes. Mas o que descobri hoje é ainda mais extraordinário.

Porém antes preciso explicar como isso se passou.

Existem em Jerusalém, há muitos séculos, cristãos que não seguem as palavras de nossa Bíblia Sagrada. Eles formam um grupo pacífico que sobreviveu muitos séculos isolado, e chamam a si mesmos de "Ordem de Qumran". Eu os conheci e aprendi muito sobre sua fé. De início suas crenças me chocaram, pois seus pergaminhos antigos dizem muitas coisas que contradizem a palavra de Deus. A Ordem acreditava que Cristo teve uma morte humana e que apenas seu espírito se ergueu do túmulo para aparecer a seus discípulos. Eles alegam até mesmo que o corpo de Cristo ainda está em um lugar escondido esperando a ressurreição a fim de anunciar o Dia do Juízo, e que seus ossos serão mais uma vez pedidos pelo espírito de Deus.

Eu questionei a origem desses escritos. Eles insistiram em que os ensinamentos e as escrituras existiam muito antes do "livro dos romanos".

Ao ouvir essas palavras me senti inclinado a reagir violentamente. Mas, intrigado, fui compelido a aprender mais. Com o tempo, essas pessoas, gentis e generosas, tornaram-se nossas amigas. Fazendo um estudo cuidadoso, comecei a entender que suas crenças, embora não tradicionais, eram baseadas em fé verdadeira e reverência. O Deus deles é o nosso Deus. O Cristo deles é o nosso Cristo. Apenas a interpretação parecia nos separar.

No dia 11 de outubro de 1133 Jerusalém foi atacada por um bando de guerreiros muçulmanos. Embora tenhamos conseguido expulsá-los, isso não aconteceu antes de nossos irmãos cristãos de Qumran caírem, pois tentaram defender sua cidade sagrada. O líder deles, um ancião chamado Zacarias, foi gravemente ferido, e estava à morte quando o encontrei, e de posse de um velho livro. Sabendo que nenhum de seus irmãos havia sobrevivido ao ataque, deu-o a mim. Ele sussurrou que o livro continha muitas coisas, incluindo um antigo segredo há muito protegido por seu povo — a localização da câmara onde estava enterrado o corpo de Cristo. Então Deus reclamou o espírito do ancião.

Eu me vali de escribas locais de confiança para traduzir os escritos do livro, a maioria dos quais estava em grego. Foi então que descobri que o texto era um diário escrito por um homem educado chamado José de Arimateia. Também encontrei ali um mapa desenhado por José, assinalando a localização do corpo de Cristo. Aí me dei conta de que a tumba estava enterrada sob nossos pés, debaixo do local do Templo de Salomão.

Ordenei a meus homens que encontrassem a tumba de José. Após semanas cavando e passando por três paredes antigas, chegamos em terra sólida. Ali eu teria perdido a esperança, pois nada indicava que algum homem houvesse chegado a tal ponto. Mas as medidas precisas de José de Arimateia indicavam ser necessário cavar mais. Primeiramente tiramos o entulho leve, dando conta de que o que pensávamos ser a face da montanha na verdade era uma enorme pedra circular. Foram necessários quatro homens para rolá-la. Atrás dela havia uma câmara secreta, exatamente onde José indicara.

Dentro dela encontrei nove urnas de pedra inscritas com os nomes de José e sua família. Para meu espanto, uma décima urna trazia o símbolo sagrado de Jesus Cristo, e havia nela ossos humanos e relíquias que só poderiam ter saído da cruz.

Para manter meu voto de proteger Deus e seu filho Jesus Cristo, protegi essas relíquias extraordinárias abaixo do Templo de Salomão. Pois, se o ancião havia ensinado a verdade, esses ossos poderão um dia ser trazidos de volta à vida e as almas de todos os homens seriam salvas.

Batizei o livro de José de Arimateia de *Ephemeris Conlusio*. Nele estão os segredos para a nossa salvação.

Que Deus perdoe meus atos.

Seu servo fiel,
Hughes de Payen

Farouq enrolou cuidadosamente o pergaminho amarelado e o recolocou na caixa. Depois retirou os óculos e se recostou, esperando a reação de Razak.

Enfim, Razak falou.

— Diga-me se eu entendi certo. No século XII os cavaleiros templários fizeram amizade com um grupo de judeus radicais, ou talvez cristãos, que lhes deram o *Ephemeris Conlusio*, que por sua vez os levou ao corpo de Cristo enterrado em uma câmara secreta embaixo desta plataforma. Quase novecentos anos atrás os templários protegeram a cripta e esconderam esta caixa sob o piso juntamente com o *Ephemeris Conlusio*. Você mesmo encontrou a caixa durante as escavações aqui em 1997.

— Exatamente.

Razak tentou absorver aquilo. Ele se sentiu tentado a perguntar por que os templários teriam escondido relíquias tão extraordinárias. Mas sabia que o guardião só poderia especular. Era óbvio que os cavaleiros templários protegeram um segredo antigo. Sabendo um pouco das relações difíceis entre o papa e os mercenários naquela época, era bem possível que essa informação tivesse sido preservada como um segredo contra a Igreja — talvez chantagem. Isso certamente ajudava a explicar a rápida chegada dos templários ao poder. Mas a devoção na carta de Hughes de Payen sugeria algo mais. Talvez os templários tivessem intenções nobres. Afinal, também eles foram um dia protetores daquele lugar.

— Como você conseguiu convencer o Vaticano a agir?

— Fácil. Eu falei com o padre Patrick Donovan, curador-chefe da Biblioteca do Vaticano. Eu sabia que ele teria plena consciência da existência do *Ephemeris Conlusio* e, mais importante ainda, de suas implicações. Mencionei o nome e ele o reconheceu de imediato. Alguns dias depois você o entregou a Donovan em Roma. Supus, corretamente, que ele agiria rápido.

— E se não tivesse reconhecido o título?

Farouq descartou isso.

— Não haveria importância. Eu ainda o teria persuadido. A mensagem não poderia ser ignorada.

— Você assumiu um grande risco ao fazer tudo isso.

Em função da reação de Razak, Farouq achou melhor não dizer que também havia ajudado os ladrões levando explosivos para Jerusalém — fornecidos por seus contatos com o Hezbollah no Líbano, igualmente ansiosos para derrubar o Estado de Israel. Uma segunda encomenda fora obtida, a pedido dos ladrões: uma furadeira pesada que Farouq foi orientado a comprar no exterior, em dinheiro. O Hezbollah também ajudara nisso.

— Provavelmente, Razak, meu amigo. Tudo diz respeito a uma aposta em um resultado favorável. Nesse caso, os números estavam a nosso favor, e agi como achei adequado. Eu havia dito que impedir a descoberta do corpo de Jesus preservaria os ensinamentos do islamismo e do cristianismo. Lamentavelmente, vidas foram perdidas nesse processo... embora fossem apenas judeus. Mas, se não tivesse feito nada, haveria uma mortalidade muito maior, física e espiritual, de muçulmanos e cristãos. Apenas os judeus teriam ganhado à nossa custa. Acho que você tem de concordar que esse resultado é o melhor que poderíamos esperar.

Razak precisava admitir que havia uma lógica inegável, embora distorcida, no raciocínio de Farouq. Fora um controle de danos bastante distorcido.

— E como você se sente por saber dessas contradições em nossos ensinamentos?

Farouq levantou os olhos para o teto.

— Nada disso significa que precisemos questionar nossa fé, Razak. Talvez apenas tenhamos de cavar mais fundo em busca do significado. Mesmo se aqueles ossos roubados fossem os restos de Jesus, isso não abalaria minha fé. Não um punhado de ossos velhos.

Razak lembrou de Barton ter dito algo sobre textos pré-bíblicos verem a ressurreição como uma transformação espiritual, e não física. Embora a palavra "ressurreição" tenha sobrevivido durante séculos, talvez seu significado tivesse adquirido definição mais literal.

— E o Templo de Salomão?

O Guardião apertou os lábios.

— História antiga. Como a cidade de Jebus, que o rei Davi conquistou e rebatizou de Jerusalém mil anos antes da época de Cristo. Os judeus derramaram muito sangue inocente para reivindicar a dita "terra prometida". Mas, quando a maré mudou, eles se sentiram violados. Ninguém é realmente dono deste lugar a não ser Alá. Por enquanto os judeus retomaram o controle de Israel. Mas nossa simples presença aqui, neste lugar, faz com que eles lembrem que a maré pode mudar outra vez. No final, Alá decidirá quem sairá vitorioso — disse Farouq, contornando a mesa e colocando a mão no ombro de Razak. — Vamos à mesquita rezar.

68

ROMA

Aldrich se aproximou mais de Charlotte.

— Charlie, e se eu lhe disser que podemos eliminar qualquer doença com uma injeção, um soro tão poderoso que pode recodificar o DNA danificado?

Ela abriu a boca, mas não conseguiu dizer nada. Olhou do tubo para Evan, e novamente para o tubo. Seria possível?

— Quando estive em sua casa semana passada, vi o medicamento na geladeira, o Melphalan... Com seu nome.

Ela sentiu um nó no peito, e os olhos se encheram de lágrimas.

— Eu quis lhe contar, mas...

Charlotte se jogou nos braços dele.

— Está tudo bem — disse Evan docemente.

Ela chorava copiosamente. Então, empertigou-se.

— Meus comprimidos! Deixei meus comprimidos no Vaticano. Tenho de tomar todo dia!

— Não se preocupe com isso — tranqulizou ele. — Você não precisa deles. Não mais.

Ela ficou momentaneamente confusa.

— Mieloma é um câncer difícil — ele comentou. — Sei que isso deve estar deixando-a arrasada. E sei que provavelmente por isso você tem estado distante. Eu forcei a barra semana passada. Você tinha muitas outras coisas na cabeça. Foi egoísmo da minha parte.

Ela concordou, soluçando.

— Eu... Eu não contei a ninguém.

— Acho que daqui para a frente você precisa começar a se abrir um pouco mais antes de implodir emocionalmente — sugeriu Evan com um sorriso. — Eu consigo lidar com coisas ruins, Charlie. Precisa confiar em mim.

Assentindo, ela pegou a caixa de lenços de papel na mesinha de cabeceira e enxugou as lágrimas.

— Também tenho de contar ao meu pai. Mas estava com medo. Ele já teve de lidar com a perda da mamãe...

— Você não terá de contar a ele.

Os comentários de Evan estavam começando a incomodá-la.

— Do que você está falando?

Ele balançou o precioso tubo.

— Se eu estiver certo quanto a isto, não haverá nada sobre o que falar. Não haverá motivo para continuar a tomar Melphalan. Quero que você seja a primeira em meus testes clínicos.

Ela enxugou os olhos.

— Espere um pouco, Evan, não pode ser tão simples.

— Foi o que também pensei. Mas você deve concordar que em relação à genética eu sei o que falo. Estou absolutamente certo disso.

Ela examinou outra vez o tubo, dessa vez com mais seriedade.

— Mas por que eu? Há tantas pessoas que merecem mais... Mais *doentes*.

— Por certo que sim. Se estivermos corretos, talvez possamos pensar em ajudá-las. Mas para isso preciso ter a certeza de que você estará lá para ajudar.

— Então... Se eu concordar com isso, basta injetar essa coisa no meu corpo?

— Sim.

— Aquele DNA era de um homem? Isso vai me transformar em homem?

Ambos riram, e isso amenizou o clima pesado no quarto.

— Já retirei tudo o que se relacionava ao gênero — garantiu-lhe. — O que você tem aqui é um soro personalizado que tem como principal alvo seus ossos, hemácias e assim por diante. Com um genoma perfeito, podemos misturar esta coisa de todas as formas.

— Isso é incrível — murmurou Charlotte.

Ele olhou para o tubo e depois para ela.

O tempo pareceu congelar enquanto ela pensava na alternativa melancólica de continuar na quimioterapia. Sem dúvida, mesmo que conseguisse controlar a coisa incurável que destruía seus ossos, o tratamento eliminaria qualquer esperança de ter filhos. Na melhor das hipóteses, viveria mais dez ou quinze anos. Nunca chegaria aos cinquenta.

— E então?

Ela sorriu, sabendo que podia confiar nele. Lembrou do anjo da morte na basílica de São Pedro, virando a ampulheta.

— Certo.

— Ótimo — disse Evan, sorrindo de orelha a orelha. — Mas me responda uma coisa. Quem afinal *era* esse cara?

O padre Donovan contara a Charlotte a história de que o esqueleto era uma fraude concebida por José de Arimateia com o objetivo de desmoralizar Jesus como o Messias prometido. Mas aquela teoria parecia absolutamente ridícula. Apenas um ser divino poderia exibir um perfil genético tão impressionante.

Ela foi à janela e olhou em silêncio para Roma. Então se voltou para Aldrich, com os olhos tristes, e sorriu.

69

Cidade do Vaticano

A basílica de São Pedro fechara pontualmente às dezenove horas, e o enorme interior mal iluminado estava vazio exceto por uma figura carregando uma bolsa preta e caminhando apressada pelo transepto norte.

O padre Donovan foi para a frente do alto baldaquino, onde uma balaustrada de mármore cercava um recesso bem abaixo do altar papal. Parando para se benzer, verificou se não havia ninguém olhando, abriu o portão lateral e entrou. Fechou o portão e desceu por uma escada semicircular.

Um nível abaixo do piso da basílica, um elaborado santuário de mármore brilhava à luz quente de noventa e nove lanternas a óleo decoradas, perpetuamente acesas em tributo ao local mais sagrado da Cidade do Vaticano — o *Sepulcrum Sancti Petri Apostoli*.

O túmulo de São Pedro.

Segundo José de Arimateia, Pedro fora o homem a quem ele dera duas últimas tarefas fundamentais para servir ao Messias: transferir os dez ossuários de Roma para uma nova cripta sob o Monte do Templo em Jerusalém e dar seu precioso manuscrito — a base dos evangelhos cristãos — aos zelotes judeus que haviam levado a cabo o ambicioso plano de Jesus para restaurar o templo.

Donovan lembrou da última passagem de José no *Ephemeris Conlusio*:

> Nesta noite o imperador Nero organizou um banquete em seu palácio. Sou seu convidado, e também minha esposa e meus

filhos deverão se sentar à mesa. Concordei com muita tristeza, embora saiba sua intenção, pois seu coração está repleto de maldade. Aqueles que celebram os ensinamentos de Jesus se recusaram a lhe pagar tributo. Por isso, muitos ele queimou vivos.

Por meus leais préstimos a Roma, Nero fez saber que minha morte e a morte de minha amada família serão humanas. A comida que comeremos hoje será envenenada.

Roma é grande, e não há lugar onde ele não nos possa encontrar. A única proteção que temos é Deus. Nosso destino será sua vontade.

Foi acertado que nossos corpos serão dados a meu irmão, Simão Pedro, a fim de serem enterrados em minha cripta junto a Jesus. Assim que todos estiverem livres da carne, Pedro viajará a Jerusalém. Sob o grande templo Jesus será enterrado, pois isso lhe prometi antes de sua execução. Lá também nós partilharemos de sua glória no Dia da Expiação. Então o templo será purificado. E Deus poderá retornar a seu sagrado tabernáculo.

Estes escritos eu pedi a Pedro para entregar a nossos irmãos, os essênios. Eles protegerão este testamento a Deus e seu filho. Eles contarão a todos os homens que o Dia do Juízo logo virá.

Assim que Pedro cumpriu suas obrigações para com a irmandade, retornou a Roma no intuito de continuar a pregação dos ensinamentos de Jesus. Pouco depois foi preso por Nero e sentenciado à morte na cruz de cabeça para baixo.

Continue andando, Donovan recordou a si mesmo em silêncio.

Exatamente abaixo da base do baldaquino, entre colunas de mármore vermelho, havia um pequeno nicho protegido por vidro, contendo um mosaico dourado, que retratava Cristo com auréola. Em frente ao mosaico, uma pequena caixa dourada — um ossuário.

Dentro do ossuário estavam os ossos do próprio São Pedro, retirados de uma tumba mais funda sob o baldaquino, descoberta acidentalmente durante escavações em 1950. O esqueleto fora encontrado em uma cova coletiva, mas chamara a atenção dos arqueólogos que supervisionavam as escavações por pertencerem a um homem mais velho sem pés — como se esperaria de alguém que houvesse sido cortado de um crucifixo invertido. A datação por carbono fora feita. O espécime do sexo masculino vivera durante o século I.

Donovan tirou do bolso a chave de ouro que tirara de um cofre no Arquivo Secreto do Vaticano. Ele pousou a bolsa e enfiou a chave suavemente na fechadura da proteção do nicho. As dobradiças guincharam baixo quando abriu a porta.

Olhou para o ossuário, feito de ouro puro, lembrando uma Arca do Testemunho em miniatura — sem dúvida um desenho adequado. Acima dele, as quatro colunas em espiral do baldaquino também haviam sido intencionalmente projetadas para refletir o projeto do Templo de Salomão.

Sabendo que tinha pouco tempo, Donovan esticou as duas mãos e agarrou com firmeza a tampa da caixa. Respirando fundo, deu um puxão, retirando-a.

Como esperado, o ossuário de São Pedro estava vazio.

Depois de feitos os estudos nos ossos do santo, o esqueleto fora devolvido à humilde cripta da época de Constantino onde havia sido encontrado. Poucos sabiam que aquela caixa servia apenas para celebrar o primeiro papa.

— Que Deus tenha misericórdia de mim — murmurou ele com reverência, olhando o mosaico de Cristo.

Ao rezar o pai-nosso, ele começou a transferir os ossos da bolsa de couro para o ossuário, terminando com o crânio e a mandíbula perfeitos. Depois recolocou a tampa.

Quando fechava a porta de vidro e a trancava, ouviu ruídos vindos de cima, de dentro da basílica. Uma porta se abrindo. Passos apressados. Vozes excitadas.

Logo acima do nicho havia uma pesada grade de metal que servia como ventilação para a área vazia sob o altar. Instintivamente, Donovan passou a chave pela grade e a soltou no vazio. Ouviu o baixo tilintar de metal batendo na rocha. Então se lembrou da seringa vazia em seu bolso, e também se livrou dela.

Agarrando a bolsa, subiu a rampa, permanecendo agachado ao sair.

— *Padre Donovan* — chamou uma voz grave em italiano. — O senhor está aqui?

Olhando através da balaustrada viu três figuras — duas em macacões azuis e boinas pretas, uma terceira em trajes religiosos. Dois guardas suíços e um padre.

Apanhado!

Por um momento pensou em escapar descendo a rampa, retornando para a grande cripta papal subterrânea adjacente ao santuário de São Pedro. Talvez pudesse se esconder ali algum tempo em meio às centenas de sarcófagos, esperar e depois tentar fugir da Cidade do Vaticano.

Ficou pensando em como eles o haviam encontrado tão rapidamente. Então se lembrou de que usara seu cartão para entrar na basílica. Cada chave transmitia sua localização para o sistema de segurança da guarda suíça, precaução de segurança que aparentemente tinha um segundo objetivo mais sinistro. Foi inundado pela amarga realidade: não poderia se esconder porque já sabiam que estava ali.

Esforçando-se para manter a calma, subiu os últimos degraus e abriu o portão.

— Sim, estou aqui — disse.

Os dois guardas foram até ele rapidamente, o religioso seguindo atrás com cautela.

— Apenas terminando minhas orações — disse Donovan, confiante. Eles pareceram acreditar.

— Padre Donovan — disse o guarda menor, de forma lacônica. — Precisamos que venha conosco.

O curador olhou a Beretta brilhante do guarda com nova admiração e pensou no dia anterior, quando ele e Santelli foram ao alojamento resgatar Conte. O armeiro da guarda suíça estava fazendo a manutenção em meia dúzia de armas. Em meio à agitação, ninguém percebeu Donovan colocar no bolso a arma e alguns pentes de munição.

Dando um sorriso, Donovan perguntou:

— Algum problema?

— Sim — confirmou o religioso, adiantando-se.

Colocando os óculos, Donovan viu que era o padre Martin. Será que o assistente de Santelli havia achado o corpo? Estaria trazendo os guardas para prendê-lo?

— Há um grande problema — afirmou Martin gravemente. — Pouco depois de o senhor ter deixado o escritório do cardeal Santelli esta noite, Sua Eminência foi encontrado morto.

Donovan engasgou, esforçando-se para parecer surpreso. O pulso estava acelerado e as palmas das mãos, úmidas.

— Isso é terrível — disse, preparando-se para o que certamente viria a seguir, a acusação do clérigo.

— Parece que ele sofreu um ataque cardíaco — explicou o padre Martin.

Estudando o rosto de Martin, Donovan jurou ter identificado uma mentira. Deu um grande suspiro, visto como de choque, mas na verdade de alívio.

— Lamentável — disse o padre Martin em voz baixa, voltando os olhos para o chão por um momento, como em vigília.

Mais cedo naquela noite ele escutara a discussão de Donovan com Santelli usando o telefone do cardeal como interfone. E o que ouvira havia sido profundamente chocante. Estava quase certo de que o padre Patrick Donovan se vingara do velho intrigueiro, embora não pudesse imaginar de que forma. Os detectores de metal não identificavam qualquer arma. Mas não importava, pensou ele. Caso estivesse no lugar de Donovan teria feito o mesmo. De qualquer maneira o desgraçado estava morto. *Não apenas a Igreja está melhor sem ele como eu também*, pensou o padre Martin.

— Vamos precisar de sua ajuda a fim de reunir seus documentos legais para o arquivo — disse ele, suspirando. — A família do cardeal também será avisada imediatamente.

Donovan ergueu a cabeça, os olhos brilhando.

— Claro... Podemos ir agora se quiser.

Martin deu um sorriso reconfortante.

— Abençoado seja, padre.

DOMINGO

DOMINGO

70

Jerusalém

Graham Barton nunca ficara tão contente de ver as ruas empoeiradas de Jerusalém. Respirou fundo, revigorado, saboreando o cheiro conhecido de cipreste e eucalipto. Era uma manhã adorável. Ele sorriu ao ver Razak na escada da delegacia de polícia, e seu sorriso aumentou ainda mais ao ver que Jenny estava ao lado dele. Ela correu e abraçou o marido. Ele sentia as lágrimas dela enquanto se beijavam.

— Estava muito preocupada com você.
— Só pensei em você. Obrigado por ter vindo.
Ela sorriu.
— Sempre estarei ao seu lado, você sabe.
— Ouvi dizer que em Jerusalém é comum ser vítima de armações — disse Razak, abraçando Barton. — Mas a justiça tem um modo de encontrar o culpado.
— Certamente. E, por falar nisso, como você conseguiu? — perguntou o inglês, confuso. — O que convenceu os israelenses de que não era eu?
— Você vai descobrir logo — respondeu Razak. Trouxe um presente para você.
Ele mostrou um envelope, que parecia conter um grande livro.
— O que é isso?
— Uma cópia de uma das evidências apresentadas em sua defesa — respondeu Razak enigmaticamente.
Barton aceitou o pacote.
— Há muita história dentro do envelope — prometeu Razak.
— Você deveria ler. Diz coisas interessantes.

71

Farouq sentou-se em sua varanda debruçada sobre os telhados vermelhos e as fachadas gastas do Bairro Muçulmano da Cidade Velha. Era um dia atipicamente fresco, com um céu impecável e uma brisa leve com perfume de palmeiras.

Ele se sentia bem. De fato, melhor do que se sentira em muito tempo. Israel estava mais uma vez se equilibrando à beira de um confronto violento, a luta pela libertação da Palestina estava viva e bem, e a fé de todos — o fogo vital necessário para manter o conflito aceso — era forte. Sorrindo, tomou seu chá de hortelã. Podia ouvir a distância as multidões perto do Monte do Templo, embora naquele momento o tom parecesse diferente, soando quase... festivo?

Dentro do apartamento, o telefone tocou.

Farouq se levantou da cadeira e foi atender.

— *As-salaam?*

— Senhor — disse Akbar, com voz trêmula. — Ouviu a notícia?

— Não, não ouvi. Por que está tão preocupado?

— Por favor. Ligue a televisão... CNN. Depois me telefone para dizer o que fazer.

Houve um clique e a linha ficou muda.

Alarmado, Farouq agarrou o controle remoto e procurou a CNN. Havia dois comentaristas em uma tela dividida — um âncora sentado atrás de uma bancada e uma loura atraente tendo ao fundo o Monte do Templo. Na base da tela, uma legenda dizia: "Ao vivo de Jerusalém".

Farouq cruzou os braços e ficou assistindo de pé.

— Estou certo de que isso está causando agitação em Jerusalém — disse o âncora, sério. — Taylor, como as autoridades locais estão reagindo à notícia?

Houve uma pequena demora, enquanto o satélite levava a pergunta de Nova York a Jerusalém. Depois a repórter respondeu de forma mecânica.

— Bem, Ed, por enquanto esperamos uma declaração formal do governo israelense. Até agora só tivemos notícias por intermédio das emissoras locais.

— E o informante anônimo foi identificado?

Outro grande atraso.

— Por enquanto não — respondeu a correspondente, colocando a mão sobre o fone de ouvido. — E isso parece estar causando tanta excitação quanto as próprias relíquias.

O rosto de Farouq murchou. *Relíquias? Informante?*

O âncora se virou para a câmera.

— Caso você esteja ligando agora, estamos ao vivo com uma notícia de Jerusalém, onde no final da manhã autoridades israelenses recuperaram um elemento fundamental ligado ao violento confronto de sexta-feira passada no Monte do Templo, que deixou treze soldados israelenses mortos... e, até agora, muitas perguntas sem respostas. Taylor, esse livro que foi dado anonimamente à polícia israelense, há certeza de que é autêntico?

Não pode ser, Farouq tentou se convencer. Com os joelhos tremendo, ele se deixou cair em uma poltrona.

— Disseram que os arqueólogos que trabalham para a AIA, a Autoridade Israelense de Antiguidades, analisaram esse manuscrito antigo e, com base em estudos de datação por carbono, sim, estão convencidos de que o documento é real. Eles convidaram cientistas de fora para ver a evidência, levando muitos a acreditar que a alegação é válida.

— Você sabe o que o livro diz?

A transmissão falhou durante uma fração de segundo.

— Ainda não foi dito — respondeu ela, balançando a cabeça negativamente. — Mas a AIA convocou para amanhã uma entrevista coletiva a fim de dar todos os detalhes. Fontes ligadas à investigação sugerem que o livro contém relatos históricos reveladores sobre o templo judaico que ficava localizado no Monte do Templo no século I. Igualmente impressionante, o livro conteria fatos chocantes sobre a vida e a morte de Jesus Cristo.

— Realmente chocante — disse o âncora, o rosto crispado e os ombros ainda mais tensos.

— Como você pode imaginar — disse a repórter, franzindo de leve o cenho —, isso é muito impressionante. Judeus comemoram nas ruas... Os muçulmanos não estão nada satisfeitos. E certamente os cristãos com os quais falamos estão ansiosos para saber mais. O Monte do Templo é há muito o centro de uma contínua disputa entre as três religiões...

Sentindo como se seu mundo estivesse desmoronando, Farouq al-Jamir ficou olhando para a tela. Tentou imaginar como o manuscrito original poderia ter retornado a Jerusalém... E tão de repente. O Vaticano não o teria oferecido, sabendo muito bem das péssimas consequências. Com certeza, Razak tinha dado em

Roma, ao enviado do Vaticano, o texto original, não uma cópia. Ou não? Será que haveria um segundo livro? A possibilidade era muito improvável.

De repente, a campainha tocou.

Ele não esperava visitantes naquela manhã. Franzindo o cenho, o ancião estava caminhando quando a campainha tocou outra vez.

— Estou indo! — gritou, impaciente.

Abrindo a porta da frente, ficou surpreso ao ver uma van amarela de entregas da DHL parada na frente, o motorista palestino uniformizado de pé no patamar, os fios brancos de um iPod pendurados nas orelhas. Estava segurando um equipamento retangular grosso. Farouq franziu o cenho ao ver que o jovem vestia bermudas.

— Você deveria se vestir de forma adequada — resmungou. — Não se envergonha?

O entregador deu de ombros.

— Um pacote para você.

O rosto do guardião revelou sua perplexidade. Não estava esperando nada.

— E o que seria?

— Como posso saber? — retrucou o jovem. — Se você assinar aqui eu descarrego — informou, estendendo o módulo eletrônico de rastreamento, apontando para uma caixa de assinatura na tela de toque iluminada e dando a ele um marcador plástico. Farouq assinou.

— É grande. Pesado também. Onde quer que coloque?

Ainda mais ansioso, Farouq começou a coçar a barba, um velho hábito dos tempos de soldado.

— Na garagem — respondeu, apontando. — Vou abrir a porta.

Do lado de dentro, Farouq apertou o botão da porta da garagem e resmungou ao passar por seu Mercedes arrasado. A única oficina boa próxima era de um judeu que, dada a situação, recusara o trabalho. Aquilo teria de ficar ali até Farouq encontrar outra pessoa. De pé, braços cruzados, fez beiço enquanto a porta era enrolada.

O motorista estava esperando do outro lado com a entrega.

No momento em que seus olhos bateram na caixa, os sulcos em seu rosto marcado se suavizaram. Ele saiu e olhou para os dois lados da rua estreita.

O motorista colocou a caixa no piso de cimento da garagem, levou o carrinho de volta à van, guardou-o e partiu.

Farouq olhou o documento de remessa. A encomenda fora mandada de Roma, e o endereço de devolução era uma caixa postal. O nome do remetente era Daniel Marrone.

O guardião se sentiu tonto de repente.

Farouq precisou de dez minutos para tomar coragem para abrir a caixa. Quando começou, não foi fácil. Tirando a tampa, a caixa estava cheia de plástico-bolha. Arrancando tudo, seus dedos identificaram pedra fria. Ele se sentiu afundar — uma sensação profunda de perda e fracasso. Primeiro o livro. Depois aquilo? Arrancando a última camada de plástico-bolha, lançou um olhar perdido sobre as belas gravações na tampa quebrada do ossuário. Reconheceu o desenho imediatamente, já que o vira no *Ephemeris Conlusio*.

Sem aviso, figuras se materializaram de repente na abertura da garagem.

— Não se mexa — ordenou uma voz, em árabe.

Farouq se empertigou e viu quatro homens, cada um deles com uma arma apontada para seu peito. Usavam roupas civis e coletes à prova de bala, mas ele soube de imediato quem os havia enviado. Agentes do Shin Bet. Fantasmas do seu passado.

— O que significa isso? — cobrou ele.

Ari Teleksen apareceu no canto, a papada flácida erguida dos dois lados por um sorriso sardônico. Havia um cigarro entre seus lábios duros. Soltou uma nuvem de fumaça, sabendo que isso ofenderia o muçulmano.

— Farouq al-Jamir — disse Teleksen, a assustadora voz de barítono tomando a garagem. — Acho que trouxe o manual do proprietário de sua encomenda. Você aparentemente o deixou no escritório.

Ele ergueu uma resma de papel envolvida em plástico com os três dedos da mão desfigurada.

— Se quiser ver o original, talvez eu possa falar com meus amigos na Autoridade Israelense de Antiguidades.

Farouq reconheceu logo a cópia do *Ephemeris Conlusio*.

— Como nos velhos tempos, não é? — disse Teleksen, sorrindo. — Pronto para um passeio?

Pela primeira vez em muito tempo, Farouq sentiu medo. Muito medo.

Este livro foi impresso pela Prol Editora Gráfica
para a Editora Prumo Ltda.